BRUCE BENAMRAN

YZZY A DISPARU

XO ÉDITIONS

ISBN : 978-2-37448-639-0

Compte Instagram
d'Yzzy

YZZY

@yzzy_off
Easy. Mais 2 Ys.

1 508 publications
27,3 M abonnés
0 abonnements

1.

« Cela fait désormais une semaine que la toile s'enflamme et n'a qu'une question à la bouche : où est Yzzy ? Le 14 mai dernier, Yzzy, l'influenceuse aux millions d'abonnés, l'idole de vos enfants, s'est volatilisée de la suite luxueuse du Fairmont Copley Plaza, à Boston. Personne ne l'a vue quitter sa chambre, et elle reste depuis introuvable. L'engouement pour la rechercher dépasse celui qu'ont pu connaître il y a quelques années les joueurs de Pokémon GO qui parcouraient la planète à l'affût de leurs créatures favorites. Pour nous en parler, Alysson Whatley, notre correspondante sur place. Alysson, pouvez-vous nous en dire plus sur les avancements de l'enquête ? A-t-on une idée de la localisation d'Yzzy ? »

Soudain, on passa du studio froid et immaculé du journal télévisé à une image moins stable, plus réaliste, d'une rue. Au premier plan, Alysson se tenait l'oreille, écoutant la question qui semblait lui arriver avec quelques secondes de décalage. Derrière elle, la façade style Beaux-Arts de l'hôtel.

« Merci, John. Je suis actuellement devant le Fairmont Copley Plaza, et je constate que les gens ici sont doublement stupéfaits ; stupéfaits d'abord d'apprendre qu'Yzzy résidait depuis quelques jours dans le palace, mais également qu'elle en a disparu. Nous avons rencontré au sein du département de police des responsables de l'enquête, et pour l'instant, ceux-ci n'écartent aucune piste : ni celle d'une simple fuite, possiblement pour échapper aux fans, ni celle d'un enlèvement, voire pire, d'un meurtre. Nous savons peu de choses, mais des sources nous ont confirmé en exclusivité qu'il n'y a aucune trace de lutte dans la suite qu'occupait Yzzy, et que l'influenceuse n'apparaît sur aucune caméra de sécurité. Il se pourrait qu'elle soit toujours dans le bâtiment, mais dans ce cas, où est-elle, et pourquoi personne n'a encore réussi à la localiser ? La communauté de près de trente millions de fans d'Yzzy s'est lancée dans une immense chasse à l'homme, ou plutôt à la femme, et les internautes sont résolus à éclaircir ce mystère, tandis que, et là je cite un commentaire Reddit, “la police de Boston pédale dans la semoule”.

Nous savons que les forces de l'ordre s'intéressent de près à l'agent d'Yzzy, Tom Goldberg, a priori la dernière personne à l'avoir vue en vie et en bonne santé avant sa disparition. C'était Alysson Whatley, pour NBC News. »

⋆

⋆ ⋆

Steve O'Maley était furieux, et sa furie légitime. Il avait hérité d'une affaire hautement médiatisée et ne savait même pas encore dire si un crime ou un délit avaient été commis. Pour couronner le tout, des gens de son service, ses collègues, avaient parlé à la presse. *On ne parle jamais à la presse,* pensait-il, *tout le monde ici le sait. Une question ? Pas de commentaire. C'est une règle immuable. Déjà, lors de l'attentat du marathon en 2013, des informations policières avaient fuité et failli coûter la vie à des personnes finalement innocentes. Là, on a un dossier totalement vide : une célébrité évanouie dans la nature sans que personne s'en rende compte. Y a apparemment la moitié d'Internet qui veut des réponses, et il faut en plus colmater des fuites parce que je ne sais qui veut se faire mousser auprès de journalistes. Il nous fait tous passer pour des cons, dans cette histoire !*

Et qui avait bien pu balancer l'agent d'Yzzy ? *Peut-être qu'il l'a assassinée, découpée en morceaux, cuisinée et bouffée en ragoût, ou peut-être qu'il ne sait absolument rien. C'est pour ça qu'on ne commente pas les enquêtes en cours, merde !* Oui, pour toutes ces raisons, Steve O'Maley, inspecteur du Boston Police Department, était en colère. Mais cela allait passer. Il le fallait, parce qu'il ne pouvait pas conduire correctement un interrogatoire en étant énervé.

2.

Qu'est-ce qu'il attend de moi ? Pourquoi me pose-t-il sans cesse les mêmes questions ? Comme si les réponses allaient soudainement changer. Je sais bien ce qu'il espère. Il imagine que si je lui mens, je vais peut-être finir par me contredire. Je comprends bien que ce serait plus facile ainsi : « Monsieur Goldberg, vous déclarez que vous étiez absent tel jour, alors que vous nous affirmiez hier être présent ; maintenant que nous avons établi que vous mentez, veuillez avoir l'obligeance de vous rendre coupable de tous les crimes sur lesquels nous bloquons actuellement. S'il vous plaît. Nous avons des dossiers à boucler et ce serait bon pour nos statistiques. » Non. Concentre-toi sur ce qu'il te dit. À force de penser à autre chose, je vais me mettre à sourire tout seul, et il va sans doute interpréter ma réaction comme une défiance envers lui. Ça y est ? Il a fini de parler ? Toujours jeter un œil à mon avocate avant de prononcer un mot, ce n'est pas naturel, mais c'est essentiel. Elle me fait signe de répondre.

— Comme je vous l'ai déjà dit, inspecteur, je n'ai pas vu Yzzy depuis… dix… non, onze jours… depuis lundi de la semaine dernière, c'est plus simple. Le 13. Comme très souvent, nous avons eu une réunion de travail dans sa chambre d'hôtel, nous avons discuté de contrats éventuels… L'entrevue s'est terminée vers 17 heures – je ne sais pas exactement, je suis désolé – et je suis parti. Lorsque je suis revenu le lendemain, elle n'était plus dans sa suite. Elle n'avait pas fait de *check out*, c'est de toute façon toujours moi qui m'en occupe, et d'après ce que j'ai compris, mais vous êtes mieux informé que moi, personne ne l'a vue quitter l'hôtel ni ne sait où elle est. Tout ça, ça doit être au moins la sixième fois que je vous le dis.

Froncement de sourcils de mon avocate, incroyable que j'aie chopé ça du coin de l'œil. Oui, je ne dois pas m'agacer. Je. Le. Sais. Elle a été très claire à ce sujet. Ces procédures ne ressemblent pas à l'idée qu'on s'en fait en regardant des films et des séries. Tout y est toujours bien plus dramatique qu'en réalité. « Ces interrogatoires seront extrêmement ennuyeux, m'a-t-elle prévenu, mais c'est ainsi que ça fonctionne. Ils vont vous poser des questions, vous ne répondrez jamais sans mon accord, et lorsque je vous le donnerai, vous ne répondrez jamais rien de plus que ce qu'ils vous demanderont. S'ils vous demandent si vous avez l'heure, votre réponse est simplement *oui* ou *non*, pas l'heure qu'il est. » J'essaie. Je m'applique, hein, mais c'est difficile. Sans même regarder dans sa direction, je sens son air désapprobateur. Je n'ai pas suivi ses recommandations. J'ai trop parlé, j'ai laissé s'exprimer mes émotions, ce n'est jamais bon. « Vous n'êtes pas en état d'arrestation, a-t-elle martelé. Ça vous paraît évident, là, mais comprenez ce que ça implique : vous répondez à leurs questions de votre plein gré, vous avez à tout moment le droit de vous lever et de partir. Cependant, tout ce que vous leur direz sera enregistré pour être, si nécessaire, disséqué par la suite. Toute la procédure va vous taper sur les nerfs. Vous allez avoir envie de leur suggérer de faire leur travail plutôt que de vous emmerder, mais ce qu'ils vont faire fait précisément partie de leur travail. Ils n'ont aucune raison de penser que vous leur dites la vérité. Ce ne sont pas vos amis. » Pourquoi ai-je accepté de répondre à leurs questions, puis d'y répondre à nouveau ? Puis encore à nouveau. Au début, on se dit que refuser de répondre est… suspect, on pense qu'ils vont croire qu'on a des choses à cacher. Pareil, d'ailleurs, en prenant un avocat. Seuls les gens qui ont besoin d'être protégés prennent un avocat, pas vrai ? Non. Ce n'est pas naturel, mais ce sont les règles du jeu. J'ai le droit de fermer ma gueule, et d'être accompagné par un avocat. Du fait que c'est mon droit, impossible de me le reprocher. Avoir un avocat ne peut pas être retenu contre moi. Dire des conneries à un inspecteur de police pendant une enquête, en revanche, ça, oui, ça peut. Obstruction à la justice, ou je ne sais quoi. Parce que je ne sais quoi. D'où l'avocat.

— Monsieur Goldberg, encore une fois, permettez-moi de vous remercier pour le temps que vous nous consacrez, je suis certain que vous comprenez l'importance de ces entretiens. Je sens bien que vous êtes un peu agacé, mais ne me considérez pas comme quelqu'un… d'hostile. Je vous propose qu'on en reste là, pour l'instant en tout cas.

Je le connais, ce couplet. Et dans deux jours, ils n'auront pas avancé et me feront revenir pour me reposer les mêmes questions, bien sûr.

— Je compte sur vous. Si jamais vous vous souvenez de quelque chose, ou si Yzzy vous contacte, prévenez-moi, vous avez ma carte… (Petit regard en coin à mon avocate qui le fusille des yeux.) Ou par le biais de maître Sciavone, si vous préférez, pour nous, c'est égal.

Et c'est pour ça qu'on prend un avocat.

Publication Instagram d'Yzzy

Une plage de sable fin et blanc, une eau que l'on devine transparente à l'infini, parsemée de poissons aux couleurs irréelles ; peut-être une raie large aux ailes majestueuses planant sur le lit de corail. Le soleil bas, qui irise la surface de l'océan devant lequel se dessine, à contre-jour, la silhouette parfaite et nue d'Yzzy tournée vers l'horizon.

Sous la photo, une simple légende : *Coucher de soleil sur la mer.*

11,7 millions de likes

Story Instagram de PrincessTwilight (16,4 millions d'abonnés)

À l'image, l'instagrameuse est en gros plan, son air est grave. Son bras droit disparaît sur le côté de l'écran, qui tient son téléphone.

« Les amis, juste un petit message pour vous dire que je suis inquiète, comme tout le monde, mais en vrai peut-être un peu plus que tout le monde. Yzzy peut pas avoir simplement disparu, il lui est arrivé quelque chose, c'est sûr. Vous le savez pas, ou alors vous le croyez pas, mais on reçoit toutes régulièrement des menaces de viol et de meurtre, et si Yzzy était libre quelque part, elle aurait fait une story ou envoyé un message. Elle peut pas avoir disparu, vous vous rendez compte ? Ça voudrait dire que personne la reconnaît là où elle est. J'ai beaucoup voyagé, et j'ai toujours rencontré des gens de la commu, pour un selfie, pour un hug ou simplement pour dire bonjour. Imaginer que quelqu'un comme Yzzy puisse se promener sans être reconnue, c'est juste pas possible. Elle a forcément été enlevée, et j'espère qu'elle va bien là où elle est. Yzzy, si tu entends ce message, où que tu sois, envoie-nous un signe, on est inquiets. Moi, je vais faire d'autant plus attention, parce qu'il y a des gens creepy partout. Prenez soin de vous, les amis… »

Elle lance un baiser à l'objectif de la caméra de son téléphone.

3.

Travis avait réussi l'impossible. En moins de vingt-quatre heures, il avait écrit, tourné et monté une vidéo de près de sept minutes sur la disparition d'Yzzy. Bon, en réalité, il ne l'avait pas vraiment écrite ; il s'était contenté d'en dicter les grandes lignes à ses auteurs qui se résumaient en tout et pour tout à un stagiaire sous-payé mais ravi d'apprendre le métier auprès du grand Travis Midsummer. Il ne l'avait pas non plus vraiment tournée, mais travaillait avec la même équipe composée d'un réalisateur qui s'avérait être son petit frère, d'un preneur de son qui était avant tout son ami d'enfance et d'une maquilleuse qui, étonnamment, était bien maquilleuse. Même si elle n'était pas rémunérée pour autant. En tout cas, pas avec de l'argent. Elle était payée « en exposition », « en notoriété », c'est-à-dire que son nom s'affichait au générique de fin des épisodes. Le maquillage était une affaire sérieuse pour Travis. Parce que la qualité ahurissante des images produites de nos jours nécessitait une peau aussi impeccable que lisse, mais également parce qu'il avait besoin d'un professionnel pour lui appliquer de l'eye-liner. L'eye-liner, quelque futile que cela puisse paraître, était l'accessoire indispensable de tout mentaliste qui se respecte. Enfin, si la vidéo était en effet montée, Travis s'était contenté d'orchestrer le montage, exécuté par son réalisateur de frère.

Une telle description pouvait laisser entendre à qui ne connaîtrait pas encore le grand Travis Midsummer, Henry Prewitt de son vrai nom, que derrière ce pseudo se cachait un adolescent bricolant des petites vidéos avec ses proches, mais il n'en était rien. Ce jeune homme de près de trente ans n'avait jamais quitté le Colorado avant que sa carrière sur Internet l'emmène naturellement sur les côtes américaines, orientale ou occidentale selon le calendrier et les aléas du climat. Non, Travis ne courait pas après le soleil, mais après les jeunes gens, minces et bronzés, qui constituaient l'essentiel de ses « clients », lesquels couraient après le soleil. Il avait timidement débuté sur YouTube en expliquant dans les moindres détails les classiques de la grande illusion, Siegfried et Roy, Penn et Teller, David Copperfield. Lorsqu'il atteignit son premier million d'abonnés, il se rendit en Floride pour le *spring break*, les célèbres vacances qui voyaient s'amonceler autour de Miami tout ce que le pays comptait d'étudiants, mus par une seule idée : faire la fête. Il y tourna alors de nombreuses vidéos, dans la rue, à la plage, au bord de piscines, et réalisa non sans talent des tours de mentalisme qui laissaient ses « clients » époustouflés. À ce moment-là naquit le personnage de Travis Midsummer, mentaliste. Il semblait capable de lire dans les pensées, de deviner le nom des gens ou le numéro de téléphone de certains membres de son auditoire, tour qu'il ne manquait pas d'effectuer en priorité auprès de magnifiques jeunes femmes en bikini. Non parce qu'il ressentait le besoin irrépressible de les séduire, mais parce qu'il avait compris que son public sur YouTube devait l'idolâtrer pour que sa carrière explose – Travis avait toujours été et restait un entrepreneur dans l'âme.

Avec les mois et les dizaines de milliers d'abonnés supplémentaires, Travis s'enfuyait dans une surenchère de moyens. Les vidéos se devaient d'être toujours plus spectaculaires, plus impressionnantes, voire parfois carrément dangereuses. Du moins devaient-elles en donner l'illusion. La télévision nationale avait même repris certains de ses numéros d'évasion, ce qui lui assurait une notoriété auprès d'une audience moins jeune que sur YouTube ou TikTok. Une de ses performances, un tour de roulette russe, était allée jusqu'à provoquer le boycott de son partenaire commercial par une association de parents conservateurs. Travis fut contraint de retirer la vidéo… avant de la remettre aussitôt en ligne précédée d'un avertissement. Cette – brève – censure représentait pour lui un de ses plus beaux succès.

Cependant, depuis quelques mois, il semblait avoir atteint un palier. Il continuait de « faire des vues », gagnait encore très bien sa vie, mais la croissance de sa chaîne s'essoufflait. Et malheureusement, Travis ne trouvait pas la grande idée. L'ennui avec la surenchère, c'est qu'il faut tôt ou tard passer à la caisse, et si Travis ne trouvait pas rapidement la grande idée, la bonne, celle qui le propulserait, il finirait par retomber, comme tout le monde dans ce métier.

*

* *

À peine la vidéo mise en ligne, les indicateurs statistiques s'affolèrent. En quelques minutes, Travis sut qu'il tenait là son plus gros succès. Qui plus est, il ne s'agirait pas d'une unique publication, mais d'un feuilleton qui le mènerait au moins jusqu'à l'été et – qui sait ? – peut-être encore plus loin. Il faudrait que tout se passe comme il le prévoyait, certes, mais être prévoyant faisait partie de ses compétences. Il ne put s'empêcher de regarder à nouveau sa dernière œuvre qui allait devenir, il en était sûr, sa vidéo la plus virale. Avec un format aussi court de six minutes quarante-six, il la posterait presque telle quelle sur TikTok et Instagram. Quelques coupes simples et ce serait bon. *Et ce n'est qu'un teaser, un apéritif*, pensa-t-il dans un sourire discret. Si la mise en scène brillait par sa sobriété, il n'avait pas pour autant lésiné sur les moyens. Il était face au Fairmont Copley Plaza, à Boston, promettait à son public qu'il retrouverait Yzzy, avec ou sans l'aide de la police, et lèverait le rideau sur tout le mystère de sa disparition. En moins de vingt-quatre heures, il comptabilisait déjà plus de cinq millions de vues, et ce nombre ne cessait de grimper. Aussi malin que prétentieux, Travis avait conclu le titre de sa vidéo par la mention « épisode 1 ».

4.

À nouveau au poste de police, à nouveau dans cette petite salle froide, celle qu'on a tous vue dans des films ou des séries : trois murs nus, un quatrième sur lequel trône un miroir qu'on sait sans tain, une large table et quatre chaises métalliques. D'un côté, maître Sciavone et moi-même, de l'autre, l'inspecteur O'Maley et sa caméra sur pied, tournée vers moi. Un micro relié à l'appareil est posé sur la table. Comment se fait-il que la mise en scène soit constamment la même ? Y a-t-il une raison ? Les flics ont-ils tenté d'autres configurations et conclu que « c'est comme ça que ça marche le mieux » ou sont-ils simplement dénués de toute imagination ? Si tel est le cas, c'est peut-être une bonne nouvelle. Peut-on être à la fois un inspecteur de police compétent et quelqu'un de créatif ? N'est-ce pas contradictoire ?

— Inspecteur, je peux vous poser une question qui n'a rien à voir, avant qu'on commence ? C'est un truc qui me travaille depuis la première fois que je suis venu ici.

— Bien sûr, je vous écoute…

— Votre caméra n'est pas branchée sur secteur. Elle tourne sur batterie… Vous n'avez pas peur que… enfin, je veux dire… si vous interrogez un meurtrier et que la batterie vous plante au moment où il passe aux aveux, vous lui dites d'attendre le temps de la changer ?

Il sourit. Pas mon avocate.

— Je n'y avais encore jamais pensé à celle-là. Vous savez, dit-il d'un air faussement désabusé, nous faisons avec l'équipement dont nous disposons. À ma connaissance, ce n'est jamais arrivé. Vous vous y connaissez, en matériel audiovisuel ?

— C'est juste une caméra, hein, c'est pas non plus un mystère de technologie…

Maître Sciavone est en train de tiquer, mais je ne saisis pas encore la raison.

— C'est vrai que, vous aussi, vous avez eu votre compte Instagram avant de rencontrer Yzzy ; mais vous avez eu moins de succès qu'elle, c'est ça ?

— Très peu de gens ont eu plus de succès qu'elle, vous savez ?

— Et c'est par votre compte Instagram que vous l'avez rencontrée ?

— Je dirais pas vraiment ça comme ça, non…

Je comprends maintenant pourquoi mon avocate n'est pas contente. J'ai oublié une chose qu'elle m'a pourtant répétée : l'interrogatoire démarre à l'instant où je mets un pied dans la pièce. « Je peux vous poser une question qui n'a rien à voir, avant qu'on commence » est une chose qui n'existe pas ici. « Avant qu'on commence », ça n'existe pas ici. Putain… peser chacun de ses mots n'est vraiment pas naturel.

— J'avais en effet un compte Instagram, comme beaucoup de jeunes ; je ne sais pas si vous avez des enfants, mais si vous avez des ados, ils en ont sans doute un.

Pas de réaction. Évidemment. Il le sait, lui, que l'interrogatoire est en cours, il a été formé, lui, pour se comporter comme il se doit dans cette petite pièce.

— Bref, oui, j'avais un compte Instagram et il ne décollait pas. Je veux dire… mon but n'a jamais été de devenir un influenceur, hein, je n'ai jamais couru après les abonnés.

Ok, c'est un mensonge, mais un mensonge autorisé. Si O'Maley me demandait ce que je pense de sa coupe de cheveux, je lui dirais que je la trouve bien, mais personne ne me condamnerait pour si peu. Il s'agit de mensonges admis par notre société, ça.

— J'ai découvert par hasard le compte d'Yzzy, alors qu'il n'avait que quelques jours. Je l'ai vu passer dans mes suggestions, parce qu'on avait pris, presque simultanément, des photos au même endroit. Et comme on est tous les deux de Brooklyn… Enfin, moi, j'ai toujours vécu à Brooklyn, mais elle, elle ne vient pas de ce quartier, elle y habitait à cette époque. Je l'ai contactée et c'est comme ça que je l'ai rencontrée.

J'ai déjà utilisé beaucoup trop de mots pour répondre à une simple interrogation, je sais que maître Sciavone me juge, silencieusement. Mais si elle ne m'a pas interrompu, c'est que j'ai dû rester dans les clous. Je commence à les connaître, les questions de l'inspecteur, alors j'ai un peu anticipé. Ok, c'est justement contre ça que m'a préparé mon avocate, mais je me suis peut-être bien économisé une demi-heure d'interrogatoire, alors je ne vais pas non plus pleurer. Bien sûr qu'ils posent toujours les mêmes et, à la longue, on en a marre et on souhaite en finir plus rapidement. On se met donc à répondre avant qu'on nous demande quoi que ce soit. C'est comme ça qu'on se retrouve piégé dans sa propre narration. « Vous avez l'heure ? » « Oui, j'ai l'heure ! » Point. Il faut que je retrouve un peu d'humilité, parce que je n'ai aucun mérite à anticiper les questions de l'inspecteur. N'importe qui dans ma position pourrait le faire aussi. Elles sont inlassablement les mêmes, jour après jour, alors c'est simple. Ce n'est pas un talent que j'ai. Pas besoin de lui en mettre plein la vue pour lui signifier que je sais où il va. Il sait que je sais. Putain, ce n'est pas naturel ! Parce que raconter la suite, ça, oui, c'est naturel.

J'ai rencontré Yzzy pendant cette brève période de nos vies où j'avais plus d'abonnés qu'elle, et tout de suite nous nous sommes bien entendus. Il n'y a jamais eu entre elle et moi la moindre tension sexuelle, je la trouve évidemment très belle, je ne suis pas insensible à ses charmes, mais notre relation a toujours oscillé entre deux positions : l'amitié et le travail. C'est tout.

Assez vite, je lui ai rendu quelques services, je lui ai fait découvrir des applications qui permettent d'améliorer les photos autrement que les simples filtres Insta, mais aussi l'importance des algorithmes : savoir pourquoi il est nécessaire de faire des stories plusieurs fois par jour ; mais pas trop ; savoir à quel moment poster ses publications ; quand répondre aux commentaires ; quand ne plus y répondre. J'ai eu beaucoup de chance qu'elle m'écoute, parce que je n'avais pas franchement de preuve à lui fournir que je savais de quoi je parlais. Mais elle m'a écouté. Son compte a rapidement percé, ce qui n'est absolument pas le résultat de mes conseils mais bien de son physique ; une fille aussi belle ne passe pas longtemps inaperçue sur Instagram, n'en déplaise à… à qui ça déplaît, peu importe, c'est une réalité, c'est ainsi. Et je n'ai jamais tenté de lui faire croire que j'étais à l'origine de son succès, j'étais juste un ami content pour elle, comme elle était, je pense, une amie déçue pour moi. J'aurais peut-être pu, à cette époque, lui suggérer qu'on fasse des collabs, qu'on apparaisse ensemble sur une photo ou dans une story, mais je ne lui ai jamais demandé, elle ne me l'a jamais proposé, et je ne lui en ai jamais voulu. Son compte a toujours été son espace personnel, et elle a toujours souhaité garder le contrôle de ce qu'elle y publiait.

— Pourtant, une photo de vous deux a bien été diffusée sur son compte, n'est-ce pas ?

De ça aussi, mon avocate m'en a parlé. Parmi le flot des interrogatoires qui se répètent encore et encore, une nouvelle question surgit. Si pertinente qu'elle nous déséquilibre, nous désarçonne et nous fait sortir de la routine dans laquelle on nous a enfermé jusque-là. Parfois, ça peut être le piège dans lequel le criminel va s'effondrer, mais la plupart du temps, il s'agit de tester notre réaction, vérifier si notre narration tient toujours la route.

— Comment êtes-vous au courant ?

Maître Sciavone place sa main devant moi, un geste instinctif qui signifie « avec tout le respect que je te dois, ferme ta gueule ! », mais je sais que je n'ai rien dit de grave. Elle fait son avocate, et comme tous les avocats, elle déteste entendre une question à laquelle elle ne connaît pas déjà la réponse.

— Vous pouvez interrompre l'enregistrement et me laisser quelques minutes avec mon client, s'il vous plaît ?

Elle a précisé « s'il vous plaît », son intonation était clairement celle d'une question, et pourtant ce n'en était pas une. Ce n'était pas un ordre non plus, mais… un état de fait. Elle a dit, avec les formes : « Voilà ce qui va se passer maintenant. »

*

* *

— De quoi s'agit-il, Tom ?

— Y a environ deux ans, on a fêté mon anniversaire, et on a pris une photo ensemble, qu'on a postée sur son compte. C'était son cadeau, elle pensait que ça m'apporterait des abonnés. Mais son idée n'a pas fonctionné tant que ça, et, à cette époque, je commençais à lâcher un peu mon insta pour m'occuper davantage du sien. Alors, voilà, c'était seulement une photo.

— Rien de plus ?

— Yzzy l'a supprimée rapidement après. Je l'ai toujours dans mes photos, elle aussi sans doute, mais elle l'a retirée de son compte public. C'était juste un moment entre elle et moi.

— Rien de plus ?

Elle avait répété sa question, mais plus lentement, en marquant chaque mot. Le langage international du « ne me joue pas de la flûte et dis-moi la vérité, s'il y a un truc que je dois savoir, balance-le-moi maintenant ».

— Non, je vous assure… mais pourquoi c'est… ?

— C'est important parce que vous avez affirmé à plusieurs reprises qu'Yzzy ne fait jamais de collaboration. S'il n'y a rien de plus, tout va bien, mais la police étudie chaque contradiction. C'est précisément pour ça qu'ils vous reconvoquent. Et c'est précisément pour montrer que nous n'avons pas peur de ces contradictions que nous acceptons de revenir. Si vous êtes ok, je vais rappeler l'inspecteur pour qu'on reprenne…

— Je peux vous poser une question, d'abord ?

— Je vous écoute…

— Combien de fois doit-on encore faire ça ? Je comprends bien l'idée de s'assurer que je ne change pas ma version de l'histoire, mais on ne va pas jouer à ce jeu pendant les dix prochaines années non plus, si ? À quel moment cette comédie s'arrête ?

— Ce dossier… ce dossier est compliqué pour eux. Une jeune femme célèbre dans le monde entier, mais dont eux n'ont probablement jamais entendu parler, qui disparaît sans laisser de traces. Ils préféreraient s'en laver les mains en prétendant qu'il n'y a pas lieu de croire à une disparition inquiétante, mais l'affaire a pris trop d'ampleur médiatique. Ils ont été pris de court. O'Maley, je le connais un peu, c'est un bon flic, il fait le taf, mais il doit avoir une pression démentielle de sa hiérarchie. Et si je comprends bien la situation, ils n'ont rien. Rien d'autre que vous, qui répondez gentiment à leurs questions.

— Vous pensez qu'ils me soupçonnent de quelque chose ?

— Je ne crois pas. Justement parce que vous avez toujours été disponible pour eux. Et c'est tant mieux, parce qu'ils sont tentés de vite trouver un coupable, à tort ou à raison, ne serait-ce que pour calmer la presse. Ils vous interrogeront donc aussi longtemps que nécessaire, jusqu'à ce qu'ils aient une piste, quoi que ce soit, ou jusqu'à ce que nous disions STOP de notre côté. Mais sachez que chaque fois qu'on répond à une de leurs convocations, le fait de les envoyer chier devient de plus en plus légitime. D'après mon expérience personnelle, on va devoir accepter de revenir encore deux ou trois fois avant de se permettre de leur dire que ça suffit.

— Mais ils espèrent que je vais m'incriminer, pas vrai ?

— Ils n'ont rien. Ils espèrent que vous allez le faire au même titre qu'ils espèrent que quelqu'un va passer, par miracle, la porte du poste de police pour avouer et se rendre. Ils savent que ce n'est pas aussi simple. Et gardez en tête que ça doit les frustrer au moins autant que vous, vous n'êtes là ni pour faire le malin ni pour rigoler avec eux.

Elle me laisse quelques secondes pour souffler. Est-ce que je veux du café ? Un Coca ? Autre chose ? J'ai failli dire non, mais j'ai besoin aussi de montrer à l'image, sur la caméra, que je ne suis pas un suspect, il faut que mes mains restent sur la table, qu'on constate que je ne suis pas menotté. Oui, un café, ce sera très bien. Un grand café. Qu'on me voie siroter pendant l'interrogatoire, les jambes négligemment croisées, en toute décontraction. Elle a raison, il ne faut pas faire son malin. Qu'ils aient ou non quelque chose contre moi, ils doivent rêver que je sois coupable, même un tout petit peu.

★

★ ★

— Donc, reprend l'inspecteur, il existe une photo de vous et Yzzy.

— Oui.

J'ai répondu ma tasse à la main, en pensant bien à reculer ma chaise et à croiser nonchalamment les jambes. Oui, une photo a été prise, et je répète ce que j'ai raconté à Angela Sciavone quelques minutes plus tôt. Voilà ce que ma vie est devenue : une répétition de répétitions, de répétitions. J'aimerais pouvoir être certain que cela ne durera pas, que c'est nécessaire, que tout cela, peut-être, leur permettra d'avancer dans leur enquête, de comprendre ce qui est arrivé à mon amie. Mais je n'y crois pas moi-même. À l'instant, je me dis que tout ceci est une énorme perte de temps. Les fans d'Yzzy sont également à sa recherche et leur force de frappe bien plus importante que celle de tout le département de police de la ville de Boston, voire des États-Unis. Si eux ne trouvent rien, que peut bien faire Steve O'Maley, petit inspecteur irlandais du BPD ? Il reprend :

— Quand avez-vous commencé à travailler pour Yzzy ?

Je ne travaille pas pour Yzzy, pas plus qu'elle ne travaille pour moi. C'est un partenariat. Je suis son agent, je m'occupe de tout ce qui ne concerne pas son travail à elle, tout ce qui ne relève pas de la création sur Internet. Dès qu'il est question d'administratif, de juridique, de facturation, de taxe ou autre, j'en fais mon affaire. Mais je suis incapable de dire précisément à quel moment ce partenariat a débuté. Il y a d'abord eu un conseil, puis de l'aide pour faire certifier son compte, adjoindre à son nom le petit badge bleu indiquant qu'il s'agit d'un compte officiel et non d'un compte de fan, et, enfin, les premiers rendez-vous avec des marques. Dès le début, Yzzy refusait d'y participer. Elle avait peur, et elle avait raison, de trop céder à leurs demandes si elle rencontrait les marketeux de ces enseignes. C'est un dilemme qui est né avec les réseaux sociaux. Une société veut qu'un influenceur incarne sa marque, porte ses produits, mais a une telle habitude de contrôle sur son image et sa propre communication qu'elle est incapable de lui laisser la liberté de la représenter et la porter à sa façon. De nombreux influenceurs tombent dans ce piège : une marque de sport va en apprécier un pour sa liberté de ton et son naturel, puis va lui interdire de prononcer tel ou tel mot, avant de finir par lui écrire un script et en faire un comédien au service de sa publicité. Les fans ne sont pas dupes. Ils ne sont jamais dupes. Ils sont parfois incapables d'expliquer ce qui ne va pas autrement qu'avec de la colère, mais ils savent quand leur idole n'est plus sincère avec eux et ne cherche qu'à leur refourguer de la camelote. « J'aime à croire que c'est ce que j'ai apporté à Yzzy, dis-je à l'inspecteur, la possibilité de toujours garder son propre ton. » Refuser de rencontrer les sociétés qui la paient, et la paient beaucoup pour certaines, c'était à la fois la stratégie la plus délicate à mettre en œuvre et celle qui s'est avérée la plus efficace de toute sa carrière. Dès ses premiers contrats, le compte d'Yzzy s'est professionnalisé, mais jamais industrialisé. Elle n'a jamais eu une équipe pour réaliser les clichés : pas de photographe, d'assistant, de coiffeuse ni de maquilleuse, c'est toujours elle. Parfois, je suis celui qui prend la photo, mais je n'en choisis ni le cadre ni la lumière. Même lorsqu'Yzzy publie au nom d'une marque, et que le post en question est clairement sponsorisé, son public reconnaît sa sincérité et son authenticité. C'est grâce à cela que son compte a explosé. Il a suffi de quelques semaines pour atteindre le million d'abonnés, ce qui est un exploit pour qui n'est pas déjà célèbre IRL, *in real life*, dans la vraie vie. Yzzy n'est ni une actrice, ni une chanteuse, ni un mannequin. Elle est Yzzy et reste Yzzy. C'est d'ailleurs tout le sens de sa « bio », la description de son compte, inscrite sous son nom et qui n'a jamais changé au cours du temps. *Easy. Mais 2 Ys.*

Extrait d'un live sur TikTok de NewsFaxZ (3,5 millions d'abonnés)

« Je sais pas ce que fait la police, mais s'ils sont pas capables de retrouver la meuf la plus célèbre de la planète quand elle se fait une virée à Boston, je suis pas étonné qu'ils aient mis dix ans à avoir Ben Laden. Putain, là, on parle pas d'un rappeur noir dont les flics ont rien à secouer. On parle d'une meuf blanche, bonne, riche et célèbre. Je sais bien que ACAB[1], mais merde, s'ils la retrouvent pas elle, faut vraiment pas que je me fasse enlever, moi, parce qu'ils essaieront même pas de chercher, MDR… »

1. *All Cops Are Bastards* : « Tous les flics sont des bâtards », slogan antipolice populaire.

5.

Sur la grande place où trônait l'hôtel s'amassaient des groupes de fans et de badauds autour des véhicules de presse télévisée, reconnaissables à leur antenne parabolique. Une fois un chemin frayé et le seuil du Fairmont Copley Plaza franchi, l'inspecteur O'Maley traversa le hall majestueux en direction de la réception. Les immenses tapis aux couleurs vives accueillaient de larges banquettes baroques au style juste assez élégant pour ne pas être complètement rococo. *Ce mobilier pourrait bien provenir tout droit du château de Versailles*, c'est du moins l'idée que l'inspecteur s'en faisait. Le luxe européen tel que se le figuraient les Américains. Arrivé près du poste du concierge, Steve O'Maley demanda le directeur. On invita le policier à patienter, et ce dernier s'installa, maladroitement, sur l'une des banquettes. *C'est très inconfortable*, pensa-t-il. *Si c'est ainsi que s'assoient les grands de ce monde, je préfère largement le canapé de mon salon.*

Après quelques instants, le directeur se manifesta, accompagné de deux personnes qu'il présenta comme un réceptionniste et une femme de chambre de l'hôtel. L'inspecteur se releva, toujours aussi maladroit, refusant de prendre appui sur l'accoudoir, dont il présumait que la structure finement ciselée ne résisterait pas au poids de son corps – *ces meubles ont l'air aussi fragiles qu'ils sont inconfortables* –, et sortit machinalement son carnet de notes de la poche intérieure de sa veste.

— Ronald et Lucia sont les deux seuls employés qui ont vu Mlle Yzzy pendant son séjour chez nous, dit le directeur d'un ton un peu ampoulé.

Il a l'air de se prendre pour un majordome anglais, pensa O'Maley.

— Très bien, débuta l'inspecteur. Donc… Ronald ?

— Ronald Lewinson, oui. Ronnie.

— Ok, L-E-W-I-N-S-O-N. Ronnie, donc. Quand avez-vous vu Yzzy ?

— Je ne l'ai vue qu'une seule fois, en fait. Le jour de son arrivée, elle est montée directement dans la suite une fois que son agent a rempli les papiers et a récupéré la clé, mais il n'en avait pris qu'une seule. Je me suis dit qu'ils auraient peut-être besoin d'une deuxième, alors j'ai pris sur moi de lui en apporter une autre. C'est elle qui m'a ouvert, je lui ai donné la clé, elle m'a remercié, et je suis redescendu, voilà, c'est tout.

L'inspecteur nota immédiatement que le visage de Ronald s'était éclairé tandis qu'il relatait cette rencontre, tout comme il remarqua l'air surpris de son supérieur.

— Vous êtes monté dans sa chambre ? demanda le directeur, qui s'interrompit aussitôt alors que Steve O'Maley lui faisait un signe de la main, signe universellement interprétable comme : « Laissez, je m'en occupe. »

— Euh… oui, j'ai pensé qu'ils préféreraient avoir deux clés plutôt qu'une seule, tenta de se justifier le réceptionniste, et c'était de toute façon l'heure de ma pause, il n'y avait personne dans le lobby, je savais que je n'en aurais que pour une minute…

— Est-ce que c'est dans vos habitudes de porter spontanément une clé supplémentaire à un client ?

Le directeur, derrière Ronald, hocha la tête pour approuver la question.

— Euh… non, c'est inhabituel, en effet… mais nous avons régulièrement des clients exceptionnels pour lesquels nous en faisons… un peu plus, vous comprenez ?

Le directeur fit, cette fois-ci, non de la tête.

— Dites-moi, Ronnie, reprit O'Maley. Connaissiez-vous Yzzy auparavant ? Je veux dire, pas personnellement, évidemment… Étiez-vous déjà au courant de son activité sur Internet ?

Et à nouveau, le visage du réceptionniste s'éclaira.

— Bien sûr, que je sais de qui il s'agit… C'est une femme remarquable… et si belle…

— En réalité, vous aviez envie de la rencontrer et vous avez trouvé le prétexte de la clé, n'est-ce pas ?

— Comment ? Non, comme je vous l'ai expliqué, je…

— Oui, j'ai bien compris… mais, de vous à moi, vous vouliez la voir en vrai, non ? Ce n'est pas un crime, vous savez…

— Alors… je ne vais pas jusqu'à apporter la clé moi-même à n'importe quel client, je suis d'accord, mais je l'ai vraiment fait parce que je pensais qu'elle finirait de toute façon par nous le demander.

Cette dernière phrase avait été prononcée à l'intention du directeur.

— Très bien, reprit l'inspecteur, se tournant cette fois-ci vers la femme de chambre. Et donc, vous, Lucia ?

— Oui ?

— Pardon, mais… Lucia comment ? Quel est votre nom de famille ?

— Santos, souffla-t-elle en regardant le directeur, comme si elle attendait de lui qu'il validât sa réponse. Mais, je n'ai pas vraiment vu Yzzy, vous savez, j'ai juste…

— Lucia, s'il vous plaît, la coupa sèchement le directeur, plusieurs de vos collègues m'ont confirmé que vous le leur avez dit…

— Vous n'avez rien à vous reprocher, intervint calmement l'inspecteur, je cherche simplement à déterminer à quel moment elle se trouvait encore dans l'hôtel, c'est tout.

Lucia hésitait ; elle pesait manifestement le pour et le contre, et O'Maley le comprenait bien. S'il n'avait aucune raison de penser qu'elle ne travaillait pas en toute légalité, il savait qu'une femme de chambre hispanique aux États-Unis ne se sentait jamais à l'aise face à la police. Après quelques secondes, elle se lança :

— Ce n'est presque rien. J'ai frappé à sa porte pour faire le service, et comme personne n'a répondu, j'ai ouvert. Lorsque j'ai vu qu'elle était dans la chambre, je me suis excusée et je suis sortie. C'est tout.

— C'était quand ? demanda O'Maley.

— Le jour où elle a disparu, répondit Lucia. Mardi.

— Vous vous rappelez l'heure ?

— Pas précisément, je suis désolée. C'était pendant la matinée. 10 heures. Peut-être 10 h 30.

— Merci, madame Santos, merci pour votre aide, dit-il avec le ton le plus rassurant qu'il était possible d'avoir pour un flic irlandais.

Après avoir quitté le directeur, le policier rejoignit son véhicule et, perdu dans ses pensées, remarqua à peine que la foule de curieux, à l'extérieur, était un peu plus dense. *Je suis absolument nulle part : un fan-réceptionniste qui a cherché à se faire mousser pour rencontrer une célébrité, et une femme de chambre qui l'a aperçue trois secondes, quelques mots échangés, rien qui m'apprenne rien. Les médias s'excitent, et je suis toujours désespérément nulle part.*

6.

Autre décor, mais même combat. Le lieu est bien plus accueillant que le poste de police, ce qui est la moindre des choses, vu ce qu'il m'en coûte. Rien ne ressemble plus à une salle de réunion d'un grand cabinet d'avocats américain qu'une autre salle de réunion d'un grand cabinet d'avocats américain. Tout ici paraît n'exister que pour justifier leurs honoraires. La taille de la table est ridicule, on pourrait y installer au moins trente personnes, en témoigne le nombre de chaises au design si épuré que seul un prix exorbitant l'expliquerait. Sans doute importées. D'Italie ou de France. À croire que le décorateur des lieux n'a jamais mis les pieds ni en Italie ni en France. Contre les deux murs les plus larges, d'immenses canapés Chesterfield aussi beaux que vraisemblablement peu douillets ; une bibliothèque pleine d'épais livres de droit aux reliures homogènes contre le troisième ; un écran géant le long du quatrième, au bout duquel se trouve la porte. Et comme ces décors ne sont jamais parfaits que dans les magazines, au centre de la table trône un projecteur duquel pend un câble VGA qui attend certes d'être branché à un ordinateur, mais un ordinateur âgé de près de vingt ans vu la technologie.

Si je suis ici, c'est parce que après m'avoir laissé répéter, encore et encore, tout ce que je savais à la police, maître Angela Sciavone estime qu'il serait bon qu'on revoie à nouveau, elle et moi, mon histoire. Selon elle, on n'est jamais « trop préparé » pour une déposition. À six cents dollars de l'heure, je comprends son zèle, même si je ne suis pas impressionné. Yzzy facture en moyenne cinquante mille dollars pour une simple photo qui ne l'occupe jamais une heure entière. Même moi, si j'étais un agent classique avec une commission classique de 10 %, je gagnerais encore bien mieux ma vie que maître Sciavone. Cela me coûterait sans doute plus cher si elle était partenaire du cabinet, mais je ne suis pour l'instant accusé de rien, et il est inutile de dégainer si tôt un trop gros calibre. Pas pour l'argent, je m'en fous, mais pour l'attention que cela susciterait. On n'exhibe pas un ténor du barreau quand on veut simplement être conseillé. Je veux dire… c'est du bon sens : les gens qui n'ont rien à cacher n'ont pas besoin d'avocat, pas vrai ? Non, pas vrai. Parce que la police ne s'intéresse pas nécessairement à la justice, tout comme la justice ne s'intéresse pas nécessairement à la vérité. C'est encore plus vrai aux États-Unis qu'en Europe par exemple. J'explique.

Imagine, ton mari ou ta femme est assassinée, des soupçons vont logiquement peser sur toi. Même si tu as un alibi en béton, tu peux toujours avoir commandité ou organisé le crime. À partir de là, naturellement, tu deviens malgré toi le doute raisonnable pour quiconque serait arrêté pour ce crime. N'importe quel avocat de la défense pourra toujours semer une graine dans l'esprit du jury : « Est-on vraiment sûr que le mari ou la femme n'est pas coupable ? » Par-dessus le marché, un avocat te coûtera, dans un procès pour meurtre, entre cent mille et un million de dollars, dont très probablement tu ne disposes pas. Et si par malheur, celui-ci se déroule pendant une année électorale, je te rappelle que le procureur qui tente de te faire condamner ainsi que le juge qui préside les audiences sont deux élus d'un peuple qui attend d'eux qu'ils obtiennent des résultats éclatants et des peines exemplaires. La réalité, c'est que si ton conjoint se fait assassiner et qu'aucun coupable n'est immédiatement désigné sans l'ombre d'un doute, tu pars perdant. Un peu moins si t'es immensément riche.

Là, on a une influenceuse mondialement connue qui a disparu. Et je suis la seule personne sur cette planète qui passait régulièrement du temps avec elle. Même si les policiers n'ont pour le moment rien contre moi, et même si chacun s'attend encore à ce qu'Yzzy débarque d'un instant à l'autre, un cocktail à la main, en expliquant qu'elle voulait faire une virée de quelques jours au Mexique, je garde dans un coin de ma tête cette idée que je pars perdant. Pour les flics, je suis le mari de l'histoire. Voilà pourquoi je paie mon avocate, et voilà pourquoi elle coûte aussi cher. Elle n'est pas là pour me défendre, mais pour améliorer mes chances. Voilà aussi pourquoi je tolère de patienter seul comme un con dans cette salle de réunion, en sachant que les quinze minutes qui viennent de s'écouler me seront facturées, incluant la location de la salle de réunion, avec son projecteur du XXe siècle si ça se trouve.

⋆

⋆ ⋆

— Pas de nouvelles ?

— Pas à ma connaissance, Tim, répond l'avocate.

— Tom !

— Oui, Tom… pardon… Il faut qu'on prépare le terrain concernant l'argent et les litiges à son propos.

Bon, au moins, elle n'y va pas par quatre chemins. Il n'y a jamais eu de problèmes de fric avec Yzzy. Mais j'admets qu'il y a eu beaucoup d'argent. La plupart des gens diraient qu'il y en a eu beaucoup trop, et c'est leur opinion, je la respecte, mais ils ont tort. Ce sont des sommes que des sociétés privées étaient prêtes à payer pour un service rendu par Yzzy. Ce fric n'a jamais été volé, ce n'est pas de l'argent public, c'est de l'argent qui a généré des taxes, des impôts… qui a fait tourner l'économie réelle. Mais je le reconnais… « objectivement », « rationnellement », il s'agit de beaucoup d'argent. Si mes revenus font des envieux et créent des crispations, je n'imagine pas ce que la publication de ceux d'Yzzy pourrait susciter. Pas aux États-Unis, mais dans le reste du monde. Ici, en Amérique, si vous gagnez des millions, les gens vous félicitent, surtout si vous partez de rien. Dans le reste du monde, on dissèque, on compare, comme si cela avait le moindre sens. Vous savez combien d'années il faudrait à un ouvrier indien pour accumuler les revenus d'un seul mois de travail d'Yzzy ? Pourquoi faire ce genre de comparaisons ? Quel est le sens de cela ? Si Yzzy ne travaillait pas, cet ouvrier indien serait-il mieux payé ? Le problème est-il qu'Yzzy gagne beaucoup d'argent ? Ou que beaucoup de personnes dans le monde sont exploitées ? Bref… trêve de digression. Il n'y a jamais eu de litige concernant l'argent avec Yzzy. Même pas de non-dits. On avait envisagé, au début, que je prenne une commission sur chaque contrat, comme un agent classique. 10 % ? Non, plutôt 15 %. Dans ce cas, mettons-nous plutôt d'accord sur 13. C'était inefficace.

Je le savais, et elle le pressentait. Il y avait mieux à faire. Parce qu'Yzzy n'a jamais été vénale. Elle voulait gagner sa vie, et bien la gagner, mais ne s'offusquait pas que j'en fasse de même. Alors nous sommes convenus de la chose suivante, et je vous en parle parce que vous êtes mon avocate, mais ce que je vous dis reste confidentiel et je n'ai pas l'intention d'en parler à la police sans une raison valable.

Pour chaque contrat, je discutais avec Yzzy de ce qui semblait être un prix raisonnable pour elle, et elle me faisait confiance pour négocier au mieux ses attentes. Ce que je réussissais à signer au-delà de ce montant me revenait. Si elle voulait quarante mille et que j'obtenais cinquante mille, je gardais dix mille ; si j'obtenais quarante-deux mille, je gardais deux mille. Une fois qu'elle avait fixé son prix, elle acceptait que je me batte pour gagner plus. Au début, cela a signifié quelques refus, mais lorsque sa renommée est devenue mondiale, cela n'a plus jamais été un problème. Parce que ni elle ni moi n'exagérions.

— Et vous n'aviez jamais de désaccords ?

— Peu, mais on en avait. Certains ont-ils pu dégénérer en engueulades, voire en grosses engueulades ? Uniquement sur les derniers mois, mais le problème n'était pas l'argent. Ça n'a jamais été l'argent. Ne serait-ce que parce qu'on gagnait elle et moi bien plus que ce qu'il nous était possible de dépenser. Je vous assure, il n'y a aucune raison de s'attarder sur le sujet de l'argent, y en avait suffisamment pour que ce soit pas un problème entre nous. Non, le problème, c'était les drogues.

Publication Instagram d'Yzzy

Un portrait, simple, comme il en existe des dizaines sur le compte Instagram d'Yzzy. Ses yeux clairs qui semblent toujours un peu sourire fixés droit sur l'objectif. La lumière du soleil couchant unifie et dore la peau de son visage légèrement penché, comme prêt à embrasser le spectateur. Derrière ses cheveux relevés, le ciel rougi par les quelques nuages qui surplombent un flanc de montagne immaculée. Et par un filtre Instagram.

La légende : *Peut-on se sentir plus libre qu'en dévalant une montagne enneigée ?*

16,3 millions de likes

7.

J'ai toujours entretenu deux relations avec Yzzy, une personnelle et une professionnelle, qui s'entremêlaient inévitablement. Et notre relation professionnelle a toujours eu deux aspects bien distincts. Une partie de mon boulot se résume à trouver des contrats et à lui faire gagner de l'argent sans qu'elle se préoccupe de tout ce qui peut être chiant, tandis que l'autre consiste à lui faire garder les pieds sur terre. Et je pense qu'à moins d'être dans une situation similaire à la sienne, personne ne peut comprendre à quel point c'est compliqué. Vous êtes constamment sollicité, souvent par des gens que vous avez toujours admirés, vous savez que vous pouvez facilement faire tomber beaucoup d'argent, mais dans le même temps vous ne souhaitez pas abuser de la patience d'un public qui, s'il aime que vous vous enrichissiez, déteste la publicité ; vos fans veulent constamment vous rencontrer pour vous dire à quel point ils vous aiment, mais certains vous insultent quand vous ne répondez pas, ou même quand vous ne le faites pas assez vite à leur goût. J'en ai déjà vu envoyer à Yzzy un message pour lui poser une question, puis l'insulter sept minutes plus tard parce qu'elle n'avait pas encore répondu. La tendance naturelle est de se cloîtrer. C'est pour ça que les célébrités choisissent de ne se fréquenter qu'entre elles. Ce n'est pas par snobisme. Bon, ok, parfois c'est par snobisme. Mais c'est avant tout parce que ce sont des personnes qui partagent une réalité commune, où paradoxalement une distance se crée entre elles et un public avec lequel elles entretiennent pourtant une relation privilégiée. C'est la partie la plus ingrate de mon travail. Être celui qui dit non. Chaque fois que quelqu'un, aussi célèbre soit-il, veut s'adresser à Yzzy, il passe par moi. Et ma réponse est systématiquement non. À tout, tout le monde, tout le temps. Parce qu'Yzzy ne doit pas être la personne qui dit non. Yzzy doit toujours dire oui et sourire.

— En quelque sorte, vous êtes un peu le gardien, c'est ça ?

— Oui, ça fait partie de mon travail.

— Très bien. Alors laissez-moi être l'avocate du diable quelques instants. Être gardien signifie deux choses : protéger ce que vous gardez, mais également l'empêcher de s'enfuir.

Angela Sciavone ne dit plus rien. Elle attend. Peut-être pour me laisser encaisser son sous-entendu, peut-être afin d'observer ma réaction. J'encaisse, donc, avant de réagir :

— Bien sûr que mon travail est de protéger Yzzy, mais je ne suis pas pour autant son geôlier. Si tel était le cas, elle serait toujours dans sa suite. C'est là que les flics veulent en venir ? Ils pensent qu'elle s'est barrée pour... quoi... sortir d'une prétendue emprise ?

— Vous l'avez vous-même affirmé, c'est vous qui décidez qui entre et qui n'entre pas. Et le plus souvent, si j'ai bien compris, on n'entre pas. C'est vous qui le décidez, pas elle.

— Bien sûr que c'est elle ! Vous pensez que je passe mon temps à envoyer chier des gens pour le plaisir ? Je suis peut-être la seule personne au monde à connaître Yzzy aussi bien, et croyez-moi quand je vous dis que j'œuvre toujours dans son intérêt à elle. Est-ce que j'aime mon métier ? Oui. Est-ce que j'aime gagner de l'argent ? Oui, plein, je ne m'en cache pas et je n'en ai pas l'intention ! Mais jamais je ne me risquerais à présenter à Yzzy des partenaires commerciaux dont elle ne voudrait pas, uniquement pour un cachet supplémentaire. Notre relation est basée sur la confiance, une confiance mutuelle qui n'a jamais été érodée.

— Avait-elle confiance en d'autres personnes que vous ? C'est vous qui avez prononcé le mot *emprise*, je veux que vous le gardiez dans un coin de votre tête et, dans la mesure du possible, qu'il n'en sorte plus jamais.

Il faut que je réfléchisse avant de répondre. Yzzy avait-elle confiance en d'autres personnes que moi ? Pas autant, c'est sûr, mais il y en a sans doute auxquelles elle se fiait.

— C'était le cas jusqu'à il y a quelques mois, en tout cas. Quand elle a commencé à prendre des pilules, et ne me demandez pas, je ne sais pas ce que c'était, elle est devenue paranoïaque. Elle pensait que tout le monde lui en voulait, la détestait. Elle ne voyait plus l'amour des uns, elle ne discernait que la haine des autres. Quand vous êtes une personnalité publique sur Internet et sur les réseaux sociaux, peu importe votre niveau de notoriété, des gens vont, pour des raisons qui leur sont propres, concentrer toute leur haine sur vous. Peut-être parce que vous leur rappelez quelqu'un, peut-être parce que vous êtes une femme, ou un homme, peut-être que vous n'avez pas la bonne couleur de peau ou la bonne religion selon eux, mais c'est ainsi. Vous ne pouvez malheureusement pas y faire grand-chose. Et les personnes qui vous détestent font beaucoup plus de bruit que celles qui vous aiment. Si vous n'êtes pas dans le bon état d'esprit, vous ne voyez plus que celles-là. C'est une spirale.

— Yzzy s'est retrouvée dans cette spirale ?

— Oui, je ne sais pas trop ce qu'elle prenait, mais entre les drogues et l'alcool, elle n'était plus vraiment elle-même. J'essayais d'être aussi présent que possible, mais elle se refermait, je le voyais bien.

— Avez-vous tenté de l'aider ? D'appeler un médecin, un thérapeute, un professionnel quelconque qui aurait pu la soigner ? Et ne répondez pas trop vite, j'ai besoin que vous m'écoutiez. Voilà ce qu'il est possible d'entendre de votre récit : vous êtes le seul à avoir accès à Yzzy *[elle égrène ses arguments en tendant un à un ses doigts dénués de bagues, aux ongles impeccablement vernis]*, vous l'empêchez de côtoyer d'autres personnes que vous, elle sombre dans ce que vous décrivez comme une dépression en prenant de l'alcool et des drogues, et… si je peux me permettre, d'après ce que vous racontez, il est très difficile d'envisager que vous n'êtes pas son dealer… Vous ne lui laissez pas non plus la possibilité de trouver de l'aide, ne serait-ce que médicale. Si la police tient le raisonnement que je viens de vous dérouler, et si aucun élément ne permet d'envisager une autre piste, vous devenez de facto le suspect principal dans la disparition d'Yzzy. Dans le meilleur des cas, celui qui a mis sa vie en danger par négligence… Une salade de pâtes, ça vous irait ?

Encore tellement abasourdi par ce que je viens d'entendre, j'ai failli éclater de rire.

— Nous en avons encore pour plusieurs heures, et je commence à avoir faim.

8.

Steve O'Maley n'avait pas eu le choix, son capitaine lui avait collé ce dossier et il devait faire avec. Et qu'est-ce qu'il y avait dans ce dossier ? Une jeune femme riche et célèbre que son agent n'arrivait pas à localiser. Rien, en somme. Il tournait en rond et en avait bien conscience. L'enquête était au point zéro. Il lui semblait qu'elle n'avait pas encore débuté et, dans le même temps, qu'elle était arrivée à son terme. Personne ne savait rien, personne n'avait rien vu, personne ne comprenait rien à rien, mais, à la fois, tout le monde avait un avis, une conviction, quelque chose à dire.

On avait pris le temps de lui expliquer qu'Yzzy était une célébrité de calibre mondial, que son visage était reconnaissable jusque dans les coins les plus reculés de la planète, mais rien. Elle n'apparaissait sur aucune caméra de surveillance, sur aucun téléphone portable. Elle n'était nulle part. Un fantôme. Les médias pressaient autant qu'ils le pouvaient, comme ils savaient le faire, mais l'inspecteur avait dû se faire une raison à ce sujet : ils n'abandonneraient pas de sitôt. Malgré la présence dans son foyer de deux adolescents, Steve O'Maley n'était pas assez moderne pour comprendre le fonctionnement des réseaux sociaux. Aussi n'avait-il pas anticipé à quel point la disparition d'Yzzy allait continuer à agiter les médias dans la durée, et même à prendre de l'ampleur.

Il en venait à espérer un problème de juridiction. *Ce dossier n'est pas un cadeau,* c'était le moins qu'il pouvait en penser, *mais si on arrive à établir avec un peu de conviction qu'il y a eu enlèvement, ou a minima que la disparue a quitté l'État du Massachusetts, alors le FBI prendra la relève. Ils seront bien contents, eux, de faire des conférences de presse toutes les cinq minutes, et je pourrai reprendre les affaires courantes, au service des citoyens de Boston.*

Pourtant, Steve O'Maley aimait son job, et l'accomplissait la plupart du temps avec zèle. Les enquêtes, les interrogatoires, tirer chaque bout de ficelle, démêler la pelote jusqu'à être capable de dérouler tous les événements, tenants et aboutissants, c'était ce pour quoi il se levait le matin. Mais pas le cirque médiatique. Il détestait cela. Au mieux, cela ralentissait son travail. Dans la situation actuelle, cela le rendait impossible.

Mais ce n'était pas le plus grave. Pour O'Maley, Yzzy n'avait pas disparu, c'était une adulte gâtée à chaque minute de la journée qui avait décidé de faire une virée avec son mec du moment. Ou sa nana. On les retrouverait dans quelques heures ou quelques jours, ivres morts dans un bar à putes de Las Vegas, il en était convaincu.

Il savait que plus une personne était riche et célèbre, moins elle avait d'égards envers le travail des forces de l'ordre qu'elle considérait comme une série de contraintes à éluder. Elle émergerait de l'orgie dans laquelle elle baignait d'ici peu, un grand sourire aux lèvres, exprimant à la fois ses regrets pour l'angoisse qu'elle avait provoquée chez son public et sa gratitude pour l'intérêt de celui-ci.

Si elle ne s'était pas arrangée pour se planquer avec une bande de fêtards, elle ne pouvait pas être autre chose que séquestrée quelque part… ou morte. Et si O'Maley n'était pas constamment pressé par sa hiérarchie pour apporter des réponses rapides au questionnement du monde, il aurait pu se rendre compte qu'il était enfin confronté à ce dont il rêvait depuis qu'il avait intégré l'académie de police, des années plus tôt : un vrai mystère.

9.

— Pour le procès-verbal, je suis l'inspecteur Steve O'Maley du Boston Police Department, et j'enregistre la déposition de Sara Felicity, influenceuse. Mademoiselle Felicity, vous êtes ici simplement pour témoigner, mais je vous ai informée que vous avez le droit d'être assistée par un avocat ; pouvez-vous confirmer que vous avez renoncé à ce droit ?

— Oui, c'est bon.

— Je vous remercie. Est-ce qu'on vous a proposé à boire ? Un verre d'eau, du café ?

— Rien, c'est bon, merci. Par contre, j'ai juste une question…

— Je vous écoute.

— Est-ce que je peux filmer notre entretien ? C'est pour faire une story Instagram et…

— Malheureusement, c'est impossible. Et je vous invite par ailleurs à ne rien communiquer de cet entretien sur les réseaux sociaux quand vous sortirez, il y aurait un risque d'obstruction à l'enquête et vous pourriez avoir des problèmes.

— Ah, répondit-elle, déçue.

— Si vous êtes prête, nous pouvons démarrer. Quelle est la nature de votre relation avec l'influenceuse Yzzy ?

— Déjà, c'est une collègue, même si elle est bien au-dessus de moi, c'est la meilleure. J'ai commencé après, aussi. Mais c'est avant tout une amie.

— Une amie proche ?

— Oui, très proche.

— Depuis longtemps ?

— Plutôt, oui… Je dirais… depuis environ… oui, presque deux ans.

O'Maley ne se sentait pas à l'aise avec cette témoin, qui s'était spontanément présentée au poste, pour « aider la police avec son enquête ». Il avait pu rapidement constater qu'elle était bien celle qu'elle prétendait être, une influenceuse, mais dans ce cas particulier, cela n'arrangeait rien. Il n'avait pas confiance en une personne dont le métier était d'attirer l'attention sur elle, et si ça faisait de lui un conservateur réactionnaire « boomer », qui ne comprenait rien à la jeunesse, ou quoi que ce soit de désobligeant, *so be it*, comme il le disait souvent.

D'un autre côté, Sara Felicity avait plus de trois millions d'abonnés, donc il était plausible qu'elle connaisse Yzzy par son travail. Et, de toute façon, il n'avait rien d'autre. Pas le début d'une piste. O'Maley ferait le boulot consciencieusement, sans s'en laisser conter par une gamine qui cherchait quelques minutes de gloire.

— Vous n'avez jamais travaillé avec elle, n'est-ce pas ?

— Nous n'avons jamais fait de collab officiellement, non.

— Vous avez déjà fait des « collabs » de manière officieuse ?

— Non.

L'inspecteur marqua une pause. O'Maley espérait qu'elle se rendrait compte d'elle-même qu'elle lui faisait perdre son temps, mais il se doutait que ce ne serait pas le cas.

— Vous devez comprendre, reprit-elle, Yzzy ne fait de collab avec personne. C'est... un genre de marque de fabrique chez elle.

— Comment l'avez-vous rencontrée ?

— À une soirée événementielle. Je ne sais plus si c'était pour Gucci, ou Balenciaga. Mais bon, une maison de luxe. À Miami, il me semble. Il y a un peu moins de deux ans. Mais vous ne trouverez pas d'image d'elle à cette fête. C'est une autre de ses marques de fabrique.

— Justement, vous allez pouvoir m'aider à comprendre une chose. Je n'arrive pas à saisir comment et pourquoi une influenceuse de renommée mondiale se rend à ce genre d'événements sans apparaître sur aucun cliché de la soirée.

— Je ne sais pas exactement, mais ce qui est sûr, c'est que c'est très compliqué de passer sous les radars d'Internet dans ces fêtes. Parce qu'il y a des tas de gens qui prennent continuellement des photos et qui publient des stories. Les stories, c'est des petites vidéos qui...

— Merci, je sais ce que sont des stories.

— ... ne restent en ligne que vingt-quatre heures. Ah, très bien ; je ne voulais pas vous offenser, mais mes parents ne sont toujours pas capables d'envoyer un SMS, alors je préfère être sûre.

— Merci.

Et tes parents ont dû apprendre à envoyer des SMS avec le clavier T9, eux ! pensa-t-il, agacé.

— Bref... IMO, c'est une histoire de business.

— Pardon... IMO ?

— IMO, ça veut dire « à mon avis ». Bref… L'agent d'Yzzy, Tom, il est réputé pour être particulièrement strict avec ses contrats, et je pense que la présence d'Yzzy à une soirée ne coûte pas le même prix que l'avoir sur une photo.

— Quel est l'intérêt pour une marque de payer une influenceuse pour venir à une fête sans en faire la promotion ?

— Ça fait partie du jeu. C'est comme quand une marque vous envoie un produit, un sac à main, des chaussures, peu importe, sans que vous ayez signé quoi que ce soit. C'est un cadeau. Et ils espèrent que si le cadeau vous plaît, vous en parlerez de vous-même. Ça marche assez souvent, parce qu'on sait bien que, sans ça, ils n'enverront plus rien, et si vous réfléchissez, ça leur coûte bien moins cher que de payer un post sponsorisé. Et puis, c'est plus organique.

— Organique ?

— Oui, c'est plus spontané de la part de l'instagrameuse qui poste. Sa communauté ne considère alors pas ça comme une publicité. Plus comme… comme un vrai conseil *lifestyle*.

— Et c'est légal ? Ce n'est pas de la publicité déguisée ?

— Bah non, puisque c'est spontané. Enfin… je crois…

Pour l'inspecteur, la question n'était pas aussi simple. Si une influenceuse sait qu'elle doit parler du produit pour recevoir d'autres cadeaux, on peut penser logiquement qu'il s'agit d'une forme de rémunération. Pour lui, ça restait de la publicité, certes déguisée, mais surtout souvent adressée à un public très jeune. Ce n'était pas si différent d'un athlète ne s'habillant qu'avec une seule marque, un choix vestimentaire, si l'on peut dire, qui résultait justement d'un contrat professionnel entre le sportif et ladite marque. *C'est pas mon problème, je suis pas là pour ça.* Il était là pour retrouver mademoiselle blindée-de-pognon-et-qui-s'ennuyait-certainement-dans-sa-chambre-d'hôtel-de-luxe-avant-de-se-faire-la-malle.

— Très bien. Donc, vous la rencontrez à Miami à une soirée, et deux ans plus tard, vous en parlez comme d'une amie proche. Racontez-moi un peu…

10.

J'ai halluciné la première fois que j'ai rencontré Yzzy parce que c'est une de mes idoles, un modèle que je veux suivre depuis le lycée, et quand je l'ai vue, elle savait qui j'étais, elle connaissait mon compte et m'a dit qu'elle aimait beaucoup ce que je faisais. J'avais du mal à y croire. Elle a passé plusieurs minutes à complimenter mes stories, mes photos, et elle était spécifique, elle connaissait vraiment mon travail, c'était pas juste des paroles en l'air, vous voyez ? De mon côté, j'étais genre toute timide, elle est tellement belle, et elle fait tout ce que je rêverais de faire. Je me plains pas, hein, je voyage beaucoup, je vais dans des lieux magnifiques et je rencontre des gens incroyables, mais elle, c'est vraiment un autre level.

Bref, comme elle a vu que j'avais mon portable à la main, elle m'a tout de suite dit qu'elle ne voulait pas apparaître sur des posts, elle était entrée à la soirée par une porte de service en évitant le tapis rouge. D'ailleurs, elle avait pas de téléphone avec elle. Même pas dans un sac. D'ailleurs, elle avait pas de sac. Bref, elle m'a dit qu'elle avait simplement envie de profiter de la soirée « à l'ancienne ». Je crois qu'elle avait besoin… d'être normale, je sais pas si c'est clair, mais je pense que vous m'avez comprise. Au début, je trouvais ça curieux, parce qu'il n'y a rien de normal, croyez-moi, à une soirée événementielle de luxe à Miami, hein. C'est plus tard que j'ai capté ce qu'elle voulait dire. Parce qu'elle peut pas vraiment se pointer genre dans un bar et prendre un cocktail sans créer un mouvement de foule, vous voyez ? Ces soirées, c'est la seule occasion qu'elle a d'être à peu près normale. Elle passe pas inaperçue, hein, bien sûr que non, elle est beaucoup trop solaire pour ça, mais il y a une espèce d'accord implicite dans ce genre d'événements. C'est le genre de soirées où vous rencontrez des stars de Hollywood ou de la chanson, alors tout le monde fait comme si c'était normal, parce que tout le monde prétend être LA star qui a besoin de se sentir normale… Oui, voilà, c'est ça, *se sentir* normale, pas *être* normale *[rires]*. Enfin bref, tout le monde fait le blasé, et donc quelqu'un comme Yzzy, une vraie star, peut être à peu près tranquille et traverser la pièce sans se faire assaillir par les autres.

Après cette soirée, on est devenues assez proches, elle et moi. Aussi proches qu'on peut l'être en voyageant constamment d'un continent à un autre, vous voyez ? On s'envoyait des petits messages, elle me complimentait sur une photo que j'avais faite, ce genre de choses, mais c'est quand j'ai rompu avec mon copain qu'elle a été très présente pour moi. Vous êtes au courant ?… Non, vous ne devez pas savoir… Bon, faut que je vous raconte. Y a un streameur, vous savez ce que c'est ? C'est quelqu'un qui fait des lives sur Internet, c'est ultra-interactif et c'est vraiment bien comme… Bref. Je suis sortie quelque temps avec un streameur qui fait du jeu vidéo, et ça ne se passait pas très bien. Yzzy m'a conseillée sur la façon de résoudre nos problèmes, sur l'importance d'en discuter et de ne pas se voiler la face. Parce que pour lui, j'étais un genre de trophée, vous voyez ? Et je sais pas si je l'avais pas réalisé ou si juste ça me dérangeait pas, ça c'est ce que pensait Yzzy, mais IMO là-dessus elle se trompe… Enfin bref, toujours est-il qu'après quelques mois, ça se passait pas très bien. Mais bon, d'un côté, je voyage tout le temps alors que lui jamais, du coup on se voyait peu. Alors je comprenais qu'il ait des petites aventures à droite à gauche, hein, qui n'en a pas ? Mais il pouvait pas s'empêcher de faire des stories avec ses petites pétasses, et ça, ça me faisait mal. J'avais plein de commentaires de soutien de gens qui me disaient qu'il ne me méritait pas, ça me faisait plaisir, et ça créait beaucoup d'engagement sur mes posts, parce que ça générait beaucoup de réactions, mais ça me blessait quand même personnellement. Je suis quelqu'un de très sensible, vous savez… Mais bon, tout ça pour dire qu'Yzzy m'a aidée à passer le cap, à comprendre que je n'avais pas besoin de lui, que j'étais, désolée pour le cliché, hein, que j'étais une femme forte et indépendante et que je n'avais pas besoin d'un homme, en tout cas pas au point de tolérer ce genre de comportement. Alors, j'ai rompu. Lui vous dira que c'est lui qui a rompu, et je le laisse faire, c'est de la toxicité masculine, c'est presque pas sa faute, en vrai, tellement c'est ancré chez les mecs, mais c'est moi qui ai rompu. Quand c'est arrivé, j'ai posté une photo sur Insta pour dire que j'étais à nouveau célibataire, que j'étais passée par des moments difficiles, mais que l'horizon devant moi était clair et ensoleillé. J'avais fait un selfie avec, derrière moi, une belle plaine ensoleillée, vous comprenez ? Pour la métaphore.

Avec la plaine ensoleillée derrière toi, je dirais que t'as foiré ta métaphore, ne put s'empêcher de penser l'inspecteur.

Et j'ai eu plein de commentaires de soutien, ça m'a fait vraiment plaisir, mais le plus beau cadeau, c'était... Attendez, je vais vous montrer... *[elle sort son téléphone]* juste deux secondes... *[fait défiler des dizaines de photos avec son index, à l'ongle long et brillant]* voilà. Vous voyez ? Le top commentaire ? Celui qui a eu le plus de likes et de réponses ? C'est un commentaire d'Yzzy : « Heureuse pour toi, ma belle, je te souhaite plein de belles choses à l'avenir. » Vous voyez ? Ça, c'est le message d'une amie. J'aurais aimé être aussi présente pour elle.

L'inspecteur avait bien fait de la laisser parler, ce qui allait venir n'en serait que plus intéressant. Il savait reconnaître une vipère, et Sara Felicity en était une. Elle avait couvert Yzzy de compliments en tout genre, elle pensait certainement passer pour une sainte, il était maintenant temps pour elle de cracher son venin.

★

★ ★

Je n'ai pas tout de suite compris quel était le problème. Je sentais bien qu'elle était plus distante, elle mettait plus de temps à répondre à mes messages, et ses réponses étaient... génériques. On ne voit pas toujours immédiatement quand un ami a des ennuis... Je m'en veux énormément, parce que je sais que j'aurais pu faire... plus... pour elle. Elle prenait des pilules, je ne sais pas quoi exactement, mais tout le monde savait qu'elle en prenait. Sans doute pour garder la ligne. Moi, vous voyez, je fais beaucoup de sport, je fais très attention à manger sainement, c'est même l'objet de ma chaîne, vous la connaissez ? Comment être *healthy* sans se priver *[elle fait défiler des photos de son compte Instagram]*. Je ne crois pas qu'Yzzy était très sportive ou aussi attentive à ce qu'elle mangeait. Je pense qu'elle se faisait peut-être vomir, qu'elle avait un trouble alimentaire. C'est bien plus courant qu'on le pense, j'ai fait plein de stories pour alerter les gens à ce sujet ; c'est d'intérêt public, je trouve. Si je peux aider, par ma notoriété, des jeunes filles qui se sentent mal dans leur peau, et sans jamais les juger, ça c'est hyper important, alors peu importe si je gagne bien ma vie ou non, je sais que j'aurai réussi quelque chose.

Mais bref, Yzzy, elle, prenait sans doute des coupe-faim, qui contiennent de la caféine, de l'orlistat. Avec le jetlag permanent, elle prenait sans doute également des somnifères, parce que la caféine n'aide pas à réguler son sommeil.

« Vous avez l'air de vous y connaître », intervint l'inspecteur.

C'est mon travail, je vous l'ai dit. Pour être *healthy*, en bonne santé et bien dans son corps, il faut savoir éviter les pièges. J'ai déjà fait de la publicité pour des compléments alimentaires, mais uniquement pour les marques en qui j'ai confiance et qui n'expérimentent pas sur les animaux, hein. Et tant pis si je rate des contrats, ce sont mes conditions. Je ne peux pas être malhonnête avec ma communauté, ce sont des gens qui me font confiance. Et si vous les trahissez, c'est terminé. Pas de seconde chance.

Je pense qu'Yzzy a fini par prendre des substances plus énervées, peut-être avec une ordonnance, peut-être sans, elle ne m'a jamais avoué ce problème. C'est pour ça que je n'ai pas pu l'aider. La première règle pour résoudre un problème, c'est admettre qu'on en a un. Je ne sais pas à quel point elle est tombée dans les drogues dures ou pas, elle était sans doute aux antidouleurs, peut-être qu'on lui refilait parfois de la cocaïne pour avoir la pêche, peut-être aussi qu'à des soirées elle prenait de la MDMA, ou des champis. Ce qui est sûr, c'est que les derniers mois, elle était quasiment tout le temps défoncée, vous voyez ? Il faut avoir l'œil pour s'en rendre compte, mais on voit bien sur ses photos qu'elle est fatiguée. Je ne veux causer de tort à personne ni accuser sans preuve, mais je pense que Kev' Jones, son mec du moment, a eu une très mauvaise influence sur elle. Vous avez vu ce qui s'est passé avec lui, n'est-ce pas ? Tout le monde prétend ne pas savoir de qui il s'agit, et lui-même dit que c'est pas lui, mais c'est totalement lui sur la vidéo. Si ça, c'est pas la preuve qu'il avait une mauvaise influence sur elle, je ne sais pas ce que c'est, hein.

En tout cas, pour moi, il n'y a aucun doute que sans toute cette… merde – désolée –, elle aurait répondu à mes messages et ne se serait pas volatilisée comme ça. Pour moi, c'est un appel à l'aide, et *[regard caméra]* j'espère de tout mon cœur qu'il n'est pas trop tard. Le lendemain de sa disparition, j'ai posté une longue story dans laquelle j'explique justement aux gens qu'ils doivent pas lui en vouloir, mais essayer de comprendre : l'addiction est une maladie. Je ne veux pas qu'ils voient Yzzy comme une camée, je veux qu'ils entendent que, malgré les strass, les accessoires de luxe et les voyages en première classe, on peut tout de même rencontrer des difficultés, on est tous plus ou moins égaux face aux drogues, et Yzzy est avant tout une victime. Il ne faut pas avoir honte d'être accro à des substances. C'est une maladie. On le sait, maintenant, hein.

*

* *

En quittant la salle d'interrogatoire, Sara Felicity proposa à O'Maley de faire un selfie avec elle, si c'était « ok ». Ça ne l'était pas. Sara n'insista pas, mais ne put s'empêcher de penser que cet inspecteur passait là à côté d'une belle opportunité de se faire connaître du grand public.

Story Instagram de Sara Felicity, quelques minutes plus tard

« Les amis, je sors du poste de police, où j'ai fait de mon mieux pour aider les enquêteurs à découvrir ce qui est arrivé à Yzzy. Je vais être honnête avec vous, je suis très inquiète. Je pense qu'ils ont compris qu'il y a de quoi, et j'espère qu'ils feront le nécessaire pour la retrouver avant qu'il soit trop tard. N'hésitez pas à diffuser cette story le plus possible, s'il y a suffisamment de partages, il y aura bien quelqu'un qui la verra et qui sait où Yzzy se trouve. Et… *[pause grave]* Yzzy, si tu vois cette vidéo… envoie-moi un message, ma belle… fais-moi juste un signe, que je sache que tu vas bien… *[petite larme]* Faites attention à vous, les amis, et prenez soin de vos proches. »

3,4 millions de vues

Extrait d'un document anonyme relayé sur Twitter/X par plus de soixante mille personnes

[...] Les services de police de Boston mènent l'enquête sous la direction de l'inspecteur Steve O'Maley avec une équipe de moins de cinq personnes. On peut s'étonner du peu de ressources mis à disposition vu la nature sensible de l'affaire. Nous avons accédé au dossier personnel de l'inspecteur O'Maley et nous émettons au nom du peuple de vives réserves quant à ce choix pour diriger les opérations. En effet, l'homme ne brille pas par ses états de service et a déjà deux fois été l'objet d'enquêtes pour des violences policières. La police étant ce qu'elle est, il n'y a bien évidemment jamais eu de suites, mais nous doutons de sa capacité à mener à bien cette affaire ou, a minima, à le faire en des temps nous permettant d'espérer retrouver Yzzy vivante. [...] Nous mettons à votre disposition une pétition à signer afin que le dossier lui soit retiré et que celui-ci soit confié au FBI, bien mieux qualifié pour ce genre de disparition. [...]

Qui nous sommes importe peu. La seule chose qui importe, c'est la justice [...], partagez ce document au plus grand nombre : plus nous sommes nombreux, plus notre force est grande !

11.

— Merci d'être revenu, monsieur Goldberg. Je tiens à vous dire en mon nom et au nom du service que nous apprécions votre coopération.

— Je vous en prie, c'est la moindre des choses.

Je ne sais pas où il veut m'emmener, mais ce genre de ronds de jambe est, du point de vue de ma très courte expérience en la matière, inédit.

— Mon client tient avant tout à ce qu'on puisse retrouver Yzzy rapidement et en bonne santé.

Pas sûr que cette intervention de mon avocate soit nécessaire, mais elle permet au moins de rappeler qu'elle est là.

Très bien. J'imagine qu'on va tout reprendre depuis le début, comment Yzzy et moi nous sommes rencontrés, dans quelles circonstances, les premiers contrats, l'explosion de son compte…

— J'aimerais que vous nous parliez des drogues.

C'est marrant, comment fonctionne l'esprit. Parce que en entendant l'inspecteur prononcer ces mots, deux idées paradoxales se sont télescopées. Je me suis dit : *Ah, celle-là, je l'ai pas sentie venir* et, semble-t-il en même temps, *évidemment que c'est de ça qu'il veut parler.*

Bon. Je savais que ça arriverait, il va falloir être subtil, maintenant.

— Les drogues ?

— Oui, nous avons appris par d'autres témoignages qu'Yzzy ingérait un nombre conséquent de pilules de façon quotidienne.

J'attends. Il n'a pas posé de question. Lui aussi attend. Malheureusement pour lui, le silence ne me gêne pas. Il finit par craquer le premier.

— Yzzy prenait-elle à votre connaissance de telles substances ?

— Il y a plusieurs choses que vous devez comprendre, inspecteur. Tout d'abord, Yzzy est une adulte responsable de ses propres choix. Ensuite, je ne suis pas au courant de tout ce qui se passe dans sa vie et si elle veut me cacher des choses, elle a toute latitude pour le faire. Enfin, mon activité repose en grande partie sur ma discrétion concernant sa vie privée. C'est un des piliers de la confiance qui existe entre nous.

— La loi ne prévoit pas la notion de secret professionnel entre un agent et un artiste. Je comprends la... déontologie qui vous anime, et je ferai au mieux pour respecter une certaine confidentialité, mais je dirige une enquête peut-être criminelle, je suis désolé.

D'un signe de la tête, mon avocate m'indique qu'il a raison, et que je vais devoir parler. De mon côté, je pense que j'ai fait le nécessaire à l'image pour qu'on reconnaisse ma volonté de protéger Yzzy. Je vais parler, mais uniquement parce que j'y suis contraint.

— J'ai toujours été très clair avec Yzzy à ce sujet. Je veux dire... je ne suis pas aveugle, je voyais bien quand elle n'était pas dans son état normal. Mais je l'ai prévenue : je refuse d'être lié en quelque façon aux histoires de drogue. Qu'il s'agisse de médicaments, coupe-faim, antidouleurs, antidépresseurs, amphétamines ou quoi que ce soit. C'est une adulte qui décide seule de ses actes, j'ai toujours fait savoir que j'étais là pour l'aider au besoin, mais que je ne voulais à aucun prix m'en mêler. Ni de près, ni de loin.

— Donc, elle prenait des drogues ?

Désolé, Yzzy, mais là, je n'ai pas le choix.

12.

Ça a commencé assez récemment, à ma connaissance. Je dirais… il y a moins de six mois, ou environ six mois. Au début, elle prétendait qu'il s'agissait de vitamines, de compléments alimentaires, ce genre de choses. Mais les vitamines, d'ordinaire, c'est packagé dans un emballage en carton avec la photo d'une famille qui sourit, ce genre de choses. Ça ne se vend pas dans un flacon générique sans étiquette. J'en ai déduit que c'étaient des coupe-faim, et c'était certainement le cas, au moins pendant un temps. Mais ces merdes flinguent votre métabolisme, alors elle a commencé à prendre des somnifères. Il n'est pas rare qu'Yzzy pose le pied sur trois continents différents en quarante-huit heures. Ce n'est pas facile. Alors, oui, elle a la belle vie, les voyages se font toujours en première classe, les hôtels sont toujours des palaces, mais quand bien même. Mais première classe ou pas, le décalage horaire est le même. Je n'ai jamais su qui était son fournisseur. D'autant qu'elle n'était jamais en rupture de stock, quel que soit le lieu où on était. Mais bon, pour être parfaitement honnête, je n'ai jamais cherché à savoir non plus. Comme je vous l'ai dit, je ne voulais pas m'en mêler. Je lui ai plusieurs fois formulé mon profond désaccord sur ce sujet, mais c'est elle qui avait le dernier mot. Je lui ai proposé de faire une cure de désintoxication. Il en existe à l'étranger, dans des endroits paradisiaques, sur des îles qu'aucun journaliste ne peut approcher, d'abord parce qu'elles sont privées, mais surtout parce que aucun journaliste n'en connaît l'existence. Elle aurait pu y passer ses *28 jours*[1], ou plus si c'était nécessaire, je n'en sais rien, elle en aurait profité pour se requinquer, parce qu'elle avait besoin de vacances, mais de vraies vacances, pas des vacances durant lesquelles elle ne cesse de publier des photos. Des vraies vacances déconnectées de tout réseau. Elle ne voulait rien savoir. Elle était persuadée que s'arrêter même une seule semaine signerait la fin de sa carrière. Dans l'absolu, elle a raison, hein, soyons clairs, mais nous avons des photos d'avance. J'aurais pu les poster moi-même, je me serais mis d'accord avec elle en amont pour en écrire les légendes et personne n'en aurait rien su. Rien à faire. Elle avait soudain un appétit de travailler que je ne lui avais pas connu jusque-là. Je pense que c'est lié aussi à ses relations sentimentales… On peut faire une pause, s'il vous plaît ?

*

* *

J'ai demandé un verre d'eau, je ne veux pas donner l'impression de tout déballer comme si de rien n'était. Il est impératif que l'inspecteur s'imagine que ça me coûte, sinon il croira que je me débarrasse de ce sujet

1. Les cures de désintoxication durent classiquement 28 jours, aux États-Unis, soit quatre semaines : une pour surmonter le manque, une pour comprendre le programme de désintoxication, et deux pour reprendre les habitudes d'un quotidien normal.

et en conclura que j'ai quelque chose à cacher. Maître Sciavone en a profité pour rappeler quelqu'un : un client, son cabinet, sa grand-mère, j'en sais rien. Toujours est-il que je suis désormais seul face à O'Maley qui patiente, mutique. Il pense peut-être que je vais m'y remettre sans attendre le retour de mon avocate. Je crois qu'il n'a pas compris, encore. Le silence ne me gêne pas.

— Veuillez m'excuser, dit-elle à son retour. J'avais un appel urgent à passer.

Oui. Et je ne doute pas que vous me facturerez le temps de cet appel, maître.

— On peut reprendre, si vous le souhaitez.

— J'en étais où ?

— Ses relations sentimentales, répond l'inspecteur sans même une seconde de réflexion.

*

* *

Yzzy a du mal à établir une véritable relation sentimentale avec quelqu'un. Peut-être parce qu'elle ne côtoie quasiment que des gens célèbres, chacun avec ses problèmes d'ego. Il est impensable pour elle de fréquenter quelqu'un qui ne serait pas une personnalité publique, mais vous devez comprendre que ce n'est pas du snobisme de sa part. C'est simplement qu'on peut globalement diviser les hommes qui ne sont pas célèbres en deux catégories : ceux qui connaissent Yzzy et pour qui elle représente un simple trophée, et ceux qui ne la connaissent pas et qui pensent qu'influenceuse est un métier exclusivement construit sur la superficialité. Donc : elle ne fréquente que des personnalités publiques. Et il y en a eu quelques-unes. Des acteurs, des chanteurs ou des mannequins pour qui il était essentiel de s'afficher aux yeux de tout le monde, sur les tapis rouges, ce qui est loin de plaire à Yzzy, et puis les autres, ceux qui n'avaient pas besoin que leur relation s'étale dans les médias. Mais même une fois trouvée cette perle rare parmi le pool d'hommes au goût d'Yzzy, il y avait encore et toujours la distance. Yzzy bouge sans cesse, et nombre de ces hommes également. Il m'est arrivé d'organiser moi-même un rendez-vous entre Yzzy et son mec du moment, avec l'agent du mec en question. C'est terrible, mais c'était le seul moyen. Alors, je ne sais pas lequel de ces petits amis l'a initiée à la cocaïne, mais je n'ai absolument aucun doute sur le fait qu'il s'agissait de l'un d'eux.

Le truc, c'est que ces mecs-là se traînent leurs propres névroses, leurs problèmes et pas uniquement d'ego. Donc il n'était pas rare que ça gueule. J'ai toujours été là pour faire le ménage après Yzzy, m'assurer que son image resterait intacte, mais… oui… au cours des derniers mois, il y a eu un peu de casse dans quelques chambres d'hôtel, une soirée privée dans un bar où ça a pas mal dégénéré et il a fallu non seulement rembourser les dégâts, mais aussi arroser le barman et le proprio pour leur discrétion. Une fois, j'ai dû racheter son téléphone à un gars dix mille dollars pour récupérer les photos qu'il avait prises dans un restaurant où Yzzy et son mec avaient incendié leur serveur. Enfin… pas littéralement, hein… ils ne lui ont pas mis le feu… ils lui ont juste parlé comme à une merde… Le serveur, d'ailleurs, qui était fan, s'est dit qu'Yzzy avait peut-être simplement eu une « journée sans », et a promis, sans demander d'argent, de ne rien raconter. Faut croire qu'il reste encore des gens comme ça.

À chaque incident, Yzzy s'excusait auprès de moi le lendemain ; même parfois juste après, mais alors, elle avait presque toujours les yeux mi-clos… Vous voyez le regard un peu éteint qu'ont les gens bourrés ? Ces yeux-là. J'aimerais pouvoir vous affirmer qu'elle essayait de garder la tête hors de l'eau et, ne vous méprenez pas sur ce que je dis, c'était peut-être le cas… mais sincèrement, je n'y crois pas. La Yzzy des dernières semaines n'est pas celle que j'ai connue au début. Mécaniquement, les gens changent, surtout quand on rencontre un succès si fulgurant, mais là, c'est autre chose, je pense que c'est bien plus sérieux. Je veux dire… Si vous voulez mon avis, et ce n'est que mon avis, elle n'est pas partie jouer à la roulette à Atlantic City, elle n'est pas en train de s'enfiler des margaritas à Tijuana. J'aimerais croire qu'elle est sur une de ces îles pour se reposer, sauf que je ne la vois pas organiser ça sans moi, elle ne saurait pas faire. Je suis très inquiet à son sujet. Et j'espère qu'elle va bien.

*

* *

Après cet entretien, l'inspecteur a demandé à mon avocate les noms des hôtels, bars et restaurants où Yzzy aurait pu « faire du grabuge », mais elle a refusé. Mon contrat garantit auprès d'Yzzy une extrême discrétion concernant sa vie privée, aucune plainte n'a jamais été déposée, donc c'est non. Pour avoir ces informations, il faudra m'assigner. Et on n'en arrivera pas là. Mon avocate pense que c'est possible, mais je sais que non. Parce que moi, je sais comment tout ça va se terminer.

Publication Instagram d'Yzzy

Un portrait formidable d'Yzzy. Elle rit tellement aux éclats que la photo est un peu floue. Un seul mot vient à l'esprit en regardant ce magnifique cliché : naturel. Voilà la vraie Yzzy, celle qui ne pose pas, qui n'attend pas que la lumière du soleil soit exactement comme il faut. Ce portrait, c'est une amie qui vient d'entendre quelque chose de méchamment drôle, une photo prise sur le vif, un extrait de vie. Un souffle de vie. Et personne n'a besoin de savoir qu'il s'agit du vingt-deuxième cliché d'une série de quarante et que le flou a été ajouté sur Photoshop.

La légende : *Passez un maximum de temps entouré par vos amis, ils sont votre énergie la plus précieuse.*

22,4 millions de likes

13.

Enfin, peut-être, une ouverture ! Quelque chose. Un début de piste digne de ce nom. Steve O'Maley ne prit même pas le temps de pester – il le prendrait plus tard – sur ce qui avait circulé par les réseaux sociaux avant d'atterrir sur son bureau et de lui provoquer la petite décharge d'adrénaline nécessaire à tout bon enquêteur. Sur l'écran de son ordinateur, il cliqua sur le bouton « revoir » pour s'assurer qu'il avait bien compris ce qu'il venait de regarder. La vidéo, qui ne durait qu'une quinzaine de secondes, était publiée depuis moins d'une heure, mais totalisait déjà quelques millions de vues. Sur une promenade le long de la mer, parmi les nombreux passants qui vont et viennent, la caméra, distante – *sans doute un téléphone portable, le format de la vidéo est vertical* –, se concentre sur un couple marchant d'un pas plutôt vif, main dans la main. Le jeune homme est vêtu d'un jean bleu et d'un tee-shirt sombre – *bleu marine ou noir* – siglé sur la poitrine d'un logo difficile à distinguer à l'image ; la jeune femme porte un pantalon, peut-être également un jean, mais jaune, et une chemise blanche à manches courtes. Ses cheveux noués en queue-de-cheval sont partiellement cachés par une casquette blanche, et ses yeux par une large paire de lunettes de soleil. *Est-ce que ça pourrait être elle ?* Steve O'Maley était incapable de s'en convaincre. *Ça pourrait, oui, comme ça pourrait être quelqu'un d'autre.* La personne qui filme, quelle qu'elle soit, en est persuadée et répète trois fois « c'est elle, c'est Yzzy ! » avant d'interpeller directement la promeneuse : « Yzzy ! » À cet instant, et c'est sans doute le point le plus convaincant de la vidéo, la jeune femme s'arrête, regarde dans la direction générale de la caméra, dit quelques mots à l'homme qui l'accompagne, puis tous deux se lâchent la main, font demi-tour et s'éloignent, tête baissée. L'individu qui filme a la présence d'esprit de préciser la date avant de couper l'enregistrement. *Si la vidéo est authentique, elle a été prise avant-hier.*

Les auteurs des commentaires sous le post sont partagés ; certains pensent que la vidéo est truquée – « on voit bien que c'est pas elle, MDR » –, d'autres, au contraire, sont convaincus qu'il s'agit bien d'Yzzy, allant de « Dieu merci, elle va bien » à « je savais que c'était juste pour se faire un coup de pub ». En somme, rien qui permette de s'assurer de quoi que ce soit. Un consensus manifeste s'est cependant imposé pour localiser la scène aux États-Unis, mais un débat a surgi entre ceux qui la situent à Malibu et ceux qui affirment que c'est à Miami, ou encore plus simplement dans la baie de Quincy, dans le Massachusetts, à quelques kilomètres à peine de Boston. Et puisque les discussions ont lieu sur Internet, les gens s'insultent pour marquer leur désaccord.

Pour l'inspecteur O'Maley, plusieurs points méritent d'être clarifiés avant de tirer la moindre conclusion : la vidéo est-elle authentique ? La jeune femme qu'on voit est-elle bien Yzzy ? Si oui, qui l'accompagne ? Qui est l'auteur du film ? Où l'a-t-il tourné ? Avant de se forger la moindre conviction, il est nécessaire d'obtenir des réponses de la part de professionnels. *Et le gars de l'informatique est un bon point de départ.*

*

* *

— Ça va être compliqué, dit l'informaticien.

Rien qui ne surprenne l'inspecteur O'Maley, qui savait que tout était toujours compliqué avec les informaticiens.

— Le compte sur lequel vous avez vu cette vidéo, déjà, c'est un compte agrégateur sur Twitter. Les gens qui le gèrent regardent ce qui tourne sur Internet, le récupèrent et le publient. Mais ce compte n'est pas à l'origine de la diffusion, donc trouver qui s'en occupe ne vous apportera rien. J'ai fait quelques recherches et le film semble être d'abord apparu sur Reddit, un autre réseau social. Je vais continuer à creuser, mais à mon avis, ça ne mènera nulle part. Concernant l'authenticité de la vidéo… c'est compliqué – *évidemment*, se dit O'Maley – parce qu'on n'a pas la version originale, on ne possède que la version d'Internet, compressée par les sites qui la diffusent et…

— On pourrait demander à ces sites la version originale ?

— Ils ne l'ont pas. Les plateformes qui diffusent des millions de vidéos compressent automatiquement le contenu pour économiser de l'espace…

— Donc on n'a qu'une version dégradée ?

— En réalité, non… je me répète, c'est compliqué… On a une version dégradée, qui va être la première mise en ligne… a priori celle de Reddit, donc… et des versions encore plus dégradées chez ceux qui ont récupéré la vidéo Reddit pour la publier ailleurs. Mais bon, pour faire mes tests, je suis donc parti de la première version diffusée.

L'informaticien ouvrit une fenêtre contenant la vidéo ainsi que nombre d'indicateurs techniques qui faisaient penser l'inspecteur O'Maley au panneau de contrôle électronique des gars s'occupant de voitures de course.

— J'ai fait rapidement, hein, mais je suis tout de même assez confiant… si je regarde les variations de contraste, si je cherche des artefacts au niveau des pixels qui ne soient pas dus à une compression, je dirais que la vidéo est authentique. Je m'explique : je pense que la personne a bien filmé ce qu'on voit à l'image, mais je ne présume absolument pas de ce qu'on voit à l'image. Je dis juste que l'image n'a pas été altérée.

— Et pour le son ?

— Je ne peux pas être catégorique. Il semble s'agir d'une seule prise de son, la compression me paraît parfaitement compatible avec celle d'un smartphone classique, mais je suis incapable d'affirmer que ce qu'on entend a quoi que ce soit à voir avec l'image.

— Comment ça ?

— Il est possible d'avoir filmé la scène, puis d'avoir enregistré le son à un autre moment, et d'avoir collé les deux ensemble.

— Donc on ne peut pas vérifier si le son est authentique ?

— Ce que je crois, c'est qu'il n'est pas le résultat d'un mixage entre plusieurs prises… Il n'y a pas de trucage, si vous voulez. Mais j'ignore si le son est bien celui qui correspond à ce que l'on voit.

— Très bien. Et concernant le lieu ?

— Ça va pas vous plaire, mais c'est également difficile à déterminer, parce qu'on distingue simplement des gens et la mer. A priori, si j'en crois les ombres et qu'on s'accorde sur la date à laquelle la vidéo a été tournée – *et si j'ai bien suivi,* pensa l'inspecteur, *on ne devrait pas s'accorder là-dessus* –, la scène se déroule plutôt sur la côte est que sur la côte ouest. Vu la dégaine des gens filmés, je ne pense pas qu'on soit à Miami Beach, mais je suis bien incapable de faire la différence entre la baie de Quincy et Fort Lauderdale[1].

— Très bien, j'attends votre rapport d'expertise.

— Ça marche, le temps de finir de le rédiger et je...

— À votre avis, c'est elle ?

— Yzzy ?

— Oui. Vous la connaissez ?

— Évidemment que je la connais... Je ne pense pas que c'est elle.

— Ah ?

— C'est difficile d'en être sûr, parce que ses photos Insta sont toujours un peu trafiquées, mais il me semble bien qu'elle a de plus gros seins.

L'inspecteur se leva, replaça sa chaise près du bureau adjacent et se dirigea vers la porte sans commenter la dernière réflexion de cet « expert ». Il se ravisa toutefois et lui lança, avant de quitter la pièce :

— Merci de ne pas parler de ses seins dans votre rapport.

J'ai pas besoin d'avoir ce genre de propos qui fuitent dans la presse, on nous scrute suffisamment comme ça.

1. Petite ville côtière de Floride, au nord de Miami.

14.

De retour à son bureau, l'inspecteur galérait un peu avec son matériel informatique suranné. Il pestait autant contre la machine que contre lui-même ; comment, après une pandémie qui avait bloqué la planète pendant près de deux ans, comment n'était-il toujours pas capable d'organiser une visioconférence du premier coup ? Il devait faire vite, il le savait, alors il rappela l'informaticien à l'aide. Il aurait droit à quelques moqueries, mais il s'en foutait, à ce stade. L'homme qui allait témoigner avait bien expliqué que son temps était extrêmement précieux. Il l'avait précisé plusieurs fois. Alors pas question de débuter la visio en retard.

Une fois la technique au point, il ne restait plus qu'à attendre que son interlocuteur se connecte. Steve O'Maley était satisfait. Non seulement parce qu'il était prêt avec quelques minutes d'avance, mais aussi parce qu'il ne savait pas encore que son témoin aurait, lui, quarante minutes de retard. Celui-ci devait « finir ses séries à la gym en prévision d'une audition ». À Boston, Steve avait rarement l'occasion d'être confronté à des stars, et ça ne lui manquait pas. Lorsque enfin la connexion fut établie, l'inspecteur, déjà agacé par l'attente, le fut doublement en découvrant l'installation technique de son témoin : des lumières léchées, des panneaux de LED multicolores au mur, un micro certainement digne des studios d'enregistrement des Beatles, une caméra haute définition. Steve O'Maley, qui utilisait une webcam semblant dater d'une époque antédiluvienne, et qui avait dû emprunter à son fils un casque avec micro intégré qu'il avait eu un mal de chien à paramétrer, avait soudain l'impression d'être un plouc invité en duplex à une émission de télévision sur une chaîne nationale. La caméra, toujours juchée sur son trépied, qu'il utilisait en salle d'interrogatoire était pointée en direction de l'écran, ce qui ne manqua pas de faire sourire Kevin Randal Jones qui venait d'apparaître à l'écran.

Si ce petit jeune lui avait demandé la raison d'une telle installation, l'inspecteur O'Maley aurait répondu qu'il était préférable de disposer de tous les enregistrements au même format, sur cassettes rangées au même endroit aux archives, plutôt que d'avoir tel fichier sur tel ordinateur et, pourquoi pas, sur le cloud, tant qu'on y était. Mais Kevin ne posa pas de questions. *Bien sûr que non,* se dit Steve, impassible, *c'est bien plus facile de se moquer sans chercher à comprendre.*

— Monsieur Jones, avant toute chose, merci de vous être rendu disponible pour…

— Ça va durer longtemps ?

— Je ne pense pas, mais si vous avez des contraintes et que vous souhaitiez reporter…

— Non, c'est juste que je suis invité à un live dans quarante-cinq minutes pour parler de ma relation avec Yzzy. Sa disparition inquiète beaucoup de monde, vous comprenez ?

— Dans ce cas, je vous propose qu'on démarre et nous arrêterons suffisamment tôt pour vous permettre d'assister à ce programme.

— Super, *let's go!*

— Je me permets toutefois, avant de commencer, une petite remarque, monsieur Jones. Merci de ne pas évoquer notre entretien lors de votre émission. Nous sommes en train de mener une enquête de police, et il est essentiel que les différents témoins ne diffusent aucune information. Je préfère vous prévenir, car cela pourrait être considéré comme une entrave à la justice.

— Sara a fait une story en sortant de votre poste de police.

— Je l'ignorais, répondit-il après quelques secondes de silence, c'est tout à fait regrettable et je vous recommande vivement de ne pas suivre son exemple.

Steve ne pouvait malheureusement pas en faire plus ; absolument rien n'interdisait à des témoins de s'exprimer publiquement et il était illusoire d'imaginer que l'État poursuivrait l'un d'eux pour obstruction, à moins que celui-ci ne révèle quelque chose de sérieux, comme le nom d'un meurtrier ou d'un témoin protégé.

— Monsieur Jones, cet entretien va être enregistré, reprit-il en pointant du doigt la caméra, ce qui fut suivi par un nouveau sourire de Kevin. Vous comprenez que vous avez le droit d'être assisté par un avocat et vous me confirmez que vous avez renoncé à ce droit ?

— …

— Monsieur Jones ?

— Oui ?

— Vous confirmez ?

— Quoi ?

— Que vous avez décidé de ne pas vous faire assister d'un avocat…

— Ah… oui, je confirme.

— Très bien, alors nous pouvons y aller. Pouvez-vous me dire votre nom complet ainsi que votre profession ?

— Kevin Randal Jones, streameur et coach.

— Merci. Pouvez-vous décrire la nature de vos relations avec Yzzy ?

Kevin Randal Jones se repositionna sur son siège, ajusta le bras articulé de son micro, puis commença son récit.

15.

Je suis sorti quelques mois avec Yzzy. On s'est rencontrés à une soirée à Paris, une soirée trop guindée pour elle comme pour moi, même si elle semblait parfaitement à son aise. Ça fait partie de son travail, d'avoir l'air à sa place en toutes circonstances. Moi, je fais pas l'effort, je m'en fous. C'était pas un événement qui m'intéressait vraiment, mais comme c'était un voyage à Paris, j'ai sauté sur l'occasion. Et franchement, je ne comprends pas tout le bruit qu'on fait autour de cette ville. Oui, y a des beaux bâtiments, mais je préfère largement Londres ou Berlin. On me parlait des Champs-Élysées comme d'une des merveilles du monde, mais la Cinquième Avenue est bien plus belle. Et plus grande. Donc, j'étais à cette soirée, et j'aperçois Yzzy près du bar. Seule. On imagine qu'une fille de ce genre doit constamment vivre avec des gens qui lui tournent autour, mais là, non. Je ne sais pas si c'est le snobisme des Français ou quoi, je ne sais pas si c'est culturel, mais ils ont cette manière de vous donner l'impression que vous pourriez ne pas être là que ça ne changerait rien. Ils étaient pareils avec moi, sauf que moi, je m'en fous. Alors je suis allé lui parler, et on s'est tout de suite bien entendus.

Yzzy, c'est une fille simple, sincère ; quand vous lui parlez, elle vous fait sentir que vous êtes important et que ce que vous racontez est passionnant. Alors, ouais, je suis pas dupe, bien sûr que ça fait partie de son travail, être tout le temps en représentation, être toujours souriante, toujours se comporter comme si quelqu'un allait prendre une photo. C'est comme ça qu'on contrôle son image sur le Net.

À la grande époque de la presse à scandale, les tabloïdes se trouvaient souvent en panne d'affaires croustillantes à dévoiler. Y avait pas tous les jours un acteur qui couchait avec une actrice alors que sa femme l'attendait, enceinte, à deux mille bornes de là. Enfin… si… ça arrivait, forcément, mais un paparazzi n'était pas là chaque fois pour immortaliser l'événement. C'est marrant, d'ailleurs, de se dire que ça a presque disparu alors qu'aujourd'hui tout le monde a un appareil photo dans la poche. Mais bon, donc, à cette époque, la plupart des clichés qu'on trouvait dans ces magazines, c'était des photos volées. Par exemple, la cellulite sur le cul de Kate Moss, ou Ben Affleck avec une tache de sauce sur son tee-shirt, pris de super loin. C'était ça, le fonds de commerce de ces papiers. Montrer des stars autrement qu'à leur avantage. Épingler leurs défauts, afin que le lecteur puisse se dire « ah, je savais bien que ce type est une merde et que je suis mieux que lui », ou encore « ah, je savais bien que ce mannequin est ultra-photoshopé et qu'en vrai, elle est moche ». Yzzy a grandi dans un monde envahi par ce type d'images, alors elle sait qu'il faut toujours faire attention. Vous aurez beau chercher, vous ne trouverez aucune photo volée d'Yzzy. C'est aussi le taf de son agent juif, là, Goldberg, mais même sans lui, elle veille toujours. Vous la verrez jamais manger dans la rue, genre un hot-dog ou même mastiquer du chewing-gum. Au restaurant, elle s'assoit toujours dos à la rue, et si ce n'est pas possible, elle ira manger ailleurs. Les gens ne se rendent pas compte, mais c'est pesant, en vrai. Moi, je vous l'ai dit, je m'en fous. Si on me chope en photo la bouche ouverte en train de mâcher comme un abruti, j'en ai rien à secouer. Mais bon, faut être honnête, je suis un mec, alors c'est admis. Personne ne veut imaginer Yzzy lâcher une caisse dans un bar bondé, alors que si je demandais à tout le monde dans le bar de fermer sa gueule pour qu'on m'entende bien péter d'un bout à l'autre de l'établissement, ça ferait marrer les gens. Je dis pas que c'est mon trip, hein, je suis pas un dégueu ou quoi, j'explique juste que les standards sont pas les mêmes. On peut trouver ça injuste ou rien en avoir à secouer, ça change rien au fait.

Donc… Yzzy… On a passé la nuit ensemble, ce soir-là, à Paris. Et j'essaie pas de vous dire que c'est une fille facile ou que je suis un tel tombeur qu'elle n'a pas résisté. Faut bien comprendre qu'avec nos métiers, elle était genre au Japon le lendemain et moi… je ne me souviens plus, mais ailleurs, quoi. Donc quand on a envie de passer la nuit avec quelqu'un et qu'on a la possibilité de le faire, on le fait. Parce qu'on sait pas quand on pourra se revoir. Et Yzzy et moi, on est sortis ensemble pendant quelques mois, mais on s'est pas vus plus de dix fois sur la période. Par contre, chaque fois qu'on se voyait, c'était dans une chambre d'hôtel. On se faisait monter à bouffer, on couchait ensemble, on discutait, on rigolait, on matait un film, si on le sentait et que c'était ma chambre, on se matait un porno en VOD, évidemment jamais si c'était la sienne, et on recouchait ensemble. C'était très sexuel comme relation, ok, mais en même temps, c'était hyper sincère, je veux pas donner l'impression de dénigrer. On s'est raconté nos vies, on a parlé de nos parents, de nos amis d'enfance, on a partagé des vrais moments d'intimité. Pourtant… encore une fois, je veux pas donner l'impression de dénigrer, je vous révèle tout cela uniquement pour vous aider dans votre enquête, normalement j'en parlerais à personne, de ça… mais même dans les moments les plus intimes, et alors qu'Yzzy a toujours été charmante, pleine d'amour et de tendresse… eh bien même dans ces moments-là, elle faisait toujours attention à son image. Sans doute qu'elle ne s'en rendait même plus compte, à force. Vous voyez comment une femme se tient en sortant à poil de la douche ? Eh ben pas elle. Elle défilait, un peu sur la pointe des pieds, hanches en avant. Même pendant qu'on bai… qu'on faisait l'amour, je sentais qu'elle lâchait pas prise, elle semblait faire attention que la lumière tombe bien sur elle, comme si une caméra était braquée sur nous et qu'elle réfléchissait au cadre. D'ailleurs, c'est pour ça que j'ai jamais cru, moi, à la vidéo d'elle, vous savez laquelle, hein ? Impossible qu'elle se comporte comme ça en sachant qu'elle est filmée. Et peut-être que vous n'alliez pas me poser la question, mais dans le doute, je préfère vous prévenir : non, je n'ai rien à voir avec cette vidéo. Je sais qu'on pense que c'est moi… ce n'est pas vrai. Par contre, je dois reconnaître, pour l'avoir visionnée, que c'est très ressemblant, je peux en vouloir à personne d'y croire.

★

★ ★

Des accès de violence ? Yzzy ? Non, je n'ai jamais décelé la moindre violence chez elle. Ne serait-ce que parce que, comme je vous l'ai dit, elle faisait toujours gaffe à son image. Toujours. Je pense même qu'une partie de son cerveau reste éveillée pour qu'elle ait l'air séduisante y compris quand elle pionce. Alors l'imaginer péter des assiettes au restaurant, même pas en rêve. Je sais que le bruit court… j'entends ce que les gens disent. Je ne réponds jamais sur Twitter ou Reddit, je m'en tape, mais j'ai toujours un œil qui traîne et je suis au courant des rumeurs à son sujet. Je peux vous affirmer que j'ai beaucoup de mal à y croire. Maintenant, on dit aussi qu'elle est devenue alcoolique et qu'elle se bourre de cachetons. Pareil, je l'ai jamais vue dans des états pitoyables, je pense même pas l'avoir vue finir une coupe de champagne, mais si… je dis bien « si » et c'est un énorme « si »… si elle a effectivement plongé dans la came, je connais pas l'effet que ça aura eu sur elle. À la limite, si ça lui permet de faire tomber un peu le masque et de se détendre, tant mieux pour elle. Je dirais pas qu'Yzzy avait besoin de baiser… pardon… avait… besoin de sexe… mais elle avait clairement besoin de se lâcher pour de vrai. Sinon, impossible que ça finisse pas par exploser. Les gens croient que c'est facile, comme métier, mais ils ne se rendent pas compte. Alors ok, elle soigne pas le cancer et elle travaille pas sur une chaîne à l'usine soixante heures par semaine… mais ni vous ni moi non plus, d'une ; de deux, elle a permis de lever des centaines de milliers de dollars pour la lutte contre le cancer, ou je sais plus quelle maladie. Et de trois, c'est un stress permanent que de vivre constamment sous le regard de millions de gens à travers le monde dont la majorité n'attend qu'une seule chose : voir la cellulite que vous avez au cul ou la tache de sauce sur votre tee-shirt.

*
* *

Quand on s'est séparés, on a fait ça par téléphone, mais pas de façon glauque, hein... on a fait ça par téléphone parce qu'on était physiquement loin l'un de l'autre ; je sais plus exactement où elle était, mais moi j'étais à Auckland, en Nouvelle-Zélande, autant vous dire que j'étais au bout du monde. Ça s'est fait globalement d'un commun accord, comme on dit. En vrai, le truc, c'est que j'étais ok pour qu'on continue de se fréquenter si on n'était pas exclusifs et qu'on pouvait voir d'autres personnes... Sincèrement, j'aurais bien aimé qu'Yzzy et moi devenions *fuck buddies*... pardon... des *friends with benefits*... mais elle était pas chaude à l'idée. J'aurais aussi été ok pour qu'on soit exclusifs si on avait pu se voir plus souvent, mais c'était pas non plus au programme. Alors on s'est promis de rester amis. Au fond, je savais bien qu'on aurait sans doute l'occasion de repasser une nuit ensemble de temps en temps, mais c'en était fini de l'organiser. Mais j'étais sincère en voulant être son ami... c'est pas du flan... Je ne vais pas vous mentir, j'ai déjà dit la même chose à d'autres filles tout en sachant que je ne les reverrais jamais, mais j'avais passé de vrais moments avec Yzzy et je voulais pas que ça s'arrête. C'était y a... je sais pas... quelques mois... mais elle n'a plus donné suite... elle ne répondait pas à mes messages, ou alors des réponses ineptes, courtes, désolantes. Je pouvais lui envoyer un message super long pour lui donner des nouvelles, terminer par un « et toi, tu vas bien ? » et une semaine plus tard, recevoir un simple « oui ». C'était pas Yzzy. Peut-être que c'était Goldmachin qui répondait à sa place, car ça peut faire partie de son boulot, mais j'imaginais pas ça avec moi. Ou alors peut-être que les gens disent vrai et qu'elle était bourrée et camée vingt-quatre heures sur vingt-quatre, auquel cas je comprends le silence, mais depuis qu'elle a disparu… je m'en veux de pas avoir tenté plus… J'ai ma fierté, je suis un homme comme un autre… je vais pas courir après une fille qui me répond pas, je sais comprendre le message. Quand une fille me répond pas une fois, deux fois, trois fois… je passe à autre chose, je vais pas pleurer en position fœtale sous la douche, non plus.

Mais j'espère qu'elle va bien.

Extrait de l'émission *Let's talk* sur Twitch, invité : Kevin Randal Jones, quelques minutes plus tard

« On se faisait monter à bouffer, on couchait ensemble, on discutait, on rigolait, on matait un film, si on le sentait et que c'était ma chambre, on se matait un porno en VOD, évidemment jamais si c'était la sienne, et on recouchait ensemble. C'était très sexuel comme relation, ok, mais en même temps, c'était hyper sincère, je veux pas donner l'impression de dénigrer. On s'est raconté nos vies, on a parlé de nos parents, de nos amis d'enfance, on a partagé des vrais moments d'intimité… »

105 k spectateurs de moyenne durant l'émission

Extrait d'une vidéo anonyme partagée sur divers réseaux sociaux

« On savait déjà que les compétences de la police en matière d'Internet étaient proches de zéro, le monde entier se rend maintenant compte de leur inefficacité sur leur propre terrain. Comment peuvent-ils ne pas retrouver Yzzy, un des visages les plus facilement identifiables de la planète, alors qu'ils disposent de milliers de caméras de surveillance, de logiciels de reconnaissance faciale ? Comment nous, qui ne disposons pas de ces moyens, sommes-nous en mesure de dire que l'inspecteur Steve O'Maley, chargé de l'enquête, réside au 25 Edge Hill Street à Boston, que ses deux enfants fréquentent l'école Fenway ? Il faudra bien, à un moment donné, que le département de police de Boston comprenne son incapacité et fasse appel à la population pour l'aider, autrement qu'un appel à témoin dans le talk-show du matin… »

35 millions de vues cumulées sur les réseaux sociaux

16.

Bon, c'est définitivement la merde. Non content de se faire harceler par son chef, l'inspecteur O'Maley devait désormais composer avec la foule de curieux qui se présentait devant chez lui, ainsi qu'assurer la sécurité de ses enfants en classe. *Qu'est-ce que c'est que ce monde de tarés congénitaux ?* se demandait-il, regrettant aussitôt son emportement intérieur. *Qui peut penser que c'est une bonne idée de balancer mon adresse et l'emploi du temps de mes gosses ? Est-ce que cette personne imagine vraiment qu'on trouvera sa starlette plus vite ainsi ? Et putain, mais quand est-ce que le Bureau va prendre la relève ?*

Steve O'Maley l'ignorait, mais le FBI ne prendrait pas la relève. Sur les affaires médiatiques, il y avait toujours du pour et du contre ; mais concernant celle-ci, rien ne permettait de dire qu'Yzzy avait quitté l'État, volontairement ou non, et le procureur avait poussé de toutes ses forces pour que l'enquête reste locale. De son point de vue, c'était gagnant-gagnant : la police finirait bien par trouver un coupable qu'il s'empresserait de faire condamner, garantissant ainsi sa réélection et une belle ligne sur son CV pour le jour où il songerait à devenir gouverneur ; et si la police ne trouvait rien, il insisterait alors sur le caractère sécuritaire de sa campagne, et le résultat des urnes serait le même.

La vidéo d'Yzzy qui file le parfait amour à la plage n'avait rien donné. Elle tournait encore sur Internet, plusieurs montages y avaient même intégré la fameuse vidéo de Bigfoot. Le département de police de Boston aurait dû être la risée des médias, mais la désignation de Steve O'Maley avait résolu les problèmes de toute cette institution : il semblait être le seul responsable de cette enquête auprès du public et tout échec serait le sien. Cependant, l'inspecteur ne se faisait aucune illusion : s'il parvenait à retrouver Yzzy ou, à défaut, celui qui l'avait fait disparaître, il connaissait une demi-douzaine de personnes qui marcheraient sur sa tête pour en recueillir les lauriers et donner une conférence de presse. *Je suis seul. J'ai beau être épaulé par une partie du département, je suis le visage de cette enquête, et cela va bien à tout le monde.* En outre, un consensus semblait se dégager sur les réseaux sociaux : la vidéo ne montrait pas Yzzy, mais simplement une jeune femme qui, de loin, pouvait lui ressembler. Sans grande surprise, toute la toile avait considéré que les seins de l'influenceuse étaient plus volumineux sur Instagram que sur ces images. Cela étant, s'il s'agissait effectivement d'un sosie, alors le tout avait été organisé : la promenade main dans la main, l'appel de celui qui tenait la caméra, le demi-tour du couple. O'Maley aurait aimé se dire qu'il pourrait au moins retrouver les responsables de cette supercherie, mais il ne disposait à cet effet ni de temps ni de ressources. Chaque déposition ne lui montrait qu'une chose : tout le monde voulait prendre un peu de la lumière d'Yzzy. *Un panier de crabes qui font des sourires en présence de caméras, voilà ce qu'ils sont.* Que lui restait-il ? L'agent était un suspect envisageable. Du moins, le suspect évident : ce type était le seul à fréquenter la disparue au quotidien, il organisait ses faits et gestes, gérait son argent, son emploi du temps, sans aucun doute ses relations avec les autres. Oui, il était le suspect évident et, dans le monde réel, l'évidence est rarement une diversion. *Lorsqu'une femme riche est assassinée, on ne rejette pas la culpabilité du mari du revers de la main parce que c'est « trop facile ».* O'Maley avait suffisamment de bouteille pour le savoir. Donc oui, il y avait l'agent. Et puis il y eut l'épisode 2 de ce mentaliste, Travis Midsummer, qui renversa l'opinion.

★

★ ★

C'est Mary, sa fille aînée, qui lui montra la vidéo sur un téléphone flambant neuf. *Comment a-t-elle pu s'acheter ce truc qui doit coûter les yeux de la tête ? Bon, cette autre affaire attendra.* Passé la stupéfaction de découvrir ce machin au prix sans doute exorbitant, l'inspecteur fut pris d'un sursaut et demanda à l'adolescente de mettre la vidéo sur la télévision afin de mieux détailler ce qui s'y déroulait. Sa bouche resta ouverte pendant toute la durée de l'épisode, concentré qu'il était à énumérer les multiples questions qui lui traversaient l'esprit. *Comment a-t-il fait ?* était en tête de liste. Les premières secondes montraient une scène qu'il connaissait désormais par cœur : la promenade le long de la mer, le couple au loin marchant main dans la main en direction de la caméra, quand soudain l'image verticale se fondit en une autre recouvrant tout l'écran ; le couple y était remplacé par un jeune homme dont Steve O'Maley ignorait encore le nom, Travis Midsummer. *Il est exactement au même endroit. Comment a-t-il fait ?* Machinalement, il recensa les raisons qui rendaient l'exploit insolite : il n'y avait rien de distinctif à l'image. Pas une enseigne de magasin, pas un kiosque, un banc public, rien qui permette d'identifier le lieu. Le mentaliste avait beau sembler loin de la caméra, sa voix était forte et claire : « Je me trouve actuellement à l'endroit précis où, je vous l'annonce, nous avons vu Yzzy pour la dernière fois. Oui, je suis en mesure de vous l'affirmer, la vidéo que vous avez vue circuler sur Internet ces jours-ci n'est pas un fake, il s'agit bien d'Yzzy. Concernant la date à laquelle elle a été tournée, j'ai de bonnes raisons de croire que la scène a bien été filmée le 24 mai, soit dix jours après sa prétendue disparition. Dans les prochaines minutes, je vais vous expliquer comment j'en suis arrivé à ces conclusions et comment j'ai pu, aussi vite, identifier un lieu que peu d'internautes ont réussi à situer sur une carte. Je suis… Travis Midsummer. » Après cette déclaration se fit entendre un générique digne des meilleures séries télé policières du moment.

— La vidéo est sortie il y a deux jours, lui précisa Mary, et elle dépasse déjà les douze millions de vues.

— Tu dis qu'elle est sortie avant-hier ? Que ce gars a trouvé le lieu du tournage en si peu de temps ?

— Il est fort, hein ? dit-elle, plein d'admiration dans la voix, un ton que l'inspecteur n'avait jamais perçu dans la bouche de sa fille à son sujet.

Les explications qui suivaient n'apportaient pas grand-chose à l'inspecteur. Les raisons qui avaient conduit ce mentaliste à trouver le lieu exact semblaient tirées par les cheveux, pourtant le résultat était là : la scène se déroulait bien dans la baie de Quincy, à quelques kilomètres de là. Puis Travis s'adonna à une analyse d'images plutôt convaincante, dont le but était de démontrer qu'il s'agissait en effet d'Yzzy. Le mentaliste, au premier plan désormais, déclara sur un ton mystérieux qu'il ne révélerait pas encore l'identité de l'homme à ses côtés pour « ne pas interférer avec l'enquête de la police ». Enfin, il justifiait l'authenticité de la date de la façon suivante : si on avait annoncé dans la vidéo la date avant la disparition d'Yzzy, alors cette personne en serait automatiquement responsable, car « on ne peut prédire que quelqu'un va disparaître, à moins bien sûr de le savoir soi-même ». Ne restaient alors que deux possibilités : soit la prise de son était simultanée au tournage, soit ce qu'on entendait avait été enregistré plus tard. Travis mit alors en avant le fond sonore de la vidéo et montra que l'éclat de rire qu'on percevait à tel moment correspondait parfaitement au rire d'un jeune homme sur la gauche de l'image, que quelques mots entendus plus fort à tel autre moment étaient parfaitement alignés avec le mouvement des lèvres d'une jeune femme qui passait devant la caméra du téléphone… Pour le mentaliste, il n'y avait aucun doute : l'enregistrement sonore était bien authentique, et la date devait l'être également.

★

★ ★

L'inspecteur regarda plusieurs fois la vidéo. Puis le lendemain à nouveau sur son ordinateur. Et même si O'Maley s'en moquait, les commentaires étaient désormais quasiment unanimes : il s'agissait bien d'Yzzy marchant avec un homme, librement semblait-il, dix jours après sa disparition de l'hôtel. *Peut-être que cela entraînera le classement de cette enquête*, espérait secrètement le policier. Mais ce n'était de toute façon pas la question du jour. Il y avait d'abord cette gamine. Emily quelque chose. Steve O'Maley savait ce qu'était une groupie, comme tout le monde. Mais il en avait rarement croisé dans sa salle d'interrogatoire.

17.

Les caméras de sécurité de l'hôtel vous ont vue entrer et sortir à plusieurs reprises de la chambre d'Yzzy…

— Quelles caméras de sécurité ? demanda la jeune femme.

— Les hôtels de luxe disposent parfois… souvent même… de caméras de sécurité aux étages, surtout aux étages des suites.

— Bah, logiquement, vous avez les images d'Yzzy en train de sortir de sa chambre, non ?

— Écoutez… je vais vous répéter ce que je vous ai déjà dit… je travaille sur la disparition d'Yzzy, et c'est moi qui pose les questions. Votre job, là, maintenant, c'est d'y répondre, vous comprenez ?

— Bien sûr, mais c'est juste…

— Vous ne pouvez pas, vous ne devez pas mener votre petite enquête. J'ai bien entendu qu'Yzzy compte pour vous, mais VOTRE petite enquête risque d'interférer avec MA grande enquête, et je ne peux pas laisser faire ça. Est-ce que vous comprenez ?

— Oui, je comprends, mais s'il y a des caméras qui…

— Ce qu'enregistrent ou non ces caméras n'est pas votre affaire… Que l'hôtel accepte de couper ses caméras quand Yzzy traverse un couloir non plus…

— Et ils ont le droit de faire ça ?

— Écoutez, reprit l'inspecteur, manifestement agacé par l'insistance de la jeune femme, je suis le premier à vouloir que les événements se soient passés autrement, mais oui, ils ont le droit de couper leurs caméras de sécurité. C'est leur problème. Si un incendie s'était déclenché à l'étage à ce moment précis, ils auraient eu des ennuis avec leur assurance, mais en dehors de ça, ça ne relève pas de la police.

— D'accord, mais…

— Non !

Il frappa du plat de la main contre la table, avant de se repositionner sur son siège et prendre une longue inspiration. Pour se calmer.

— Juste… non.

Emily Kovalski était une jeune femme impétueuse, pleine de vie et d'entrain. Et il ne faisait aucun doute qu'Yzzy occupait une partie importante de son existence, ce qui aux yeux de l'inspecteur O'Maley en faisait indubitablement une suspecte. Et il n'allait pas discuter stratégie d'investigation avec un suspect. Il devait la contenir, la canaliser. Il en avait vu de plus coriaces, en général des petites frappes qu'il s'autorisait à secouer, au moins psychologiquement. Dans le cas présent, Emily Kovalski était une jeune étudiante, dont le seul crime a priori était d'idolâtrer Yzzy. Il devait y aller doucement. Mais d'un autre côté, un signal d'alerte s'était déclenché dans son cerveau d'enquêteur : une star s'était volatilisée et l'une de ses « plus grandes fans » avait fait des allers et retours dans sa chambre d'hôtel quelques heures à peine avant ce qu'il était encore convenu d'appeler « la disparition ». Il n'oubliait pas que le mot « fan » était le diminutif de « fanatique ».

— Nous allons reprendre depuis le début, parce qu'on s'est un peu perdus en chemin, dit-il calmement.

— Je suis en état d'arrestation ? demanda-t-elle.

— Non, je vous le répète, vous n'êtes pas en état d'arrest…

— Mais je suis suspecte, c'est ça ?

— S'il vous plaît, je n'ai pas l'intention d'y passer la journée. Vous n'êtes pas en état d'arrestation, et pour l'instant je ne vous soupçonne de rien. Je tente d'établir la chronologie des événements précédant la disparition d'Yzzy. Pour cela, je dois faire la liste des personnes avec qui elle a été en contact durant ce laps de temps. Avez-vous été en contact avec elle ce jour-là ? L'avez-vous vue ?

» Voilà pourquoi vous êtes là. C'est la seule raison. Alors maintenant, je vous le demande une dernière fois, après cela, oui, je commencerai à vous soupçonner de vouloir bloquer mon enquête, et je sais d'expérience que les gens n'agissent pas ainsi quand ils n'ont rien à cacher… Est-ce que, oui ou non, vous allez simplement répondre à mes questions ?

Après une longue pause que Steve O'Maley interpréta comme une sincère réflexion de quelqu'un qui pèse le pour et le contre, ce qui l'agaça encore un peu plus, Emily acquiesça.

— Bien. Je vais maintenant rallumer la caméra…

*

* *

— Je m'appelle Emily Kovalski, j'ai vingt-deux ans, je suis en dernière année à BU, la Boston University, prête à décrocher un diplôme de communication dans les nouveaux médias. Je suis fan d'Yzzy depuis ses débuts, je me suis abonnée à son compte quand elle avait… je sais pas, peut-être deux mille abonnés, pas plus, donc je fais vraiment partie des « vrais », et… je sais que vous allez me prendre pour une débile, mais Yzzy et moi sommes connectées. Pas physiquement, sur Internet, hein… mais psychiquement, si on peut dire… Je vais pas développer, parce que vous allez vous dire que je suis folle et que j'ai dû la décapiter et garder sa tête dans mon congélateur, mais je vous assure que, croyez-moi ou non, Yzzy et moi sommes connectées.

— D'après ce que j'ai compris du quotidien d'Yzzy, il est absolument impossible de la rencontrer « par accident ». Son agent veille toujours…

— Vous parlez de Tom ? Tom Goldberg ?

— Oui, son agent… Tom Goldberg, oui… il veille toujours à faire respecter l'espace personnel d'Yzzy.

— Oui, mais Tom a un faible pour moi. Je le sais, il me l'a même déjà dit. On se connaît, aussi, avec Tom. Et vous avez raison, impossible de rencontrer Yzzy sans passer par lui.

— C'est donc l'agent d'Yzzy qui vous a permis de la rencontrer ?

— Oui, et croyez-moi, ça n'a pas été simple. Du. Tout.

18.

Depuis que j'ai découvert le compte d'Yzzy, j'ai toujours liké et commenté ses posts, même quand les publications ne m'intéressaient pas plus que ça, parce que je sais que c'est important pour les algorithmes. Et Yzzy likait souvent mes commentaires. Elle n'a jamais répondu directement, mais elle ne répond jamais directement. Avec le temps, j'ai appris à bien la connaître, bien plus que ceux qui prétendent être ses amis. Ça me fait toujours doucement rigoler quand je vois les instagrameuses qui expliquent qu'Yzzy est leur BFF[1], leur BAE[2], ou même simplement une amie proche. Je sais, moi, que c'est presque tout le temps faux. Ils profitent juste tous du fait qu'Yzzy évite les dramas et ne va pas publier un commentaire juste pour les contredire. Elle est sur son propre chemin et ne se préoccupe pas des autres. C'est pour ça que je savais que ce serait compliqué de la rencontrer. J'ai fini par trouver quelqu'un d'une marque qui avait bossé avec elle, je lui ai dit que j'avais besoin de l'interviewer pour mes études et il m'a donné

1. *Best Friend Forever* : « meilleure amie pour la vie ».
2. *Before Anyone Else* : « avant tous les autres ».

une adresse e-mail en me prévenant que ma demande n'aboutirait sûrement pas. J'ai bien pris le temps d'écrire, en évitant de raconter ma vie, parce que je me doutais qu'elle n'aurait pas le temps de lire un pavé de deux cents lignes, mais je voulais tout de même que mon message soit personnel, et qu'il la touche. Et lorsque j'ai enfin eu une réponse, je vais être honnête avec vous, j'ai eu le cœur brisé. Dans un premier temps, en tout cas. Parce que j'ai reçu un mail hyper bateau, c'est limite si ça ne commençait pas par « cher/ère [insérer votre nom] ». C'est plus tard que j'ai compris que c'était Tom qui avait répondu. C'est lui qui fait le filtre, pour éviter les relous et les cinglés. Heureusement qu'il est là pour elle. J'ai souvent entendu des influenceurs et des youtubeurs se plaindre du fait que « l'agent d'Yzzy contrôle sa vie et l'empêche de rencontrer des gens », mais c'est juste faux, en fait. C'est ça, le plus gros de son travail : passer constamment pour le connard qui dit non pour qu'Yzzy n'ait jamais à le dire elle-même… Pardon pour « connard », c'est sorti tout seul.

Enfin, voilà. Moi, j'avais envoyé un message, j'avais reçu une réponse nulle, mais je sentais que ce n'était pas celle d'Yzzy, ça ne lui ressemblait pas. Alors j'ai insisté, et j'ai écrit à nouveau. Au troisième mail, j'ai mis la personne avec qui j'échangeais au défi de me démontrer qu'elle était bien Yzzy. Et à ma grande surprise, Tom m'a répondu très gentiment en m'expliquant qui il était. Et à partir de là, on a commencé à correspondre, lui et moi. J'ai tout de suite senti que ça lui faisait énormément plaisir. Je pense que personne ne lui envoie jamais de message qui ne soit pas destiné à Yzzy, alors ça devait lui plaire de voir que quelqu'un s'intéressait sincèrement à lui. Parce que j'étais sincère, je n'essayais pas de le manipuler pour la rencontrer. Je me disais, sincèrement, que pour être devenu son agent, il fallait que ce soit une belle personne, et j'avais juste envie de le rencontrer. Mais bon, j'étais à Boston et lui, il était… partout dans le monde, en vrai.

Mais un jour qu'il était de passage ici, il m'a proposé qu'on se voie pour prendre un verre. C'était pas du tout un rendez-vous galant. On s'est rejoints pour un café juste après l'heure du déjeuner, avant qu'il aille retrouver Yzzy au musée des Beaux-Arts. C'était pas un sponsor, le musée ne l'avait pas payée pour qu'elle poste des photos. Mais Yzzy a toujours veillé à faire la promotion, gratuitement, de plein de lieux culturels, comme de trucs caritatifs. Elle a toujours estimé que c'était normal, même si elle pensait modestement que ses publications n'auraient pas un gros impact, mais c'est faux. Je connais plein de gens qui sont allés au musée après avoir vu ses posts. Mais ça, c'est Yzzy, elle est juste modeste, en vrai. Elle pense qu'elle ne mérite pas son succès, qu'elle le doit uniquement à sa communauté et pas à son travail.

Mais bon, j'ai rencontré Tom, je vous disais. Et ça s'est super bien passé, on a discuté… je ne sais pas… je dirais une demi-heure. Il m'a demandé comment se déroulaient mes études, il s'intéressait vraiment à moi. Il avait l'air sincère, il n'a jamais essayé de me draguer ni rien. Après, il passe sa vie avec Yzzy, alors y avait peu de risques qu'il tente quoi que ce soit avec moi, hein ?

★
★ ★

Emily était pensive, durant son récit elle songea à un détail anecdotique de cette rencontre, mais se garda bien de le raconter. Tom savait qu'elle était entendue par la police et, même s'il ne l'avait en aucune façon conseillée ou préparée pour cet entretien, elle comprenait que certaines choses devaient rester son jardin secret. Lors de ce premier rendez-vous, Tom s'était excusé pour aller aux toilettes et, quand il l'avait rejointe, il avait eu un mouvement étrange. Il avait gardé une distance respectueuse et lui avait dit : « C'est moi, Tom. Je suis revenu. » Oui, je vois bien, avait-elle répondu, et il s'était rassis. Mais il avait eu un air bizarre, comme s'il était épaté par le fait qu'elle se souvenait de lui. Être l'agent d'une superstar ne doit pas être facile tous les jours, s'était dit Emily. Elle prend tellement la lumière qu'on doit se sentir invisible à côté.

*

* *

Après ce rendez-vous, pendant lequel je n'ai même pas osé demander à l'accompagner au musée pour rencontrer Yzzy, Tom et moi avons continué à échanger, de façon plus régulière. Sauf quand il avait trop de travail. Des fois, il mettait plusieurs jours à répondre, et je détestais ça, même si je comprenais. Si bien qu'il y a quelques mois, il a accepté que je rencontre Yzzy, bien entendu après lui avoir demandé son accord. Je crois que j'ai mis la journée entière à atterrir tellement je me sentais planer. J'arrêtais pas de me dire : Yzzy sait qui je suis. J'ai eu envie de l'annoncer à mes amis, mais Tom m'avait expressément spécifié de ne surtout pas le faire. Je pourrais éventuellement en parler après la rencontre, mais pas avant. Et idéalement, pas après non plus, il ne voulait pas risquer d'être encore plus submergé de demandes. Pareil, il m'avait prévenue qu'il n'y aurait pas de photo, pour les mêmes raisons. Il faudrait me contenter des souvenirs que je me construirais. J'avais entendu que Prince faisait ça, aussi, quand des journalistes venaient l'interviewer : il discutait avec eux, ils faisaient de la musique ensemble, ou jouaient au basket, mais pas de photo. Il fallait juste vivre le moment, et il voulait contrôler son image. Pas étonnant qu'Yzzy agisse aussi comme ça. Elle doit être au moins aussi célèbre que lui, je pense.

Tom m'avait donné une date « à titre indicatif », c'est comme ça qu'il l'avait dit. C'était un moment où elle était censée être à Boston, mais son planning pouvait toujours changer jusqu'à la dernière minute, donc il fallait que je me prépare à un report, et que je ne m'en vexe pas. Mais la rencontre a bien eu lieu le jour prévu. Cependant, durant les semaines qui ont précédé, Tom m'a prévenue qu'Yzzy était fatiguée, qu'elle n'allait pas très bien. Qu'il n'y aurait normalement pas de problème à maintenir le rendez-vous, mais je devais m'attendre à voir une Yzzy différente de celle que j'avais imaginée. Eh bien, je vous promets, je le savais déjà. Je l'avais prédit. Je vous l'ai dit, Yzzy et moi, on est connectées.

Quand Tom m'a confirmé le rendez-vous, c'était à peine quelques jours avant qu'Yzzy n'authentifie la... vidéo, vous savez laquelle, oui ?... Et ça a été un choc pour tout le monde. Mais rétrospectivement, je pense que Tom m'a écrit après qu'elle a pris cette décision. C'est pour ça qu'il sentait qu'elle n'irait pas bien. Et ça n'a pas manqué. J'ai eu l'impression, de là où j'étais, que la terre entière lui tombait dessus. Comme si les gens n'avaient rien d'autre à faire qu'attendre cette occasion pour se défouler, et vous voulez que je vous dise ? Je pense que c'est le cas pour beaucoup d'entre eux. Elle a été traînée dans la boue, insultée, moquée, alors qu'en vrai, c'était clairement pas sa faute. J'ai toujours su que c'était elle, la victime, dans cette affaire. Mais Internet est juste impitoyable quand les cons sont de sortie... donc tout le temps, sur Internet. Il en avait fallu, du courage, pour authentifier la vidéo. N'importe qui d'autre n'aurait rien dit, ou aurait nié en bloc. Mais pas Yzzy. Elle est intègre. Elle a des défauts, et ne s'en cache pas. C'est pour ça qu'elle a maintenu notre rendez-vous alors que n'importe qui d'autre à sa place l'aurait reporté ou annulé. Mais pas elle. Elle savait qu'elle n'était pas à son avantage, mais elle n'avait pas peur de se montrer comme ça. Même si on ne se connaissait pas encore personnellement, elle devait savoir que je ne la jugerais pas. Vous voyez la connexion entre nous !

Et quand je l'ai finalement rencontrée, ça a été un choc. J'ai tenté de le cacher, mais j'en avais les larmes aux yeux. Ma première réaction a été de me dire « qu'est-ce qu'ils t'ont fait ? », en pensant à tous ces gros losers sur les réseaux sociaux qui ne s'amusent que de la peine des autres. Je m'attendais à la trouver fatiguée, évidemment moins maquillée et apprêtée que sur ses photos. Mais pas à ce que j'ai vu. Elle avait les yeux creusés, le teint grisâtre. Elle semblait malade, mais pas d'une grippe ou d'une angine, elle avait l'air de quelqu'un qu'un truc terrible ronge de l'intérieur. Le premier mot qui m'est venu à l'esprit, c'est « cancer », mais il ne s'agissait pas de ça. Elle portait simplement sur son visage la douleur de tous les coups qu'elle recevait quotidiennement, des coups psychologiques mais bien réels. Malgré l'insistance de Tom à la déconnecter des réseaux sociaux, Yzzy n'en était pas capable. Tom m'a également expliqué par la suite qu'il la suspectait de prendre des cachets, sans m'en dire davantage, mais peut-être parce qu'il n'en savait pas beaucoup plus.

Quand je suis arrivée, Yzzy se servait un whisky et m'en a proposé un. J'étais tellement contente que ma Yzzy me propose quelque chose que j'ai bêtement dit oui. J'aimerais ne pas l'avoir fait. D'ailleurs, je ne l'ai pas bu. Mais elle, oui. Il devait être 15 heures, par là, et elle s'est servie plusieurs fois. Peut-être qu'elle en avait besoin pour noyer sa peine, comme on dit. En tout cas, je peux vous garantir un truc : quand elle me parlait, j'oubliais son visage et je retrouvais la Yzzy que je connaissais. Elle était toujours présente, même si sa voix était ténue. Ça m'a fait pleurer. Je lui ai expliqué que c'était parce que j'étais émue de la rencontrer, et oui, j'étais émue, mais pas à cause de la rencontre. J'étais touchée de voir une femme que j'aimais aussi blessée, frappée en plein cœur par des milliers de mots, mais qui trouvait tout de même le temps, la force et la patience de parler avec moi. Et je sais qu'elle n'est pas comme ça avec d'autres fans, je sais que c'était juste moi et je sais combien c'est un privilège de la rencontrer. Quand je suis partie, elle m'a fait un hug, on s'est enlacées. J'avais envie de ne jamais plus desserrer cette étreinte. Je me fais peut-être des idées, mais j'ai vraiment eu l'impression à ce moment qu'un contact humain et sincère lui faisait du bien. Elle avait l'air triste. Désespérément triste.

★

★ ★

Les mots qui composaient la dernière question de l'inspecteur flottaient dans l'esprit d'Emily. Elle avait du mal à leur donner corps, non parce qu'elle ne comprenait pas, mais parce qu'elle tentait d'y résister. Et elle savait instinctivement pourquoi. Elle avait envie de se confier mais ne pouvait s'y résoudre. Elle voulait lui expliquer que c'était parce qu'elle s'était elle-même posé la question en quittant la chambre d'hôtel d'Yzzy ce jour-là. Et elle s'en était immédiatement voulu. Parce qu'il n'y avait que deux possibilités : soit c'était n'importe quoi, et c'était presque une trahison envers Tom, soit c'était sensé, et ne rien faire était une trahison envers Tom.

Emily déglutit avant de répondre.

— Est-ce que je pense qu'elle avait des idées suicidaires ? Oui… je pense que c'est possible…

Et une larme coula le long de sa joue. *Cette porte est désormais ouverte,* se dit-elle, *et je ne peux rien y changer.*

Tweet de Kevin Randal Jones (2,2 millions d'abonnés)

« Je pense tous les jours à Yzzy. J'espère qu'il lui est rien arrivé. Peut-être qu'on saura jamais ce qui s'est passé. Mais je suis sûr que son agent sait des trucs qu'il dit pas… »

32 k likes et 5 k retweets

Publication Instagram d'Yzzy

Une fleur. Une simple fleur, colorée, vive, en haut d'une tige agrémentée de deux petites feuilles. Une simple et jolie fleur, mais seule. Qui pousse par une fissure dans le bitume d'une chaussée.

La légende : *Trouvez le moyen de vous déployer malgré les obstacles.*

8,5 millions de likes

19.

« Cela fait maintenant vingt jours que le monde est sans nouvelles d'Yzzy. Et alors que l'enquête est désormais planétaire, avec des centaines de milliers de mentions du hashtag #ouEstYzzy sur les réseaux sociaux, la police persiste à ne pas communiquer. Plusieurs sources qui ont souhaité garder l'anonymat, provenant du département de la police et du bureau du procureur, nous ont cependant avoué que l'affaire est plus complexe qu'il n'y paraît. En effet, toujours selon nos sources, l'enquête aurait révélé que celle que l'on nomme Yzzy était depuis des mois victime d'une addiction aux dérivés opioïdes ainsi qu'à la MDMA, une drogue dure qui fait fureur chez les jeunes. Nous avons tenté de contacter l'agent d'Yzzy qui, par le biais de ses avocats, nous a fait savoir qu'il ne commenterait pas cette information. Par ailleurs, une vidéo récente du mentaliste Travis Midsummer semble démontrer qu'Yzzy a été vue le 24 mai, il y a près de deux semaines, en compagnie d'un jeune homme qui reste non identifié. La police n'a pas commenté cette hypothèse mais, pour l'instant, elle n'écarte pas la possibilité que l'influenceuse ait elle-même organisé sa disparition afin de redorer une image entachée par la publication d'une vidéo la mettant en scène il y a quelques semaines. La police de Boston pense aussi à un suicide, Yzzy aurait en effet été sujette à une grave dépression. On est en droit de se demander pourquoi l'enquête n'avance pas plus vite alors qu'une jeune femme célèbre dans le monde entier s'est, semble-t-il, volatilisée sans laisser la moindre trace.

Le procureur Harris, qui poursuit actuellement sa campagne de réélection, ne peut rester silencieux et doit répondre à la question que tous les citoyens de la ville se posent : si une star internationale peut ainsi disparaître sans que la police puisse faire quoi que ce soit, qu'en est-il de nos femmes, de nos filles ? Le bureau du procureur n'a pas souhaité nous répondre, mais nous avons obtenu une réaction de sa directrice de campagne, Samantha Walkins, et c'est bien sûr une exclusivité NBC News. »

L'image stable et bien cadrée sur la présentatrice Alysson Whatley est remplacée par une autre, caméra à l'épaule, presque vacillante, dans un couloir d'immeuble, près d'un ascenseur. Samantha Walkins sourit à la journaliste hors champ sans regarder l'objectif, comme elle a appris à le faire : « Le procureur Harris est très attaché à la sécurité de ses concitoyens tout comme à celle des visiteurs qui nous font le plaisir de séjourner à Boston. Il est en communication étroite et permanente avec les enquêteurs et les assure de son plus complet soutien et de sa totale confiance dans l'avancement de cette affaire…

— Comment expliquez-vous qu'aucune caméra de sécurité ou qu'aucun témoignage ne permette de comprendre de quelle façon Yzzy a disparu ?

— Je ne peux pas commenter une enquête en cours, je pense que vous le comprenez, je ne suis moi-même pas au courant des détails et…

— Pensez-vous qu'il soit nécessaire de trouver le coupable avant l'élection ?

— Le département de police et le bureau du procureur Harris travaillent main dans la main pour résoudre le mystère de cette disparition au plus vite, et…

— Pourquoi n'y a-t-il aucun suspect après près de trois semaines ?

— Ce n'est pas parce que la police ne fait pas de déclaration dans ce sens qu'il n'y a pas de suspect, je vous le répète, je ne peux rien dire…

— Vous voulez dire que la police a un suspect ? Vous pouvez le confirmer ? »

Et là, un regard caméra. Court, fugace. Le regard de celle qui sait qu'elle vient de merder. Samantha a ouvert une porte en laissant entendre que les journalistes ne savent pas tout, et ces derniers en ont profité pour entrer. Si elle travaillait pour la police ou pour le bureau du procureur, elle aurait pu verrouiller l'entretien, quitte à passer pour une crétine. Elle s'en moquait, ce n'était pas là qu'elle plaçait son ego. Justement parce qu'elle n'œuvrait ni pour la police ni pour le bureau du procureur, mais bien à la réélection de ce dernier. C'était sa seule mission. Et elle savait que la police avait un suspect. Son candidat risquait de passer, comme beaucoup de démocrates, pour un procureur *soft on crimes*, trop complaisant avec la délinquance. Il ne pouvait pas se le permettre. Alors où était le mal ?

« Les enquêteurs ont une vision bien plus précise que la vôtre du déroulement des événements et, oui, le bureau du procureur Harris a été informé du nom de suspects, même s'il est encore trop tôt pour appréhender qui que ce soit, je vous remercie. »

*
* *

Samantha Walkins profita de l'arrivée de l'ascenseur pour s'y engouffrer et sortir du champ de la caméra. Elle était restée prudente, pensait-elle. Elle avait laissé entendre que le procureur Harris – elle avait insisté sur le nom – était au courant de tout, qu'il suivait l'affaire avec attention, connaissait évidemment des détails ignorés des journalistes, mais elle avait subtilement rappelé que l'enquête était menée par la police. Si les investigations n'aboutissaient pas, elle pourrait toujours remettre en cause leur compétence. Elle s'en était tirée avec une pirouette, et se sentait plutôt satisfaite. En réalité, elle pensait même qu'elle venait de pousser son candidat à procéder rapidement à une arrestation, ce qui engendrerait automatiquement une hausse des intentions de vote en sa faveur.

20.

Enfin, l'inspecteur O'Maley avait droit à un peu de distraction. Tout s'était enchaîné rapidement. Parmi les centaines, ou peut-être les milliers d'appels que l'hôtel de police avait reçus pour « aider » à retrouver Yzzy, tapis entre des charlots, des doux dingues et des crétins en tout genre, deux types avaient attiré l'attention d'O'Maley. Ils avaient appelé près de soixante fois à eux deux, se présentant chaque fois sous une identité différente, mais du même téléphone portable – *heureusement que les gens sont parfois stupides* –, et demandant quasi systématiquement si les renseignements étaient assortis d'une récompense – ce n'était pas le cas, du moins pas encore. L'identification révéla qu'il s'agissait de deux frères. L'aîné disposait d'un casier judiciaire bien rempli, pour des faits d'escroquerie mais aussi, ce qui retint en premier lieu l'attention de l'inspecteur, pour des faits de violence. Précisément, Liam, puisque c'était son nom, avait jugé bon de tabasser sa petite amie parce que… parce que… *Peu importe pourquoi,* pensa Steve en cessant de creuser les antécédents, *rien ne justifie d'envoyer sa copine à l'hôpital.* Le jeune frère, quant à lui, était inconnu des services de police. *Sauf s'il a commis des délits quand il était gamin et que son casier judiciaire ait été nettoyé*, voulut s'imaginer O'Maley, avant d'immédiatement se reprendre. *Ok, j'ai très envie que ces deux gamins soient responsables de quelque chose, mais je ne dois pas aller plus vite que la musique.* Machinalement, il frottait entre son pouce et son index le petit médaillon doré à l'effigie de l'archange saint Michel, patron des policiers, qui pendait au bout d'une fine chaîne en or autour de son cou. Il ne priait pas, du moins pas assez à son goût, ni à celui de son prêtre, mais il était très attaché à ce symbole qu'il associait plus volontiers au département de la police qu'au catholicisme. En effet, si Steve O'Maley était catholique, il ne s'était jamais vraiment remis du scandale qui avait entaché l'Église au sein même de Boston en 2002. Il n'était alors qu'un jeune policier et n'avait pas participé aux enquêtes qui avaient suivi la publication des affaires dans le *Boston Globe*. Mais il s'était irrémédiablement éloigné de son église.

Liam et Rodney Byrne, se reconcentra-t-il. Irlandais comme lui, et vraisemblablement catholiques comme lui. Sans même avoir rencontré ces deux gamins, il lui semblait déjà les connaître. Il en avait vu de toutes sortes au cours de sa carrière : des vicelards, des violents, des grandes gueules, des égarés. Pourtant, il ne pouvait s'empêcher de regretter un temps plus simple… Depuis ce que l'inspecteur O'Maley appelait l'émergence d'Internet, sans trop savoir qu'en réalité il parlait de l'émergence des réseaux sociaux, il lui semblait comprendre de moins en moins le monde. Sa jeunesse et la nature même de sa criminalité. Ces deux frères avaient au moins un intérêt : Steve O'Maley les comprenait, ou pensait les comprendre. Il ne savait pas pourquoi ils seraient assez idiots pour appeler la police en boucle avec le même téléphone s'ils étaient de près ou de loin liés à la disparition d'Yzzy, mais il était sûr d'une chose au sujet des délinquants et des criminels du quotidien, ceux qu'il interpellait régulièrement : *ceux-là ne sont pas les couteaux les plus affûtés du tiroir.*

★
★ ★

Loin de s'imaginer que la police connaissait déjà son identité, persuadé d'avoir correctement brouillé les pistes pour la masquer, Rodney Byrne était confiant. Bientôt, les enquêteurs proposeraient une récompense pour des renseignements au sujet de la disparition d'Yzzy, il enverrait alors ses proches et ses amis, tour à tour, apporter quelques précisions sur celle-ci. L'un aurait vu Yzzy quittant le palace à bord d'une voiture de telle couleur, ce qu'un deuxième corroborerait ; un troisième parlerait d'un hôtel non loin de l'autoroute 3 qui partait vers le sud, un hôtel où il aurait juré voir passer Yzzy, descendant du même type de véhicule, etc. Non seulement il aurait de l'argent contre ces informations, mais la police finirait par être convaincue qu'Yzzy avait quitté l'État, de son plein gré qui plus est. Les risques étaient négligeables. On ne pourrait jamais démontrer que ces témoins avaient menti, tout au plus se seraient-ils trompés. Il lancerait ensuite une cagnotte sur Internet pour effectuer une enquête digne de ce nom, dirait qu'elle n'aurait aucun problème de juridiction et serait bien plus efficace. Et quand, inévitablement, Yzzy finirait par refaire surface, il garderait l'argent. Et avec son frangin, ils quitteraient enfin la région, pour ne jamais revenir. Peut-être pour l'Alabama, la Floride, voire le Texas. Partir au sud, où il serait encore possible de faire sa vie. Peut-être monter une boutique de surf, un garage, peu importait. Juste partir. Ni lui ni son frère ne seraient directement en première ligne durant le temps de l'enquête. Avec le passé de Liam, la police aurait du mal à leur faire confiance. Mais en ne passant que par des intermédiaires, les risques étaient négligeables.

*

* *

Liam Byrne, vingt-cinq ans, et Rodney Byrne, vingt et un ans. Tous deux avaient été, durant leur adolescence, trimballés de foyer d'accueil en foyer d'accueil, trajet parfois interrompu pour Liam par un court séjour en maison de redressement. *Des purs enfants du système*, se dit avec amertume l'inspecteur O'Maley. Il avait les deux adresses où il pensait pouvoir trouver ses deux suspects. *J'ignore ce qu'ils ont à voir avec cette affaire, sans doute même rien, mais au moins je vais pouvoir discuter avec des personnes réelles qui vivent dans le monde réel, et les secouer un peu.* Il attrapa machinalement l'archange saint Michel et en frotta la face de son index.

21.

En vrai, je commence à en avoir marre. Pas parce qu'on tourne en rond, et pourtant on tourne en rond, mais seulement parce que ça prend trop de temps. J'aimerais pouvoir en dire plus, histoire qu'on avance un peu plus vite, mais ce n'est pas comme ça que ça marche… *Soixante-seize, soixante-dix-sept…* Je dois ronger mon frein.

Après, si je veux être parfaitement honnête, je trouve que mon avocate joue la montre. C'est le jeu ; j'aimerais bien l'aiguiller un peu, mais ce n'est pas mon rôle. Et je dois me cantonner à mon rôle. Sinon, je risquerais, avec mes a priori et mes préjugés, de faire capoter l'enquête. Et ce n'est pas ce que je souhaite. C'est pour ça que je compte les livres de la bibliothèque de la salle de réunion. Parce que je dois me montrer patient… *Quatre-vingt-un, quatre-vingt-deux…* Angela s'est assise à côté de moi, aujourd'hui ; pas en face. C'est mignon. Voir les jeunes appliquer les stratégies qu'on leur apprend, sans aucune subtilité. Oui, Angela, j'ai compris, tu veux que je me sente en confiance, parce qu'on va attaquer les sujets douloureux. Tu vas vouloir déterminer si j'en sais plus que je ne le prétends. La réponse est oui. Bien sûr ! Évidemment !

C'est toujours le cas ! De tout le monde ! La limite à laquelle tu es confrontée, c'est que tu ne veux pas tout savoir. Tu veux PRESQUE tout savoir. Si tu avais dix ans d'expérience de plus, tu ne t'aventurerais pas si loin dans tes questions, mais tu es encore un peu verte, alors ta curiosité, humaine, te pousse à la limite. Tu veux savoir si je suis coupable de quelque chose. Si j'ai fait disparaître Yzzy d'une manière ou d'une autre. Si elle s'est simplement enfuie, mais avec ma complicité, si je n'avais pas sur elle une emprise dont elle aura fini par réussir à se détacher en me faussant compagnie sans dire un mot.

C'est pourtant le B.A.-BA du métier d'avocat, il me semble, non ? Si tu as connaissance de ma culpabilité, ta déontologie t'interdira d'affirmer dans un tribunal que je suis innocent. Parce que tu n'as pas le droit de mentir devant un juge. Aussi faut-il que tu ignores à quel point je trempe dans cette affaire, si affaire il y a vraiment. Et dans le même temps, c'est une histoire bien juteuse : une star planétaire disparaît, alors que tout le monde connaît son visage, et alors que tout le monde possède un appareil photo relié à Internet, personne ne l'a encore débusquée nulle part. Et ce n'est pas faute d'avoir cherché. Des mèmes ont jailli sur la toile, c'était à prévoir. Mon préféré reste celui présentant à la même table Yzzy, Elvis Presley et Jimmy Hoffa. Je dois reconnaître qu'il fallait un peu d'éducation pour penser à Hoffa. Comment Yzzy a-t-elle pu s'évanouir dans la nature sans mon aide ? Voilà la question qui te brûle les lèvres, je sais. Tout comme je sais que tu ne peux pas la poser ainsi.

— Si Yzzy voulait disparaître, comment s'y prendrait-elle ? finit-elle par me demander. Pour que personne ne la reconnaisse et la localise ? Pour qu'on ne trouve pas la moindre utilisation de ses moyens de paiement ?

22.

Ma première réponse, instinctive, est que c'est impossible. Il y aura toujours quelqu'un pour reconnaître Yzzy, surtout en ce moment où sa disparition fait la une de tous les journaux télévisés. Aujourd'hui, des tas de gens qui, il y a à peine deux semaines, n'avaient jamais entendu son nom seraient capables de l'identifier dans un supermarché. Rien qu'aux États-Unis, plus de quatre cent cinquante mille enfants sont portés disparus chaque année. Il y a ceux qui ont simplement fugué et qu'on retrouve quelques heures plus tard, ceux qui ont été kidnappés et qu'on retrouve vivants ou pas, ceux qui ont eu un accident et qu'on finit par retrouver, ou non… il y a des tas de cas de figure. Mais au bout du compte, il y a ceux qu'on ne retrouve jamais. La question est presque la même : comment ces enfants peuvent-ils disparaître, semble-t-il, de la surface de la terre, alors que chaque coin de rue arbore des caméras de sécurité, que tout le monde en a une dans la poche et que chaque déplacement en train ou en avion est enregistré dans une base de données ? Comment est-il possible de disparaître aujourd'hui ? Et je ne parle même pas d'Yzzy qui, en temps normal, ne peut déjà pas marcher quelques mètres dans la rue de façon anonyme.

En 2021, plus de 520 000 personnes ont été portées disparues aux États-Unis, et environ 485 000 de ces cas ont été résolus. Reste 35 000 personnes qui semblent s'être volatilisées durant une pandémie qui poussait pourtant de nombreuses institutions à suivre les gens à la trace. Où sont ces personnes ? Trente-cinq mille individus, c'est une ville. Une petite ville, mais tout de même une ville.

Yzzy, imaginez… Sa notoriété est clairement un handicap si elle cherche à disparaître. Mais d'un autre côté, cela fait des années que, malgré sa célébrité, elle arrive à esquiver les selfies avec les fans, les photos volées, et n'apparaît que là où elle souhaite apparaître. Sauf, bien sûr, dans la fameuse vidéo, mais c'est une exception, et je crois qu'on peut s'entendre sur le fait qu'elle pensait être en confiance. Elle n'imaginait certainement pas qu'elle serait diffusée, mais elle savait qu'elle était filmée et n'a pas cherché à faire détruire l'enregistrement. Elle ne m'en a même pas parlé pour que je le fasse moi-même.

Maintenant, comment ferait-elle ? Partons de l'hypothèse à laquelle je ne crois pas un instant, qu'elle en ait eu marre au point de vouloir retrouver l'anonymat. Déjà, il aurait fallu qu'elle fasse désactiver les caméras de sécurité avant de quitter sa chambre d'hôtel. Je ne sais pas comment elle aurait pu le faire sans moi, ni pourquoi personne de l'établissement n'en aurait informé la police, depuis le temps. Il aurait fallu ensuite qu'elle évite les caméras du lobby, les caméras de surveillance à l'extérieur de l'hôtel, celles qui donnent sur la porte d'entrée principale ou sur une entrée de service. À mon sens, c'est impossible. Il y a des yeux à chaque carrefour, devant chaque distributeur de billets, la police aurait déjà retrouvé sa trace, quelque part. Je veux dire… il y a à Boston quasiment des centaines de caméras de sécurité uniquement dans le métro. Depuis les attentats du marathon, la population a accepté en masse l'idée d'être surveillée pour sa propre protection. Si vous me demandez mon opinion, qui n'est pas celle d'un expert, mais tout de même l'opinion d'un gars dont le métier est de savoir comment éviter à sa cliente d'être prise en photo à son insu, c'est absolument impossible d'échapper à ces caméras quand on est à pied. Si elle a décidé de partir, elle a rejoint le parking et s'est barrée en voiture. Elle a son permis, donc elle a pu conduire, ou se faire conduire et se cacher à l'arrière d'un véhicule. Dans tous les cas, il aurait fallu l'aide de quelqu'un, soit d'un service de location de voitures, et la police a probablement déjà creusé de ce côté-là, soit d'un ami qui l'aurait transportée, mais là je ne vois pas, ni de près ni de loin, de qui il pourrait s'agir.

Mais imaginons qu'elle puisse partir de cette manière. Et imaginons même que ce n'est pas elle qui est au volant, elle évite ainsi les éventuelles caméras routières : si elle est allongée sur la banquette, elle n'est pas filmée. Où peut-elle aller ? Je ne vois que trois options, et aucune ne me semble bonne. Première option, la personne qui la conduit l'emmène discrètement dans un appartement ou une maison d'où elle ne bouge plus. Deuxième option, elle va se terrer dans un motel pas très regardant, fait payer la chambre par la personne qui l'accompagne pour ne pas se faire repérer. C'est en réalité pareil que la première option, le confort en moins et le risque d'être reconnue en plus. Troisième et dernière option, la seule viable, selon moi, toujours dans l'hypothèse où elle veut retourner à l'anonymat : elle quitte le pays et va, je sais pas, moi, dans une campagne de Patagonie pour y élever des chèvres. Ça, c'est jouable. Là, oui, elle pourrait passer inaperçue. Sauf qu'il faut pour ça sortir du pays. L'avion, c'est parfaitement exclu : elle devrait utiliser son passeport, passerait devant des dizaines de caméras et points de contrôle impossibles à contourner, et heureusement. La voiture, en passant par le Mexique… éventuellement, mais ça veut tout de même dire traverser quasiment tous les États-Unis sans être repérée, franchir la frontière à un moment où on parle déjà beaucoup de sa disparition… Je veux dire… bien sûr que ce n'est pas impossible, mais Yzzy n'est pas James Bond, non plus. Elle sait refuser un selfie avec le sourire, mais elle ne saura pas traverser plusieurs pays de façon clandestine sans jamais utiliser ni passeport ni une carte bleue. Et avec tout ça, à aucun moment vous ne m'avez entendu vous rappeler que, sur les dernières semaines, elle était tout le temps ivre, défoncée, ou les deux à la fois. Il faudrait un alignement de planètes invraisemblable pour qu'elle puisse réussir un tel exploit, même si je reconnais volontiers qu'il est plus facile de quitter le pays que d'y entrer. Ou bien elle est partie vers le Canada, la frontière est peut-être plus poreuse et c'est moins loin. Mais il faut alors éviter les grandes villes et aller s'enfermer dans une cabane dans le Labrador, et on est revenu sur notre première option. Pour moi, elle ne s'est pas enfuie, comme ça, de son plein gré, parce qu'elle en avait plein le cul de la célébrité. Je ne veux pas paraître présomptueux, mais si elle avait voulu arrêter, elle m'en aurait parlé et on aurait trouvé une solution ensemble et, oui, je pressens ce que vous allez me dire, que je n'aurais eu aucun intérêt à l'aider parce que ça aurait signifié m'asseoir sur un paquet de pognon. Mais du pognon, j'en ai plein, je vous remercie ; je vous assure qu'avec la carrière d'Yzzy je n'aurai aucun problème à trouver de nouveaux clients. Je vous rappelle qu'Yzzy et moi sommes amis avant d'être des collaborateurs. Je crois pouvoir dire que je suis la personne en qui elle a le plus confiance au monde.

Si elle n'est pas partie parce qu'elle l'avait décidé, qu'est-ce qui a bien pu se passer ? Pareil, je ne vois que peu d'options. Soit elle a été enlevée, soit elle a eu un accident insolite qui l'a tuée ou laissée dans l'incapacité de donner un signe de vie et elle est dans le coma quelque part, même si je pense qu'O'Maley a fait le tour des Jane Doe dans les hôpitaux, soit elle a été assassinée, soit elle a mis fin à ses jours. Ça fait des semaines, déjà, qu'on est sans nouvelles. Si elle a été enlevée, on peut oublier l'idée que c'était pour une rançon. Personne ne nous a contactés, il n'y a eu aucun mouvement d'argent sur ses comptes, vous ne les voyez pas, mais moi je les vois. Donc si elle a été enlevée, c'est par un psychopathe qui veut la violer, la dépecer ou lui infliger je ne sais quelle atrocité – inutile de me lancer ce regard choqué, si je me permets de parler aussi librement de ça, ce n'est pas parce que j'y suis insensible, mais parce que ça me paraît impossible. Comment un cinglé aurait pu faire éteindre les caméras de sécurité de l'étage de sa chambre ? Moi, je sais comment faire, mais je vous assure que si vous demandez à l'hôtel de le faire pour vous, ils vous diront que c'est impossible. Et même si quelqu'un arrivait à l'enlever, soit elle serait défoncée ou évanouie, bref il faudrait la transporter, soit elle serait en état de se défendre et on aurait trouvé dans la chambre, je ne sais pas, au moins un verre brisé au sol…

Si vous voulez, on peut continuer comme ça pendant deux heures, encore, franchement vous me coûtez tellement cher que ce n'est pas ça qui fera une grosse différence. Sinon, vous pouvez arrêter de tourner autour du pot, me dire ce que j'ai manifestement besoin d'entendre : Yzzy ne peut pas avoir disparu sans que j'y sois pour quelque chose, de près ou de loin. Donc si vous avez des questions à me poser, je vous en prie, posez-les-moi.

23.

« Afin de disparaître sans laisser de traces, Yzzy doit avoir effectué plusieurs actions qu'elle n'a pas pu réaliser seule : faire couper les caméras de l'hôtel, rejoindre le parking sans croiser personne, quitter l'établissement sans qu'aucune caméra parvienne à obtenir ne serait-ce qu'une seule image d'elle. Mais comme vous allez le découvrir dans cet épisode, ce n'est pas le plus insolite dans la disparition d'Yzzy. Je suis… Travis Midsummer. »

Le jeune frère de Travis coupa l'enregistrement, rangea la caméra et replia son trépied, prêt à enchaîner le tournage de l'épisode 3. Ainsi qu'il le faisait souvent, il avait lu le texte à l'avance ; son frère se surpassait sur cette série. Évidemment, ça s'expliquait par le sujet traité, mais Travis n'était pas le seul sur Internet à créer du contenu autour de la disparition d'Yzzy, et personne ne réussissait à engager autant de spectateurs que lui. Cet épisode allait taper fort et, il s'en doutait, faire réagir la police. Cela inquiétait le jeune réalisateur, mais pas Travis, pour qui l'intervention de cette institution était une absolue nécessité. « Tu comprends, si la police tente de m'empêcher de produire mes vidéos, ce sera pour beaucoup la preuve que je m'approche de la vérité. Ça ne pourra pas être vu autrement que comme une humiliation pour les forces de l'ordre. »

*

* *

Près de deux heures plus tard, l'équipe de tournage est installée dans le Boston Common Park. Dans le cadre, derrière Travis, on voit le bassin à grenouilles et on devine le carrousel. Le mentaliste, loin de la caméra, s'approche lentement. Il n'a pas de prompteur, mais son équipe sait qu'il est très fort pour se souvenir de son texte, autant que pour le débiter au rythme exactement nécessaire pour parcourir la distance qui le sépare de son cadre moyen, soit environ à deux mètres de l'objectif.

« Je pourrais passer du temps à vous expliquer comment Yzzy a su faire couper les caméras de surveillance, comment elle a su quitter l'hôtel sans être vue, mais je ne le ferai pas *[il s'arrête un instant, marque une pause]* parce que ce n'est pas utile. Et en réalité, nous le savons déjà. *[il se remet en marche]* Nous le savons déjà, et la police le sait déjà. En effet, lorsqu'Yzzy est arrivée à Boston, le dimanche précédant sa supposée disparition, aucune caméra de sécurité routière ne l'a vue atteindre l'hôtel. Les caméras de l'hôtel ont été coupées à son arrivée et personne ne prétend y avoir vu Yzzy, enfin… presque… mais nous y reviendrons. L'important est de comprendre que s'il a été possible à Yzzy d'arriver sans être vue, alors il lui aura été possible de partir sans être vue. Grâce aux mêmes méthodes. Ce qui nous conduit à son agent, celui qui organise les déplacements d'Yzzy et qui, jusqu'à présent du moins, refuse de recevoir mon équipe. A-t-il quelque chose à cacher ? Je l'ignore, et vous ne devez pas le présumer. Mais lorsque je le rencontrerai *[pause]*, et je parviendrai à le rencontrer *[il se remet en marche pour atteindre sa marque]*, alors, je saurai. Et alors… vous saurez. »

Travis n'avait évidemment envoyé aucun message à Tom Goldberg dont il ignorait jusqu'au nom ; il avait bien conscience que cette demande d'entretien était parfaitement inutile. En revanche, la pression des spectateurs lorsque la vidéo sortirait, là, oui, cela pourrait bien provoquer une réaction et sans doute, à terme, un rendez-vous. Le plan du mentaliste se déroulait exactement comme il l'avait prévu. Bientôt, la police voudrait s'entretenir avec lui, puis cet agent. À aucun moment il n'irait les contacter lui-même. *Ce sont eux qui viendront. Parce qu'ils voudront la vérité et qu'ils savent que je la connais.*

24.

Angela était sortie pour réceptionner les repas à l'accueil, et Tom Goldberg était seul dans la salle de réunion. D'une des fenêtres, il pouvait voir un bout de la Cour supérieure de justice du Suffolk. Tom l'avait déjà vue dans des séries télévisées. Dans *Ally McBeal* et dans *The Practice*, il en reconnaissait la façade, même si celle-ci semblait avoir changé. *Mais beaucoup de choses ont changé avec les années*, se dit Tom avant de laisser son esprit dériver en naviguant à travers ses souvenirs. Il avait fait du chemin, le petit ashkénaze de Brooklyn qui voulait devenir riche et célèbre. Riche, il l'était, c'était plié. S'il le souhaitait, il n'avait même plus besoin de travailler. Célèbre, c'était déjà plus discutable. Certes, il n'était pas connu du grand public, ignorait ce qu'on ressentait devant une foule qui scande et hurle son nom. Il pouvait passer incognito dans n'importe quelle ville. En revanche, il était connu et reconnu dans le métier. Les influenceuses savaient qui il était – certaines flirtaient ouvertement avec lui dans l'espoir qu'il devienne leur agent –, tout comme nombre d'acteurs, de chanteurs, de journalistes, ainsi que des professionnels du luxe, du tourisme, du textile, de la haute couture, de la photographie, du cinéma…

Ça n'avait pas été simple, au début. Les premières marques qui voulaient travailler avec Yzzy ne comprenaient pas à qui elles avaient affaire lorsqu'il débarquait devant elles. Elles ignoraient qui il était. Elles acceptaient le principe qu'Yzzy soit représentée par quelqu'un, s'amusaient du fait que cet intermédiaire était quasiment un adolescent dont il serait probablement facile d'obtenir quoi que ce soit, mais elles ne comprenaient pas pourquoi elles ne pouvaient pas la rencontrer, elle. Les premières avaient refusé, c'était pour elles un *deal breaker*, une condition sine qua non : nous pouvons discuter contrat et facturation avec vous, mais nous exigeons d'aborder la création avec Yzzy. La réponse de Tom était irrévocable. Non. Personne ne rencontrerait Yzzy, parce qu'Yzzy ne pouvait pas incarner une marque. Elle pouvait porter un de ses produits, en parler, il pouvait même s'assurer qu'elle n'en dirait que du bien, c'était le jeu, mais non, Yzzy ne rencontrerait pas John du service marketing, Jane du service client, Jack de la maison mère, Cecil le community manager du compte Instagram de la marque, etc. Tom disait non, et les marques ne rappelaient pas. Certaines ont même tenté de contacter directement Yzzy, sans passer par lui, ce qui amusait beaucoup Tom. Comment pouvaient-ils s'imaginer qu'il agissait contre sa volonté, à elle ? Chaque fois qu'une entreprise refusait ces conditions, Tom notait son nom dans un carnet. Il n'était pas rancunier, il n'était pas question de ça ; le business, c'est du business, il le savait, mais il se doutait qu'avec la croissance du compte d'Yzzy ces sociétés reviendraient sur leur position et accepteraient finalement ses exigences. Et quand cela arriverait, celles inscrites dans son carnet subiraient une « taxe » supplémentaire, une taxe « vous n'avez pas voulu me faire confiance dès le début, vous allez donc payer un petit extra pour vous faire tomber ce sourire en coin des gens qui croient connaître tout mieux que tout le monde et qui ont “tout vu, tout vécu” ».

Puis une marque fut la première à accepter, demandant simplement à valider la publication avant qu'elle ne sorte. Pas de problème, avait répondu Tom, tout en indiquant qu'il n'y aurait pas cinquante réunions auxquelles chacun pourrait venir donner son avis, ce qui aboutirait à trois semaines de shoots pour finalement retenir la première photo. Tom savait bien comment ça se passait dans les entreprises : vous faites une réunion à laquelle Jimmy n'a pas pu assister parce qu'il avait une obligation, à la sortie un projet de photo a été clairement défini, le cliché est pris, puis il y a une nouvelle réunion de validation. Mais cette fois, Jimmy est là. Et Jimmy a besoin de montrer à sa hiérarchie que sa présence est nécessaire, il ne peut pas simplement dire « ok », sinon d'autres réunions se tiendront sans lui à l'avenir. Alors Jimmy trouve le moyen d'expliquer que quelque chose ne va pas : « C'est très bien, mais je pense qu'on pourrait améliorer la photo en faisant ceci ou cela… » Or, à cette nouvelle réunion, il y a Karen, qui fait partie de l'équipe de Jimmy et qui se sent obligée de montrer qu'elle est d'accord avec son boss. Et trois mois plus tard, on y est encore sans pour autant avoir facturé une heure de travail supplémentaire. Les conditions de Tom sont toujours simples : une réunion pour définir aussi précisément que possible le projet, et un seul interlocuteur. Point. Il savait qu'avec le temps et les millions d'abonnés ce serait de moins en moins un problème, mais il fallait tout de même prendre en compte l'inefficacité des méthodes de management des entreprises modernes.

Les contrats se sont alors enchaînés, et le téléphone de Tom n'a plus cessé de sonner. Pourtant, dans le même temps, quelque chose d'autre est arrivé, ou plutôt a commencé à s'installer ; c'était d'abord fugace, puis progressif. Tom n'a pas tout de suite compris la nature du problème, peut-être parce qu'il était trop investi dans son travail. Mais tandis que dans les entreprises de luxe, de tourisme, de divertissement... tous connaissaient désormais le nom et le visage du petit gars de Brooklyn plein d'ambition, les petits à-côtés qu'il attendait furieusement n'étaient pas au rendez-vous. Lorsqu'il réservait une table dans un restaurant huppé, les serveurs ne semblaient pas s'intéresser à lui. S'il était en meeting professionnel, alors là, oui, il y avait du monde pour venir proposer la fameuse bouteille dont le sommelier était si fier, mais sinon... jamais. Lorsque Tom avait voulu acheter une voiture de luxe, neuve, payée cash, le vendeur qui l'avait particulièrement soigné était parti chercher les papiers, puis n'était tout simplement pas revenu. Quelques minutes plus tard, Tom l'avait vu discuter avec une jeune femme qui cherchait un véhicule familial d'occasion. Alors il était reparti à pied, en se disant « tant pis pour sa commission, à celui-là ».

Tom n'était pas jaloux du succès d'Yzzy, loin de là. Il s'en savait même au moins en partie responsable et n'éprouvait donc quasiment que de la fierté à ce sujet. Mais il n'aimait pas passer inaperçu, et chaque nouveau millier de likes qu'elle recevait semblait se solder par un moment où quelqu'un l'appellerait « Tim » sans réaliser son erreur. Heureusement, cela n'arrivait pas lorsqu'il s'agissait du travail ; là, Tom se sentait respecté. On lui donnait du « monsieur Goldberg », du « appelez-moi Bill » en espérant obtenir le droit, en retour, de l'appeler par son prénom. Dans le milieu des influenceurs, Tom était une véritable star de l'ombre, tout le monde le savait. Et cela suffisait, se répétait-il, sans toutefois pouvoir complètement s'en convaincre.

25.

En dehors des frères Byrne, il y avait eu des centaines de personnes qui avaient appelé le commissariat pour dire qu'elles avaient vu Yzzy. Certaines étaient de bonne foi, d'autres trouvaient la blague particulièrement spirituelle. O'Maley aurait aimé avoir les ressources nécessaires pour toutes les identifier et les présenter devant un juge, mais c'eût été une immense perte de temps. Quelques farfelus prétendaient même l'avoir kidnappée ou assassinée, et il suffisait généralement d'une poignée de secondes pour comprendre qu'ils ne savaient même pas dans quelle ville elle avait disparu. C'était le monde d'Internet, un monde auquel il ne comprenait plus rien. Des gens voulaient aider, des gens voulaient obstruer, chacun voulait se faire remarquer. Il ne s'agissait même plus du quart d'heure de gloire promis par Warhol. Mais de prouver qu'on existait, et on n'existait, semblait-il, que sous la lumière des réseaux sociaux. Oui, des farfelus, il y en avait eu un paquet. Mais un seul s'était présenté au commissariat. Le roi des farfelus. O'Maley aurait aimé l'appeler « Sire » ou « Votre Majesté » pendant son interrogatoire :

« Sire, dans quelles circonstances avez-vous été en contact avec Yzzy ?

— Je suis monté dans sa chambre du Fairmont en évitant les caméras de sécurité. C'est loin d'être compliqué : il y a toujours des angles morts.

L'inspecteur savait que la caméra de l'étage donnait sur la porte de la suite qu'avait occupée Yzzy.

— J'ai prétendu qu'il s'agissait du room service et, lorsqu'elle a ouvert la porte, je l'ai poussée pour entrer. Elle était en peignoir et je savais qu'elle était nue en dessous, parce qu'elle l'avait enfilé pour ouvrir ; Yzzy vit toujours nue.

— Évidemment, Votre Altesse. Et que s'est-il passé ensuite ?

— Elle a fait mine de résister un instant, mais je savais qu'elle voulait que je l'honore. Alors, je l'ai fait. Plusieurs fois. Lorsque j'ai voulu partir, elle m'a dit qu'elle voulait m'accompagner. Mais je suis un homme solitaire, je n'ai pas de temps à perdre avec ce genre de filles superficielles. Alors, je l'ai tuée.

— Dans la chambre ?

— Dans la chambre.

— Merci, Sire, vous nous aidez beaucoup à avancer dans notre enquête. Comment l'avez-vous tuée ?

— Avec un couteau.

— Vous l'avez poignardée ?

— Je lui ai tranché la gorge, et elle s'est noyée dans son propre sang.

— Et qu'avez-vous fait du corps ?

— Je l'ai rangé dans une valise, et j'ai nettoyé la chambre. Je ne suis pas un sauvage, ma mère m'a correctement élevé. Les femmes de ménage dans les hôtels font un travail suffisamment difficile sans avoir à retirer des morceaux de cervelle de la moquette.

— Vous l'avez égorgée et des morceaux de cervelle étaient sur la moquette ?

— C'était une façon de parler, ne soyez pas condescendant.

— Je vous prie de m'excuser, Sire. Voulez-vous bien m'attendre un instant ?

— Bien sûr ! »

O'Maley sortit de la pièce et demanda que Sa Majesté des farfelus soit confiée aux bons soins d'une équipe médicale pour lui faire passer un bilan psychiatrique et déterminer si elle représentait un danger.

Il fallait qu'il parle à son capitaine.

★

★ ★

— Cap', ça ne peut pas continuer comme ça. C'est en train de devenir un cirque, dehors. Nos lignes sont saturées d'appels plus débiles les uns que les autres, et je ne te parle même pas de Twitter.

— Les médias sont sur notre dos vingt-quatre heures sur vingt-quatre, Steve. Qu'est-ce que tu veux que je fasse d'autre ? Si t'as besoin de plus de monde, dis-moi et je te trouverai plus de monde, mais il est absolument impossible de faire l'impasse sur cette affaire. C'est presque devenu politique, à ce stade.

— T'as vu le dernier rapport des forensiques ? À part Goldberg, il n'y a aucune empreinte dans la chambre. Pas de cheveux, pas de fibres. Rien. Ni d'Yzzy, ni de sa fan Emily machin, ni quoi ou qu'est-ce. Il n'y a aucune trace de lutte, rien. Tu sais ce que me disent mes tripes ? Laisser une chambre d'hôtel immaculée quand on y a séjourné, c'est pas un truc naturel, c'est un truc qui s'organise. Et toi et moi on sait bien que s'il y a lutte, alors quelque chose échappe aux criminels.

— Alors quoi ?

— Peut-être qu'il lui est vraiment arrivé quelque chose, mais je ne pense pas. Je pense que tout ça a été organisé, soit avec elle, soit sans elle, mais rien n'a été improvisé. Et dans tous les cas, son gars, là, son agent, Goldblum, en sait plus qu'il ne le dit, c'est sûr et certain.

— Alors, de quoi tu te plains ? Il répond aux questions, non ? Pose-lui les bonnes et, s'il cache quelque chose, fais-le craquer ; qu'on puisse avancer et que la presse arrête de nous faire passer pour des incapables. Ça fait partie du job, je te rappelle.

Ça faisait effectivement partie de son métier. O'Maley avait le droit de le pousser à bout, le droit de mentir, il avait beaucoup de latitude pour faire parler Tom Goldberg. Il fallait juste qu'il prenne du recul en arrêtant de présumer quoi que ce soit. Il avait confiance en ses tripes, et celles-ci lui criaient depuis le début que cette affaire était plus complexe qu'une simple disparition. Alors que l'inspecteur quittait la pièce, son chef l'interpella :

— Ça a donné quoi, au fait, les frères machins, là ?

O'Maley soupira. Il allait répondre lorsqu'il vit arriver sa fille, Mary, à l'autre bout de l'étage.

★

★ ★

Celle-ci expliqua qu'il y avait eu une altercation à l'heure du déjeuner à cause « d'abrutis » qui tentaient de la convaincre que son père était « un gros nul ». Mary avait hésité à parsemer le visage d'un de ces « abrutis » de ses deux poings, mais avait préféré s'en aller en constatant qu'une douzaine de téléphones portables étaient déjà prêts à filmer la scène ; elle s'était rendue, seule et à pied, au commissariat. Son père l'installa à son bureau et lui demanda de patienter le temps de trouver quelqu'un pour la ramener à la maison. Il appellerait l'école plus tard et, si le cœur lui en disait, passerait un savon à ceux censés s'assurer de la sécurité et de la tranquillité des enfants en dehors des heures de cours.

Elle lui raconta en détail comment une vidéo sur YouTube les avait excités, un mentaliste qui prétendait expliquer la disparition d'Yzzy, et qui laissait entendre que la police se trompait dans son enquête.

— Tu te souviens ? Travis Midsummer ? C'est le type qui a trouvé où a été tournée la vidéo de la plage…

Après avoir rassuré sa fille sur le fait que tout allait s'arranger, que cette histoire serait bientôt oubliée, Steve O'Maley retourna voir son capitaine pour lui parler de Travis Midsummer, un jeune youtubeur qui souhaitait comme tant d'autres profiter de l'aura de la disparition d'Yzzy pour se faire remarquer. L'inspecteur admit cependant qu'il avait été surpris lorsqu'il était apparu sur la promenade, à l'endroit exact où on pensait avoir peut-être vu Yzzy. Pourquoi surpris ? Son instinct de flic lui disait que ça semblait trop facile, que si ce gamin avait reconnu les lieux, c'était sans doute parce qu'il avait des informations supplémentaires, peut-être même, si la vidéo était fausse, parce qu'il l'avait tournée lui-même. Était-il à Boston ? Oui, c'est ce que semblaient montrer ses dernières publications. Était-il judicieux de l'entendre au commissariat ? Pourquoi pas, mais il fallait se méfier des gens qui cherchent à tout prix la lumière, et il faudrait s'assurer de ne pas en faire une star, ne pas lui laisser la possibilité de se présenter ensuite comme un consultant de l'enquête.

— Je te le redis, Steve, si t'as besoin de plus de ressources, je peux t'en fournir. Mais je veux des résultats. Et pour les frères débiles, qu'est-ce que tu as sur eux ?

— Je suis pas encore certain d'avoir compris après quoi ils courent, mais le plus âgé s'est déjà fait pincer pour escroquerie, donc ils doivent tenter une entourloupe quelconque…

— Des faits de violence ?

— Aussi, oui…

— Tu penses qu'ils pourraient l'avoir kidnappée ?

— Franchement, ils sont peut-être capables de kidnapping, mais je ne les vois pas déjouer la surveillance de l'hôtel ou de la ville. Alors, à moins qu'Yzzy ait quitté l'hôtel de son propre chef pour, ensuite, se faire kidnapper par Tic et Tac, et c'est un gros « à moins que », je crois surtout que ce sont deux guignols qui ne feront rien d'autre que nous faire perdre notre temps. Mais ils insistent. Alors s'ils courent après de l'argent, il va quand même falloir s'en occuper.

Après avoir quitté le capitaine, O'Maley demanda à un officier en patrouille de raccompagner Mary. Puis il la rejoignit à son bureau pour lui dire de se préparer à partir. Elle avait les yeux rivés sur son téléphone comme à l'accoutumée. Steve regarda par-dessus l'épaule de sa fille : Travis Midsummer. Encore lui. Mais plusieurs choses frappèrent l'inspecteur : la vidéo était au format vertical et le mentaliste était filmé de très près, comme s'il le faisait lui-même à bout de bras. La qualité de l'image n'avait rien à voir avec celle des publications du jeune homme sur sa chaîne YouTube : le cadre était chaotique, tout semblait trembler et bouger, et du texte défilait perpétuellement devant son visage. Dans un des coins supérieurs était inscrite la mention « LIVE ». *Il est en direct.* O'Maley fit signe à sa fille de retirer ses écouteurs afin qu'il puisse entendre ce qui se racontait. Étonnamment, Travis Midsummer semblait ne parler de rien, de rien de particulier, en tout cas ; il répondait aux questions que lui posaient les spectateurs – *c'est ça, le texte qui défile à l'image* – sur son âge, ce qu'il aimait manger, le dernier film qu'il avait vu au cinéma… c'était sans queue ni tête.

— Il ne parle pas d'Yzzy ? demanda Steve à sa fille.

— Non, répondit-elle, il se contente généralement, lors de ses lives Insta, d'échanger avec le public.

Mary expliqua qu'il pouvait arriver à Travis de teaser ses prochaines vidéos, pour donner envie aux gens de s'abonner, mais le mentaliste ne lâchait habituellement rien en live.

— Et on sait où il est ?

— Il ne l'a pas dit.

O'Maley s'assit à côté de sa fille pour regarder l'émission en direct, et attrapa son téléphone pour demander au central de se tenir prêt à envoyer une patrouille à une adresse qu'il allait leur indiquer. Il raccrocha, et après sept minutes à scruter le fond de chaque image pour y discerner une enseigne ou un nom de rue, il reconnut enfin un lieu. Il rappela aussitôt le central :

— Nous recherchons un homme, vingtaine d'années, blanc, cheveux noirs, chemise blanche… avec du maquillage sur les yeux, en train de parler à son téléphone sur Washington Street ; il vient de passer devant la boutique Marshalls et se dirige vers le sud. Il faut me le ramener au poste sans l'arrêter, j'ai des questions à lui poser.

Alors que l'inspecteur réfléchissait à une stratégie, il vit arriver l'agent d'Yzzy, Tom Goldberg, accompagné de son avocate. Un coup d'œil à sa montre ; il avait oublié qu'ils avaient rendez-vous pour une nouvelle déposition. O'Maley dit à un collègue de les accueillir. Il regarda sa fille qui, surexcitée, le suppliait de la laisser rester pour voir Travis Midsummer « en vrai », demande qui précipita son retour à la maison.

Extrait d'une série de conférences présentées par le Dr Ronald Worthon, sociologue

« Ce qui définit ce qu'on appelle aujourd'hui communément les "relations parasociales", ce sont les relations qu'entretient un public avec un artiste, ou plus généralement avec un personnage, y compris si celui-ci est fictif : un super-héros de comics, un personnage d'animé japonais, etc. Nous devons toutefois distinguer le cas du personnage fictif de celui de la personnalité réelle, telle qu'un chanteur ou un acteur. La relation qui existe entre une star et son public, dite "parasociale", est asymétrique. C'est un sujet qui a été modélisé dans les années 50 avec l'arrivée du rock and roll, et qui était décrit alors comme l'étude de "l'observation de l'intimité à distance", ce qui est joliment dit.

L'idée est la suivante : je ne sais pas pour vous, mais moi, je suis fan d'Elvis Presley, depuis tout petit j'adore Elvis, c'est le King, c'est comme ça. Si Elvis était toujours vivant *[pause avec un air dubitatif suivi de quelques rires de l'audience]* et que je puisse le rencontrer, je lui dirais que j'ai tous ses albums, que je connais toutes ses chansons et, même, que je connais tout de sa vie. Je lui dirais que je suis allé visiter sa maison, Graceland, pendant mon voyage de noces, et que, comme lui, je me suis marié un 1er mai. Bon, ce dernier point est inexact, je ne me suis pas marié en mai, mais imaginez un instant. Pour le fan que je suis, Elvis est un ami proche, un confident qui m'a aidé à séduire mes petites amies, une épaule sur laquelle j'ai pu pleurer lorsque j'étais triste, etc. Mais voilà : lui… lui ne sait pas que j'existe. Je fais partie d'un groupe qu'on va appeler au choix “les fans d'Elvis” ou, de façon plus moderne, “la communauté d'Elvis”, et Elvis saurait, s'il était encore vivant, que ce groupe existe, dans son ensemble, mais il ne connaîtrait pas MON existence. La relation existe, entre lui et moi, mais elle est donc asymétrique.

Ce domaine d'étude, les relations parasociales, à la frontière entre la sociologie et la psychologie, voire la psychiatrie, a connu un regain d'intérêt ces dernières années pour une raison aussi simple qu'évidente : la naissance des réseaux sociaux. »

26.

— Merci d'être revenu, monsieur… Goldberg. Je…

— Je vous en prie. Comment avance votre enquête ?

— Comment ?

— À la télé et sur Internet, tout le monde a l'air de dire que vous n'avez aucun suspect, aucune piste, rien, je voudrais savoir comment ça se fait. J'ai pourtant l'impression que vous ne lésinez pas sur les moyens, alors…

— Nous ne partageons pas d'informations avec la presse, encore moins sur les réseaux sociaux. On ne leur dit tout simplement rien. Ils en concluent ce qui leur chante…

— Mais vous avancez ?

— Je ne peux pas commenter une affaire en cours, je suis désolé.

Je ne suis pas surpris, mais je m'attendais tout de même à un peu plus. Pas grand-chose, hein. Un simple « nous étudions toutes les pistes possibles », qui laisse entendre qu'ils ont quelqu'un à se mettre sous la dent, quelqu'un d'autre que moi.

— Parlez-moi un peu de l'argent d'Yzzy.

Ok, donc non : personne d'autre que moi.

— Que voulez-vous savoir ?

— Si je comprends bien les relevés bancaires que votre avocate a eu la gentillesse de nous transmettre, merci maître, c'est vous qui touchez l'argent des cachets d'Yzzy, n'est-ce pas ? Et si j'extrapole au-delà des trois mois dont nous disposons, ça fait beaucoup d'argent…

— Oui, en effet, mais vous avez aussi dû constater qu'environ 90 % des sommes sont ensuite virées sur un autre compte, qui est celui d'Yzzy. Je dis « environ » parce que je ne touche pas un pourcentage fixe, ça dépend des contrats, des frais que j'engage, mais je conserve approximativement entre 10 et 15 % des sommes versées.

— C'est classique, dans votre métier, que ce soit l'agent qui touche l'argent ?

— Il n'y a rien de classique dans mon métier. Mon métier n'existait pas il y a cinq ans. Encore aujourd'hui, de nombreuses marques paient des influenceurs sans même signer de contrat, les paient même parfois en espèces ou en cadeaux : sacs à main, chaussures, voyages, etc. J'ai toujours veillé à ce que la comptabilité d'Yzzy soit impeccable, et Yzzy me fait confiance, mais à une seule condition : je m'occupe de tout, des contrats, de la facturation, du suivi, et je lui verse ensuite tout ce qui reste. Après, cela ne me regarde plus, elle a toujours été intraitable là-dessus.

— J'ai vu les virements en question, en effet ; pouvez-vous me dire à quelle banque ils correspondent ?

J'essaie, le plus discrètement possible, de jeter un œil à maître Sciavone. Elle sait que c'est un sujet sensible, et si je la paie aussi cher, c'est justement pour ne pas me laisser embarquer là-dedans. Malgré mes précautions, je suis persuadé que l'inspecteur m'a vu. Et s'il ne l'a pas remarqué, la caméra l'a enregistré pour la postérité.

J'aurais dû avoir un peu plus confiance en elle, parce que mon avocate a très vite réagi :

— Mon client n'est pas en mesure d'identifier le compte en banque que vous évoquez ; Yzzy lui a fourni un IBAN ainsi qu'un code SWIFT qui vous permettent, à vous, d'effectuer cette identification. Est-ce que vous pourriez me dire où vous allez avec ces questions ?

Je ne suis pas un expert, c'est la première fois de ma vie que je me retrouve au cœur d'une enquête, mais j'ai bien l'impression que ce cher Irlandais est désarçonné.

— Un instant, je vous prie, répond-il avant de se lever et quitter la pièce.

Angela Sciavone se penche immédiatement à mon oreille en couvrant sa bouche pour me chuchoter :

— La caméra tourne toujours, pas un mot.

*
* *

Steve O'Maley en avait plus qu'assez de tourner autour du pot. Bien sûr que Goldberg savait ce qui était arrivé à Yzzy, si toutefois il lui était arrivé quelque chose. Yzzy ne bougeait pas une oreille sans que Goldberg le sache et organise tout pour elle. Difficile à ce stade de dire si elle avait raison ou non, mais elle avait une confiance aveugle en ce type qui gérait sa fortune. O'Maley avait été choqué de voir les volumes de pognon qui passaient sur le compte en banque de celui qu'il considérait désormais comme un suspect, un complice, enfin quelqu'un qui en savait bien plus qu'il ne le prétendait. *Comment en est-on arrivé là ?* se demandait-il. Lui, qui risquait sa vie chaque jour pour protéger les citoyens de la ville de Boston contre des criminels, peinait à joindre les deux bouts depuis son divorce, et il y avait là une jeune femme, certes jolie, qui palpait, pour prendre une simple photo de vacances, plus d'argent que lui n'en voyait en une année… O'Maley exécrait ce monde de faux-semblants. Il n'avait jamais compris l'attrait des gens pour la téléréalité, mais tout le monde était d'accord, croyait-il, pour dire que les candidats de ces émissions étaient des paumés en quête de célébrité, si éphémère fût-elle. Les influenceuses, c'était autre chose. Le concept d'une jeune femme qu'on envoie aux Bahamas en première classe et qu'on paie un cachet à cinq, voire six chiffres pour se faire tirer le portrait devant une plage de sable blanc et dire qu'elle aime son shampoing… c'était absurde.

Goldberg trouvait peut-être ça normal, c'était peut-être le monde factice dans lequel il avait grandi, mais il allait pourtant devoir répondre à des questions simples et très terre à terre. *Parce que la vie de contes de fées, ça va bien cinq minutes.* Les papiers qui se trouvaient sur son bureau démontraient de façon claire qu'Yzzy était avant tout une businesswoman. O'Maley comptait bien faire changer de disque à Goldberg…

Extrait d'une vidéo YouTube de la chaîne MrReal

« Bon, les gens, au moment où je tourne cette vidéo, ça va faire trois semaines qu'on est sans nouvelles d'Yzzy… Yzzy, la plus bonne meuf d'Insta… Je sais pas ce que fout sa commu, mais je crois bien que si je disparaissais sans laisser de traces, vous me retrouveriez en moins de deux heures, j'ai pas raison ? Alors peut-être que sa commu est pas au point… ou peut-être que vous êtes la meilleure qu'il est possible d'avoir, avec des ressources qui font pâlir les meilleurs enquêteurs de la planète ! Alors écoutez ce que je vous propose, j'ai un challenge pour vous : si y en a un parmi vous… un ou une, hein, attention, pas de sexisme ici… si quelqu'un parmi vous sait où elle se trouve, l'a vue quelque part, laissez un commentaire sous la vidéo. C'est pas assez ? Alors accrochez-vous bien. Celui ou celle d'entre vous qui m'aidera à remettre la main sur Yzzy avant la police, s'il, ou elle, est abonné à ma chaîne, je suis prêt à lui verser la somme de dix mille dollars en récompense. *[bruit de pet hors champ]* Quoi ? C'est pas assez ? Ok, ok… »

Cut sur MrReal, toujours, mais cette fois-ci en plan serré, une visière de comptable sur la tête et une calculatrice avec imprimante thermique intégrée dans les mains, faisant mine de calculer.

« Bon, très bien. Si vous me permettez de retrouver Yzzy avant la police, je vous donne la somme de cinquante mille dollars en cash et dix mille dollars à un abonné tiré au hasard. Alors ouvrez les yeux, et abonnez-vous, hein… sinon y a pas d'argent pour vous ! »

57 millions de vues

27.

L'inspecteur O'Maley revint dans la pièce quelques minutes plus tard, tenant à la main quelques feuilles imprimées de tableaux remplis de nombres. Les relevés de compte de Tom Goldberg.

— Bien, dit-il en se laissant tomber sur la chaise métallique, les virements que vous effectuez pour Yzzy se font sur un compte en banque situé à Dubaï, aux Émirats arabes unis, au nom d'Yzzy, entreprise unipersonnelle. Yzzy a-t-elle une activité particulière aux Émirats ?

— Ne répondez pas, s'interposa Sciavone. La formulation de la question ne me convient pas, inspecteur. Nous avons été coopératifs jusqu'à présent, je vous demande de reformuler.

Tom Goldberg ne comprit pas ce qui venait de se produire, mais il faisait ce que son avocate lui avait demandé : lorsqu'elle disait de ne pas répondre, il ne fallait pas répondre. Si elle disait « maintenant, on s'en va », il ne fallait pas piper mot, simplement se lever et sortir.

— Très bien, accepta O'Maley en s'adossant à son siège… Yzzy travaille-t-elle aux Émirats ?

— Elle a eu plusieurs contrats à Dubaï, oui, répondit Tom après en avoir reçu l'autorisation d'un mouvement de tête de maître Sciavone.

— A-t-elle une résidence aux Émirats ?

Même mouvement de tête de l'avocate, mais cette fois-ci après une seconde de réflexion. Elle non plus n'était pas sûre de la direction que prenait cet entretien.

— Pas à ma connaissance. Mais elle fait ce qu'elle veut de son argent, elle peut très bien avoir acheté un bien immobilier et...

Tom sentit le regard glacial d'Angela Sciavone s'abattre sur lui. *Si on te demande si tu as l'heure, tu ne la donnes pas, tu réponds simplement oui.*

— Pas à ma connaissance, se reprit-il.

— Mais il est possible qu'elle ait une résidence à Dubaï, oui ?

— Encore une fois, pas à ma connaissance... mais c'est possible, j'imagine.

— Pour quelles raisons Yzzy aurait un compte en banque à Dubaï ?

— Je ne sais pas. Comme on vous l'a dit, Yzzy m'a donné son numéro de compte, et je fais les virements.

— Pourquoi a-t-elle ouvert ce compte là-bas ?

— J'en sais rien.

— Ah, vous ne connaissez pas ce compte ?

— Bah si, puisque j'y vire de l'argent...

— Et vous n'avez pas ouvert ce compte ?

— Quoi ? Mais non ! Pourquoi est-ce que j'aurais ouvert un compte pour Yzzy alors qu'elle...

— Monsieur Goldberg, permettez-moi une petite digression. À votre connaissance, et je précise bien à votre connaissance, est-il courant que des influenceurs et des influenceuses disposent d'un compte aux Émirats arabes unis ?

Maître, si vous voulez intervenir, pria Tom en son for intérieur, *c'est le bon moment.* Mais Angela n'intervint pas. La question n'était ni hors sujet, ni impertinente. En insistant sur les mots « à votre connaissance », l'inspecteur se garantissait une réponse, à moins d'interrompre purement et simplement l'interrogatoire, ce qui serait du plus mauvais effet à cet instant. Tom n'avait pas le choix.

— Je ne dirais pas que c'est courant ; courant est un mot très vague. Mais, en effet, il y a des influenceurs, surtout des influenceuses, qui sont partis vivre à Dubaï. J'imagine qu'il est ensuite assez logique d'y avoir un compte en banque.

— Pour quelle raison, toujours à votre connaissance, des influenceurs partent-ils vivre à Dubaï ?

— J'imagine qu'il y a plusieurs raisons. Peut-être pour profiter des nombreuses boîtes de luxe, c'est une région du monde dans laquelle on vit très bien si on a de l'argent et peu d'attirance pour la… sobriété… Bref, un paradis pour ceux qui aiment le bling-bling et qui ont un portefeuille bien garni.

— C'est également un paradis fiscal, non ?

— Comment ?

— Lorsque vous êtes résident principal à Dubaï, ou n'importe où dans les Émirats arabes unis, vous ne payez pas d'impôt sur le revenu.

— Oui, je suis au courant, mais Yzzy n'est pas…

Le mouvement brusque de la main de maître Sciavone devant le visage de Tom n'avait pas été discret. Du tout. C'était un geste qui devait sans doute signifier la même chose partout dans le monde : « Tais-toi immédiatement ! »

— Yzzy n'est pas quoi ? interrogea O'Maley.

— Inspecteur, mon client et moi-même avons été, ces dernières semaines, à l'entière disposition de votre service. J'entends que vous ayez envie de comprendre les mécanismes fiscaux de l'activité d'Yzzy, mais elle est, jusqu'à preuve du contraire, une citoyenne américaine, et votre pêche aux informations a assez duré. Mon client connaît l'existence de ce compte en banque en cela qu'il effectue régulièrement des versements sur celui-ci afin de rémunérer Yzzy pour son travail, exactement tel qu'elle le lui a demandé. Il ne sait rien de plus sur une activité, légale ou frauduleuse, aux Émirats arabes unis. Cette précision faite, je vous prie de m'expliquer le rapport avec une disparition qui, pour l'instant, semble ne vous avoir permis qu'une seule chose, avoir le plaisir de nous recevoir dans vos locaux aussi souvent que vous en ressentez l'envie. Mon client peut-il vous aider sur un autre point ?

O'Maley fixait l'avocate de Tom sans rien dire. Sans ciller. Et elle soutenait son regard. Sans difficulté. Après de longues secondes, les yeux de l'inspecteur revinrent brutalement sur Tom.

— Yzzy paie-t-elle des impôts aux États-Unis ?

— Je ne m'occupe pas de ses impôts, je ne sais…

— Allons ! Vous vous occupez de toutes ses finances, et vous ne savez pas si elle paie ses impôts ici ou ailleurs ?

— Il a répondu à la question, s'interposa Angela.

— Monsieur Goldberg, vous êtes le businessman d'Yzzy, et vous me dites qu'elle ne vous a jamais demandé de conseil fiscal ?

— Il a répondu à la question, répéta maître Sciavone. Ne répondez pas, Tom !

— Yzzy a-t-elle un comptable personnel ?

— Si c'est le cas, je ne le connais pas.

— Vous n'avez jamais été en contact avec qui que ce soit au sujet des impôts de votre protégée, celle qui vous rapporte des centaines de milliers de dollars ?

— Il a répondu à la question ! Inspecteur, ça suffit !

O'Maley s'était levé, les mains posées devant lui sur la table, une position d'intimidation que lui avaient enseignée ses années d'expérience. Un silence s'installa, que Tom brisa bêtement :

— Si vous voulez voir ses impôts, vous n'avez qu'à enquêter du côté de l'IRS[1], non ?

Il s'était cru assez malin pour ouvrir sa grande gueule et mettre un inspecteur de police au défi. Ce n'était jamais une bonne idée. Angela Sciavone tenta de rester impassible, mais il était évident qu'il avait commis une erreur stratégique. Elle pensait pourtant avoir suffisamment préparé son client.

— Bonne idée, répondit l'inspecteur en se rasseyant. Bonne idée, en effet. Nous allons faire ça, nous allons contacter l'IRS et leur demander l'avis d'imposition d'Yzzy. Il va donc nous falloir son nom complet, je vous écoute.

— Je… On en a déjà parlé, la première fois que je suis venu, je crois… je ne connais pas son vrai nom.

— Comment ? Vous, monsieur Goldberg ? Vous, l'agent, l'ami, le confident, vous ne connaissez pas des choses aussi évidentes que son prénom et son nom de famille ?

— Je… Non.

Tom jetait des regards désespérés vers son avocate, mais elle ne pouvait pas faire grand-chose à ce stade.

— Pouvez-vous me donner son numéro de sécurité sociale, dans ce cas ? Ou me dire dans quelle ville elle

1. Internal Revenue Service : Trésor public américain.

est née… Peut-être sa date de naissance ? Cela suffirait pour que nous trouvions son nom…

— Je ne sais pas où elle est née.

— Alors l'adresse de sa résidence principale, ou n'importe quelle adresse à son nom.

— Je suis désolé, je n'ai pas ces informations.

— Monsieur Goldberg, permettez-moi d'être votre avocat pendant quelques instants. Avec maître Sciavone, cela vous fera deux conseils pour le prix d'un. Si Yzzy essaie d'échapper aux impôts et que vous avez, de quelque manière que ce soit, facilité cette fraude, vous pouvez…

— Maintenant, on s'en va, le coupa Sciavone d'un ton sec en quittant sa chaise.

Tom se leva également, et tous deux entreprirent de sortir de la pièce tandis que l'inspecteur s'affairait à éteindre la caméra. Sciavone ouvrit la porte et se tourna vers O'Maley :

— Inspecteur, nous avons toujours été coopératifs. Une jeune femme a disparu Dieu sait où et comment. Nous espérons tous qu'elle va bien, mais vous savez comme moi qu'après quinze jours, l'idée de la retrouver sirotant un sex on the beach à Malibu s'estompe. Elle a peut-être été enlevée, elle est peut-être morte, nous avons tenté de vous aider autant que possible et à quoi vous vous intéressez ? Savoir si elle a payé ses impôts ? Prévenez-nous si vous avez du nouveau, mais je vous garantis qu'à partir de maintenant, je conseillerai à mon client de ne plus répondre à vos questions.

L'inspecteur avait observé Tom pendant tout ce monologue, cherchant à déceler chez lui une réaction, notamment à l'annonce de la mort possible d'Yzzy. Il ne lut rien. Rien de mauvais, mais rien de bon non plus.

— Je vais répondre à votre question, maintenant que nous sommes entre nous, dit-il à Tom en désignant la caméra éteinte. Vous voulez savoir comment nous avançons, alors voici ce que je pense. Je pense qu'Yzzy a accumulé énormément d'argent au cours des derniers mois, et sûrement des dernières années. Plus d'argent que je n'en verrai de ma vie. Je pense qu'elle a organisé son évasion fiscale. Dites-moi, monsieur Goldblum, qu'est-ce que vous en pensez ?

— Ne répondez pas, Tom ! On s'en va.

Avant de quitter la pièce, toutefois, Tom se retourna vers l'inspecteur pour le corriger :

— Je m'appelle Goldberg, inspecteur. Tom Goldberg. Pas Goldblum.

Sans le regarder, O'Maley fit mine de s'excuser d'un signe de la main, mais Tom était déjà dehors, et en rejoignant l'escalier qui menait à la sortie du bâtiment, il croisa un jeune homme dont le visage lui était familier, vêtu d'une chemise blanche ouverte quasiment jusqu'au nombril, un pantalon de toile beige écru et une paire de tongs. Tom ne l'observa pas suffisamment longtemps pour le reconnaître, juste ce qu'il fallait pour se faire une impression fugace. *J'ai déjà vu ce mec-là, et il n'a rien à faire ici.*

*

* *

Dans la voiture qui le ramenait en compagnie de son avocate, Tom était furieux. Pourquoi n'avait-elle pas réagi plus tôt, pourquoi n'avait-elle pas empêché la situation de s'envenimer, comment avait-elle pu laisser son client être ainsi incriminé ? Elle lui répétait de se calmer, ce qui l'énervait d'autant plus. Il avait besoin de réponses, pas qu'on le traite comme un enfant qui fait un caprice. Sa colère était légitime.

— Qu'est-ce que je vous ai dit, pas seulement avant cet entretien mais avant chacun de ces entretiens, Tom ? Quelle était la chose à absolument ne pas faire ? Prendre l'inspecteur pour un crétin. Vous pensez qu'il ne sait pas qu'il peut demander des informations directement à l'IRS ? Il vous a tendu un piège, et vous avez sauté dedans à pieds joints. J'ai fait ce que j'avais à faire pour vous protéger, mais il fallait également que je vérifie à quel point il vous soupçonne d'être, sinon responsable, au moins de mèche avec Yzzy.

— Et… ?

— Et il pense que vous êtes, sinon responsable, au moins de mèche avec Yzzy. Il semble croire que rien ne se fait sans vous, et pour être tout à fait honnête, je comprends son point de vue. Il va falloir songer à présenter la situation de façon un peu différente à l'avenir, pour ne pas donner l'impression qu'Yzzy est un jouet que vous contrôlez.

— Elle ne veut pas se mêler de tout ce qui n'est pas son métier. L'administratif, la logistique, les plannings, elle ne veut pas s'en préoccuper et…

— C'est bon, je connais cette rengaine ! Je dis simplement qu'entre ça et le fait qu'Yzzy reste introuvable, l'inspecteur pense qu'elle a organisé une fraude fiscale. Et vu le récit que vous lui faites, s'il pense qu'Yzzy a organisé une fraude fiscale, alors il pense que VOUS avez organisé sa fraude fiscale. A minima que vous l'avez aidée. O'Maley n'est pas un mauvais flic, mais il a sa hiérarchie et une bonne partie des médias du monde entier sur le dos. C'est un dossier qu'il ne juge pas digne d'intérêt, il doit sans doute l'assimiler à une affaire de gosses de riches, mais on le force à s'en occuper, et à présenter rapidement des résultats, quels qu'ils soient. Et ne vous trompez pas sur ce que je dis, Tom, les mots importants de ma phrase sont bien *quels qu'ils soient*. O'Maley ne vous collera pas une arrestation sans motif valable pour vous exposer à la télé, mais je n'en dirais pas autant de son chef.

— Qu'est-ce qu'on fait maintenant ?

— Maintenant, et à moins d'une bonne raison, d'une vraie bonne raison, on stoppe la coopération. On nous a bien fait comprendre que vous étiez suspect, alors on cesse de leur donner des billes.

Après quelques minutes de silence, Tom ne put s'empêcher de partager une réflexion :

— Yzzy détesterait tout ce battage médiatique. On peut penser ce qu'on veut d'elle, mais elle ne vit pas pour attirer l'attention. Elle préférerait largement être cent fois moins célèbre. Elle pourrait tout aussi bien en vivre et n'aurait pas besoin à ce point de se cacher et de longer les murs. Faire couper des caméras, éviter qu'on la prenne constamment en photo, ce ne sont pas des caprices de diva, vous savez ? Elle veut pas se réveiller un matin et se rendre compte qu'on peut reconstituer toute son existence, chaque jour, à partir de publications Internet. Elle cherche l'intimité là où elle peut la trouver…

— À Dubaï ?

— J'en sais rien. Vraiment. J'aimerais pouvoir vous répondre, vous dire qu'elle a un penthouse à Dubaï où elle organise des fêtes, mais la vérité, c'est que je l'ignore. Les rares fois où on est allés à Dubaï, on est descendus dans un hôtel, comme partout ailleurs. Mais je ne peux pas lui en vouloir d'investir son argent, si c'est ce qu'elle fait. Et… je sais que ça n'a rien à voir, hein… mais les gens ne sont pas aussi regardants quand elle donne des millions à des associations humanitaires.

— Vous avez raison. Ça n'a rien à voir.

Tom ne répondit plus et se contenta de laisser courir son regard vers l'extérieur sans rien observer vraiment. Il voulait débrancher son cerveau un instant, ne plus penser. Ce faisant, son esprit se mit à digresser et put enfin mettre un nom sur le visage croisé quelques minutes plus tôt. *Midsummer, le mentaliste ! Qu'est-ce qu'il fout là, lui ?*

Extrait d'une série de conférences présentées par le Dr Ronald Worthon, sociologue

« Par nature, la relation qui lie un influenceur, qu'il s'agisse de quelqu'un sur Instagram, YouTube ou Twitter… pardon… on dit X maintenant *[rires]*, la relation qui lie un influenceur et son public est une relation parasociale. Sur Facebook, les choses sont un peu différentes, parce que l'essentiel des échanges qui y sont opérés l'est entre "amis" et "amis d'amis", même s'il y a de quoi faire une session complète de conférences sur la notion d'ami chez ce cher Mark Zuckerberg. *[rires]*

Sur Instagram, par exemple, lorsque vous êtes abonné à un compte d'instagrameur, avec le temps, vous allez apprendre à le connaître, à connaître ce qu'il aime, ce qu'il n'aime pas, ses habitudes alimentaires, ses "morning routines"… En réalité, vous allez vite en savoir plus sur cette personnalité que sur vos collègues de bureau. Mais l'instagrameur en question ignore qui vous êtes. Il ne vous connaît pas. Si vous commentez ses publications régulièrement et qu'il vous réponde tout aussi régulièrement, il reconnaîtra peut-être votre pseudonyme. Mais même si celui-ci est très significatif, par exemple @JimNY1988, duquel on pourrait déduire que vous vous appelez Jim, que vous vivez à New York et êtes né en 1988, rien ne prouve que vous n'êtes pas une adolescente de treize ans ou un Chinois de soixante-cinq ans. L'instagrameur en a conscience, ce qui fait qu'en ce qui le concerne, soit il ne sait pas que vous existez, soit il sait qu'il ne vous connaît pas. Voilà l'asymétrie.

Maintenant, que va induire cette asymétrie ? Ce que montre l'état actuel de la recherche, c'est que ces relations sont par nature vouées à l'échec. L'humain est un animal social qui n'aime pas se sentir rejeté. Plus précisément, ce type de relation ne possède que deux issues, dont une elle-même scindée en deux cas possibles. Le premier cas était de loin le plus classique avant l'apparition des réseaux sociaux, mais qui persiste aujourd'hui, bien sûr, même si l'on peut l'éviter, ce que font souvent les influenceurs avec beaucoup de talent. Le premier cas, donc, c'est quand le fan passe à autre chose. Vous étiez fan, mettons, de Michael Jackson quand vous étiez adolescent, du temps de son vivant. Je ne suis pas vraiment à jour sur les stars d'aujourd'hui... Disons... disons qu'à treize ans, vous êtes fan de Billie Eilish, peut-être que vous allez découvrir un style musical complètement différent en entrant à l'université, et vous allez en quelque sorte oublier Billie Eilish, mais sans jamais la rejeter. Vous y reviendrez de temps en temps avec beaucoup de nostalgie et tout ira bien. Ça, c'est le premier cas. Quand tout va bien.

Le deuxième, c'est quand vous allez, à un moment ou un autre, prendre conscience que la relation est asymétrique. C'est un état de fait que vous allez subir. Vous ne le vivrez pas nécessairement mal, mais vous ne le vivrez jamais bien. L'exemple le plus classique, c'est quand vous êtes fan d'un petit groupe local de musique, un groupe que personne ne connaît mais que vous aimez beaucoup : vous allez à leurs concerts devant quelques dizaines de spectateurs, et parfois vous discutez avec eux. On pourrait dire que la relation est ici différente, puisqu'ils échangent avec vous et qu'ils vous connaissent, mais ils vous considèrent uniquement comme un membre d'une communauté qu'ils appellent leur public. Soudain, ce groupe écrit un tube qui bat des records au hit-parade… Est-ce qu'on dit encore "hit-parade", aujourd'hui ? *[rires]* Toujours est-il que le groupe devient célèbre et que vous vous retrouvez, spontanément, à les aimer de moins en moins. "Ils sont devenus trop mainstream, direz-vous, maintenant, c'est commercial, ils ne font plus de la musique que pour l'argent." Classique, pas vrai ? La réalité de ce qui se produit n'est pas que le groupe a changé, même s'il est possible qu'il ait changé ; la réalité, ce n'est même pas que la nature de votre relation a changé. Ce qui a changé, c'est la perception que vous avez de cette relation. Vous ne pensez plus être "l'ami" du groupe, statut que vous n'avez en vérité jamais acquis ; malgré tout, vous pensez l'avoir perdu. C'est ça qui se produit. Vous pensez avoir perdu une relation qui comptait pour vous, et vous le vivez un peu comme un chagrin d'amour. Et là, de deux choses l'une : soit cela vous attriste un temps, puis vous avancez et vous passez à autre chose. C'est, je dirais, le cas souhaitable. Soit, et c'est la seule autre possibilité : vous pouvez vivre cet événement comme une trahison et attendre du ciel une justice divine. Appelez ça justice, karma, comme vous voulez, vous savez qu'il n'est pas normal que vous souffriez du terme supposé de cette relation à laquelle vous avez tant donné, vis-à-vis d'une personnalité qui, non seulement ne semble pas en souffrir, non seulement ignore votre souffrance, mais semble même ignorer jusqu'à votre existence. Et c'est là que les choses peuvent mal tourner. Parfois même de façon dramatique. Un des exemples les plus célèbres est évidemment l'assassinat de John Lennon le 8 décembre 1980 par Mark David Chapman, fan inconditionnel des Beatles mais surtout de Lennon. Il expliquera le meurtre de son idole notamment par le fait qu'il en était venu à considérer la star comme un traître : "Lennon nous dit : imaginez un monde sans possessions, et le voilà avec des millions de dollars, des yachts, des propriétés et investissements immobiliers, il se moque des gens comme moi qui ont cru ses mensonges, acheté ses disques et construit une grande partie de leur vie autour de sa musique[1]."

Avec le temps, toutefois, les influenceurs ont développé des méthodes redoutables pour éviter cette... rupture... Étant entendu que cette rupture est inéluctable, je le rappelle, la marge de manœuvre dont dispose l'influenceur consiste à en retarder au maximum le moment. Je vous pose la question : comment retardez-vous le moment où les membres de votre communauté réalisent que vous n'êtes pas leur ami, puisque c'est de ça qu'il s'agit ? Non ? Personne ? *[silence dans la salle]*

Regardez, vous allez voir, c'est assez évident. Pour retarder le moment où quelqu'un se rend compte que vous n'êtes pas son ami, vous devez lui faire croire plus longtemps que vous l'êtes. Simple, non ? *[rires]* Mais pour le lui faire croire sur la durée, vous devez lui donner quelque chose. Lui sait ce qu'il vous donne : de son temps, de son attention, des likes, des commentaires, des partages, parfois même de l'argent. Qu'est-ce que, vous, vous lui donnez ? Au départ, des photos de vous dans votre salon, ou votre chambre à coucher. Puis, si vous avez un animal de compagnie, un chien ou un chat – un conseil, si vous voulez devenir influenceur à succès, ayez un chien ou un

1. Interview par Lynne Schultz de Mark Chapman le 26 décembre 2006.

chat –, vous montrez régulièrement ce chien ou ce chat. Vous partagez avec votre communauté vos joies, vos peurs et vos peines : “Le chat s’est cassé une patte, regardez ce petit courageux sortir de chez le vétérinaire.” Cela marchera, vous vous êtes acheté du répit, mais ça ne dure qu’un temps. Et ensuite ?

Ensuite, vous montrez votre petit ami, votre mari ou votre femme. Quand vous fêtez l’anniversaire de votre rencontre, vos cinq ans de mariage, vous lui faites des déclarations d’amour dont votre public est le témoin : “Sans toi, ma vie ne mériterait tout simplement pas de s’appeler une vie… C’est comme si les couleurs du monde n’existaient pas avant que je te rencontre.” *[“Awwwww” attendri dans la salle]* C’est facile, hein ? *[rires]* Et là, vous achetez à nouveau du répit. Et si vous êtes un couple à problèmes, qui s’engueule souvent, rompt puis se remet ensemble, vous pouvez entretenir ce lien à votre public pendant des années. Mais si ce n’est pas le cas, que pouvez-vous faire de plus ?

Réponse : les enfants. Ayez des enfants, et montrez-les. Chacun de vos abonnés se sentira comme le parrain ou la marraine de votre progéniture. Ce lien précieux les convaincra de vous suivre encore longtemps. Au moins jusqu’à l’adolescence de vos gamins. Après cela, il vous faudra en faire d’autres. *[rires]*

Bref, j’en parle avec beaucoup de légèreté, mais c’est tout à fait sérieux. Un influenceur, pour ne pas perdre la relation privilégiée qu’entretiennent ses fans avec lui, devra petit à petit ouvrir les portes de son intimité. Ce n’est que de la surenchère.

Une chose que j’aime bien dire et qui semble n’être qu’un bon mot, mais je vous assure que je ne plaisante pas : si ce n’était pas interdit par les conditions générales d'Instagram et de YouTube, un nombre considérable, et je dis bien considérable d'influenceurs y publieraient des sextapes… *[rires et étonnement du public]* Vous n'êtes pas d'accord ? Alors déjà, permettez-moi de vous rappeler qu'à l'origine, le contenu du site OnlyFans n'a pas du tout de caractère sexuel… Mais sinon, permettez-moi de vous poser une question simple : rappelez-moi pour quelles raisons Kim Kardashian est célèbre, exactement ? Ce n'est pas une actrice, une chanteuse ou un modèle. Elle n'est célèbre que parce qu'elle est célèbre, parce qu'il a existé une sextape ; et, depuis, grâce à des émissions de télévision, absolument toute sa famille est également célèbre. Je ne connais pas Kim Kardashian, je ne sais pas si elle est intelligente ou stupide, mais je n'ai pas besoin de la connaître pour vous assurer qu'elle a un instinct brillant en ce qui concerne sa relation à sa communauté. À un point tel qu'un pourcentage non négligeable accepterait ou refuserait de se faire vacciner contre un virus quelconque, mettons un coronavirus, je dis ça comme ça *[rires]*, sur un simple tweet de sa part.

Et cela pose des problèmes, parce que des gens attendent d'elle qu'elle s'exprime sur ces sujets, tandis que d'autres au contraire lui demandent de ne surtout pas le faire et de laisser parler les experts. Il y a toujours eu des connivences entre les artistes et les politiciens. De nombreux artistes se sont engagés contre l'élection de Donald Trump, mais l'engagement sur les réseaux sociaux dépasse de loin l'influence que peuvent avoir ces stars, même Lady Gaga ou Beyoncé, à la télévision. Les réseaux sociaux constituent l'essentiel de vos interactions avec le monde, directement ou indirectement, que vous en soyez conscient ou non et que vous l'acceptiez ou non.

Et je ne parle même pas des "bulles filtrantes"… »

28.

Steve O'Maley ignorait que, lorsque les policiers avaient demandé à Travis Midsummer de les suivre, ce dernier avait clos son live en disant simplement : « On se reparle plus tard, la police a besoin de moi, je vous tiendrai informés. » S'il l'avait su, il aurait immédiatement mieux cerné le personnage qui lui faisait face, sur le siège encore chaud de la présence de Tom. Le terme « personnage » n'était pas trop fort, et ne l'était sans doute même pas assez. Steve avait l'impression d'avoir affaire à l'un de ces magiciens modernes, ces magiciens de rue beaucoup trop maquillés, semblant toujours être sous l'œil d'une caméra invisible, bien différents de ceux de Las Vegas qui faisaient apparaître des tigres ou voler des éléphants sur scène. Non, celui-là avait l'air plus grave, plus intense, comme s'il était constamment tiraillé de l'intérieur et torturé par ses « capacités ». O'Maley ne connaissait ni le nom de David Blaine ni celui de Criss Angel, mais ces deux illusionnistes correspondaient parfaitement à cette description. Le genre qui plaisait sans doute beaucoup aux adolescentes sur TikTok. Oui, Steve O'Maley était ravi d'avoir renvoyé sa fille avant l'arrivée de cet énergumène, énergumène qui sembla attendre précisément ce moment pour demander, comme si la question était naturelle, comme s'ils se connaissaient depuis longtemps :

— Comment va Mary ?

L'inspecteur avait beau être impressionné, il avait suffisamment d'expérience pour ne rien laisser transpirer de sa réaction, du moins le croyait-il. Il ne put cependant s'empêcher de penser : *ok, alors toi, je ne t'aime pas.* Travis lâcha un petit rire.

— Excusez-moi, je me rends compte que c'est assez brutal comme entrée en matière... Vous êtes l'inspecteur Steve O'Maley, chargé de l'enquête sur la disparition d'Yzzy, et j'ai vu sur Internet que votre fille était harcelée ces derniers jours par des gamins de son école, mais aussi sur les réseaux sociaux ; c'est pour ça que je me permets de vous poser la question. Je sais ce qu'est le harcèlement en ligne, alors je n'ose pas imaginer ce que cela fait à une adolescente qui, par ailleurs, n'est pas une personnalité publique du Net.

Steve O'Maley n'avait pas encore dit un mot.

— Je suis désolé, vraiment, continuait le mentaliste. Faisons les choses dans l'ordre : comment puis-je vous être utile ? Si je peux vous aider à retrouver Yzzy, vous pouvez compter sur mon entière collaboration...

— Monsieur Midsummer...

— Appelez-moi Travis.

— Travis... pour commencer, comment avez-vous procédé pour trouver le lieu exact où a été tournée la vidéo dans laquelle on est censé reconnaître Yzzy, au bord de la mer ?

— De quel niveau de précision avez-vous besoin ?

— Comment ça ?

— Si vous pouvez vous contenter d'une explication simple, je vous dirai que j'ai cherché sur Internet, mais si vous voulez une explication détaillée…

— S'il vous plaît, oui.

— Très bien ! J'ai commencé par lire tous les commentaires de toutes les sources principales que j'ai pu trouver sur le Net : Reddit, YouTube, Instagram, TikTok… afin d'observer s'il y avait un genre de consensus. Mais, de façon évidente, je n'allais pas me baser exclusivement là-dessus. Par exemple, beaucoup de gens ont cité Malibu parce que c'est un nom qu'ils connaissent, alors que la vidéo a manifestement été tournée sur la côte est. À partir de ces deux éléments, les noms suggérés dans les commentaires ET le fait qu'il s'agissait de la côte est, je me suis rendu sur Google Maps et j'ai exploré des dizaines et des dizaines de kilomètres de promenade le long de la côte. On voit dans le film, même si c'est très court, qu'il y a du relief au loin, côté mer. J'en ai donc conclu qu'il ne s'agissait pas de la Floride et je me suis alors concentré sur les baies. Très sincèrement, j'ai eu de la chance que ça aille vite ; si je n'avais pas décidé de partir du nord, mais du sud, j'y serais peut-être encore à l'heure où je vous parle. Toujours est-il qu'en descendant la côte le long de la baie de Quincy, arrivé sur Quincy Shore Drive, j'ai remarqué que les dalles au sol correspondaient parfaitement à celles de la vidéo. Comme j'étais déjà à Boston pour tourner mes nouveaux épisodes sur Yzzy, je m'y suis rendu avec mon équipe et nous avons parcouru la promenade avec une capture d'écran de la scène à la main, jusqu'à trouver le bon endroit.

Travis se tut et attendit, imperturbable, en fixant l'inspecteur dans les yeux. Son regard n'était ni imposant ni menaçant, mais tenace. Les questions se bousculaient dans l'esprit d'O'Maley, mais il arriva tout de même à les contenir, le temps de prendre les habituelles précautions juridiques :

— Au fait, j'ai oublié de vous dire formellement que cet entretien est filmé, que vous avez droit si vous le souhaitez à un avocat et que…

— Je n'ai pas besoin d'un avocat, je suis venu pour vous aider.

— Donc vous renoncez à la présence d'un avocat ?

— Bien sûr, oui.

— Il me faut également votre nom, celui de votre état civil…

— La vidéo va-t-elle sortir d'ici ? sembla pour la première fois hésiter Travis.

— Non, absolument pas, notre entretien est strictement confidentiel et limité au cadre de cette enquête.

— Très bien. Mon nom légal est Henry Prewitt, de Glendale, Colorado. Cela dit, je préfère que vous m'appeliez Travis, si ça ne gêne pas la procédure…

— Pas du tout… Travis.

*

* *

L'entretien avait duré plus d'une heure, si bien que l'inspecteur avait dû faire patienter Emily Kovalski, déjà agacée d'être ainsi contrainte de faire une nouvelle déposition. Il était allé l'accueillir et lui avait indiqué la salle d'attente, le temps d'en finir avec le mentaliste. Lorsque ce dernier avait quitté le poste, O'Maley avait eu besoin de quelques minutes pour faire le point avant d'enchaîner avec la jeune femme. Ce Travis Midsummer était, comme il l'avait pressenti, un personnage assez insolite. Tout ce qu'il avait raconté tenait la route : il s'était intéressé à la disparition d'Yzzy parce que c'était l'actualité brûlante du moment sur le Net et qu'il était persuadé de pouvoir apporter un éclairage sur les événements auprès de son public, ce qui lui garantissait un succès considérable, au moins le temps de l'enquête. Il n'avait pas hésité à venir jusqu'à Boston parce que, d'une part, il en avait les moyens et que, d'autre part, l'impact auprès du public n'en serait que plus grand ou, comme il l'avait précisé lui-même : « N'importe qui peut faire une vidéo pour parler d'un événement historique, mais être sur place donne immédiatement plus de crédit, ne serait-ce que parce que c'est ce à quoi nous ont habitués les journalistes à la télévision depuis des décennies, il suffit de voir le nombre de régies vidéo autour du Fairmont Plaza pour s'en rendre compte. » Ce qui, pour O'Maley, était tout à fait juste, surtout si on considérait à quel point les reporters sur place n'apportaient strictement rien. Travis Midsummer avait également expliqué qu'une part de son travail de mentaliste consistait à se débarrasser des idées et des informations qui ne servaient à rien, c'était pourquoi il ne s'intéressait pas à comment Yzzy avait pu sortir de l'hôtel. Il répéta à l'inspecteur ce que celui-ci avait déjà entendu dans une de ses vidéos : « Si elle a été capable d'entrer dans l'établissement sans être vue, alors elle a été capable de le quitter de la même façon. Et si elle n'est pas descendue à cet hôtel, alors la question ne se pose plus. » Malgré lui, Steve O'Maley avait été épaté par les raisonnements du jeune homme et espérait que cela ne se verrait ou ne s'entendrait pas à l'image. Mais dans le même temps, une lumière, faible pour l'instant, s'était mise à clignoter dans un coin de sa tête. Pas encore une alarme, mais déjà un rappel : cet homme semblait savoir beaucoup de choses sur cette affaire. Vraiment beaucoup. Mais c'est lorsque l'inspecteur lui avait demandé s'il se considérait comme une espèce de journaliste que l'entretien avait basculé. « Non », avait-il simplement répondu avant de préciser : « Mon rôle ici ne consiste pas uniquement à rapporter des informations à mon public ; mon rôle consiste surtout à trouver ce qui est arrivé à Yzzy et, dans la mesure où ce serait possible, à la retrouver...

— Vous voulez dire... comme un enquêteur ?

— En quelque sorte, oui. Un peu comme un consultant freelance, ou un Sherlock Holmes, par exemple, mais, je le répète, mon travail ne se limite pas à collaborer avec la police, je dois aussi tenir mon public au courant de mes découvertes.

— Qu'est-ce que vous entendez, exactement, par "collaborer avec la police" ?

— Eh bien... vous m'avez fait venir ici pour que je vous dise où j'en suis, non ?

— Pas vraiment. Je vous ai convoqué pour savoir comment vous aviez trouvé l'emplacement de la vidéo, c'est tout.

— Vous avez parlé avec le personnel de l'hôtel, n'est-ce pas ?

— Je ne peux pas discuter avec vous des éléments de l'enquête. »

O'Maley avait répondu fermement. Il avait beau avoir été désarçonné par cette question qui sortait de nulle part, il n'en avait pas pour autant perdu ses réflexes.

« Vos yeux me disent que oui. Donc, normalement, à ce stade, vous savez que le réceptionniste n'a pas vraiment tout à fait rencontré Yzzy, qu'il ne dit ça que pour tenter de faire un peu de bruit sur les réseaux...

— Le réceptionniste ?

— Ronnie Lewinson. Lui se souvient de vous.

— Excusez-moi un instant », avait répondu l'inspecteur en se levant pour quitter la pièce.

O'Maley avait fait le tour des quelques collègues qui travaillaient sur le dossier pour déterminer si l'un d'entre eux avait parlé à qui que ce soit. C'était peine perdue. Évidemment, tous s'offusquaient et juraient sur leur mère, défunte ou non, qu'ils connaissaient leur métier, qu'ils ne communiquaient rien à la presse, qu'ils ne parlaient de leur boulot ni à leur bonne femme, ni à leurs maîtresses, ni au barman, ni à personne. Avant de retourner en salle d'interrogatoire, O'Maley avait pris une profonde respiration : il ne devait en aucune façon avoir l'air contrarié. Lorsqu'il était finalement entré, Travis, qui s'était levé pour faire des étirements, s'était rassis.

« Vous l'avez vu ? Lewinson ?

— Je comptais faire une interview avec lui, mais dès que j'ai compris qu'il n'avait strictement rien à raconter, j'ai abandonné. Comme je vous l'ai dit, une partie de mon travail consiste à me débarrasser du bruit ambiant.

— Et comment vous savez qu'il ment ?

— Il a posté plusieurs messages sur des forums de fans d'Yzzy, se vantant de l'avoir rencontrée le jour où elle est censée être arrivée à Boston, mais il les a tous supprimés après sa disparition. Vous avez eu vent de cette information parce qu'il en avait également parlé à des collègues qui, à leur tour, l'ont mentionné au directeur. Pareil pour Lucia, la femme de chambre, d'ailleurs.

— Elle ment, elle aussi ?

— Je ne suis pas sûr, je ne l'ai pas encore rencontrée. Je voulais simplement dire que ce n'était pas elle qui avait parlé au directeur, mais une de ses collègues. »

Travis Midsummer menait sa petite enquête. *Et il ne fait pas semblant*, s'était dit Steve. *Bien, dans ce cas, testons ce qu'il a dans le ventre.*

« Le type qui marche avec elle le long de la plage, qui est-ce ?

— Comment je le saurais ?

— Vous avez laissé entendre dans votre vidéo que vous saviez qui c'était ?

— Inspecteur, mon travail consiste également à garder l'attention de mon public. Au moment où j'ai tourné cette vidéo, je n'avais aucune idée de qui il pouvait bien s'agir, et je n'en sais pas plus aujourd'hui. Mais je suis confiant, je trouverai et, à ce moment, je pourrai révéler ce que je sais. Que mon public pense que j'ai déjà toutes les réponses fait partie de mon métier, inspecteur. »

À la fin de l'entretien, l'inspecteur était sur le point de lui demander ses coordonnées, lorsque le jeune mentaliste avait spontanément sorti d'une de ses poches une carte de visite comprenant son nom, son numéro de téléphone et son adresse e-mail, et la lui avait tendue en disant : « Pour quand vous aurez besoin de moi… je suis joignable quasiment à toute heure. » Et il était parti.

Steve observait la carte. Elle était sobre, élégante, très simple, mais son coin supérieur droit était arrondi. C'était le seul. Il n'aurait pas su dire pourquoi, mais ce détail, pareil à un effet de manche, l'agaçait. Il semblait vouloir lui crier « regardez, je suis spécial », ce qui correspondait parfaitement au personnage qu'il venait de rencontrer.

Cependant, Steve O'Maley avait sous-estimé Travis Midsummer et aurait eu à gagner à se renseigner sur ce que sont les mentalistes ; en effet, lorsque l'inspecteur avait quitté la pièce, Travis, après ses étirements et ses cent pas bien visibles à la caméra, était sorti du champ.

Et à ce moment, sans bruit, il avait feuilleté le carnet de notes que le policier avait laissé sur la table. Il y avait alors déchiffré des informations qui constitueraient sa prochaine piste pour ses vidéos. Apparemment, Liam et Rodney Byrne, deux frères, faisaient l'objet de l'attention de l'inspecteur, puisque leur nom, auquel était accolée la mention « escroquerie ? », était souligné deux fois. Deux adresses étaient aussi notées en dessous. Travis avait pris soin de reposer le carnet exactement à sa place et était repassé devant l'objectif de la caméra, l'air ennuyé de celui qui patiente. Et l'inspecteur était revenu.

*

* *

Quelques minutes plus tard, et alors qu'il allait enfin prendre la nouvelle déposition d'Emily Kovalski la groupie, son téléphone émit un bref bip. Un message de sa fille, Mary, qui ne lui envoyait pourtant jamais de textos : « Tu l'as rencontré ? Il est comment ? Raconte ! » Steve soupira, mit son appareil sur vibreur, et entra dans la pièce.

29.

On s'est vus dans un café, le même café où on s'était donné rendez-vous la première fois, et il avait l'air très content de me voir quand je suis arrivée. Moi aussi, mais j'étais surtout contente qu'il me reconnaisse. Parce que je suis pas célèbre, et qu'on ne s'était rencontrés qu'une fois en vrai. Il côtoie beaucoup de gens, tous les jours, ça doit pas être facile de se rappeler tout le monde. Mais bon, on s'est vus, il avait son après-midi de libre et on l'a donc passé ensemble, parce qu'Yzzy était bien arrivée à l'hôtel et n'avait rien de prévu avant la fin de journée. C'était hyper sympa. En vrai, je pense même que c'était sympa pour lui aussi, parce que… parce qu'il y avait pas d'enjeu, avec moi. On n'allait pas négocier un contrat ou je ne sais quoi, les choses qu'il fait toute la journée. On s'est promenés dans le Common Park, il faisait pas vraiment beau, plutôt gris mais assez lumineux quand même, et il n'a pas plu alors… c'était sympa. Je l'ai même surpris à regarder des écureuils, je pense que ça faisait un paquet de temps qu'il s'était pas posé dans un parc, si vous voulez mon avis…

Enfin bref, on a beaucoup parlé, on a parlé de lui, j'avais envie de savoir un peu des choses sur sa vie, je me doute que tout le monde n'en a toujours que pour Yzzy. Il m'a parlé de son enfance à New York, enfin à Brooklyn, de comment justement il était encore aujourd'hui intimidé par Manhattan, que c'était un truc qu'il se traînait depuis tout petit, que c'était pour ça qu'il préférait Boston ou Londres. Londres, je peux pas vous dire, j'ai jamais mis les pieds en Europe, mais quand il en parlait, ça avait l'air bien. Après, il m'a raconté qu'Yzzy avait beaucoup de problèmes ces derniers temps, que c'était difficile. Il savait qu'il pouvait se confier et que je comprendrais, moi – parce que la plupart des gens ne sont pas capables de comprendre. Oui, Yzzy est adorée par des millions de gens, oui elle a beaucoup d'argent, elle est belle, etc., mais elle a tout de même le droit d'avoir des problèmes. Elle n'a juste pas le droit d'en parler, en fait. Je sais pas comment elle allait avant, mais c'est sûr qu'en ce moment, ça ne va pas. Entre la drogue, l'alcool… vous imaginez à quel point elle est harcelée sur Internet ? Il y a des gens, des gens qui ont leur propre vie, hein… des gens qui ne l'ont jamais croisée, qui n'ont jamais eu la moindre interaction avec elle, mais qui la détestent. Comme s'ils avaient décidé un jour d'occuper chaque minute de leur temps libre à l'insulter, la menacer de viol, de meurtre. Le pire, c'est que c'est tellement devenu la norme sur les réseaux sociaux, ce genre de comportements, qu'on se dit qu'on doit vivre avec. Yzzy m'a dit elle-même que ça faisait « partie du métier ». Elle a employé ces mots. C'est triste, vous ne trouvez pas ? Et encore, elle a eu de la chance, personne n'est jamais allé révéler son nom ou son adresse. Elle a drôlement bien fait d'avoir toujours eu un pseudonyme. C'est bête, mais c'est une étape supplémentaire pour ceux qui veulent la rencontrer. D'ailleurs, même moi je ne connais pas son nom, ni son prénom. Tom m'a juste dit qu'elle ne s'appelle pas Yzzy, mais pas comment elle s'appelle en vrai. Si ça se trouve, il ne le sait pas non plus...

— Mademoiselle, s'il vous plaît... je voudrais précisément qu'on revienne sur Tom Goldberg. Vous avez déclaré la dernière fois qu'il avait un faible pour vous, et qu'il vous l'a exprimé, je crois, n'est-ce pas ?

— Oui, il me l'a dit, mais c'était pas du tout creepy. Enfin, il s'est plaint qu'il était continuellement entouré par des hypocrites qui ne cherchent qu'à approcher Yzzy, et c'est marrant qu'il me confie ça, alors qu'à la base on s'est vus parce que je voulais rencontrer Yzzy. Mais il m'a dit que j'étais la première personne depuis longtemps qui avait l'air de vraiment l'écouter et s'intéresser à ce qu'il racontait. C'était touchant. Il m'a alors avoué qu'il m'aimait bien. Je sais ce que ça signifie, hein. Mais en même temps, il m'a affirmé que, à cause de ses déplacements sans arrêt, il ne pouvait pas envisager d'avoir la moindre relation sentimentale. Je pense que ça lui manque, en fait. C'est normal, non ? Après, il était de toute façon préoccupé, ce jour-là, sûrement à cause de la vidéo... enfin... à cause de la réaction d'Yzzy face à la vidéo.

— Parlez-moi de cette vidéo...

— Vous êtes pas au courant ? Bon. Y a environ un mois, y a un type sur Reddit qui a dit qu'il avait une sextape d'Yzzy. Au début, il a floppé, parce que personne le croyait... Yzzy, c'est juste impossible d'avoir simplement un selfie avec elle, et y a un nobody d'Internet qui a une sextape ? Alors le gars a commencé à poster des screenshots, des captures de la vidéo. Il floutait une partie du corps d'Yzzy, genre ses seins, mais c'était bien sa tête et elle semblait nue et en train de… vous voyez… d'avoir un rapport sexuel. Tom a contacté le gars en question, parce que, évidemment, le gars voulait du pognon pour ne pas la diffuser. Je pense que Tom était prêt à payer pour empêcher la publication, mais c'est compliqué, rien ne vous garantit que personne d'autre n'a de copie… En plus, y a des fans qui ont commencé à débunker la vidéo, à montrer que c'était un fake, un trucage. Que c'était des images photoshoppées. C'est assez courant, hein. Vous cherchez n'importe quel acteur ou actrice sur Google en rajoutant le mot « nu » et vous allez trouver des photos. Parfois des vraies, mais souvent des fausses. En plus, maintenant, avec les intelligences artificielles, c'est possible de faire des fausses qui ont l'air aussi vraies que les vraies, alors…

Et donc, des fans nerds d'Yzzy ont analysé les images qu'ils avaient, je sais pas comment, et ils ont trouvé que la personne sur les photos avait des grains de beauté que n'a pas Yzzy, ce genre de choses. Alors d'après ce que j'ai compris, c'est assez facile sur une photo, mais c'est plus compliqué sur une vidéo, il faut utiliser des technologies plus compliquées, du deepfake ou des trucs comme ça, où c'est une intelligence artificielle qui s'occupe de bien mettre la tête que vous voulez sur le corps de quelqu'un d'autre. Et c'est Tom qui a pu voir la vidéo avant qu'elle sorte. Il m'a dit qu'il avait beaucoup de mal à y croire, mais que ça avait l'air vrai. Que si c'était un trucage, c'était hyper bien fait. Alors il commence à discuter avec le gars : comment s'assurer qu'il y avait pas de copies ? comment il avait obtenu la vidéo ? est-ce qu'il l'avait faite lui-même ? Le gars répondait que c'était pas un fake, mais que ce n'était pas lui qui avait filmé. Mais il voulait pas dévoiler d'où il l'avait. Alors Tom en a parlé à Yzzy. C'est normal, hein, c'était elle que ça concernait avant tout. Et à sa grande surprise, elle a authentifié la vidéo et dit qu'il ne fallait pas interdire sa sortie.

Et la vidéo est sortie, et les fans ont gueulé que c'était truqué, mais Yzzy a posté une story sur Instagram pour dire que c'était authentique, mais que ça n'avait jamais été son souhait qu'elle soit rendue publique. Elle l'a fait contre l'avis de Tom, je précise parce que c'est lui qui me l'a raconté. Peut-être qu'elle pensait que ses fans iraient la défendre et empêcheraient la vidéo de se propager, mais l'effet a été pile l'inverse. Elle a été diffusée sur plein de sites pornos, légalement d'après ce que j'ai compris, elle a dû faire des centaines de millions de vues en tout. Je crois même qu'elle a rapporté des royalties à Yzzy, ce qui est quand même un comble. Voilà. En tout cas, une chose est sûre, quand on s'est vus avec Tom, il avait pas encore digéré le truc. Parce que la réputation d'Yzzy est tombée d'un coup. Des tas de marques de luxe l'ont lâchée, alors qu'en vrai, elle fait rien de fou, dans cette vidéo, elle couche juste avec son copain, quoi… mais bon, les marques sont tellement sensibles, ces temps-ci, il faut choquer personne… En vrai, je pense qu'elle s'est sentie rejetée par beaucoup de monde…

— Par Tom, aussi ?

— Non, pas Tom. Tom ne l'abandonnerait jamais. Mais c'est possible qu'il se soit senti un peu trahi, oui. Mais pas au point de lui en vouloir ou même simplement de se fâcher avec elle. Jamais Tom ne trahirait Yzzy. C'est comme un membre de sa famille. Et on ne rejette pas sa famille…

★

★ ★

Il y eut trois sonneries, puis Tom décrocha. Emily avait attendu, en quittant le commissariat, d'être à une bonne distance avant de l'appeler.

— Je viens de sortir…

— Alors ?

— Alors, c'est comme tu t'en doutais, il m'a posé plein de questions sur toi et ta relation avec Yzzy, sur la sextape… La police en a après toi…

— Ils ont rien. Ils pédalent dans la semoule. Je suis leur suspect idéal, c'est tout.

— Donc, pour l'instant, on change rien ?

— On ne change rien… et merci de m'avoir appelé, Em'. Je t'embrasse.

— Moi aussi.

Emily ne pouvait s'empêcher de se dire que cet inspecteur, même s'il avait l'air honnête, ne lâcherait pas Tom de sitôt…

Story Instagram d'Yzzy, exclusivement constituée d'écrans de texte

Vous avez peut-être entendu parler d'une sextape qui circule et dans laquelle on me voit faire l'amour, comme le font des millions de gens. Je dois malheureusement admettre que cette vidéo est authentique. Ce que je regrette surtout, c'est que ces instants de mon intimité aient pu m'être volés pour être ainsi rendus publics. Je sais que les gens honnêtes et au grand cœur de ma communauté ne chercheront pas à les voir, et je vous en remercie. Je vais avoir besoin de quelques jours pour moi, pour prendre du recul. J'espère n'avoir blessé ou déçu personne par mon comportement, et j'en profite pour vous rappeler que l'usage d'un préservatif est le seul moyen de se protéger contre les maladies sexuellement transmissibles, comme le SIDA.

Je vous embrasse.

À très vite.

Yzzy.

30.

Travis Midsummer n'avait pas eu à chercher longtemps avant de trouver tout ce dont il avait besoin concernant les frères Byrne. Rodney, le plus jeune, avait un compte Facebook sur lequel il avait partagé, six ans plus tôt, une partie de PUBG, un jeu vidéo dans lequel cent personnes s'affrontaient jusqu'à ce qu'il n'en reste qu'une, partie qu'il avait été fier de terminer vainqueur. Bien entendu, ce post Facebook n'avait en soi aucune importance et les quatre likes ainsi que les deux commentaires en étaient une preuve évidente, mais ce n'était pas l'information que Travis était venu chercher. Ce qui l'intéressait, en l'occurrence, c'était le compte, le pseudonyme que Rodney avait utilisé pour ce jeu : IrishLord03. L'apparition d'Internet dans un premier temps, et des réseaux sociaux dans un second, avait poussé les gens à se construire une identité en ligne à laquelle, paradoxalement, ils tenaient presque autant qu'à leur identité réelle. C'était d'autant plus vrai chez les jeunes qui avaient toujours vécu dans un monde virtuellement entoilé. Et leur pseudo était leur identité. Pour nombre d'entre eux, d'ailleurs, le choix de ce pseudo pouvait être totalement arbitraire, ridicule, ou bien directement lié à leur passion du moment, un chanteur, un acteur ou une série télé. Et beaucoup conservaient ce pseudo partout où ils allaient.

Travis n'avait pas trouvé de compte Twitter ou Reddit au nom de Rodney Byrne, mais à celui d'IrishLord03. Et partant de là, il avait commencé à se constituer une image mentale du jeune homme, quelles opinions ou quelles visions du monde il défendait ou attaquait. Le compte existait également sur le site Stack Overflow, un des plus grands forums techniques de programmation informatique, donc Rodney faisait de la programmation, et ses questions et interventions y portaient principalement sur la programmation web. C'était là une partie du travail du mentaliste : dénicher les informations pertinentes. En revanche, Travis ne trouvait rien sur Internet au sujet du frère aîné, Liam, et l'interprétait de deux façons possibles : soit ce dernier était parfaitement capable de rester anonyme sur la toile, ce qui était envisageable, soit il était simplement déconnecté d'Internet et des réseaux sociaux, ce qui était encore plus probable. Dans tous les cas, Travis allait bientôt leur rendre visite pour tenter de comprendre en quoi ils pouvaient intéresser la police dans cette enquête. Il irait prudemment, sans doute, et subtilement, peut-être, mais n'était pas inquiet quant au succès de son approche. *Ce sont des amateurs*, pensa-t-il.

31.

— Comment ça, vous confirmez que la police concentre son enquête sur vous ?

— J'ai eu Emily au téléphone, ils l'ont cuisinée sur sa relation avec moi et sur ma réaction après la sortie de la sextape.

— Vous avez parlé avec Emily au téléphone ? De sa déposition, qui plus est ? Ce n'est pas très malin, je vous ai dit que vous ne pouviez pas…

— Écoutez ! Emily est mon amie, ni elle ni moi ne sommes en état d'arrestation, au bout d'un moment, ça va bien ! Ils ne peuvent pas nous interdire de parler, non plus.

— Ils ne peuvent pas, mais ce que vous vous dites peut entrer dans l'équation et, au bout du compte, être retenu contre vous.

Tom resta songeur. Maître Sciavone interprétait probablement ce silence comme un doute : avait-il dit des choses à Emily qu'il n'aurait pas dû ? Pouvait-il avoir confiance en elle ? Pouvait-elle penser qu'il était responsable de la disparition d'Yzzy ? Mais la réalité était tout autre.

En vérité, Tom faisait un point sur la situation. *Voilà où on en est, voilà où ils en sont.* Bien entendu que les flics s'intéressaient à la sextape. C'était de loin la raison la plus évidente pour justifier la dépression d'Yzzy, même si ce n'était pas la seule. Mais les flics ne pigeraient rien aux autres motifs. Comment un policier irlandais de Boston pourrait-il comprendre les difficultés qu'il y a à recevoir quotidiennement quelques menaces de viol en ligne au milieu de centaines, de milliers de messages d'amour et de soutien ? Pour les flics, Internet, c'était de la science-fiction. Pire, c'était de la fantasy. Ils n'avaient aucune conscience des réalités du médium, de ses tensions, de ses règles de fonctionnement, du fait que c'était la jungle et qu'un message d'insulte ou une intimidation n'étaient pas nécessairement le fait d'un adolescent de quinze ans qui voulait juste faire rigoler ses amis. Non, Internet avait sa part sombre, comme n'importe quel groupe humain suffisamment grand. Parfois, les menaces étaient proférées par de vrais malades qu'il était difficile d'arrêter.

À peine vingt ans plus tôt, pour rester anonyme sur la toile, il fallait avoir des connaissances techniques des protocoles de communication entre les ordinateurs. Mais aujourd'hui, il fallait être un crétin de troisième zone pour se laisser identifier quand on ne le souhaitait pas. Pour masquer son identité de façon efficace et durable, il suffisait d'utiliser un VPN, un mécanisme qui faisait passer vos communications par un réseau tiers, donnant au monde l'impression que vous étiez ailleurs. Et tous les youtubeurs avaient vanté les mérites des VPN. Ils avaient été grassement payés pour le faire, pour expliquer qu'il était ainsi possible d'accéder au catalogue Netflix de n'importe quel pays, qu'il était possible de s'y abonner non pas depuis les États-Unis, mais de la Turquie, où c'est moins cher. Ils avaient incidemment été payés pour donner aux gens un moyen simple de les harceler efficacement et sans se faire prendre. C'était le Far West.

Maître Sciavone le fit sortir de ses pensées.

— Était-ce courant de la part d'Yzzy de faire une story avec uniquement du texte, et pas d'image ?

— Comment ?

— Dans la story qu'elle a publiée pour authentifier la sextape, elle n'apparaissait pas à l'image. Il n'y avait que du texte. Est-ce que c'était dans ses habitudes ?

— Pas du tout ! Son image, c'est son gagne-pain, elle le sait. Elle prend une photo d'un coucher de soleil, elle fait cent mille likes. Elle est sur la photo, même à contre-jour, et même si elle cache le coucher de soleil ? Cinq millions de likes. Son travail, c'est son visage et son corps. Elle le sait très bien, et depuis le début.

— Et ça ne vous a pas surpris qu'elle fasse une simple déclaration écrite ?

Tom réfléchit un instant avant de répondre. *Je sais ce que vous vous dites, maître... vous vous dites que, peut-être, ce n'est pas Yzzy qui a écrit ce post... Et je sais très bien où ça va nous mener.*

Extrait d'une vidéo YouTube de la chaîne MrReal

« Yo, ça n'avance pas ! Je pensais que vous pourriez m'aider, mais pour l'instant, personne n'a pu me donner le moindre élément un peu sérieux pour retrouver Yzzy. Du coup, je vais être obligé de revenir sur ma promesse de donner cinquante mille dollars à celui ou celle d'entre vous qui m'aiderait. Pour plutôt donner cent mille dollars ! Eh oui ! C'est comme ça qu'on fait, ici ! Et je vais même faire mieux que ça... J'offre cent mille dollars à la personne qui file un coup de main pour localiser Yzzy avant la police, ça, c'est fait, c'est acté... et tiens, je filerai vingt mille dollars à un abonné quand on l'aura retrouvée, comme ça, ça fait plus d'argent ; mais j'offre aussi, attention, la somme de... cinquante mille dollars à la personne qui m'aidera à identifier le gars dont on voit la teub sur la sextape d'Yzzy. Jusqu'à maintenant, on n'a jamais vraiment réussi à savoir qui c'était, et je suis sûr que les Sherlock Holmes du web vont être capables de reconnaître un grain de beauté, la forme des mains, ce que vous voulez... Je crois bien qu'à un moment dans la vidéo, on voit les pieds du gars, alors je m'adresse aux quelques fétichistes parmi vous qui sont capables de reconnaître un pied parmi mille. Moi, mon trip, c'est les boobs ! Ouais, je suis capable de reconnaître une paire de boobs entre mille… C'est pour ça que ça sert à rien de m'envoyer anonymement des photos de vos boobs en MP sur mon Insta… ça sert à rien, alors le faites pas. Surtout si vous êtes mineures. Parce que, en vrai, si vous êtes majeures, ça va. Et si vous êtes tout juste majeures, ça va aussi… LOL, je déconne… mais en vrai, ça va. »

43 millions de vues

32.

Qu'est-ce que vous voulez que je vous dise ? Je comprends… Évidemment que je comprends. C'était une humiliation. Elle avait passé des heures à pleurer. Elle n'allait pas simplement se filmer, faire un grand sourire et balancer : « Ohé, les copains, je voulais juste vous dire, oui, c'est bien moi qui suce une bite, j'espère que vous êtes pas choqués et que vous n'allez pas vous précipiter pour aller regarder. » Yzzy n'a jamais voulu apparaître vulnérable. D'un point de vue purement économique, la voir triste dans une story aurait cartonné, ça fait pas un pli. Maintenant, vous dire ce qui lui est passé par la tête… je n'en sais rien. Elle avait pleuré pendant des heures, mais j'avais passé ces mêmes heures à tenter de la dissuader de communiquer sur cette vidéo. Tant qu'elle ne réagissait pas, elle pouvait se comporter comme si elle ne savait pas que ça existait. Il y avait des centaines, peut-être même des milliers de gens qui disséquaient chaque image dans le seul but de montrer qu'il s'agissait d'un faux. Il suffisait de ne pas commenter et de laisser les experts du Net convaincre le reste du monde. Évidemment que la vidéo aurait tout de même circulé, c'est inévitable avec Internet, mais en ne reconnaissant pas son authenticité, on aurait au moins pu la faire supprimer des grands sites pornos. Oui, bien sûr qu'il existe des grands sites pornos. Internet n'existerait pas sans le porno, et vous pensez qu'il n'y a pas de grandes enseignes ? Et elles sont comme toutes les grandes enseignes : elles veulent éviter de faire des vagues, niveau juridique. Vous savez, même si ça peut paraître étonnant, il y a les mêmes problématiques de gens qui utilisent des vidéos existantes sans payer de droits d'auteur sur PornHub que sur YouTube. Ce sont juste les contenus des « œuvres », si on peut dire, qui sont différents.

J'étais optimiste, quand je voyais à quelle vitesse des internautes étaient déjà en train d'expliquer qu'Yzzy n'avait pas cette forme de nombril ou bien n'avait jamais porté, sur aucune photo, le bracelet qu'elle avait dans la vidéo. Je pensais vraiment qu'on passerait au travers du truc. Peut-être même que ça allait booster son image. Et puis Yzzy m'a confirmé que ce n'était pas un fake. Elle avait couché avec un gars avec qui elle était bien, elle savait qu'elle était filmée, mais bon c'était difficile à nier, vu les regards qu'elle faisait à la caméra, et elle était clairement consentante. Je lui ai demandé si elle était ivre, ou défoncée, mais non… d'après elle, rien de tout ça. Elle a fait cette vidéo pour que son copain puisse se mater le film quand elle n'était pas là. Elle n'a pas voulu me dire de qui il s'agit. On ne voit pas son visage, et je ne sais pas identifier un gars juste en voyant sa bite, je suis désolé. J'ai insisté pour qu'elle me lâche son nom, elle m'a donné une seule réponse : « Peu importe, ce n'est pas lui qui a fait fuiter la vidéo. C'est sûr et certain qu'il se l'est fait voler. »

Pour elle, il n'y avait aucun doute, et je n'avais aucune raison de ne pas lui faire confiance, puisque je ne connaissais rien à cette affaire. Je ne suis même pas capable de vous dire si cette vidéo a été tournée il y a trois mois ou deux ans. Alors je l'ai suppliée de ne pas commenter, de ne pas réagir. Je savais que ça finirait en effet Streisand. Vous savez ? Quand vous ne voulez pas qu'un truc soit médiatisé, vous en parlez pour essayer de désamorcer, sauf que c'est là que vous le médiatisez dix fois plus en en parlant ? Je l'avais prévenue. Elle est grande. C'est son compte, son image, son cul qui se fait claquer, hein… Je n'avais pas vraiment mon mot à dire. Je lui ai dit ce que j'en pensais, et elle a fait ce qu'elle jugeait bon. Elle a authentifié la vidéo. Et le monde entier s'est déchaîné.

Est-ce que j'étais jaloux ? S'il vous plaît, ne me dites pas qu'on en est encore là… Pour la millième fois, Yzzy est mon amie et notre relation est professionnelle, c'est tout !

Bref, de mon côté, passé le choc, j'ai repris mon travail. J'ai tenté de faire supprimer la vidéo des sites principaux, je savais qu'il serait impossible de la faire totalement disparaître. Je voulais au moins que ce ne soit pas simple de la trouver. Et une des grandes plateformes pornos a refusé. Si la vidéo était authentique, qu'Yzzy était consentante et savait qu'elle était filmée, alors il n'y avait pas matière à l'interdire. C'était un site géré par des gens que je ne connaissais pas, on n'avait pas de contacts communs, ils ne me devaient rien. Mais c'étaient des businessmen, alors on a négocié des droits de diffusion. Je savais qu'à partir de là, c'est eux qui feraient le ménage sur les autres sites pour éviter les copies pirates. Par contre, ils auraient officiellement le droit de diffuser. Finalement, Yzzy a gagné beaucoup d'argent sur ce deal…

— Et vous aussi…

— Oui. Moi aussi. Attendez, ni elle ni moi n'avions besoin de ce deal, tout allait bien, hein… J'ai fait au mieux avec les cartes que j'avais en main. J'aurais préféré qu'elle nie tout en bloc, ça aurait été plus simple, parce que, ok, d'un côté, ça fait un contrat qui rapporte, mais d'un autre, son image publique est très vite passée, aux États-Unis, de « belle-fille idéale » à « pétasse méga-bonne qui se fait démonter face caméra ». Vous pensez que ça ne l'a pas affectée ? Que ça ne m'a pas affecté, moi ? On ne pouvait rien y faire, il n'y avait rien à faire. Il fallait déconnecter Internet pendant quelques jours, au moins pour elle. En une poignée d'heures, elle était passée d'« éventuel fantasme en bikini » à « vidéo masturbatoire la plus téléchargée du Net ». Et elle n'allait déjà pas bien à l'époque. Je veux dire : c'était genre deux semaines avant sa disparition… Qu'est-ce qu'il faut de plus pour comprendre qu'elle a eu, oui, envie de disparaître ?

— Si vous le permettez, je vais revenir à ma question initiale : vous m'avez confirmé que ce n'est pas l'habitude d'Yzzy de poster une story sans image, avec uniquement du texte. Vous dites, et je l'entends, qu'elle ne voulait pas montrer son visage à ce moment-là…

— Vous vous êtes jamais filmée avec un partenaire ?

— Alors… non… et, de toute façon, si je devais le faire, ce ne serait pas avec la caméra de quelqu'un d'autre…

— Ben mettons que vous êtes plus prudente que la plupart des gens.

— Déformation professionnelle.

— On fait une pause, je vais aux toilettes.

*

* *

Tom savait bien où son avocate était en train de le mener. Non par malveillance, mais parce qu'elle faisait bien son travail. Elle avait compris le petit scénario qu'avait dû se figurer O'Maley, et elle avait besoin de savoir si son client tenait la route. Ce dernier se lava les mains dans les toilettes marbrées du cabinet, se dévisagea un instant dans le miroir… juste un instant, mais qui lui sembla déjà un peu long… il essuya ses mains avec des serviettes individuelles en tissu à disposition – *c'est aussi pour ça que je paie* – et retourna dans la salle de réunion.

— Les flics se disent : Tom Goldberg est l'auteur de la story, c'est ça ? demanda-t-il en s'asseyant.

— C'est comme tout, ils ont besoin de comprendre. À mesure qu'ils recueillent des témoignages, ils se font une vision d'ensemble. Rapidement, bien plus rapidement qu'ils ne l'admettent, ils acquièrent une conviction et, s'ils font bien leur boulot, confrontent les éléments à celle-ci. Ma conviction à moi, c'est qu'ils pensent que vous savez ce qui est arrivé à Yzzy. S'imaginent-ils que vous l'avez aidée, que vous êtes responsable, qu'elle est vivante ou morte ? Difficile à dire pour l'instant, mais ils sont convaincus que vous savez. Ils n'ont aucune preuve de rien. Elle n'apparaît sur aucune vidéo de surveillance, il n'y a aucune photo volée, aucun selfie, elle n'est pas arrivée à bord d'un vol commercial. Quant aux clichés pour lesquels elle était censée être en ville, elle ne les a pas faits. La seule raison de croire qu'elle était là et qu'elle a disparu, c'est parce que vous le leur dites. S'ils pensent que vous mentez, alors toute l'affaire devient plus simple, mais surtout toute l'affaire sort de leur juridiction.

Elle a effectivement disparu depuis des semaines, c'est un fait ; mais cela ne concerne plus nécessairement la police de cette ville. Ça concernera la police du dernier endroit où on l'a vue, ou éventuellement le FBI. Ils ont besoin de faire tomber votre témoignage, parce que votre témoignage est le seul qui les coince…

— Et qu'est-ce que ça changerait, si j'étais l'auteur de la story qui authentifie la sextape ?

— Ça changerait que vous auriez menti à ce sujet. Et si vous avez menti une fois, vous pouvez bien avoir menti plus souvent ; il devient alors raisonnable de penser que vous mentiriez si vous étiez complice ou responsable de sa disparition. Ce qu'ils cherchent aujourd'hui, c'est un fil qui dépasse, et qu'ils n'auront plus qu'à tirer pour tout dérouler. Qui a écrit cette story ?

— Je vais vous répondre honnêtement : il n'existe aucun moyen de savoir qui est l'auteur. Je sais que ce n'est pas moi, mais ce que je sais n'est pas une preuve. J'ai accès au compte d'Yzzy autant qu'elle, il m'arrive souvent de répondre à des messages privés ou liker des commentaires à sa place. Je pourrais très bien avoir écrit cette story. Mais je n'avais aucune raison de le faire, et j'y étais farouchement opposé.

Tom réfléchissait beaucoup. Vite. Il pesait toutes les possibilités. Si on ne le croyait pas, irait-on penser qu'il avait fait disparaître Yzzy ? Ou simplement qu'il participait à une opération de communication et qu'elle sortirait fraîche comme une rose d'une chambre d'hôtel de Manhattan dans quelques jours ? Ou au contraire le visage abîmé comme si elle avait survécu à un supplice ? Tom aurait aimé pouvoir débloquer la situation d'un claquement de doigts, parce qu'il sentait l'étau se resserrer autour de lui… Mais il ne pouvait pas le faire, il ne pouvait plus le faire, il le savait. Les dés avaient été jetés lorsque la sextape avait été authentifiée. Au fond, c'était tout ce qu'il voulait, malgré sa difficulté à l'admettre. L'ennui, quand on se ment à soi-même, c'est qu'on finit par douter de tout et, dans le même temps, par croire n'importe quoi.

— Il va falloir trouver mieux, Tom, parce que...

— Qu'est-ce qui va se passer, maintenant, selon vous ? Je veux dire... cette enquête... si Yzzy ne sort pas soudainement de la grotte où elle se terre avec une explication en béton armé, il va se passer quoi ?

— C'est délicat. D'un point de vue juridique, il n'y a pas grand-chose dans leur dossier. Pas de corps, pas de motif, pas de trace de lutte, d'empreintes, de fibres... rien. Mais ils encaissent une pression médiatique à laquelle ils ne sont pas habitués, et le procureur est en campagne de réélection. Non seulement les citoyens ont besoin de savoir que l'enquête va aboutir, mais si Yzzy n'est pas retrouvée vivante et en pleine forme, tout le monde va vouloir un coupable. Et je pense que pour la police, le coupable idéal, c'est vous.

Ce n'était pas une surprise pour Tom, pas du tout, mais il ne put empêcher un vertige de l'envahir. Son abdomen semblait soudain habité de milliers de papillons de nuit en quête de lumière, un sifflement sourd, lointain, mais bien présent vrillait ses tympans et sa vue se troublait. Il s'était préparé à ce moment, bien sûr, il n'était pas naïf, ou du moins pensait-il s'être préparé car, en réalité, il était totalement démuni. Il tentait maladroitement de conserver un certain aplomb, une certaine tenue, sans savoir s'il y parvenait ou s'il avait désormais l'air d'un enfant qui a perdu sa mère au supermarché.

— Maintenant, maître... on fait quoi ?

— Vous vous souvenez que, lors de notre premier entretien, je vous ai dit que je ne voulais pas savoir si vous me cachiez des informations ou non ? Parce que, en cas de procès, je n'ai pas le droit de vous laisser dire une chose que je sais être fausse ? Eh bien, maintenant, c'est terminé. Maintenant, pour préparer votre défense, il faut que je sache, John. Tout.

Tom se retint de la corriger. Il ferma les yeux et inspira profondément.

33.

« Aujourd'hui dans notre émission, nous recevons Alexander Harris, *attorney general*, procureur général de l'État du Massachusetts. Monsieur le procureur, bonjour et merci d'avoir accepté notre invitation. Dans l'affaire de la disparition de l'influenceuse Yzzy, cela fait plusieurs semaines que le monde entier est devant la porte de votre bureau dans l'attente d'une information nouvelle. Pouvez-vous nous éclairer sur l'état actuel de l'enquête ? »

Harris était acculé. Samantha Walkins, sa directrice de campagne, avait réussi à le faire grimper dans les sondages au point de quasiment lui offrir sa réélection sur un plateau. Mais ce n'était pas gratuit. Il fallait qu'il apporte quelque chose de nouveau. Il devait satisfaire la curiosité morbide des gens qui, devant leur poste de télévision, attendaient de savoir si on allait enfin arrêter quelqu'un, s'il s'agirait d'un tueur en série psychopathe ou, pire, d'un terroriste. Samantha pensait avoir fait le tour de la question lorsqu'elle avait suggéré devant une caméra que la police avait une piste ; ce n'était pas le cas. Oui, c'était un pari, et Harris, malgré son athéisme confidentiel, priait tous les matins pour qu'on arrête quelqu'un, vite, avant l'élection. Parce que si Samantha pensait qu'il suffirait, en cas d'échec, de s'en prendre à la police, elle semblait ignorer qu'un procureur qui n'a pas la confiance des forces de l'ordre est un costume vide, uniquement bon à poser pour des photos. Pour travailler ensemble, les flics doivent savoir que le procureur les appuiera toujours ; plus qu'une tradition, c'est presque un impératif moral. Alors il priait pour ne pas avoir à s'en dédire. Tous les matins. À genoux, les mains jointes et tout ! Tout le folklore ! Parce qu'il était acculé.

« Bonjour et merci de me recevoir, commença-t-il. Vous le savez, j'ai trois filles, dont l'aînée a justement l'âge d'Yzzy ; aussi, même si je n'étais pas le procureur général de cet État, je serais de toute façon ému par cette disparition mystérieuse. Mais, précisément, en tant que procureur général de cet État, je peux agir, et il est légitime qu'on attende de moi des résultats. *[il marqua une pause solennelle]* Je suis prêt, je vous le dis. Mon équipe est dans les starting-blocks, bien décidée à faire condamner les responsables dans ce dossier dès qu'ils auront été identifiés. Malheureusement, et je comprends la frustration de chacune et chacun, croyez bien que je la partage, le temps d'enquête et le temps judiciaire sont des temps longs. Nos forces de police ont déployé toutes les ressources nécessaires à une affaire de cette envergure, et nous devons respecter leur méticulosité, et ce quelle que soit notre impatience.

— Pour l'instant, la police n'a encore interpellé personne et…

— Attention… je vous le répète, je comprends l'impatience, mais nous ne pouvons pas interpeller des individus sans raison valable. Cependant, ce n'est pas parce que la police n'a pas de suspect derrière les barreaux que cela signifie que l'enquête n'avance pas…

— L'enquête avance ?

— Bien sûr. Je suis en contact permanent avec les officiers chargés de l'enquête, qui font un travail remarquable, difficile, complexe. Et je n'ai pas l'intention de les gêner dans leurs investigations en leur réclamant une tête, sous prétexte qu'il y a des élections à venir. La justice doit être indépendante, la police doit avoir les moyens de travailler, et nous devons rester hors de leurs pattes, si vous me permettez l'expression.

— Cela fait désormais près d'un mois qu'Yzzy a disparu, et pourtant la ferveur sur Internet ne tarit pas. Au bout de combien de temps allez-vous considérer que cette enquête est une impasse et qu'il vaut mieux renoncer ou faire appel au FBI ?

— Renoncer ? Vous plaisantez ? Jamais ! Une jeune femme a disparu dans notre belle ville de Boston, sans laisser aucune trace. Le monde entier s'interroge sur ce qu'elle a pu devenir et vous voudriez que je dise un jour : cela suffit ? On ne l'a pas retrouvée, tant pis, ce n'est pas grave ? Jamais nous ne cesserons de chercher à comprendre les événements qui ont conduit à sa disparition.

— On a quand même l'impression, et certaines de nos sources nous renvoient ce message, que l'enquête est au point mort.

— Je le répéterai autant de fois que nécessaire, et en tant que procureur, je vous promets que vous vous fatiguerez avant moi : je ne peux pas commenter publiquement une enquête en cours. Il faut que vous l'entendiez. En revanche, voici ce que je peux vous dire pour vous aider à comprendre la difficulté de la tâche.

Yzzy est mondialement connue. Pourtant, personne grâce à Internet, censé être un outil démocratique révolutionnaire, n'a réussi à la retrouver. Personne ne l'a croisée nulle part. Connaissez-vous quelqu'un qui aurait une photo d'Yzzy qui date du jour de sa disparition ? De la veille ? Certes, même avant cet événement, Yzzy était particulièrement habituée à éviter les caméras et les appareils photo… Vous devez comprendre la terrible complexité de cette affaire. Je ne peux pas en dire davantage. En revanche, bien sûr, si vos téléspectateurs ou téléspectatrices ont des informations qui pourraient nous aider, je les invite à contacter au plus vite les services de police. Cette enquête, je le répète, est menée par des gens incroyablement compétents. Mais une enquête, c'est avant tout une collecte de renseignements, alors ne nous privons pas de la remarquable puissance d'Internet. Comme le disait Kennedy dans son célèbre discours : demandez-vous ce que vous pouvez faire pour votre pays.

Harris avait été bon, il en était conscient, mais il avait dû pour cela céder du terrain. Il s'en accommodait volontiers, car il savait que l'enquête ne relevait pas de sa responsabilité ; mais il venait d'envoyer un message fort à la police : il fallait un suspect, présentable, qui puisse être exhibé devant des caméras de télévision.

C'était tout ce que comprenait la population. Une jeune femme avait disparu depuis suffisamment longtemps pour qu'on s'imagine le pire, et rien n'est plus délétère dans une campagne électorale que l'imagination collective quand personne ne la contrôle. Il fallait un suspect, quelqu'un à pointer du doigt au moins le temps de dépouiller les urnes. Un suspect plausible. Un individu qui aurait pu, et dont on pourrait s'imaginer, avec un peu d'aide si nécessaire, qu'il aurait voulu.

*

* *

À un jet de pierre du plateau de télévision, l'inspecteur O'Maley éteignait son poste. Il avait parfaitement compris le message ; il était censé désormais diriger toute son attention sur la seule personne qui pouvait correspondre au critère. Sa conviction n'était pas faite, mais il y avait suffisamment de matière pour que cela ne l'empêche pas nécessairement de dormir.

*

* *

À quelques kilomètres encore de là, dans la pénombre d'une salle de bains éclairée uniquement par la lumière de la chambre attenante, Tom Goldberg s'observait dans le miroir, immobile. Le reflet devant ses yeux était celui d'un étranger, inerte, au regard aussi vide que sombre. Des cernes profonds se dessinaient sous ses yeux et sa barbe naissante délimitait parfaitement les contours de son visage. Tom se regardait comme s'il se découvrait, et son reflet le toisait comme s'il l'accusait, le jugeait silencieusement. *Maintenant, ils vont venir pour toi. Ils ne chercheront pas à comprendre, et ne comprendront rien. Tu es devenu un trophée politique dont tout le monde oubliera vite le nom.*

— Goldberg, se répondit-il à voix haute. Tom Goldberg.

Extrait d'une série de conférences présentées par le Dr Ronald Worthon, sociologue

« En moyenne, chaque utilisateur de Facebook est directement connecté à trois cents "amis" environ. La plupart de ces personnes postent des photos, des messages, des statuts, commentent, likent ou partagent des publications tierces… Bref, chaque membre possède son utilisation propre de la plateforme. En théorie, vous êtes censé voir sur votre fil d'actualité l'ensemble de ces activités. Vous devriez voir que votre tante a publié une photo de vacances, que votre cousin aime le nouvel album de telle chanteuse, etc.

Alors, bien sûr, les gens sont plus ou moins actifs sur Facebook, ça ne fait aucun doute. Mais si on imagine qu'en moyenne chacun de vos amis effectue simplement quatre de ces actions quotidiennement, mettons deux likes, un commentaire et une photo, par exemple, vous devriez voir, chaque jour, indépendamment de votre propre activité, près de mille deux cents éléments dans votre fil d'actualité. Mille deux cents, chaque jour. Si tel était le cas, votre interface serait en permanence saturée d'informations. Pire, si vous êtes quelqu'un de particulièrement actif sur la plateforme et que vous n'avez pas trois cents amis, comme la moyenne des utilisateurs, mais cinq cents, comme cela arrive assez fréquemment, ce sont plus de deux mille éléments que vous verriez passer chaque jour. Plus vous êtes actif, plus vous seriez submergé.

Un événement parfaitement prédictible, que redoute la société de Mark Zuckerberg, se produit alors : vous êtes saturé d'informations, vous décidez donc de quitter la page. Lorsqu'on vous offre trop de choix, cela peut vous sembler contre-intuitif, mais la conséquence est que vous vous figez. Vous avez sans doute déjà entendu les adages "trop de lois tue la loi" ou "trop d'informations tue l'information", c'est également vrai pour le choix : "trop de choix tue le choix". C'est un phénomène psychologique reconnu, un biais cognitif qui s'appelle le *choice overload bias*, le "biais de surcharge de choix".

Dans un article du *Journal of Personality and Social Psychology* publié en 2000, le professeur de psychologie à l'université Stanford et théoricien de psychologie sociale Mark Lepper décrit les mécanismes en jeu quand une personne est confrontée à plusieurs choix. Par exemple pour acheter un jean dans un magasin : on pourrait penser que plus le magasin a de choix possibles, plus on est sûr de trouver exactement ce qu'on cherche, alors qu'en réalité, c'est précisément l'inverse qui se produit. Et si on se pose une minute pour y réfléchir, vous allez voir que c'est finalement assez naturel. Lorsque vous entrez dans le magasin, s'il n'y a que deux modèles de jeans, vous les essayez, vous en choisissez un et, normalement, vous êtes satisfait de votre achat. Mais tentez de garder une chose à l'esprit : psychologiquement, choisir, oui, c'est chercher ce qui vous convient ; mais choisir, c'est également renoncer. En choisissant le modèle n° 1, vous renoncez au modèle n° 2. Le même magasin, maintenant, un an plus tard, vous êtes face non plus à deux modèles, mais à dix. Vous n'allez sans doute pas prendre le temps de tous les essayer, mais surtout, si vous en choisissez un, vous renoncez aux neuf autres. Et la question "et si j'avais fait le mauvais choix ?" s'impose d'autant plus. Parce qu'il y a bien plus de chances que vous ayez effectivement fait le mauvais choix… quoi que cela puisse signifier à propos d'un jean. *[rires]* Cette recherche montre que plusieurs phénomènes se passent dans notre cerveau face à une multiplicité de choix : tout d'abord, celle-ci retarde votre choix. Plus il existe de choix possibles, plus vous allez mettre en doute votre décision. Si vous avez déjà fait appel à une société pour repeindre en blanc les murs de votre appartement, souvenez-vous de votre réaction lorsque les peintres vous ont montré quatre-vingts nuances de blanc. *[quelques rires]* Première conséquence, donc, vous retardez votre prise de décision. Pour un magasin, cela signifie un risque accru que vous sortiez sans avoir rien acheté. Ce n'est pas un hasard si depuis des décennies, la société Apple propose si peu de produits par gamme : vous avez l'iPhone, l'iPhone Pro, l'iPhone Pro Max ; vous avez le MacBook, le MacBook Air, le MacBook Pro. Leur message se résume ainsi : ceci est le téléphone dont vous avez besoin, ceci est l'ordinateur dont vous avez besoin. Premier point : retarder la prise de décision.

Deuxième conséquence à la multiplicité de choix : vos attentes sont plus élevées. S'il existe une multitude de modèles, il doit bien y en avoir un qui corresponde exactement à ce que vous cherchez. Alexander Pope a dit : "Béni soit celui qui n'attend rien, celui-là ne sera jamais déçu." Plus vous placez d'attentes dans l'objet de votre décision, plus celui-ci risque de vous décevoir. Lors d'une étude réalisée par, je crois, Daniel Effron, de la London Business School, les participants devaient acheter une caméra pour un de leurs collègues. Et chaque fois, ce collègue avait des demandes très spécifiques sur le modèle, sur son poids, sa capacité mémoire, la résolution de son capteur... À une partie des participants, on a fourni une liste de huit modèles, tandis que l'autre a reçu un catalogue présentant trente-deux caméras. Après avoir fait son choix, chacun devait noter sur une échelle de 1 à 9 combien il était satisfait du modèle sélectionné, combien celui-ci correspondait à ses attentes. Évidemment, vous l'avez compris, les participants qui ont eu le catalogue le plus large ont été moins satisfaits de leur choix.

Troisième point : si des personnes savent précisément ce qu'elles recherchent, la plupart ignorent généralement ce qu'elles veulent. L'idée de base est souvent : il me faut un jean. Peut-être que certaines, oui, vont entrer dans un magasin avec en tête un jean taille basse cigarette bleu déjà délavé avec des boutons au lieu d'une fermeture Éclair. Ne vous y trompez pas, même elles hésiteront face à une multitude de choix. Mais pour nous autres qui ne savons pas précisément ce que nous cherchons, non seulement notre décision sera d'autant plus difficile à prendre, mais notre hésitation finira par nous culpabiliser.

Ce n'est pas pour rien qu'un des noms de ce biais cognitif est "la paralysie du choix".

Revenons maintenant à Facebook ou plutôt, si vous le voulez bien, faisons une petite étape intermédiaire chez nos amis de Google, sur YouTube. Vous connaissez tous cette plateforme, sur laquelle il existe des centaines de vidéos sur n'importe quel sujet. Voilà un bon exemple de multitude de choix. Des choix quasiment illimités. Et il n'est pas question pour les gens de YouTube de vous laisser hésiter devant des milliers de vidéos sans rien regarder. Si je cherche un sujet en particulier... par exemple, j'ai envie de construire moi-même des étagères, simples, en bois, pour y ranger des livres. Je vais aller sur YouTube et taper dans la barre de recherche "comment construire des étagères en bois". Il existe des milliers de vidéos explicatives. Pourtant, YouTube en affiche une avant les autres, puis une deuxième, une troisième, etc. Comment font-ils ?

Bon, il y a d'abord des filtres qui sont évidents : ils vont me proposer des vidéos qui sont en anglais, dans ma langue natale, sans doute même qui ont été publiées par des gens vivant dans le même pays que moi. Mais ensuite, comment en choisissent-ils l'ordre ?

Je ne vais pas faire durer le suspense, personne ne le sait. C'est leur formule du Coca-Cola, c'est top secret. Mais ce qui est absolument certain, en revanche, c'est qu'ils choisissent à notre place. Parce qu'ils savent que si nous devions le faire nous-même… dans mon cas, je passerais plusieurs minutes à évaluer les différentes propositions de vidéos, et je finirais par renoncer et m'en aller. Parce que si choisir, c'est renoncer, alors renoncer à son choix, c'est au moins éviter la déception d'avoir mal choisi. Et face à des choix illimités, on choisit toujours mal. Toujours. Concernant YouTube, donc, sachez que lorsque vous aurez visionné quelques vidéos sur la plateforme, celle-ci se fera une idée, ce qu'ils appellent un *profil*, de ce que vous aimez visionner ou non. Elle vous suggérera alors spontanément des vidéos que vous êtes censé apprécier selon elle. Ce qui nous ramène à Facebook.

Les gens de chez Facebook savent que vous n'allez pas regarder, chaque jour, les centaines de posts, de commentaires… de tous vos amis. Alors ils font une sélection pour vous. Vous avez bien sûr, si vous les cherchez, accès à toutes les publications qu'ils n'auront pas retenues. Elles ne sont pas cachées, mais elles n'apparaissent pas spontanément. Ils font un premier choix pour vous. Et comment font-ils ce choix ? Comment effectuent-ils cette sélection ? Comme pour YouTube *[il lève les paumes vers le ciel]*, les voies de Facebook sont impénétrables *[rires]*, mais il est possible de faire une sorte de *retro-engineering*, de comprendre à rebours ce qu'ils font. D'abord, ils vous montrent les publications d'amis avec lesquels vous avez le plus souvent des interactions. Ensuite, plutôt les publications avec photos que celles ne comportant que du texte, à moins que ce dernier ne soit très court, de quelques mots uniquement. Pourquoi ? Parce que votre cerveau interprète une photo avant d'avoir même compris qu'il y en avait une à interpréter, et que votre cerveau peut lire un texte de quelques mots avant même que vous n'ayez conscience de son existence. Il y a une expérience très simple que vous pouvez faire, en rentrant chez vous ce soir. Allez sur Facebook, et cherchez dans votre liste un ami qui est actif, mais dont vous n'avez plus aucune nouvelle sur la plateforme. Quelqu'un qui publie régulièrement, peut-être même tous les jours, mais dont vous n'avez rien vu passer depuis des semaines, peut-être des mois. Allez sur le profil de cet ami, et likez un post récent. Pas le dernier, mais un post d'il y a quelques jours. Revenez ensuite sur votre fil d'actualité et, comme par magie, les publications de cet ami y apparaissent soudainement, vous l'avez en quelque sorte ramené à la vie, c'est un miracle ! *[rires]* En pratique, ce que vous venez de faire, c'est modifier un peu la bulle dans laquelle Facebook vous avait enfermé.

Tous les réseaux sociaux fonctionnent sur ce modèle relativement simple à expliquer, mais incroyablement ardu à mettre en œuvre : vos choix y sont tellement innombrables qu'il est impératif qu'on fasse une sélection pour vous. Comment font-ils ? Ils vous proposent ce qu'ils pensent que vous y cherchez. Ce faisant, ils limitent vos choix naturels à ce qu'ils ont décidé et vous enferment dans ces choix. Comment expliquer l'explosion des courants conspirationnistes ces dernières années ? Allant de questions légitimes, sur l'efficacité d'un vaccin contre le Covid, par exemple, à des questions pourtant absurdes, comme la Terre qui serait plate en réalité… Comment ces courants résistent-ils au temps ? Une personne convaincue que la Terre est plate est, malgré elle, et j'insiste sur ces mots, "malgré elle", enfermée sur les réseaux sociaux dans une bulle d'informations qui, toutes, concordent avec cette idée. Ce n'est pas un effet voulu par les plateformes, mais c'est une conséquence naturelle de l'existence de ces bulles. Sur un réseau d'informations comme Twitter… enfin… X *[dessine des guillemets avec ses mains]*, on a vite fait de croire qu'on a une vision globale du monde, de son actualité politique, scientifique, artistique, culturelle, etc., mais on a tort. Chaque utilisateur d'un réseau social possède une interface unique, au contenu unique. Et il est incroyablement difficile de se sortir d'une bulle filtrante, parce que ces bulles filtrantes sont incroyablement satisfaisantes. Parce que les plateformes comprennent très vite ce qu'on prend du plaisir à y trouver. »

34.

« Alors que devant le Fairmont Copley Plaza, les messages d'amour et de soutien s'accumulent autour d'un autel composé de fleurs, de bougies et de photos déposées depuis des semaines par les fans de l'influenceuse disparue, un événement vient mettre à nouveau la pression sur les autorités qui, selon l'opinion publique, tardent à apporter des réponses. D'après nos sources, il s'agirait d'un flash-mob qui s'est organisé sur plusieurs groupes de discussion de fans d'Yzzy et qui a ensuite été partagé sur les réseaux sociaux. Vous voyez derrière moi plus de six cents personnes coiffées de perruques blondes et vêtues comme Yzzy sur la dernière photo publiée sur son compte Instagram. Il y a là des jeunes femmes, mais également des moins jeunes, des hommes, de toutes les ethnies et de toutes les religions. Toutes ces personnes manifestent devant le bureau du procureur général de l'État, M. Alexander Harris. Ce dernier n'a pour l'instant fait aucune déclaration sur ce rassemblement. Leur slogan : "Nous sommes tous Yzzy !" D'après ce que nous a expliqué un des organisateurs de l'événement, qui refuse de se considérer comme un porte-parole, ces mots sont là pour mettre la lumière sur un point très important : si la police n'est pas capable de retrouver quelqu'un d'aussi célèbre et reconnaissable qu'Yzzy, comment n'importe quel citoyen pourrait se sentir en sécurité ? »

35.

L'épisode 5 de Travis Midsummer correspondait en tout point à ce que le public qualifiait aujourd'hui de masterclass ; de la première image à la dernière seconde, tout était fait pour accrocher le spectateur, le tenir en haleine, le trimballer dans un ascenseur émotionnel pour enfin le laisser, essoré, avec une seule idée en tête : à quand la suite ? Le mentaliste avait atteint son rythme de croisière. Jusqu'alors, sur sa chaîne, il avait déjà réalisé quelques beaux épisodes, avait connu des succès – il ne s'agissait d'ailleurs paradoxalement pas des mêmes épisodes – et avait de quoi être fier. Notamment, sa vidéo expliquant comment David Copperfield avait pu traverser la muraille de Chine en 1986 était impeccable de justesse, même si le tour en question était trop vieux pour intéresser son public le plus jeune.

Mais cet épisode, qui ne décryptait pourtant aucun tour de magie ou dans lequel il n'en exécutait aucun, était du point de vue de ce que cherchait la plateforme YouTube une vidéo parfaite : il avait juste la bonne durée pour en rentabiliser les espaces publicitaires, avec ce qu'il fallait de questions soulevées et éclaircies pour générer énormément d'engagement dans les commentaires. Même le titre, quoique trompeur, était parfait : « Il sait où est Yzzy ! » L'effet était renforcé par la vignette composée d'une simple capture issue de la vidéo ; on voyait la figure d'un homme tentant d'obturer de sa main l'objectif d'une caméra, un homme qui cherchait donc à se cacher mais dont on devinait suffisamment le visage pour savoir qu'on ne le connaissait pas.

Pour arriver à ce résultat, Travis avait fait ce dont il passait une bonne partie de son temps à prétendre se défendre : il s'était concentré sur du bruit ambiant sans importance. Mais s'il s'était autorisé à le faire, c'était parce que cela lui permettait de créer un narratif qu'il n'avait pas manqué d'introduire dès la première phrase de sa vidéo :

« En collaboration avec la police, je suis désormais en mesure de vous apporter de précieuses nouvelles informations quant à la disparition d'Yzzy. La presse n'est pas au courant, mais je peux vous l'affirmer, preuves à l'appui : l'enquête avance. Je suis… Travis Midsummer. »

Après le générique, pour la première fois depuis longtemps, le plan n'est plus fixe, plus de caméra sur trépied pour asseoir le discours du mentaliste. Non, le cadreur suit à la trace Travis, caméra à l'épaule, à la manière d'un documentaire – non ! à la manière d'un reportage de guerre.

★
★ ★

Travis marche rapidement, il ne court pas encore, mais il n'en faudrait pas beaucoup plus. Soudain, il semble reconnaître quelqu'un au loin et l'interpelle : « Rodney ! » La caméra zoome alors sur une silhouette, puis prend le temps de faire la mise au point alors que le jeune homme, s'apercevant du dispositif, semble hésiter. Son comportement est parfaitement lisible : doit-il attendre ? S'enfuir ? Trop tard, Travis Midsummer est à sa portée, prêt à lui tendre son micro.

« Nous sommes avec Rodney Byrne qui essaie désespérément depuis des semaines de prendre contact avec la police, car il a des informations sur la disparition d'Yzzy. Rodney, dites-nous, s'il vous plaît : est-ce qu'elle va bien ?

— Comment ? Mais je ne sais pas... Qui êtes... ?

— Je suis Travis Midsummer, j'enquête sur la disparition d'Yzzy, parce que le public a le droit de savoir. Rodney, je sais que la police ne vous a pas encore convoqué, ils ne vous ont même pas encore contacté. Ils sont débordés par un nombre ahurissant de doux dingues qui les appellent en permanence pour leur raconter n'importe quoi, mais moi je suis là, aujourd'hui, devant des millions de gens, pour que vous puissiez nous dire ce que vous savez.

— Mais comment vous... ?

— Je travaille avec la police, Rodney, je ne suis pas journaliste. Comme les enquêteurs, comme vous, comme nous tous, je souhaite simplement la vérité. Vous avez téléphoné au commissariat à de nombreuses reprises, n'est-ce pas ? Vous leur avez dit que vous aviez des informations ?

— Je... oui, j'ai reçu des témoignages de gens qui ont vu Yzzy après sa disparition, oui. »

Rodney semble peser ses mots, mais aussi réfléchir vite, trop vite. S'il était un personnage de dessin animé, son visage serait rouge et de la fumée s'échapperait de ses oreilles.

« Comment avez-vous eu accès à ces témoignages, Rodney ?

— Euh… des gens que je connais, qui sont fans, attendaient devant l'hôtel, en espérant la voir et… »

D'un signe de la main, Travis l'interrompt puis garde le silence quelques secondes, en le fixant. La caméra fait un gros plan sur ses yeux qui dissèquent les micro-expressions du visage de son interlocuteur. Du moins, c'est ce que les spectateurs assidus et abonnés de la chaîne identifient à ce moment.

« Des gens que vous connaissez ? Ce n'est pas tout à fait exact, Rodney, ce n'est pas ce que révèle votre visage. Il s'agit de vous, non ?… Ah non, pas vous… Votre frère, peut-être ? Votre sœur ? Non… c'est bien de votre frère qu'il s'agit… Comment s'appelle-t-il ? Surtout ne dites rien. » La caméra dézoome jusqu'à faire entrer Rodney dans le champ, alors que Travis égrène rapidement les lettres de l'alphabet. « A, B, C, D, E, F, G, H, I, J, K, L, M… L ? L quelque chose ? La… Lé… Li… Li ? Li… am ? Liam, c'est ça ? Oui, c'est ça, Liam… C'est votre frère, Liam, qui a vu quelque chose ? » Rodney a l'air époustouflé. S'il avait une garde, celle-ci était désormais baissée. « Votre frère Liam l'a vue quitter l'hôtel ? » Il dévisage Rodney en faisant des petits mouvements de tête à l'intention du spectateur, que celui-ci comprenne ce qui se passe. « Non, il ne l'a pas vue quitter l'hôtel… pas exactement…, continue Travis. Mais il sait ce qui lui est arrivé… oui, voilà ! Il sait ce qui lui est arrivé ! Et il vous l'a dit ? Oui ! Il vous l'a dit ! Rodney, qu'est-il arrivé à Yzzy ?

— Non, mais attendez, je ne sais pas du tout ce…

— Rodney, je ne suis pas là pour vous accuser, je ne dis pas que vous avez quoi que ce soit à voir avec sa disparition. Mais je sais que vous savez quelque chose, quelque chose dont vous voulez informer la police depuis un long moment, mais cette institution n'a pas encore eu le temps de vous entendre. Moi, je suis là ; derrière cette caméra, des millions de personnes. Dites-moi ce que vous voulez dire à la police. Elle n'a pas encore eu le temps de vous écouter, mais nous… nous l'avons, nous le prenons. »

C'est à cet instant que Rodney, acculé, déballa tout le petit laïus qu'il avait préparé pour la police : « Des gens l'ont vue sortir de l'hôtel à l'arrière d'une voiture, une berline gris foncé ; quelqu'un d'autre que je connais l'a vue dans un motel sur l'autoroute 3 en direction du sud. Elle était accompagnée par un type, celui qui conduisait la voiture, peut-être celui qu'on a vu dans la vidéo à la plage, vous savez ?

— Oui, je connais cette vidéo, répond Travis en faisant un petit sourire complice à la caméra. Et où est Yzzy, maintenant ?

— Quoi ? Mais je ne sais pas, moi… Je voulais juste aider pour la retrouver, c'est tout…

— Je comprends, Rodney… je comprends… sauf une chose que je ne comprends pas… Votre frère… Liam… C'est lui qui l'a vue quitter l'hôtel ? Ou s'arrêter à un motel sur l'autoroute ?

— Nan, je n'ai pas parlé de mon frère et…

— Ou peut-être que c'est lui qui conduisait la voiture ?

— Quoi ?! Mais absolument pas ! Mon frère n'a rien à voir là-dedans, j'ai rien d'autre à vous dire, laissez-moi, maintenant… »

Rodney lève sa main devant l'objectif, puis part, dos à la caméra. Travis et son équipe le suivent au même rythme, sans trop s'approcher ni se laisser distancer.

« Rodney, pourquoi avoir tant cherché à contacter la police si ni vous ni votre frère n'avez rien vu ?

— Je ne dirai plus rien, laissez-moi… » Il remonte la capuche de son pull et accélère le pas.

De la main, Travis fait signe à la caméra de s'arrêter, tandis qu'il regarde, silencieusement, Rodney s'éloigner puis disparaître au coin de la rue. Le mentaliste se retourne alors vers l'objectif.

« Ce que ne vous a pas dit Rodney, sans doute par pudeur, c'est que lui comme son frère sont connus des services de police pour des escroqueries, ainsi que pour des faits de violence. Aussi il est légitime de se demander : ont-ils inventé une histoire pour aller la raconter à la police ? Mais pour quelle raison ? Il n'y a aucune récompense pour qui apporterait des informations, surtout si celles-ci se révélaient fausses… Ou sont-ils capables de pire ? Vous me connaissez et vous savez que, quelles que soient mes convictions personnelles, je ne me permettrai jamais d'accuser qui que ce soit sans preuve, alors je ne les accuse de rien. Mais s'ils étaient parties prenantes dans la disparition d'Yzzy, ils seraient non seulement à même de divulguer des informations, vraies ou fausses selon leur souhait, mais également en bonne position pour contacter la police au sujet d'une rançon qui, à ce jour, n'a pas été demandée. J'ignore de quoi les frères Byrne sont coupables, si toutefois ils le sont, je vous invite à respecter cependant leur présomption d'innocence, l'un de nos droits les plus fondamentaux. Et s'il était nécessaire de vous rappeler pourquoi vous ne devez pas tirer trop vite de conclusion, permettez-moi de vous dire ceci… » Soudain, l'image est de nouveau stable, la caméra posée sur un trépied. Travis est sur le point de partager sa découverte avec le monde, voilà ce que dit la composition de ce plan. « Même en imaginant que Liam et Rodney Byrne aient participé à la disparition d'Yzzy, avec ou sans son accord, elle n'aurait de toute façon pas pu quitter l'hôtel sans l'aide de son agent. Et si, comme j'en suis convaincu, elle n'est jamais descendue au Fairmont Copley Plaza, alors son agent ment depuis des semaines à ce sujet. Dans tous les cas, et encore une fois sans incriminer personne, la clé de ce mystère, c'est l'agent d'Yzzy qui la détient. Et celui-ci refuse toujours de nous parler. Pensez bien à vous abonner et à activer la cloche pour ne pas rater les prochaines vidéos de la chaîne, je vous promets que nous ferons tout ce que nous pourrons pour retrouver Yzzy et, ensemble, nous pouvons beaucoup. À bientôt. »

★

★ ★

Si l'ordinateur de Steve O'Maley avait été un portable, il aurait volé à travers le *bullpen*, le grand open space du poste de police. Travis Midsummer avait ruiné une partie de son enquête en quelques minutes à peine. Les frères Byrne seraient désormais introuvables ; et c'était tant mieux pour eux, parce qu'ils risquaient de se faire lyncher par le public après ce témoignage à charge. Pour l'inspecteur, il ne faisait aucun doute que ces deux voyous n'avaient rien à voir avec l'histoire ; ils couraient certainement après un moyen de se faire quelques billets. Mais ils avaient été doublés par quelqu'un de bien plus roublard. O'Maley n'avait aucune idée de combien une vidéo YouTube pouvait rapporter à son auteur, mais il savait depuis peu ce qu'Yzzy pouvait gagner avec de simples photos, et le compte Patreon de Travis Midsummer, un site Internet sur lequel les gens pouvaient, sans aucune raison particulière et sans rien attendre en échange, lui donner de l'argent – *le mécénat moderne* –, affichait un montant de plus de trente mille dollars pour le prochain mois. Steve O'Maley ignorait si c'était beaucoup ou non pour un youtubeur de son niveau, mais il était en revanche tout à fait capable d'affirmer que c'était beaucoup trop pour un jeune branleur qui volait des informations pour prétendre ensuite être un enquêteur. Oui, il était furieux. Mais il l'était avant tout contre lui-même. Il avait regardé l'enregistrement de son entretien avec le mentaliste, pour s'assurer de ce qui s'était passé quand il avait quitté la pièce. Bien sûr, on ne voyait rien à l'image, mais il savait que c'était à ce moment que le gamin avait lu les noms de Liam et Rodney Byrne dans ses notes. La source de Travis Midsummer, c'était lui. Il l'avait convoqué pour comprendre comment il détenait ses informations, on pouvait dire qu'il n'était pas déçu. Il comprenait. Et il ne pouvait strictement rien faire. Si l'on apprenait ce qui s'était passé, non seulement sa carrière en prendrait un énorme coup, mais même s'il était prêt à l'assumer, la police de Boston dans son ensemble serait la risée d'Internet. Et malgré ses nombreuses lacunes en la matière, O'Maley avait bien compris une chose : Internet n'oublie jamais.

Cependant, peu à peu, bien tapi derrière la colère apparente de l'inspecteur, un motif commençait à prendre forme. Ce Travis Midsummer avait beaucoup gagné depuis qu'Yzzy s'était volatilisée, il avait su trouver bien plus rapidement qu'il n'était acceptable le lieu de tournage de la seule vidéo dans laquelle l'influenceuse semblait apparaître après sa disparition, il avait en quelques dizaines de secondes détruit la tentative des frères Byrne de faire leur beurre sur l'événement, et promettait à son audience la résolution de cette enquête. Pour l'instant, il n'y avait là que des preuves dites circonstancielles, qui reposaient exclusivement sur une présomption ; mais si celles-ci continuaient de s'accumuler ainsi, alors il faudrait commencer à parler de faisceau de preuves et oser poser la question. *Et si Travis Midsummer en savait bien plus sur cette affaire qu'il ne semble le prétendre ? La raison la plus simple qui justifierait ses découvertes ne serait-elle pas que, justement, ce ne sont pas des découvertes ? S'il a toutes les cartes en main dès le début, il est facile de prétendre enquêter plus vite que la police.* Une idée, toutefois, restait stable parmi toutes ces hypothèses, une idée dont O'Maley ne démordait pas. *L'agent d'Yzzy, Goldstein, lui aussi, en sait plus qu'il ne veut l'admettre. Si je le fais craquer, tout le château de cartes s'effondrera de lui-même.*

36.

« Surtout, plus un mot ! »

Tom ne comprit pas ce qu'il venait de se produire. Sciavone s'était montrée récalcitrante à l'idée d'une fois encore laisser son client être interrogé par l'inspecteur O'Maley, qui plus est alors qu'il était manifeste que le jeune agent était le suspect numéro un de la police ; mais il avait insisté pour continuer à « jouer le jeu », au moins pour le moment. Angela ne comprenait pas ce qui pouvait bien le motiver, mais c'était sa décision. Et alors que Tom allait, une énième fois, raconter ce qu'il savait des événements du jour de la disparition d'Yzzy, un homme était entré dans la salle d'interrogatoire, que Tom n'avait pas immédiatement reconnu. Sciavone s'était crispée et avait failli se lever d'un spasme, tellement la réaction musculaire avait été brutale. Et cette injonction. « Surtout, plus un mot ! » Cela n'avait aucun sens ; tout ce que disait Tom était filmé par une caméra, il n'y avait rien de secret à ses déclarations et une personne qui pouvait se permettre de pénétrer ainsi dans la pièce avait sûrement accès aux enregistrements. Tom releva les yeux vers l'intrus lorsque celui-ci lui tendit sa main ; c'est là qu'il le reconnut. En la lui serrant.

— Monsieur le procureur général Harris, quelle surprise de vous voir ici, le salua froidement Angela.

— Maître Sciavone, répondit Harris.

— Ça doit faire longtemps que vous n'avez pas mis les pieds dans une salle d'interrogatoire... ça ne vous manque pas ? ironisa-t-elle.

— Vous savez, maître, mon travail administratif occupe, c'est vrai, une bonne partie de mon temps, mais je suis et je reste avant tout un procureur, le représentant du peuple. Aussi, lorsqu'une affaire requiert ma présence...

Il finit sa phrase d'un geste des mains signifiant universellement « me voilà ».

Tom se tourna vers O'Maley quand celui-ci pressa un bouton sur la caméra pour arrêter l'enregistrement. Le visage de l'inspecteur était fermé. Il tentait sans doute de se montrer stoïque, mais l'agent devinait que la présence du procureur était une surprise, et vraisemblablement pas une bonne. Et vu la réaction de son avocate, cette présence n'était apparemment une bonne nouvelle pour personne.

Le procureur attendit que l'inspecteur lui précise que la caméra était éteinte pour s'installer à ses côtés, face à Tom et Angela. Il tomba sur sa chaise plus qu'il ne s'assit, concluant sa chute d'un « bien ! » que Tom n'eut aucune difficulté à interpréter, même si le sens était multiple. Il signifiait tout à la fois « nous pouvons commencer » et « passons désormais aux choses sérieuses, ça suffit les conneries ».

— Comme vous pouvez le constater, Tom... vous permettez que je vous appelle Tom ?

— Ne vous adressez pas directement à mon client, Alexander !

— Angela, je..., commença-t-il avec un sourire avant de se raviser. Très bien. Comme vous et votre client pouvez le constater, la caméra est éteinte. Je souhaite que nous puissions avoir une conversation informelle pour parler de la situation. Est-ce que cela vous convient, maître ?

— Je vous écoute, mais ne vous étonnez pas si, d'un moment à l'autre, on se lève et on s'en va sans autre forme d'explication…

— C'est bien noté. Voyez-vous… j'ai une proposition à vous faire.

Si le visage de l'inspecteur O'Maley s'était fermé quelques secondes plus tôt, il était désormais verrouillé à double tour.

★

★ ★

Maître Sciavone avait demandé un instant pour échanger avec son client avant d'avoir une discussion prétendument informelle avec le procureur général de l'État, actuellement en campagne pour sa propre succession. Ils étaient sortis de la pièce, s'étaient servi un café à la machine, puis avaient quitté l'hôtel de police pour échanger librement dans la rue.

— Tom, je vais être franche avec vous, je n'aime pas ça. Tout d'abord l'interview à la télé, et maintenant ça…

— Vous pensez qu'ils vont tenter de me charger ?

— Tom, ils vont vous charger ! Ce n'est même plus une question ! Ce qui en est une, en revanche, c'est : qu'est-ce qu'ils ont et qu'on ignore ? À votre connaissance, Tom… et faites bien attention avant de me répondre… ont-ils pu trouver quelque chose qui vous incriminerait et dont vous ne m'auriez pas parlé ?

— Comme quoi ?

— Comme quoi, comme quoi… je ne sais pas…

Elle attrapa fébrilement une cigarette dans son sac à main, la porta à sa bouche et l'alluma. Tom réalisa qu'il ne l'avait encore jamais vue fumer. Il pouvait se l'expliquer, bien sûr : ils ne s'étaient vus que dans des locaux où c'est interdit. Mais tout de même, c'était un signe qui ne trompait pas… Elle ressemblait à ces soldats dans les films confrontés à une prochaine attaque, sans savoir précisément où et quand celle-ci allait éclater.

— Ils n'ont pas l'obligation de vous le dire ? demanda Tom.

— Comment ?

— C'est peut-être uniquement dans les films, mais il y a pas une loi qui les oblige à vous donner les informations qu'ils possèdent ?

— Vous faites référence au *discovery* et, en effet, il s'agit pour toutes les parties de partager l'ensemble des informations dont elles disposent pour éviter les surprises ; c'est ce qui garantit un procès équitable. Mais c'est une procédure qui n'entre en vigueur que dans le cadre d'un procès, donc APRÈS votre arrestation.

— Alors vous pensez qu'ils vont m'arrêter ?

— S'ils avaient dû vous arrêter, ils l'auraient déjà fait. Ils sont sous pression depuis un mois pour coffrer quelqu'un. Si un clochard avait traversé hors des clous un peu trop près de l'hôtel au moment de la disparition d'Yzzy, ils l'auraient embarqué. Vous êtes une cible idéale. S'ils avaient quelque chose de concret, on ne serait pas là à discuter.

— Alors quoi ?

— Alors… alors je pense qu'ils vont proposer un marché. C'est pour ça que Harris ne veut pas de caméra. Ils veulent nous dire qu'ils sont persuadés de votre culpabilité, mais qu'ils veulent régler l'affaire au plus vite. Il y a les élections dans moins de deux mois. Si vous êtes arrêté avant, la cote de popularité de Harris va monter chez les indécis, ceux qui ne se sentent pas de voter démocrate, mais qui pourraient le faire si le candidat montrait une main de fer. Mais même s'ils vous arrêtaient là, maintenant, il pourrait se passer des mois avant un procès, des mois pendant lesquels on ferait jouer tous les éléments de procédure pour faire tomber leur dossier. Si Harris peut dealer avec nous pour qu'on plaide coupable, ils peuvent refermer le dossier définitivement en quelques jours. Et là, il met toutes les chances de son côté pour sa réélection.

— Il n'est pas suffisamment populaire ?

— Ça ne marche pas comme ça… le procureur n'est pas un personnage important et reconnaissable. Les gens ont l'impression que la justice est efficace ou non. Sauf lorsqu'il y a un procès médiatique, auquel cas le procureur devient une star. Soyons clair, si l'élection était dans un an, il ferait tout son possible pour qu'il y ait un procès, qu'il dure, que des reportages soient tournés en permanence. Il deviendrait une star et même, et ça va vous faire sourire, il prendrait un agent.

Tom tentait d'imaginer un jeune marketeux en train d'expliquer au procureur général l'importance d'être présent sur TikTok. Il aurait souri si son avenir n'était pas en jeu.

— Donc on fait quoi ?

— On fait ça simplement, Tom. On ne change pas notre ligne de conduite. Vous ne dites pas un mot, je vous fais signe quand vous pouvez parler et, à ce moment-là, vous ne parlez que si vous le souhaitez ; si je vous dis de vous taire, vous ne finissez même pas le mot en cours. Et on part quand vous en avez envie, ou quand je vous le dis. Pas de discussion, pas de « ça ne me dérange pas de répondre », sinon vous vous trouvez un autre avocat. Ne vous leurrez surtout pas, c'est pour la réunion qui vient que vous me payez si cher.

— Et le fait que la caméra soit éteinte, ça ne nous permet pas d'être plus… libres ?

— Les deux personnes de l'autre côté de la table sont des caméras allumées. Elles peuvent témoigner de ce qui s'est dit et personne ne remettra leur parole en doute. Moi-même, je peux être tenue de témoigner de ce qui se sera dit et, qu'on soit bien sur la même longueur d'onde, je ne mens pas sous serment. Jamais et pour aucune raison.

— Et la confidentialité de nos échanges ?

— La confidentialité de nos échanges concerne strictement nos échanges. Ce que vous pouvez dire en ma présence au procureur général du Massachusetts ne relève pas du secret professionnel, croyez-moi. Je peux refuser de témoigner, et peut-être même avoir gain de cause, mais ce simple refus vous est déjà défavorable. Considérez que la caméra est toujours allumée, et tout se passera bien.

Elle écrasa le mégot de sa cigarette de son talon aiguille hors de prix, du genre qu'on offre par palettes de vingt à Yzzy, puis le ramassa et le jeta dans une poubelle, avant de sortir de son sac du gel hydroalcoolique pour se nettoyer les mains. Sans doute plus par réflexe que par courtoisie, elle en proposa à Tom qui accepta. *Elle ne m'a pas proposé de cigarette*, pensa-t-il.

— On y va ! dit-elle en se dirigeant déjà d'un pas sûr vers l'entrée du poste.

★

★ ★

Tom était épuisé mais serein. Ce n'était pas le cas d'Angela Sciavone. Ses émotions semblaient bousculées par le vent, se relayant dans son esprit, toutes furtives mais bel et bien présentes. Elle était furieuse. Non, frustrée. Mais ne l'était déjà plus, elle était désormais résignée. Ou lasse ? L'entretien ne s'était pas bien passé. Elle avait pourtant toutes les cartes en main et celle-ci était gagnante. La discussion aurait dû être pliée en quelques minutes. Elle aurait dû écraser de ses talons l'arrogance du procureur. Elle ne comprenait pas ce qu'avait fait son client, ne comprenait pas pourquoi il l'avait fait, ne comprenait rien. Était-ce de la loyauté ? De l'admiration ? De l'amour ? Ou bien de l'égoïsme ou pire, de l'égocentrisme ? Angela devait penser à elle, à sa carrière. Ce dossier, c'était pour elle du pain bénit. Une affaire médiatique aussi complexe à décrire que simple à gagner. Une star mondiale avait disparu. Sans laisser de traces. Rien ne permettait de mettre qui que ce soit en cause. O'Maley comme le procureur n'avaient rien. Elle n'eût pas été plus surprise si Yzzy était soudainement entrée dans la pièce pour s'asseoir avec eux. Cette affaire devait la rendre célèbre, elle. Elle aurait été invitée dans de nombreuses émissions pour la défendre et, par la suite, aurait été sollicitée de toutes parts. Sa carrière devait s'envoler, comme ses tarifs, elle aurait été rapidement promue partenaire associée de son cabinet, une *partner*, faute de quoi elle en aurait rejoint un autre, peut-être à Los Angeles, New York ou Washington. C'était un boulevard. *Un putain de boulevard.* Angela attrapa une cigarette et l'alluma tant bien que mal, sa main tremblant devant son visage. Elle était en état de choc, c'est pourquoi elle ne comprenait pas son humeur. *Bordel,* pensa-t-elle, *mais qu'est-ce qui vient de se passer ?*

L'histoire
de Tom Ruben Goldberg

Extrait d'une série de conférences présentées par le Dr Ronald Worthon, sociologue

« Être dans une bulle d'un réseau social, c'est être un membre d'une communauté. C'est exactement comme dans la réalité, quand on est membre d'une paroisse, d'un club de passionnés, d'un quartier, d'une famille… Et, comme dans la réalité, on n'est jamais uniquement le membre d'un seul groupe. Il est facile de montrer du doigt telle ou telle bulle sur Internet : la bulle des trumpistes, celle des wokes, des experts en tuning, des fans de Beyoncé… Pourtant, sur la toile comme dans le monde réel, on n'est jamais une seule chose. On peut être fan de Beyoncé et être woke, on peut adorer Donald Trump et être fan de tuning, mais laissez-moi vous poser cette question : peut-on être fan de Donald Trump et être woke ? *[plusieurs personnes dans l'assemblée crient "non"]* Ça semble absurde, n'est-ce pas ? Le wokisme est incompatible avec la pensée de Donald Trump. D'une certaine manière, on peut même reprocher à Donald Trump, et à juste titre, d'être en partie responsable du fait qu'être woke est aujourd'hui devenu, pour beaucoup, une insulte, ou a minima une moquerie. "Ah, oui, on n'a plus le droit de rire, aujourd'hui, à cause des wokes. Ils… pardon… IELS souhaitent qu'on soit en permanence plus inclusif et à propos de tout, dès lors qu'on n'est pas un homme blanc cisgenre hétérosexuel, auquel cas on a uniquement gagné le droit de se taire…" *[quelques rires gênés]* Vous reconnaissez ce genre de discours, n'est-ce pas ? Condescendant, moqueur et… soyons très clairs sur le sujet : vous avez le droit de ne pas apprécier le wokisme, de le critiquer et de lui trouver nombre de défauts, bien sûr. Mais que vous approuviez ou non ce mouvement de pensée, il est indéniable que la petite phrase que j'ai prononcée était condescendante et moqueuse…

Pas sur Internet. Sur Internet, vous n'avez pas la liberté d'être nuancé, la nuance n'est pas un droit du numérique. Sur Internet, il faut se distancer et condamner, ou approuver et épouser. C'est sans doute la raison pour laquelle les célébrités s'engagent bien moins aujourd'hui sur Internet qu'elles ne le faisaient par le passé. Parce que le débat n'est plus nuancé. Et pourquoi le débat n'est-il plus nuancé ? Parce que certaines bulles sont disjointes, et ne peuvent avoir d'individus en commun. Et pourquoi ces bulles sont-elles disjointes ? Parce que le débat n'est justement plus nuancé. Oui, j'ai dit ce que j'ai dit. C'est un serpent qui se mord la queue. Et vous êtes en droit de me demander : "Mais Ronnie… tout ça, c'est bien gentil… mais qu'est-ce que ça a à voir avec les relations parasociales ?" Dans les années 70, je n'aurais pas compris la question. Mais aujourd'hui, je peux vous répondre instantanément : tout ! Ça a tout à voir ! Et soyez gentils de ne pas m'appeler "Ronnie", j'ai horreur de ça ! *[rires]* »

1.

Allongé sur le matelas mou et usé de la chambre qu'il occupait depuis sa naissance, le jeune Tom Goldberg était concentré sur l'écran de son téléphone. Il attendait que quelque chose se passe. Il patientait une poignée de secondes, puis rafraîchissait la page d'un mouvement du pouce. Il suivait l'évolution, espérait une surprise, mais chaque fois que la roue de chargement disparaissait, elle emportait avec elle un peu de cet espoir. Instagram était son eldorado, il n'en doutait pas. Il savait que sa quête serait longue et qu'il devait continuer d'y croire. Personne n'y croirait à sa place. D'ailleurs, personne n'y croyait. Influenceur ? Lui ? Quelle idée ! « Tu ferais mieux de faire des études », « Tu n'as qu'à travailler à la boutique avec ton père, comprendre ce que c'est qu'un vrai métier », « Parce que se dandiner en string à la plage, activité par ailleurs réservée aux femmes, t'appelles ça un travail, toi ? », sans oublier le violent et persistant : « Qui aurait envie que tu l'influences, tu t'es pris pour Brad Pitt ? » Un mouvement du pouce, un nouveau chargement, rien. Ce n'était pas une question de physique, en tout cas pas pour les hommes. C'était un des rares avantages. Voilà, c'était pensé, dit, et assumé.

Tom n'avait pas honte de l'exprimer. Il admettait bien volontiers que les femmes avaient une vie plus dure que les hommes dans le monde professionnel, elles devaient travailler plus pour faire leurs preuves, étaient moins bien payées, moins bien reconnues, mais dans le monde des influenceurs, avoir une poitrine et des fesses bien rondes était une qualité, quasiment un prérequis. Avoir un air ingénu, presque idiot, était un plus, qui pouvait aisément être factice. Pour les hommes, c'était plus difficile, mais au moins le physique importait peu. Certes, il valait mieux ne pas être repoussant, même si ce n'était pas rédhibitoire, mais l'essentiel n'était pas là. Il fallait être drôle, original, faire preuve d'esprit. Et de l'esprit, Tom estimait ne pas en manquer.

Un mouvement du pouce, un nouveau chargement, et enfin un nouveau commentaire. Un simple émoji, un visage riant aux larmes. C'était bien, mais il s'agissait d'un commentaire fermé, qui n'appelait pas de réponse. Or, répondre créait de l'engagement. Tom savait qu'il était plus compliqué d'atteindre son premier millier d'abonnés que d'atteindre ensuite la dizaine ou la centaine de milliers. Il fallait d'abord exister au milieu de rien. Chaque publication était jetée dans le puits sans fond des posts Instagram. Sans pratiquement personne pour la rattraper. Lorsqu'on a des milliers d'abonnés et qu'on publie une photo, il y aura toujours des dizaines de personnes pour la voir passer, et peut-être la liker, la commenter. Mais lorsque, comme Tom, on a à peine 830 abonnés, les chances que ceux-ci soient devant leur écran sont faibles, celles que l'un d'entre eux commente la photo le sont encore plus, celles que quelqu'un qui suit l'abonné commentant la photo décide à son tour de rejoindre le compte de Tom, négligeables. Alors Tom pariait sur les *trends*, les tendances, les publications à la mode. De cette manière, des petits jeunes pouvaient cumuler en seulement quelques jours des centaines de milliers d'abonnés sur TikTok. Un format de courte vidéo devenait viral, des milliers de gens tentaient leur chance en reproduisant le modèle, et par le miracle des algorithmes une de ces personnes était l'élue, celle qui allait être plus partagée que les autres, celle qui allait percer.

Ambitionner de percer sur un réseau social, c'est vouloir être le spermatozoïde qui va passer la paroi de l'ovule. C'est avoir des millions de concurrents dont, certes, une bonne partie n'attend rien, se contente de poster ses photos de vacances sans penser en vivre un jour ; mais avec les années, cette réussite est devenue le modèle à suivre. Aujourd'hui, les jeunes ne veulent plus être footballeurs, chanteuses, acteurs ou actrices... ils ont réduit ces métiers à leur intersection la plus fine : devenir riche et célèbre, faire de ses journées ce qu'on souhaite, être adoré par des millions d'internautes dans le monde entier, et jalousé par des millions d'autres. Et ce métier existe. Influenceur.

Pour Tom, c'était une voie évidente : il n'y avait que peu d'étapes à franchir pour entrer dans le temple et, une fois à l'intérieur, il n'y avait plus rien à faire qu'à apprécier. C'était le job. Apprécier le temps qui passe. Les gens voulaient le voir profiter de ses loisirs, choisir un canapé pour le salon de son appartement-terrasse à Manhattan, admirer sa vue sur Central Park, sortir avec des top models. C'était un métier de rêve, et ce métier était réel. La seule contrainte était de passer ce seuil, celui qui séparait le bon grain de l'ivraie. Et Tom était collé à la porte, prêt à tout pour entrer. Mais pour l'instant, celle-ci était close.

Il pensait ses chances de percer sur TikTok plus que maigres et, par ailleurs, considérait que la réussite sur la plateforme chinoise était trop éphémère, sans compter qu'il n'existait pas encore de business model clair pour y gagner sa vie. De plus, Tom avait beau n'avoir que vingt ans, il savait qu'il était trop tard pour prétendre exploser sur TikTok. Il y avait aussi YouTube : l'expérience était éprouvée depuis plus de dix ans déjà et, oui, il était possible d'y faire une belle carrière. Mais c'était beaucoup de travail. Produire régulièrement des vidéos. Et si atteindre mille abonnés sur Instagram semblait difficile, c'était un exploit sur YouTube. Et un nouvel exploit pour en atteindre dix mille. Et encore un autre pour cent mille. La plateforme était saturée de créateurs, des centaines y débarquaient chaque jour pour tenter leur chance. Il fallait concevoir des vidéos, les tourner, les monter, en mixer le son, les publier. Puis se battre avec Google qui tentait de démonétiser la vidéo parce qu'il y avait ici ou là un extrait de film, ou de chanson. Le nombre de youtubeurs qui travaillaient malgré eux pour des majors de la musique était une honte, une tache de gras déposée en travers du premier amendement, celui qui garantit la liberté d'expression.

Non. Pour Tom, Instagram était la meilleure voie. Oui, c'était également ultra-saturé et, évidemment, tout aurait été plus facile s'il avait commencé des années plus tôt, mais on ne change pas le passé. Et puis, sur Instagram, le travail était moindre comparé à YouTube, à son niveau en tout cas. En outre, Tom avait eu une idée qu'il qualifiait de maligne. Dans l'ordre naturel des choses sur Internet, une bonne idée arrivait sur TikTok, où elle mûrissait quelques jours ou quelques semaines avant d'atterrir sur Instagram. Elle continuait de dériver jusqu'à atteindre Twitter/X, et enfin Facebook. Tom avait remarqué sur la plateforme de Zuckerberg qu'un de ses oncles partageait régulièrement des vidéos « amusantes », que lui-même connaissait toujours depuis des mois déjà. Parce que c'était le temps qu'il fallait à ces vidéos émanant de TikTok pour arriver jusqu'à son oncle. Alors l'idée de Tom était la suivante : lorsqu'une nouvelle tendance apparaissait sur TikTok, il ne l'y recopiait pas ; il l'importait directement sur Instagram. Il tentait de se jouer de la temporalité, essayait d'arriver juste avant la viralité. S'il y parvenait, rien qu'une fois, alors il percerait. Une fois, puis deux et peut-être même trois fois avant que quelqu'un ne comprenne et ne s'y mette aussi, puis quelqu'un d'autre, puis des milliers de suiveurs. Mais il serait déjà dans le temple et n'aurait plus jamais à se préoccuper de sa visibilité. Sur les réseaux sociaux, la règle est éminemment simple : plus vous existez, plus vous existez.

⋆

⋆ ⋆

Lorsqu'il dut couper son téléphone pour rejoindre ses parents pour dîner, Tom relevait onze likes et trois commentaires sur sa publication. Deux likes de plus que la précédente. C'était peu, mais c'était mieux.

2.

Tom n'avait pas d'amis à proprement parler. À l'école, oui, il avait eu des camarades, que des garçons, parce que les classes n'étaient pas mixtes, et, à l'âge de seize ans, il n'avait jamais véritablement parlé à une fille. Ses parents l'avaient mis dans une école privée, non parce qu'il était turbulent ou l'établissement prestigieux, mais parce qu'on y dispensait un enseignement religieux. Ses parents voulaient lui transmettre les traditions juives, mais n'en étaient pas capables eux-mêmes. Ils faisaient partie de cette génération qui ne s'est souvenue de sa religion que lorsqu'elle a commencé à avoir des enfants. Le genre de personnes qui pouvaient manger du bacon le jour de Kippour et dans le même temps exiger de leur fils qu'il épouse une juive pour s'assurer que les traditions se transmettent. Mais de quelles traditions parlaient-ils exactement ? Un jour, en revenant de l'école, le petit Tom avait dit à ses parents qu'il souhaitait, comme ses camarades, fêter le début du sabbat le vendredi soir. Mais hors de question pour son père de rater la diffusion d'un match de football de la NFL.

Le jour de sa bar-mitsvah, à treize ans, Tom avait déjà acquis la conviction que les traditions n'existaient plus.

Qu'il ne s'agissait, au mieux, que d'un folklore dépassé qui avait pu régler la vie des gens avant l'invention de l'iPhone. Il donnait le change, à l'école, chez lui, mais ne s'intéressait pas à tout ça. Ses cours ne l'intéressaient pas. Son quotidien ne l'intéressait pas. Il attendait du monde que celui-ci lui montre sa place. Il était comme ces enfants qui tentent de trouver chez un professeur ou un mentor l'amour d'un père qui leur a manqué, mais il n'avait ni professeur à écouter ni mentor à admirer. Il attendait du monde entier que celui-ci comble ce trou béant. Tom n'était pas triste. Il avait matière à l'être, mais ne l'était pas. Parce qu'il ne laissait jamais son esprit vagabonder suffisamment longtemps pour se poser la question.

Un de ses professeurs avait bien exprimé ce problème générationnel. « À mon époque, disait-il, on prenait le temps de s'ennuyer. Lorsqu'on attendait le bus, il n'y avait rien à faire d'autre qu'attendre. Lorsque le soir, à la maison, il n'était plus l'heure de jouer mais pas encore celle de dîner, on patientait dans sa chambre. C'est grâce à ces moments qu'on pouvait se laisser surprendre par une idée, une réflexion, une question interne. C'est grâce à ces moments qu'on pouvait voir surgir quelques esprits brillants à chaque génération. Alors oui, vos téléphones portables sont utiles, vous pouvez toujours appeler quelqu'un, trouver votre chemin lorsque vous êtes perdu, mais reconnaissez que ce n'est pas à cela qu'ils vous servent. Ces appareils servent à remplir la moindre seconde de silence de vos vies, parce que vous avez peur de ce silence, de ce qu'il a à raconter. Et je vous le dis, ceux d'entre vous qui n'ont pas peur, ceux-là sont les plus brillants de votre génération. Comme le disait *Rav* Nahman de Breslev, Dieu ait son âme, quand tu te promènes dans une ville, surtout ne demande jamais ton chemin, tu risquerais de ne pas te perdre. » Il souriait longuement et silencieusement lorsqu'il avait fini de raconter cette histoire, attendait sans doute que quelque illumination remonte, par capillarité, jusqu'au cerveau de ses élèves, mais ce n'était pas le cas. Ceux-ci étaient nés dans un monde dont les habitants étaient tous connectés à un réseau, un immense réseau constitué de réseaux plus modestes, eux-mêmes constitués de réseaux plus petits encore, tel un système nerveux planétaire, où les informations circulaient à la vitesse électrique. Ils étaient nés après Internet, et vivaient dans un monde bien réel dans lequel Internet était un lieu au moins aussi réel.

Les parents de Tom auraient dit de lui qu'il n'admirait pas les bonnes personnes, ou qu'il n'admirait personne, qu'il ne semblait s'intéresser à rien. Mais c'était faux. Il s'intéressait beaucoup à son écran de téléphone. Voyait le potentiel de ce rectangle : une fenêtre ouverte sur un univers apparemment sans limites et dans lequel quiconque pouvait devenir n'importe qui. Il avait bien sûr déjà entendu parler du rêve américain, qui vous fait croire qu'avec des efforts et de la volonté, n'importe qui peut réussir, que le plus modeste roturier peut devenir le président de la nation ; mais Tom ne comprenait pas comment on avait pu penser ce rêve réalisable avant Internet. Sur Internet, oui, tout devenait possible, et un enfant de onze ans en Belgique pouvait y avoir autant de crédit qu'un vieux professeur de Harvard. Avec des efforts et de la volonté.

Tom ne manquait pas de celle-ci, il fournirait ceux-là.

Il n'avait pas encore quinze ans lorsqu'il prit cette décision qui affecterait effectivement le reste de sa vie : il réussirait sur Internet. Il n'avait aucune idée de comment, mais il y parviendrait. Peut-être inventerait-il un logiciel puissant que tout le monde utiliserait, peut-être créerait-il un jeu auquel tout le monde jouerait, peut-être même exercerait-il un métier qui n'existait pas encore... le résultat serait le même : le monde entier connaîtrait son nom. Cela ne suffirait peut-être pas à combler le vide qui le constituait, mais peut-être qu'ainsi ce vide n'aurait plus d'importance.

★
★ ★

À seize ans, Tom passait tout son temps libre sur les réseaux sociaux. Il était fasciné par la puissance créative de certains, notamment sur la plateforme Vine. Le concept était aussi simple qu'efficace : des vidéos de six secondes au maximum. Pas le temps de meubler. Les vidéos étaient courtes, dynamiques, drôles, et se relançaient automatiquement dès qu'elles étaient terminées. Certains créateurs cumulaient des millions de vues par publication. Ils étaient les idoles des jeunes, et restaient absolument inconnus de leurs parents. Le clivage était net entre l'ancien temps, celui de la télévision, des programmes à horaires fixes, des émissions sans cesse coupées par des pages de publicité vantant des médicaments contre les ulcères, la constipation ou la diarrhée, et le nouveau monde, celui de l'information brute qui faisait le tour de la planète sans être filtrée par les opinions d'un journaliste, celui des gens qui se construisaient une carrière de chanteur sans demander la permission à une maison de disques, des jeunes talentueux qui créaient de la fiction, gratuitement, quotidiennement, en franchissant les frontières. Jerry Purpdrank et ses pastèques ; Josh

Peck, l'ancien transfuge de Nickelodeon ; Rudy Mancuso, le Batman latino ; Jérôme Jarre, un des Français alors les plus célèbres au monde ; Amanda Cerny et sa poitrine généreuse, qui fut responsable des premiers rêves humides de Tom ; King Bach le bien nommé, le roi de Vine ; Zach King, le magicien des effets spéciaux… La liste était longue, les créateurs originaux, Tom pensait que ce qu'il voyait sur Vine était du jamais-vu et, pour beaucoup de ce qu'il voyait, c'était bien le cas. Limiter la durée des vidéos à six secondes avait été un coup de génie des concepteurs de l'application. Une telle contrainte obligeait à des fulgurances imaginatives. Il fallait trouver un concept, puis l'essorer jusqu'à n'en laisser que la moelle, et enfin en couper chaque instant d'hésitation ou de respiration. C'était comme tailler un diamant. Ne surtout pas regarder tout ce qu'on jetait à la poubelle, mais se concentrer sur l'objet ciselé. Une vidéo, le temps de quelques mots, qui pouvait faire le tour du monde en quelques heures. Tom rêvait de devenir *viner*, un créateur de la plateforme, mais n'osait pas se lancer. Il se mentait à lui-même, prétendant attendre d'avoir la bonne idée pour commencer, idée qu'il ne cherchait pourtant jamais. Il était un spectateur assidu, et se convainquait que cela suffirait.

⋆

⋆ ⋆

À dix-huit ans, les goûts de Tom s'étaient affinés. Certes, il passait toujours autant de temps sur son smartphone que les années précédentes, mais il se montrait plus critique. Se lancer devenait pour lui de plus en plus une évidence, aussi fallait-il qu'il comprenne les écueils à éviter, les clichés, ce qui fonctionnait et pourquoi, ce qui floppait et pourquoi. Tom tentait de découvrir une recette type, une formule magique, un ensemble d'instructions qu'il suffirait de suivre pour devenir célèbre, puis riche. Désormais, les créateurs de contenus et les influenceurs gagnaient leur vie ; certains d'entre eux étaient même devenus extrêmement riches. C'était peut-être mal vu dans la vieille Europe, mais aux États-Unis, une réussite financière inspire le respect, quel que soit votre métier. Si vous devenez millionnaire en prenant des photos de culs de chiens, personne ne vous rétorquera que c'est idiot ou que ce n'est pas un métier. Si vous pouvez acheter une maison avec le fruit de votre activité, vous nourrir et envoyer vos enfants à l'université, alors cette activité, si ridicule soit-elle, est un travail honorable et qui mérite qu'on le respecte. Pour la plupart des Américains, il n'est même pas nécessaire que cette activité soit légale pour susciter du respect. Sinon, pourquoi les habitants de ce pays aiment-ils tant les histoires de gangsters, comme *Scarface*, *Le Parrain*, ou la série *Les Soprano* ? Le rêve américain. Encore et toujours. Des efforts et de la volonté. Aucune autre limite que celles qu'on se fixe, et Tom, en bon ashkénaze, n'en avait qu'une seule : il ne voulait exploiter personne. Il pourrait bien doubler des gens pour y parvenir, mais son succès ne se ferait pas en écrasant quelqu'un d'autre. C'était une limite contraignante, sans doute, mais c'était la seule. L'étendue de son éthique.

En dehors de ça, oui, il y a eu quelques amis. Rien de profond, rien de durable. Les relations amicales de Tom s'exprimaient bien mieux lorsqu'elles étaient virtuelles que dans la réalité. Ce qui ne l'étonnait pas. Trouver un ami « IRL », dans le monde réel, cela signifiait rencontrer quelqu'un près de chez soi, mais pas chez soi.

C'était au plus près un voisin, quelqu'un qu'on croisait au bar du coin ou au supermarché. Oui, si Tom avait pratiqué un sport en équipe, il aurait fréquenté d'autres personnes, il aurait eu, comme à l'école, des camarades. D'ailleurs, depuis qu'il s'était inscrit dans un club de gym pour « sécher son corps », comme il le disait, il avait rencontré des gens. Pas les coachs, ni les sportifs. Il avait rencontré des femmes et des hommes qui, comme lui, souhaitaient valoriser leur image pour le jour où ils seraient enfin célèbres. À les entendre, Brooklyn était un vivier d'influenceurs en passe de dominer Instagram. Et des filles ? Comme pour les amis. Rien de profond, rien de durable. Tom était mignon, il le savait autant qu'il savait ne pas être beau. Il s'était laissé embarquer à quelques soirées d'anciens de l'école, avait flirté avec telle ou telle, et avait, à dix-sept ans, été dépucelé par Annie « pas la photographe » Leibovitz dans la chambre de ses parents. Annie avait quelques mois de plus que Tom et, lorsqu'ils fréquentaient la même école, elle était dans une classe de filles à l'autre bout du bâtiment. La soirée avait été bonne et arrosée, ils avaient parlé longuement de ce professeur de Talmud qu'ils avaient eu et dont les parents avaient changé de nom au début des années 1940. Auparavant, cette famille juive traditionaliste et originaire de Hongrie s'appelait les Hittler. Avec deux « t », certes, mais c'était suffisant pour avoir de quoi faire chuchoter. Leur rapport sexuel avait été court mais tendre. Tom pensait qu'il se sentirait un homme après cela, mais il se sentait surtout gêné de sortir nu de sous les draps devant cette jeune femme qu'il connaissait finalement à peine et qui, de son côté, semblait n'avoir aucune difficulté à promener ses petits seins fermes en liberté devant lui.

Lorsqu'il était rentré chez lui, ce soir-là, Tom s'était longuement interrogé. Comment pourrait-il chercher le regard de tout le monde s'il était si pudique ? Sa pudeur, finit-il par déduire, était le fruit de son éducation, et il lui appartenait de s'en débarrasser. Il en vint à rejeter la plupart des enseignements qu'il avait reçus, ainsi que l'héritage culturel et religieux de ses parents, si ténu soit-il. Il devait tuer celui qu'il était pour devenir celui qu'il voulait être. Pourtant, quelques tatouages et un piercing plus tard, peu de choses avaient changé et, encore une fois, Tom put trouver une explication suffisante. Tant qu'il n'aurait pas percé sur Instagram, il devait rester vivre chez ses parents, il ne pouvait pas se payer le moindre petit studio en ville. Alors il habitait encore chez eux, attendant patiemment son heure, sans jamais rien faire pour la provoquer.

★

★ ★

À vingt ans, donc, Tom était à l'affût du moindre commentaire sur toutes ses publications. Chaque notification sur son téléphone était une heureuse nouvelle potentielle. Il reçut même, un temps, des messages insultants provenant d'un *hater* qui avait décidé de faire de Tom sa tête de Turc, et ce dernier avait accueilli ce harceleur comme une preuve qu'il était en train de devenir célèbre. Sinon, pour quelle raison s'en prendrait-on à lui ? Tom insista, persista, ne manquant jamais de volonté, redoublant sans cesse ses efforts, et, près de deux ans après la création de son compte Instagram, franchit enfin la barre symbolique des mille abonnés. Il refusait d'entendre qu'il était courant pour une lycéenne de seize ans d'en avoir au moins le triple, savait que ce n'était pas comparable. Les adolescentes, pour peu qu'elles fussent jolies, étaient le cœur de cible d'une grande partie des utilisateurs d'Instagram et, à l'inverse de Tom, n'avaient pas passé leur scolarité à s'entendre dire qu'il fallait cacher leur corps ; elles s'exhibaient en bikini échancré, le dos bien cambré, les fesses bien visibles, les seins qui débordaient de chacun des côtés des triangles de tissu censés les couvrir. Leurs parents ignoraient certainement l'existence même de ces comptes. Ou du moins leur étaient-ils masqués. Tom, quant à lui, n'avait aucun de ces atouts physiques et ne comptait pas, ou peu, d'abonnés en quête d'un bout de chair qu'on peinait à deviner.

En revanche, il dut rapidement se rendre à l'évidence : lui qui pensait que les mille premiers abonnés étaient les plus difficiles à acquérir stagnait désormais. À chaque nouvelle publication, il gagnait et perdait quelques abonnements, si bien que la taille de sa communauté ne variait presque pas. Lui qui s'imaginait déjà invité aux avant-premières et aux soirées de gala, qui ne se voyait plus fréquenter que des célébrités, ou choisir ses sponsors parmi des marques qui se battraient et mettraient aux enchères leur participation, il ne bougeait plus. Il avait beau persister, c'était bien tout ce dont il semblait à présent capable : persister. Il ne devait rien lâcher, il le savait ; s'interrompre ne fût-ce qu'une semaine aurait pu marquer la fin de sa carrière virtuelle. Alors il persistait, s'exténuait, pestait contre le système, les algorithmes, le sexisme des plateformes, la bêtise des gens qui ne s'intéressaient pas à ses publications, les comptes qui battaient des records en se contentant de récupérer, sans jamais rien créer, des mèmes à succès ou des photos de stars, le tout sans jamais verser les moindres royalties aux auteurs originaux. Ceux qui réussissaient ne suivaient pas les règles du jeu, ce qui constituait pour lui un sérieux handicap. Il se sentait comme un marathonien courant contre des automobilistes qui lui feraient remarquer qu'il n'est interdit nulle part d'être véhiculé. Il attendait des gens qu'ils s'en aperçoivent eux-mêmes, qu'ils rejettent massivement ces comptes qui ne respectaient rien, sans prendre conscience que ce n'était pas leur problème. Les gens voulaient être divertis, et ces comptes les divertissaient. Lui, quelque original qu'il fût, ne les divertissait pas.

C'est à cette période qu'Yzzy entra dans sa vie ; par hasard et contre toute attente ; lui qui ne rencontrait jamais personne.

3.

La première fois que Tom vit Yzzy, il sut immédiatement. Quelque chose émanait d'elle, quelque chose de puissant, de charismatique ; elle n'était pas simplement la plus belle jeune femme qu'il ait vue de ses yeux. Elle attirait tous les regards : des hommes, des femmes, quels que soient leur tranche d'âge, leur niveau de revenu, leur orientation sexuelle. Tout le monde se retournait sur son passage. Et dans le même temps, lorsqu'il avait trouvé le courage d'aller lui parler, elle avait été d'une simplicité incroyable. C'était comme si elle ne savait pas, comme si elle n'avait jamais constaté le regard des gens sur elle. Tom l'avait accostée à une soirée, et ils avaient passé des heures à discuter, assis côte à côte en sirotant une bière, sans se préoccuper du monde alentour. Bien sûr, des hommes – et quelques femmes – étaient venus lui offrir un verre ou une danse qu'elle avait poliment déclinés. « C'est gentil à toi, mais je suis au milieu d'une conversation très intéressante », répondait-elle.

Pendant un court instant, Tom s'était vu tomber amoureux d'elle, mais elle n'avait donné aucun signe d'une quelconque disponibilité sentimentale. Comment avait-elle fait ? Il l'ignorait, mais elle avait réussi à rester amicale sans provoquer chez lui de frustration ou de tension. Il lui avait parlé de ses projets sur Internet, elle s'était montrée intéressée, sans jamais le prendre de haut. Ils avaient échangé leurs numéros de téléphone, et s'étaient souvent parlé les jours suivants. Lorsqu'Yzzy s'était sentie prête, elle avait demandé de l'aide à Tom pour créer son compte Instagram, et il l'avait accompagnée, la laissant bien sûr seule maîtresse du contenu. Du nom du compte à la photo de profil en passant par sa « bio », courte, simple et maligne : *Easy. Mais 2 Ys*[1].

★

★ ★

— Attendez… c'est vous qui avez créé son compte Instagram ? Je croyais qu'il existait déjà lorsque vous l'avez rencontrée…

Angela Sciavone avait eu un mouvement de recul, ce qui ne surprit pas Tom. Ce dernier savait qu'elle était en train d'assimiler les informations à mesure qu'il les lui donnait et de les comparer à ce qu'elle avait entendu auparavant, qu'elle serait sans doute capable de réciter, presque verbatim, ses déclarations à la police.

— Ça fait partie de la légende, maître ; ce qui fait la force d'un influenceur sur Internet, c'est sa naissance *organique*. Le fait d'avoir créé son compte et construit sa communauté, abonné après abonné. C'est ce qui fait qu'une influenceuse Instagram peut, même avec une petite communauté, avoir plus d'influence sur son public qu'une star de Hollywood, par exemple. Pour

1. En anglais, « *2 Ys* » se prononce de la même manière que « *too wise* » qui signifie « trop sage ».

Yzzy, autant il est acceptable d'imaginer qu'elle a un agent, autant, si on avait su que j'étais à l'origine de son compte, il y aurait toujours quelqu'un pour lui reprocher d'être un produit marketing, ou pour me reprocher à moi de l'avoir créée de toutes pièces.

Le sourire qu'à ces mots arbora Tom mit maître Sciavone mal à l'aise. Pour la première fois, elle comprit qu'il ne disait pas tout, que même lorsqu'il était face à la police, il n'oubliait jamais qu'il était l'agent d'une star et qu'il devait protéger son image. Tom remarqua l'expression confuse de son avocate.

— Ça ne change rien, vous savez ? lui dit-il. Que j'aie créé son compte ou qu'elle l'ait fait elle-même il y a des années. Qu'est-ce que ça change au sujet de sa disparition ?

— Vous ne comprenez pas, Tom, tenta-t-elle de répondre calmement après avoir pris une profonde respiration, alors qu'elle était manifestement exaspérée. Quand vous parlez à la police, vous ne mentez pas. Jamais. Pas une fois. Et quand vous me parlez, si je sais que vous me mentez, je ne peux pas vous aider.

— Je comprends bien, mais j'ai une obligation envers Yzzy et je…

— Ce n'est pas ça, le problème, Tom. Ils vont essayer de vous coller sa disparition sur le dos et, puisque personne n'a de nouvelles, ils vont se convaincre qu'elle est morte. Et que vous l'avez tuée ! Si vous mentez une fois à la police, même un mensonge anodin, la seule chose qu'ils retiendront est qu'il vous arrive de mentir. Dès lors, tout ce que vous direz n'aura plus qu'une seule valeur, celle d'être retenu contre vous.

Tom resta songeur un long instant. Aurait-il dû garder cela pour lui ? Venait-il de perdre la confiance de son avocate ?

Comme si elle avait lu dans ses pensées, Sciavone reprit :

— Mon seul objectif, c'est votre défense, Tom. C'est pour ça que vous me payez, et je continuerai de faire mon travail avec zèle. Mais vous devez comprendre que le pire des cadeaux que vous pouvez faire à un avocat, c'est une surprise. Je ne dois jamais, en aucun cas, douter d'une de vos réponses. La pire situation possible pour un avocat au tribunal est de se retrouver à poser une question à son client sans savoir à l'avance exactement ce qu'il répondra. Est-ce que vous me comprenez ?

— Oui, parfaitement. Mais je ne peux pas laisser Yzzy être…

— Pas de *mais*, Tom. Si on se dirige vers un procès pour homicide, votre loyauté envers Yzzy n'est pas pertinente. Vous allez continuer de me raconter votre histoire, mais pas d'altération, pas de modification qui la mette en valeur. Les faits. Juste les faits.

Il se passa près d'une minute pendant laquelle personne ne dit mot. Tom réfléchissait, se demandait à quel point il devait être honnête avec elle. Il finit par se convaincre qu'il devait poursuivre sur sa lancée. En disant qu'il avait lui-même créé le compte d'Yzzy, il avait choisi une voie, et il y était désormais trop engagé pour reculer. Il reprit son récit.

★

★ ★

Au début, Tom ne voulait pas seulement aider Yzzy ; il avait aussi l'ambition de prouver que le système était biaisé et doublement sexiste : les jolies filles réussissaient mieux sur les réseaux sociaux – sexisme numéro un –, parce que les jolies filles y objectifiaient leur corps et créaient du désir chez les hommes – sexisme numéro deux. Bien sûr, c'était simpliste, les influenceuses comptent beaucoup de femmes dans leur communauté, des femmes qui ne sont pas nécessairement sexuellement attirées par leur idole, mais Tom était enfermé dans ce constat : sa carrière ne décollait pas parce qu'il était ridicule en bikini, et bien trop pudique pour en porter un sur un compte parodique, comme Chris Burr Martin qui reproduit pour s'en moquer les selfies de sa fille et possède deux fois plus d'abonnés qu'elle. Tom avait tenté de comprendre quelle était la recette idéale pour réussir sur Instagram, et il était persuadé d'avoir trouvé, mais le succès ne suivait pas. Ne restait qu'une hypothèse pour balayer ses convictions, une hypothèse dont il fallait éprouver la substance. Il aida Yzzy à se lancer et sut rapidement que le combat était inégal ; il n'était plus un marathonien face à une automobile, mais face à un avion de chasse à pleine vitesse. Il ne fallut que quelques jours à Yzzy pour atteindre les dix mille abonnés puis, tel que Tom se l'était figuré, quelques jours à peine de plus pour atteindre les cent mille. Et la machine était lancée, prête à s'emballer. Les partages créaient de l'engouement, et l'engouement créait des partages. Yzzy était rapidement devenue le « phénomène Insta qui monte ». Des marques commencèrent à la contacter. Non, d'ailleurs, au départ, ce n'étaient pas des marques, mais des agences prétendant travailler pour elles. Des agences de communication qui espéraient verrouiller une exclusivité avec Yzzy pour ensuite lui proposer des contrats de marques et se prendre une commission plus que confortable. C'était un classique, Tom le savait. Après tout, une jeune femme qui n'existe en ligne que depuis quelques jours ou même quelques semaines, que peut-elle savoir du monde des affaires ? C'est là que Tom intervenait. Il avait la tête froide et était bien au courant que certains intermédiaires ne servaient tout simplement à rien, se contentaient de transférer quelques mails pour une commission pouvant atteindre les 50 %. Il fallait négocier avec les marques. Directement avec elles. Ne pas se laisser embarquer dans des partenariats avec des sociétés qui proposeraient à Yzzy de toucher 0,05 dollars par pot de crème de nuit vendue avec un code offrant 8 % de réduction à ses abonnés. Bosser ainsi l'obligerait à se cantonner à ça pour en vivre, et restreindrait sa communauté aux seules cibles de ces produits. Yzzy devait représenter autre chose. Elle devait être désirée par les hommes, jalousée par les femmes, être le modèle ou la grande sœur des adolescentes. Elle devait être clean en toutes circonstances, être la femme idéale, être la bru idéale, la voisine idéale. Elle devait sembler engagée sur des questions consensuelles, comme la lutte contre la faim dans le monde, mais devait éviter toute déclaration ou action pouvant diviser, comme s'opposer ou non au vaccin contre le Covid, soutenir ou non les forces de police, clamer « *black lives matter* » ou s'y refuser ouvertement… Tant qu'elle restait loin de tout sujet potentiellement conflictuel, elle pouvait être votre alliée, quelle que fût votre position. Elle devait, en revanche, montrer sa proximité avec les mouvements LGBTQIA+ dont l'influence était bien trop grande pour s'en garder.

Heureusement, Tom n'eut jamais besoin de convaincre Yzzy sur ces points. Elle était consciente des réalités du monde actuel, des divisions constantes sur tous les sujets, et faisait elle-même le nécessaire pour ne jamais s'y frotter. Les marques n'auraient ainsi aucun problème à ce qu'elle les représente. Elle serait ce qu'avaient été les supermodels dans les années 90. Les Claudia Schiffer, Cindy Crawford, Naomi Campbell, Christy Turlington, Linda Evangelista, Nadja Auermann, Elle Macpherson… Toutes avaient incarné un idéal féminin, multiple, divers, et pourtant si uniforme. Cela n'existait plus, de nos jours. Plus personne ne connaissait les noms des mannequins qui s'affichaient sur les magazines, et plus personne ne lisait de magazines. Mais tout le monde connaissait Kim Kardashian, Emily Ratajkowski, Kylie Jenner… Yzzy en serait une version parfaitement lisse, polie au millimètre.

Alors Tom se mit à établir une liste de marques, de marques dignes d'être représentées par Yzzy. Du luxe, de l'élégance, de la modernité, du style, du voyage et du rêve. Cette liste s'allongea avec le temps et les contrats, bien sûr, mais très peu de noms en disparurent. Les seules enseignes que Tom raya d'un revers de la main furent celles qui persistaient à refuser de travailler avec elle sans la rencontrer. Tom avait toujours été direct à ce sujet : il était l'interlocuteur d'Yzzy et personne d'autre que lui n'échangerait avec elle. Après tout, il était également un intermédiaire et avait besoin de justifier ses émoluments. Très vite, les sociétés acceptèrent. Certaines firent la fine bouche ; celles-là durent payer plus cher par la suite et, généralement, le représentant de la boîte, le commercial ou le marketeux qui avait refusé de travailler avec Tom, celui-là sautait de la boucle, sinon de la société. Et l'argent commença à tomber. Beaucoup d'argent.

Après quelques mois, Yzzy en avait accumulé suffisamment pour s'acheter une belle maison sur les hauteurs de Beverly Hills. Elle ne le fit pas, mais elle aurait pu. Tom roulait également sur l'or désormais. Lui s'acheta à Manhattan un appartement-terrasse avec vue sur Central

Park ; c'était l'objectif qu'il s'était fixé, et il y était arrivé. Non de la manière dont il l'avait originellement souhaité, mais c'était le résultat qui comptait. C'est toujours le résultat qui compte.

Il commença à s'afficher avec des mannequins, des starlettes en tout genre, des femmes toutes plus belles les unes que les autres. Tom les épuisait, puis en changeait. C'était donnant donnant. Elles pensaient accroître leurs chances de devenir la nouvelle Yzzy, et lui se vengeait auprès de ces pauvres femmes de tous les coups qu'il croyait avoir pris durant son adolescence. Chaque fois qu'il voyait une de ces créatures sortir nue de son lit et se diriger vers la salle de bains, il avait envie d'appeler Yankel, Ephrayim ou Tobey, des camarades de collège qui l'avaient souvent moqué, les appeler et leur montrer ce qu'il était devenu. Tom vivait beaucoup de son ressentiment, c'était son carburant, ce qui le réveillait le matin et le poussait à travailler, y compris lorsque son job consistait à relire, pour la dixième fois, un contrat dont seulement quelques virgules avaient été déplacées. Il lui fallait des gens, des gens qui savaient ce qu'ils faisaient et qui s'occuperaient de tout ça. Avec Yzzy, ils gagnaient suffisamment d'argent pour bénéficier des services d'un cabinet d'avocats, pour les contrats, les montages financiers, la gestion des droits, etc. Comme Yzzy, Tom voulait se défaire de tout ce qui, au quotidien, était un fardeau. Comme Yzzy, Tom voulait s'amuser, ne travailler qu'à ce qu'il aimait faire. Il était jaloux d'elle, et en était conscient ; il veillait à ce que cela ne transpire pas dans leur relation, il savait que c'était un problème, son problème ; il tenta d'arranger son activité au mieux, afin de gagner un maximum d'argent en travaillant le moins possible, mais rien n'y faisait. Yzzy était celle que les gens voulaient voir. Lui, pour le grand public, n'était rien.

Pour un observateur moyen, Tom avait une vie de rêve, mais ce n'était pas le cas. Il avait même souvent envie de tout arrêter. Fermer le compte d'Yzzy et en rester là.

*

* *

— Attendez, comment ça, fermer le compte d'Yzzy ? Sans le lui dire ?

— C'est plus compliqué que ça... Yzzy avait une totale confiance en moi, et je pense que l'idée l'a effleurée, à un moment : elle savait comment tout fonctionnait, peut-être n'avait-elle finalement pas besoin de moi... Mais elle ne l'a jamais exprimé. La situation telle qu'elle était lui convenait parfaitement, elle ne m'a jamais laissé entendre que j'étais devenu son parasite...

— Ça ne répond pas à ma question ; vous comptiez fermer son compte sans le lui dire ?

— Je n'aurais jamais fait ça, voyons. Je le lui aurais dit. On en aurait discuté. Et elle aurait accepté, c'est ça que j'essaie de vous dire. Personne ne comprend vraiment notre relation, à elle et moi. Parce que nous ne sommes pas en couple. Dans n'importe quel couple, on peut imaginer que si l'activité de l'un pose un problème à l'autre, ils en discutent ; peut-être se séparent-ils, peut-être trouvent-ils un arrangement qui convient aux deux, peut-être pas... mais c'est courant. Pour Yzzy et moi, c'est pareil... sauf qu'on n'est pas en couple.

— Donc, il vous est arrivé de songer à fermer son compte...

— Oui, je lui ai dit tout ce qui n'allait pas. Les filles d'un soir, l'argent que je claquais à essayer de me faire des amis, la jalousie que j'avais de son succès, du fait que personne ne connaissait mon nom... Puis arriva mon anniversaire et...

— Et c'est là que vous avez pris un selfie ensemble, diffusé sur sa page et qui mentionnait votre compte Instagram...

— Exactement...

*

* *

L'impact fut dérisoire. Pire, dérisoire compte tenu de l'audience d'Yzzy, mais pas de celle de Tom. Son audience doubla dès la publication de la photo, et il dépassa les deux mille cinq cents abonnés. Un millier de nouveaux abonnés, voilà ce que lui avait offert Yzzy pour son anniversaire. Un millier d'abonnés parmi ses plus de deux millions d'alors. Ce n'était pas ainsi que les choses fonctionnaient, et Tom comprit. Il comprit qu'il ne serait pas influenceur, et plutôt que de s'en attrister trouva du réconfort dans l'idée d'être l'influenceur d'une influenceuse dont la notoriété continuait d'augmenter. Il serait l'homme de l'ombre. Il y avait finalement peut-être quelque chose d'excitant à tenir ce rôle. Il supprima le selfie du compte d'Yzzy, et ferma son propre compte. Désormais, il se comporterait comme un espion. Mais un espion dont toutes les sociétés un peu influentes connaîtraient le nom et le visage. On lui ferait des ponts d'or pour rejoindre tel studio ou telle société de production, et il ne leur répondrait même pas. Il les snoberait. Et, avec Yzzy, il ferait la pluie et le beau temps sur les réseaux sociaux.

* * *

C'est alors que Tom Ruben Goldberg, le petit Juif de Brooklyn qui rêvait d'être grand, commença à s'estomper.

4.

En rentrant chez elle ce soir-là, Angela Sciavone ne savait plus quoi penser. Elle retira ses talons en se tenant à l'encadrement de la porte d'entrée, et ne put retenir un léger soupir alors que ses orteils retrouvaient enfin un peu de liberté. La journée avait été longue, et celle du lendemain ne le serait pas moins. Il fallait qu'elle dorme. Quelques heures. De quoi refroidir son cerveau, le rebooter pour la nuit. Elle mit à chauffer de l'eau qu'elle avait déjà fait bouillir le matin même avant de l'oublier, puis alla se doucher rapidement. Elle sortit de sa salle de bains démaquillée, les cheveux attachés en chignon et vêtue d'un pantalon de jogging ainsi que d'un sweat à capuche dépareillé, décoré du blason de l'université de Berkeley, un livre ouvert surmonté d'une étoile, et de sa devise « *Let There Be Light*[1] ».

Elle tenta de ne pas vérifier ses mails sur son téléphone, mais ne tint pas plus de quelques secondes. Parmi la vingtaine de messages, elle répondit aux plus urgents, puis se posta au bord de la fenêtre de son living-room pour y fumer une cigarette. Tout s'était enchaîné bien

1. « Que la lumière soit. »

trop vite. La réunion avec le procureur général avait été surréaliste, que pensait-il donc pouvoir obtenir d'eux ? Mais celle-ci avait été éclipsée par l'entretien qui avait suivi. Ils étaient immédiatement retournés au cabinet pour débriefer, et ce que lui avait raconté son client était fou, c'était tout simplement incroyable. Après avoir commandé de la nourriture chinoise, Angela avait écouté, d'une oreille un peu distraite mais sans le montrer, son client commencer à relater son histoire. Elle la connaissait par cœur, à présent. Mais le récit avait bifurqué. Semblait plus honnête, plus sincère. Angela comprit alors qu'elle n'avait peut-être pas encore toutes les billes. Que son client ne lui avait pas tout dit. C'était elle qui le lui avait demandé, cela dit ; explicitement, comme à chacun de ses clients. Elle ne devait surtout jamais tout savoir, devait garder suffisamment de latitude pour travailler. Elle s'alluma une nouvelle cigarette.

Cette histoire de disparition, c'était absurde. Tout simplement absurde. Pourtant, son client… son client… *putain, mais…* son client… *ah, merde !* pensa-t-elle… il avait pourtant fait une démonstration. Et celle-ci était convaincante. Elle ne savait pas comment ni même simplement si cela pouvait lui être d'une quelconque utilité dans cette affaire, mais elle en avait été suffisamment perturbée pour mettre un terme à leur entretien. *Tu es fatiguée, il faut dormir. Ton cerveau est ton outil de travail, il doit se reposer.* En allant se coucher, pourtant, et après avoir de nouveau oublié la bouilloire pleine d'eau chaude, Angela ne put s'empêcher d'y repenser avant de s'endormir. *Absurde… complètement absurde…*

⋆

⋆ ⋆

« Qu'est-ce que vous voulez dire ? Comment vous êtes-vous estompé ? Vous pensez que l'importance d'Yzzy a pris le pas sur votre propre vie ?

— Non… enfin… si, en fait… absolument !

— Vous savez, il est courant, lorsqu'on travaille avec une star, comme vous en étant son agent, de se sentir comme invisible, les gens autour sont attirés naturellement par la lumière des projecteurs et…

— Il ne s'agit pas de ça. »

Lorsque Tom avait accepté son rôle, s'y était résigné, même s'il n'en parlait pas en ces termes, les choses avaient progressivement changé à mesure qu'Yzzy occupait de plus en plus d'espace sur Internet. Au début, c'étaient des petits détails, trop insignifiants pour être plus qu'un peu embarrassants. Un serveur qui se trompait dans sa commande, un taxi qui oubliait sa destination, ce genre d'incidents. Qui arrivent, à tout le monde. Mais cela arrivait plus fréquemment à Tom, du moins le ressentait-il ainsi. Sauf lorsqu'il s'agissait de défendre les intérêts d'Yzzy. Là, on lui donnait du « monsieur Goldberg » ou du « Tom, cher ami » à longueur de réunion. Les premiers à se tromper et dont le comportement a vraiment interpellé le jeune homme, c'étaient les autres influenceurs. Lorsque Tom envisagea de représenter d'autres influenceurs, ou plutôt lorsqu'il finit par céder aux suppliques de ceux-ci pour les représenter, il n'y avait jamais de second rendez-vous. Un échange de textos ou de mails, éventuellement une rencontre autour d'un café lorsque la proximité le permettait, mais rien de plus. Une fois, une tiktokeuse nommée Carlie s'était levée pour aller aux toilettes, puis était tout simplement partie. Sans un « merci », sans un « au revoir », sans un

« on se reparle bientôt », sans même, faute de mieux, un « va te faire mettre, grosse tache ! ».

Cette situation avait rendu Tom paranoïaque, l'avait renvoyé à de vieux démons, de ceux qui rôdaient autour de sa chambre d'enfant, qui se terraient dans l'armoire juste au moment où ses parents entraient pour s'assurer qu'il dormait. Tom les imaginait toujours de la même manière : petits mais larges, vaguement humanoïdes, aux épaules velues, la peau jaunie par les années, leur visage évoquant celui de *Rav* Chlomsky, un de ses professeurs qui, à maintes reprises, lui avait répété qu'il était un bon à rien. Tom n'avait jamais résolu ce mystère, pourquoi ce professeur lui en voulait tant, à lui qui ne faisait rien pour se faire remarquer ; aussi avait-il fini par penser que certains – mais qui ? – en avaient après lui, se moquaient de lui dans son dos, n'avaient peut-être dans la vie d'autre but que de l'humilier. Si paradoxal que cela puisse sembler, ces quelques personnes étaient à la fois responsables de son incapacité à se faire des amis et de sa volonté de se dépasser. *Aucune motivation n'est plus grande que celle de vouloir leur montrer qu'ils ont eu tort de me voir comme un moins-que-rien*, pensait-il.

Il croyait avoir tourné ces pages traumatiques de son histoire lorsque ces phénomènes commencèrent à se produire. Il allait dans un restaurant et on oubliait de le servir, il commandait un Uber qui passait sous son nez sans s'arrêter. À l'accueil des sociétés où il avait rendez-vous, il comprit rapidement que donner son nom aboutissait toujours au même résultat : « Oui, monsieur le directeur, votre rendez-vous est arrivé. Monsieur… monsieur… Pouvez-vous me rappeler votre nom, s'il vous plaît ? » Cela ne se produisait jamais lorsqu'il s'annonçait comme l'agent d'Yzzy. « Tom Goldberg, je représente

Yzzy », disait-il simplement. Sans plus d'information. Et là, la réceptionniste : « Monsieur le directeur ? Tom Goldberg, qui représente Yzzy, est à l'accueil. »

Si c'était un *prank*, une farce, elle était de très haute volée, bien trop haute pour quelqu'un comme lui. Comment tout le monde pouvait-il à ce point se coordonner ? Pourtant, Tom le savait, ce n'était pas une coïncidence, cela arrivait trop souvent. « Tu te fais des idées pour rien », lui avait dit Yzzy. On avait toujours pensé qu'il « se faisait des films ». Ses parents, ses camarades, ses petites amies, tout le monde pensait toujours que Tom voyait le mal partout. Mais comment expliquer ce phénomène ? Il voulait en avoir le cœur net. Aussi, Tom commença à expérimenter. Il allait résoudre ce mystère scientifiquement. Comme tout scientifique, il lui fallait des hypothèses, des expériences pour valider ces hypothèses, puis affiner le modèle jusqu'à être capable de prédire en toutes circonstances comment les choses tourneraient. Ces expériences le distrayaient autant qu'elles le blessaient, car il dut se rendre à l'évidence : ce n'était pas dans sa tête, il ne « se faisait pas de films », il y avait un problème. Et pas un petit.

Une expérience consistait à s'asseoir à une table dans un bar, passer une commande, puis changer de table. Le serveur revenait avec la commande et la déposait sur la première. *Expérience non concluante.*

Mais s'il restait à la même place, le serveur revenait avec une mauvaise commande ou, le plus souvent, ne revenait simplement pas. Y compris s'il n'y avait personne d'autre à servir. *Expérience concluante.*

Une autre était d'aller directement au comptoir et de commander au barman. Pendant que celui-ci préparait la commande, Tom ne le lâchait pas, discutait avec lui de tout et de rien, lui racontait son quotidien et lui occupait l'esprit. Puis il allait aux toilettes. Lorsqu'il revenait, il se postait devant le barman, qui finissait inlassablement par lui lâcher un « vous désirez ? » ou « bonjour, qu'est-ce qui vous ferait plaisir ? ». *Expérience concluante.*

C'est ainsi que Tom découvrit qu'il pouvait manger et boire dans des restaurants et des bars sans jamais avoir besoin de payer la moindre note, à condition bien sûr d'arriver à obtenir sa commande, ce qui n'était jamais simple. Il pouvait essayer des vêtements dans des boutiques, et partir tout simplement, sans rien payer. Sauf une fois. Alors qu'il cherchait des chemises en lin pour un rendez-vous en Floride et qu'il échangeait des banalités en flirtant avec la vendeuse qui s'occupait de lui, la conversation tourna sur Yzzy.

« Il paraît qu'elle est en ville, avait dit l'employée.

— Je confirme, avait répondu Tom. Je suis son agent et je gère ses déplacements.

— Vraiment ? s'était-elle étonnée avant d'ajouter, songeuse : oh, ce doit être super de travailler avec elle, elle a l'air tellement charmante… »

Ce jour-là, quand Tom quitta le magasin avec trois chemises sous le bras, son interlocutrice l'interpella :

« Monsieur, vous avez oublié de régler vos achats !

— Quel crétin ! » s'excusa-t-il avant d'aller payer à la caisse et de laisser un pourboire confortable à… comment s'appelait-elle, déjà ?… Peu importe : *expérience surprenante et sans doute extrêmement concluante, dès que j'aurai compris la conclusion.*

*

* *

Il se foutait d'elle ; c'était le premier sentiment d'Angela. Tom ressemblait à ces illusionnistes qui, lorsqu'ils font disparaître votre carte dans le paquet, vous racontent toute une intrigue invraisemblable sur un manoir hanté ou autre ; il était manifestement en train de lui monter une histoire, et il y aurait une *punchline*, une chute, quelque chose. Tout cela était ridicule : à l'entendre, il suffisait qu'il fasse un tour sur lui-même pour que la personne en face l'oublie ou cesse carrément de le voir. *C'est n'importe quoi*, s'était inquiétée Angela. Si son client avait des troubles mentaux, peut-être s'était-elle trompée à son sujet sur toute la ligne. Elle semblait avoir compris de ses « expériences » qu'elles étaient liées à Yzzy... Et s'il en avait eu assez d'être dans son ombre ? S'il avait rejeté sur elle toutes ses névroses ? S'il l'avait tuée ?

« Vous plaisantez ! avait-il réagi.

— Pas vraiment. Vous savez, c'est aussi mon métier d'endosser ponctuellement le rôle de procureur, parce que j'ai besoin de savoir ce que vous avez dans le ventre, j'ai besoin de m'assurer que vous n'allez pas vous effondrer si vous êtes amené à témoigner et, d'après ce que j'entends, ça ne s'annonce pas bien.

— Attendez, Angela... ce que je vous dis ici n'a pas vocation à sortir de cette pièce, j'essaie de vous faire comprendre la situation telle qu'elle est, pas telle que la police de Boston a besoin de la connaître. »

Incapable de trouver le sommeil, elle se repassait la scène en boucle. Son client avait eu l'air sincère. Et s'il l'était, alors il s'agissait bien de troubles mentaux. Il faudrait trouver un psychiatre à même de mettre un nom sur ses symptômes, et se le garder sous le coude, au cas où l'affaire la mènerait à une impasse. Angela ne trouvait pas le sommeil, mais ce n'était pas à cause des élucubrations de son client. Il s'était produit quelque chose durant le tête-à-tête. Quelque chose d'anodin, mais qui avait suffi à la faire douter, un court instant.

*
* *

La conclusion qu'avait fini par tirer Tom de ses expériences, de plusieurs mois d'expériences selon ses dires, était qu'à mesure qu'Yzzy devenait de plus en plus célèbre, il devenait de plus en plus *transparent*. C'était le mot qu'il avait employé. Pas invisible, non, il avait pourtant hésité, mais le terme sur lequel il s'était arrêté était *transparent*. Comme si les gens voyaient à travers lui, mais sans pour autant ignorer sa présence. Il continuait d'être là, dans le champ de vision des autres, mais y faisait de la figuration. Les gens oubliaient ce qu'il avait demandé, ce qu'il faisait là. À l'en croire, les gens oubliaient même son nom et son visage en un instant. Sciavone s'était faite l'avocate du diable et lui avait demandé pourquoi elle était capable de le voir et de se souvenir de lui. « C'est à cause d'Yzzy », avait-il répondu sans l'ombre d'une hésitation. Dès qu'il s'agissait d'Yzzy, c'était comme s'il bénéficiait de son aura à elle. C'était pour ça que les publicitaires, que les présidents de dizaines de sociétés de luxe, parmi les plus prestigieuses au monde, gardaient en mémoire son nom et son visage. C'était aussi pour cette raison que cette vendeuse en Floride, quel que fût son nom, avait remarqué qu'il partait sans payer ; parce qu'ils avaient parlé d'Yzzy et qu'il lui avait dit qu'il la connaissait, qu'il était un de ses plus proches amis et collaborateurs. Et c'était pour ça que maître Sciavone se souvenait de Tom. Parce qu'elle défendait ses intérêts dans le cadre de la disparition d'Yzzy. Par précaution, Tom commençait chacun de ses entretiens avec elle par la même question : « Est-ce qu'on a des nouvelles d'Yzzy ? » Il savait bien que non, et cette précaution n'échappait pas à Angela – *comment peut-il en être sûr ?* En abordant ainsi le rendez-vous, il fixait dans l'esprit de son avocate qui il était : l'agent d'Yzzy. Goldberg. Tom Goldberg.

Évidemment, elle n'avait aucune raison de le croire sur parole, Tom le savait. Aussi proposa-t-il une nouvelle expérience à son avocate. Qu'elle accepta à regret.

« Pour commencer, maître, tournez-vous.

— Comment ?

— Il faut que vous cessiez un court instant de me regarder, faites-moi confiance, ce ne sera pas long… »

Angela Sciavone fit pivoter l'assise de son fauteuil pour tourner le dos à son client. Si l'histoire qu'il lui racontait l'avait mise mal à l'aise, elle se mettait sérieusement à avoir peur. Elle tentait de faire bonne figure, mais avait envie de tout arrêter, de s'enfuir de la pièce. Après tout, quelle assurance avait-elle qu'il n'avait pas tué Yzzy, que Tom n'était pas un assassin qui allait maintenant s'en prendre à elle, tandis qu'elle lui tournait le dos ? Il lui sembla entendre son client se lever… *c'est dans ta tête,* tenta-t-elle de se convaincre, *il a simplement dû se repositionner sur son siège.*

« Parlez-moi de vous…

— Qu'est-ce que… ? dit-elle en pivotant à nouveau, vérifiant ainsi qu'il n'avait pas bougé.

— Retournez-vous, sinon ça ne marchera pas. J'ai besoin qu'on change de sujet, qu'on ait une conversation insignifiante… Est-ce que… est-ce que vous êtes mariée ?

— Je… non, je ne suis pas mariée, répondit-elle en refaisant demi-tour sur son siège.

— Un fiancé ? Un petit ami ? Ou une petite amie, peut-être ?

— Mais ça ne vous regarde absolument pas ! s'exclama-t-elle, se demandant bien pour qui il pouvait se prendre pour la questionner ainsi.

— J'imagine que vous n'avez pas d'enfants…

— Non, pas encore…

— J'ai bien noté le *encore*… on est d'accord que c'est du flan, hein ? En réalité, vous vous intéressez uniquement à votre carrière et, lorsque vous occuperez enfin le poste dont vous rêvez, vous n'aurez plus le temps d'avoir la moindre vie sociale, pas vrai ? »

Angela se tut. Elle commençait à fulminer.

« Après tout, il vous faut déjà travailler deux fois plus pour qu'on accepte de considérer que vos résultats sont comparables à ceux d'un homme, alors il est évident que personne ici ne compte sur vous pour avoir des enfants… cela briserait votre carrière d'un coup, pas vrai ?

— Je ne sais pas ce que vous cherchez, mais je dois vous dire que ce petit jeu ne me plaît pas beaucoup et…

— Ne vous retournez pas ! lui ordonna-t-il alors qu'il décelait un mouvement de tête.

— Mais qu'est-ce que vous essayez de prouver, enfin ?

— Vous avez une voiture ?

— Quoi ?

— Une voiture… Vous en avez une ?

— Oui.

— Quelle couleur ?

— Grise.

— Évidemment… ce serait dommage de faire preuve d'un peu de fantaisie, pas vrai ? Électrique ou hybride ?

Vous noterez que je ne vous demande même pas si elle tourne complètement à l'essence ou si c'est un diesel. J'imagine que vous aimez laisser entendre que vous vous intéressez à l'environnement...

— Il faut être particulièrement idiot, aujourd'hui, pour ne pas s'intéresser à...

— Électrique ou hybride ?

— Hybride !

— Bien sûr... l'électrique, c'est bien, mais il n'est pas question de risquer de tomber en rade loin d'une borne de recharge. Je comprends. C'est une japonaise ?

— Une Lexus.

— Ça va, on se met bien. Sinon, vous aimez le sexe anal ? »

Cette fois-ci, c'était allé trop loin, et Angela se tourna brusquement, comme enragée, prête à dire ses quatre vérités à ce petit con arrogant qui croyait que parce qu'il payait la note, il pouvait se permettre n'importe quoi. Elle allait le remettre à sa place, quand elle fut désarçonnée par deux choses. D'abord, par le petit sourire satisfait de ce type, qui ne lui plaisait pas du tout, mais surtout par sa question, posée calmement, comme pour désamorcer sa rage :

« Comment je m'appelle ? »

Immédiatement, de la confusion s'installa sur le visage d'Angela. *De quoi me parle-t-il... que veut-il... qui est-il ? Quel est son nom ? Que fait-il là, d'accord, c'est important, mais, pour commencer : c'est qui, ce mec ?*

« Vous connaissez mon nom, dit-il du même ton calme ; nous nous sommes vus de nombreuses fois, je ne suis pas un étranger, vous le savez. Pourtant, vous l'avez oublié... Dites-moi le premier nom qui vous passe par la tête, vous verrez, on y sera presque. »

Sur le visage d'Angela, la confusion laissa un peu de place à de l'étonnement.

« Allez-y… sans réfléchir, le premier qui vous passe par la tête… y a pas de mauvaise réponse…

— Jeff… Goldblum ? »

Tom éclata de rire.

« Ah, pas mal… on me l'avait pas encore faite, celle-là… vous savez que vous n'êtes pas loin. Vous vous rappelez ce que je fais là ?

— Vous êtes ici pour que je vous défende…

— À quel sujet ?

— Une affaire… une affaire importante… une disparition… la disparition d'Yzzy, l'instagrameuse !

— Bien ! Quel est mon nom ?

— Goldberg ! Tom Goldberg ! » répondit-elle avec l'air satisfait de ceux qui trouvent enfin le titre de cette chanson qu'ils avaient eue toute la journée en tête sans être capable de la nommer et qui prennent enfin leur dose de dopamine.

Tom regardait son avocate sans dire un mot. Il attendait qu'elle brise le silence. *QED*[1], pensait-il.

★
★ ★

Il était près de 5 heures du matin et le noir du ciel sans lune laissait progressivement la place à un dégradé de bleu encore très profond mais qui s'éclaircirait bientôt. Angela Sciavone n'avait pas dormi, et elle attaquait les dernières cigarettes de son paquet. Oui, son entretien avec son client avait été surprenant à plus d'un titre, mais

1. *Quod erat demonstrandum* : « ce qu'il fallait démontrer ».

elle était en mesure d'en expliquer la raison. *Les mentalistes, les illusionnistes, les hypnotiseurs de spectacle, tous sont capables de suggérer des choses, d'aiguiller leur public dans une direction donnée.* Il était plus facile, après plusieurs heures, de rationaliser l'événement, se dire qu'elle s'était simplement fait balader, que son client… *Tom ! Bordel, Tom !…* avait réussi à détourner son attention et lui avait fait croire des choses invraisemblables. Elle avait eu tort de couper court à la discussion après cela. C'était un signe de faiblesse de sa part, et elle ne pouvait pas, ne devait pas se laisser dominer ainsi par son client. Quelque chose continuait de l'agacer, intérieurement, comme une démangeaison dans sa boîte crânienne, malheureusement inatteignable. Quelque chose, ses tripes, son instinct, sa bonne étoile, son ange gardien – *appelez ça comme vous voulez* – tentait de lui rappeler une évidence : l'histoire qu'avait racontée Tom ne tenait pas la route. Angela sentait qu'elle en avait la preuve. Si elle parvenait à l'exprimer, alors elle pourrait la lui enfoncer dans la gorge lors de leur prochain entretien. C'était un bon plan, une bonne idée. Cependant, il fallait se presser. Cet entretien débutait désormais dans moins de trois heures.

5.

Alexander Harris prenait, comme tous les matins, un petit déjeuner typiquement américain : des saucisses, des tranches de bacon, des œufs brouillés et des pommes de terre sautées. Avec un jus d'orange et une tasse bien trop grande pour contenir du vrai café. Il semblait serein, ce qui était le résultat d'une de ses nombreuses techniques de campagne pour gagner une élection : ne jamais douter de soi. S'il se laissait porter par ses doutes, il serait obligé de craindre la réaction de cet agent et de son avocate. Il les avait piégés. S'il se laissait porter par ses doutes, il devrait s'attendre à ce qu'ils refusent son offre, si généreuse fût-elle. Mais il ne doutait pas. Il était en campagne pour sa propre réélection et se sentait invincible. Il était invincible. La presse tentait de le faire vaciller, mais il les avait affrontés de face, sur leur terrain, et en était sorti grandi. La population du Massachusetts attendait de lui qu'il exhibe une poigne de fer face au crime, et c'était exactement ce qu'il avait fait. Certes, on aurait pu lui rétorquer que « techniquement » personne n'était sûr qu'il y avait eu un crime, et que « techniquement », même avec l'assurance qu'un crime avait eu lieu, n'importe quel suspect est innocent jusqu'à preuve du contraire ; mais Alexander savait que la population ne l'entendait pas ainsi. Un des visages les plus reconnaissables du Net avait disparu sur ses terres ? Sans laisser de traces ? Et si Yzzy n'était pas séquestrée ou morte, ne l'aurait-on pas revue depuis ? Après plus d'un mois, personne, pas un Inuit ou un aborigène d'Australie, personne n'avait croisé ce visage que pourtant tout le monde semble connaître ? Elle était cloîtrée quelque part, enterrée quelque part, mais à l'évidence elle ne se promenait pas librement quelque part. Même les membres des tribus les plus reculées d'Amazonie ont aujourd'hui un smartphone, il l'avait vu dans une émission sur Discovery. Il était devenu difficile de disparaître quand on était anonyme, alors imaginer une « star » se volatiliser de la sorte, c'était impossible. Et si c'était impossible, alors quelqu'un mentait. Si Yzzy avait eu un mari ou un petit ami dans le coin, ce serait tombé sur lui. Mais à Boston, seul son agent devait savoir que sa disparition était... truquée. Elle avait disparu, oui, c'était indéniable, mais pas comme on l'avait laissé entendre. Elle avait disparu parce qu'on l'avait fait disparaître. Ce Goldberg était-il responsable ? Complice ? Avait-il agi seul ? Ou avec cette groupie, Emily Machin-Chose ? Peut-être ne le saurait-on jamais. Mais la conviction d'Alexander était faite : il fallait arrêter Tom Goldberg au plus vite et lui faire une offre que seul un idiot refuserait. Ils avaient vingt-quatre heures pour accepter. S'ils voulaient aller au procès, ils iraient au procès. L'enquête préliminaire à elle seule garantissait que rien ne se passerait avant le jour des élections. Cet agent avait de l'argent, les moyens de quitter le pays, alors il ne serait pas libéré sous caution et resterait derrière les barreaux le temps de l'instruction.

Alexander attrapa entre ses doigts une tranche de bacon et la croqua les yeux fermés, un sourire aux lèvres. *Je viens de me faire réélire. Haut la main...*

Extrait d'une série de conférences présentées par le Dr Ronald Worthon, sociologue

« Une des difficultés majeures auxquelles l'humanité va être confrontée… si elle survit au réchauffement climatique, à la crise énergétique, aux guerres, aux virus et d'une manière générale à la bêtise ambiante… *[rires]* une des difficultés majeures auxquelles l'humanité va être confrontée est la question de l'identité. De l'identité multiple. Nombre d'entre vous, parce que je vois bien que beaucoup parmi vous doivent avoir sensiblement le même âge que moi, qui ai atteint l'âge avancé de cinquante-six ans *[rires]*, donc nombre d'entre vous se rappellent non seulement un monde sans réseaux sociaux, même si les souvenirs s'estompent, hein… mais également un monde sans Internet, sans téléphone portable. Fermez les yeux et rappelez-vous… *[il ferme les yeux]* C'était bien, hein ? *[rires]* Sincèrement… entre nous… c'était mieux avant, on est d'accord ? *[applaudissements dans la salle, entremêlés de quelques huées]* Je plaisante, je plaisante, bien sûr. Pour nous, les vieux, il est difficile, presque impossible, de comprendre de quelle façon les plus jeunes, ceux qui sont nés avec Internet et maintenant, avec les réseaux sociaux, de quelle façon ces jeunes appréhendent la question de l'identité. Pour nombre d'entre eux, le personnage qu'ils peuvent interpréter sur Instagram, TikTok, ou encore sur Discord, s'ils jouent à des jeux vidéo en ligne, peut leur sembler bien plus réel que celui ou celle qu'ils sont dans la "vraie vie".

Bien sûr, vous pouvez, et certains ne vont pas se priver, me traiter de réactionnaire. Mais je pense qu'il existe un danger inhérent à cette personnalité virtuelle que nous développons sur Internet. Ce qui est étonnant, c'est que nous nous y savons scrutés par des inconnus, y compris sur Facebook, je vous rappelle que vos publications y sont visibles certes par ceux que vous appelez vos "amis", mais également par LEURS "amis", que vous ne connaissez pas ; nous nous y savons scrutés par des inconnus, donc, mais cela ne nous empêche absolument pas d'y exposer des tranches de plus en plus intimes de nos vies. Toutefois, un élément différenciant avec la réalité, c'est que nous tentons de contrôler ce que nous exposons. Bien plus que dans le monde physique, réel. Nous partageons des publications mystérieuses, parfois presque mystiques, des "fatigué aujourd'hui, je n'ai pas envie d'en parler". Notez l'ironie de la chose lorsque vous imposez aux gens votre humeur tout en leur imposant également le fait de ne pas vous répondre. Il est même possible sur X… enfin, sur Twitter… d'interdire qu'on vous réponde. Et puis, lorsque vous publiez une photo de vacances, devant un coucher de soleil paradisiaque : combien de photos avant d'avoir la bonne ? Combien de mises en scène ? Combien de filtres pour lisser votre peau, ajuster la lumière, faire ressortir vos yeux… ? En un mot comme en cent, la "réalité" que vous livrez sur les réseaux sociaux, l'intimité que vous pensez partager, l'identité que vous présentez, est une construction. Vous ne dites pas "regardez où je suis", vous ne dites même pas “regardez-moi”, vous dites “regardez ma vie”. Et votre vie doit faire rêver. Vous dites “regardez la vie que je présente comme la mienne”. Nous avons tous pris ce pli : notre vie doit faire rêver. Ou réagir. Vous dites “regardez comme ma vie est mieux que la vôtre”. En tout cas, notre vie ne doit pas vous laisser indifférents, car si notre vie vous laisse indifférents, alors peut-être ne vaut-elle pas la peine d’être vécue. *[tumulte]* Oui, je sais, je sais, je suis parti un peu loin, là.

Alors disons plutôt ceci : si suffisamment de gens pensent que ma vie est géniale, qu’est-ce que ça change si elle ne l’est pas vraiment ? Vous savez… ce n’est pas différent de la vie glamour des stars de Hollywood… c’est un conte. Telle actrice folle amoureuse de tel acteur et leur quotidien idyllique… peut-être… et tant mieux pour eux. Mais je vous assure qu’ils ont tous les deux une mauvaise haleine au réveil, la gueule de bois après une soirée arrosée et qu’il leur arrive autant qu’à vous de se disputer. Peut-être plus, si ça se trouve… *[rires]* Et pourquoi je vous parle de ça ? Parce que aujourd’hui, ces contes ne sont plus limités aux seules stars de Hollywood. Ces contes, sur les réseaux sociaux, nous en proposons tous. Continuellement. Vous dites : “Regardez ma légende.” »

Extrait d'une vidéo YouTube de la chaîne MrReal

« Internet a fait ce dont Internet seul est capable, les gens ! Je peux vous dire que je ne suis pas déçu… Enfin, si, je suis déçu… par vous, hein… Vous êtes des millions, je vous propose du pognon facile et… rien ? C'est pas très sérieux, tout ça… Bon, avant d'arriver au cœur de cette vidéo, on va juste faire un petit bilan sur là où on en est… Il semble y avoir un consensus parmi vous pour dire que "l'homme à la teub" – c'est comme ça que vous l'avez appelé et je dois vous dire : best surnom ever ! –, l'homme à la teub, vous pensez qu'il ne peut s'agir que de Kevin Randal Jones, le streameur… J'ai voulu vérifier, alors je l'ai contacté et je lui ai demandé : "Yo, Kev', c'est toi sur la sex-tape ?" Vous savez ce qu'il m'a répondu ? »

Soudain, la vidéo prend un format vertical au centre de l'écran, un très court extrait, tourné au téléphone, dans lequel on voit Kevin Jones répondre simplement « non ! » en rigolant puis, sans même le temps d'une respiration, la caméra repasse sur MrReal qui n'est plus dans son sempiternel studio aux murs parés de LED multicolores, mais sur une promenade au bord de la mer.

« Par acquit de conscience, parce que je connais quand même mon métier, je lui ai demandé des preuves et là, les gens, il va falloir me croire sur parole parce que même moi, je ne peux pas vous montrer ce que j'ai comme preuve… Il m'a envoyé une photo de sa bite pour que je puisse comparer… et je dois dire que… ce n'est pas lui. Mesdames, si vous voulez tout savoir, mon pote Kev' a une très belle bite, y a rien à dire, vraiment, je suis jaloux – mais bon, on ne peut pas tout avoir, hein –, mais il est très manifestement circoncis. La teub de la sextape, elle, est comme mes vidéos : *uncut*[1] ! »

MrReal se met à marcher, la caméra reste à distance constante de lui, le cadre bien stable, l'image est professionnelle.

« Donc, les cinquante barres que je devais donner à celui ou celle d'entre vous qui identifierait ces parties génitales, je vais finalement les donner à quelqu'un d'autre. Quelqu'un qui fait plus que la police, plus que les médias et plus que vous depuis un mois, à lui tout seul, parce que ce bros qui est mon bro est un des bro les plus talentueux de la toile, c'est mon bro Travis Midsummer. Comment ça roule, Travis ? »

Travis était entré dans le champ à l'instant même où MrReal avait prononcé son nom, à l'endroit exact où Yzzy était apparue dans la vidéo filmée sur cette même plage. MrReal était dans la baie de Boston, et le moins qu'on pouvait dire était que son caméraman

1. En anglais, « *uncut* » peut signifier d'un pénis qu'il n'est pas circoncis ou d'une vidéo qu'elle n'est pas censurée.

était un professionnel. Ça ou alors la prise avait été tournée des dizaines de fois jusqu'à avoir le timing parfait.

« Écoute, R, ça va bien... Mon enquête progresse plutôt bien et je pense que je serai bientôt en mesure d'avancer quelques affirmations sur la disparition d'Yzzy.

— Mon gars, déjà, je voulais te dire, j'adore ton travail, *[regard caméra]* les gens, abonnez-vous à sa chaîne, putain ! C'est un scandale qu'il n'ait pas encore le diamant[1] avec tout ce qu'il fait *[regard Travis]* et je pense que si quelqu'un est capable de retrouver Yzzy, c'est bien toi... Donc déjà, parce que ça me fait plaisir, même si c'était pas précisément le deal que j'ai passé avec ma commu, mais bon, ils ont rien trouvé... *[regard caméra]* pourtant, je pensais que vous vous y connaissiez, en teubs... *[regard Travis]* Alors du coup, ça va être pour toi, mon gars. »

Pendant que MrReal déblatérait, sans qu'il ait besoin de s'interrompre un instant, sans un signe de tête à qui que ce soit hors champ, deux personnes vêtues comme des cheerleaders sexys aux couleurs de la chaîne du youtubeur, une très jolie jeune femme et un moustachu bedonnant dont les plis de chair débordaient de partout, entrèrent dans le cadre en tenant un immense chèque de cinquante mille dollars à l'ordre de Travis.

« Bon, en vrai, mec, je vais te faire un virement, hein, le chèque en carton, c'est une tannée pour

1. Le diamant est un trophée que reçoivent les youtubeurs dont le nombre d'abonnés dépasse les dix millions.

aller l'encaisser, mais en tout cas, bravo pour ce que tu fais…

— Merci, R, vraiment, mais si t'es ok, j'ai un truc à te proposer, ou plutôt… *[regard caméra]* un truc à proposer à ta communauté…

— Ah, vous allez peut-être avoir une chance de vous rattraper, les gens…

— Sur les cinquante mille dollars, tu m'en vires que trente mille, parce que, bon, l'argent, c'est bien, quand même… on dit que ça ne fait pas le bonheur, mais ça paie quand même les recherches et justement, en matière de recherche, les vingt mille autres dollars vont à celui ou celle qui retrouve Rodney Byrne et… *[regard caméra puis zoom en gros plan]* Rodney, si tu regardes cette vidéo, ça vaut aussi pour toi. Tu peux te faire vingt mille dollars juste en prenant contact avec moi… parce qu'il faut qu'on parle, toi et moi. »

40 millions de vues

6.

Angela avait évacué ses nombreux doutes avec le lever du soleil, comme on évacue les bribes d'un mauvais rêve. En arrivant au cabinet, elle était prête à affronter son client. *Il ne va pas continuer longtemps à se foutre de ma gueule. Ou alors il se trouve un nouvel avocat.* Il attendait déjà dans la salle de réunion. Elle prit les devants lorsqu'elle y entra :

— Bonjour, Jim. Je dois vous dire que votre petit numéro d'hier…

— Jim ?

Et de nouveau, la confusion. *Merde, il s'appelle pas Jim.*

— John ! affirma son client.

— John ?

— Ou peut-être Tim ? Hein… Timmy ?

Elle était perdue. Sa détermination s'était soudain évaporée, elle avait l'impression d'être nue à un examen de grand oral.

— Toujours pas de nouvelles d'Yzzy ? demanda-t-il.

— Tom ! Pardon… Tom… je dois dire que… Bon… comment vous faites ? C'est quoi, le truc ?

— Vous pensez que je vous fais un numéro ? Que je vais sortir un six de carreau avec votre signature de la poche intérieure de ma veste ?

Tom sirota bruyamment son café, comme pour signifier qu'il avait marqué le point. Mais ce n'était pas le cas. Angela avait un atout dans sa manche.

— J'ai une question pour vous, Tom. Comment Emily Kovalski se souvient-elle de vous ? C'est une fan d'Yzzy, et je comprends bien que lorsque vous parlez avec elle de son idole, dans ce cas, c'est bon, elle se rappelle votre nom. Mais, selon vos propres dires, elle devrait vous oublier le reste du temps, non ?

— C'est une EXCELLENTE question. À laquelle je n'ai pas de réponse. Et c'est justement pour ça qu'elle est importante pour moi.

— Emily est importante pour vous ?

Tom raconta comment, la première fois qu'il avait rencontré la jeune femme, il s'était éclipsé un instant puis, en revenant, avait fait ce qu'il avait pris l'habitude de faire. Il lui avait dit « c'est moi, Tom » ; et pour la première fois depuis bien longtemps, il avait lu dans son regard une expression facile à déchiffrer et qui signifiait « bah oui, je sais, on vient de passer une demi-heure ensemble, t'es con ou quoi ? ». Emily ne semblait pas oublier qui il était, quand bien même Yzzy ne faisait pas partie de la discussion. Mais il y avait encore des choses à dire avant d'en arriver là. Des choses qui permettraient de mieux comprendre la situation actuelle. Parce que tout le monde mentait au sujet d'Yzzy. Tout le monde. Et il n'y avait que Tom pour le savoir.

★

★ ★

— Un jour, Yzzy avait posté une story de… Miami ? Los Angeles ? Difficile de s'en souvenir, mais c'était sur la côte et, le soir même, il y avait une soirée de gala organisée par une fondation à la con, un truc standard pour lutter contre l'illettrisme ou la faim dans le monde. Le genre de réception en faveur du climat où on fait importer par avion de la neige juste pour la déco, qu'on empêche de fondre à l'aide d'énormes climatiseurs en extérieur, vous voyez ? Et justement, après cette soirée, Sara Felicity, je sais pas si vous la connaissez, c'est une influenceuse *lifestyle*… elle essaie de marcher dans les pas d'Yzzy, mais c'est pas la même histoire… Elle a du succès, hein, elle doit bien avoir ses trois ou quatre millions d'abonnés, maintenant, mais bon… Et faut comprendre un truc, à propos du monde des influenceuses *lifestyle*. En façade, c'est « on est toutes copines, presque des sœurs » ou encore « Yzzy, je l'admire tellement, j'aimerais tellement lui ressembler », mais en coulisse, c'est coups de poignard et saloperies en tout genre. Enfin bref… Sara a posté une story face caméra, elle racontait comment la soirée avait été fabuleuse et comment elle avait « grave sympathisé » avec Yzzy, qui était « adorable » avec elle.

Tom marqua une pause pour ménager ses effets au mieux.

— Et… ? finit par demander Angela.

— Et Yzzy n'est jamais allée à cette soirée… Sara Felicity est une mythomane, ou une opportuniste, ou les deux. Peut-être espérait-elle qu'Yzzy réagirait en disant qu'elle ne la connaissait pas, ce qui aurait eu deux effets : d'abord, en mentionnant Sara, elle lui aurait fait énormément de publicité gratuite ; ensuite, en lui opposant sa parole, elle aurait créé un drama auquel Sara aurait répondu, choquée, expliquant peut-être qu'elle avait voulu être gentille, mais qu'Yzzy était trop ivre pour se rappeler, ou un autre mensonge quelconque. Il aurait fallu à nouveau répondre, et remettre continuellement des pièces dans la machine. D'un autre côté, en ne réagissant pas du tout, on risquait de créer une autre forme de drama, dont les internautes raffolent, celui du non-dit. Les gens adorent les non-dits sur Internet, parce qu'ils sont alors libres d'y placer ce qu'ils veulent, et ce qu'ils veulent est toujours le pire. Yzzy aurait peut-être gardé le silence parce qu'elle ne trouvait pas du tout Sara sympathique, ou alors parce qu'elle était jalouse, mais dans ce cas : de quoi ? De son petit ami, certainement, puisqu'on ne prêtait pas de relation à Yzzy, c'était donc qu'elle n'en avait pas…

» Bref, nous en avons discuté, avec Yzzy, et sa conclusion a été simple : fais au mieux. Et c'est exactement ce que j'ai fait. J'ai trouvé une publication qui datait de la soirée sur le compte de Sara, et j'ai liké puis commenté la photo, en utilisant le compte d'Yzzy. J'ai mis un truc du style « une belle rencontre avec une belle personne ». Un truc générique sur Internet, mais qui fait très profond pour les abonnés. C'est ainsi qu'on a désamorcé Sara Felicity. Je vous raconte ça, parce qu'elle a fait plusieurs stories Insta pour parler de comment elle aide la police de Boston à progresser dans son enquête, donc je pense qu'il est nécessaire que vous sachiez que cette femme n'a jamais, ni de près ni de loin, eu le moindre contact avec Yzzy.

Angela était abasourdie. Non seulement ce qu'elle savait de l'avancement de l'enquête se révélait être, si Tom disait vrai, un mensonge dans toute sa longueur, mais de plus son client s'était joué d'elle depuis des semaines.

— Pourquoi ne pas m'avoir raconté tout ça plus tôt ?

— Qu'est-ce que vous voulez que je vous dise, répondit-il, c'est ce métier qui est comme ça… C'est comme pour Kevin, qui a été également entendu par les flics. Internet lui prêtait une relation avec Yzzy qui n'a jamais rien démenti, et depuis qu'elle a disparu, il passe son temps à détailler tout ce qu'ils faisaient ensemble. Vous croyez qu'il fait ça pour aider ? Pas du tout ! Il fait ça pour ensuite expliquer à qui veut bien l'entendre qu'il fait partie de l'enquête, donner ses petites théories sur la disparition d'Yzzy… Il veut juste un peu de lumière, lui aussi. Depuis plus d'un mois, l'affaire… pardon… « L'AFFAIRE » de la disparition d'Yzzy, c'est pain bénit pour les réseaux sociaux. Tout le monde veut en être. Vous savez combien de milliers de mails j'ai virés sans même les consulter ? Même moi, je suis invité partout ; y a des gars sur Twitch, qui normalement passent leur temps à se filmer en train de jouer à Minecraft, qui veulent que je vienne sur leur chaîne parler des déboires d'Yzzy. Sa disparition, en vrai, ils n'en ont rien à foutre ! Ils ne souhaitent même pas particulièrement qu'on la retrouve… Tant qu'elle n'a pas refait surface, tout est bon pour théoriser : la drogue, le sexe, le trafic d'humains… Elle est devenue une esclave sexuelle à Dubaï pour une année contre vingt millions de dollars… Non, elle a claqué cent briques à la roulette et est recherchée par la mafia russe… non, chinoise… Elle a été enlevée par des extraterrestres comme représentant femelle de l'humanité dans un zoo intergalactique… Tout, et surtout n'importe quoi, tant qu'on a quelque chose à raconter. Vous pensez que quelqu'un dans cette histoire s'intéresse à la vérité ? Soyez sérieuse un instant, s'il vous plaît. On parle d'un univers dans lequel il n'est plus permis de dire à quelqu'un qu'il se trompe s'il prétend que la Terre est plate. On doit lui dire qu'on n'est pas d'accord, que le consensus scientifique penche plutôt pour une Terre ronde… Vous entendez ce que je dis ? Vous ne pouvez pas dire à quelqu'un, qui prétend que la Terre est plate, de gentiment fermer sa gueule… Si vous le faites, des gens vous tomberont dessus pour vous insulter, vous menacer… des gens dont vous finirez par vous dire que ça doit être leur métier, vu le temps qu'ils sont prêts à y passer. Et si vous pensez que vos amis vous défendront, c'est que vous n'avez rien compris au fonctionnement d'Internet. Personne d'influent ne viendra vous défendre. Vos fans, oui, ils vous défendront. Tout comme certains vous défendront également si vous dites, justement, que la Terre est plate – pas tous, heureusement. Mais vos amis ? Vos collègues ? Non. Vous êtes seul. Quand vous faites ce métier, la réalité du milieu est que vous êtes seul.

— Quand vous parlez de Kevin, vous parlez de Kevin Jones ?

— Lui-même. Sa Sainteté sérénissime Kevin Randal Jones. Il manque juste un « troisième du nom » à la fin pour vraiment boucler le truc…

— Il a été entendu par la police…

— Je sais bien qu'il a été entendu par la police. Tout le monde sait qu'il a été entendu par la police. Parce qu'après sa petite visio avec notre bon O'Maley, il a tout raconté en direct dans un talk-show merdique sur Internet. Y compris le fait que l'inspecteur lui avait demandé de ne justement pas en parler sur Internet. C'était bien, ça… un bon moment de la toile. Il a fait un coup à trois bandes, le petit Kevin. D'abord, il raconte qu'il participe à l'enquête, qu'il a été interrogé par la police et qu'il s'est montré coopératif. Ça fait parler de la disparition d'Yzzy, donc l'audience arrive ; la police s'intéresse à lui, c'est un *bad boy*, et comme il a été coopératif, c'est donc un *bad boy au grand cœur*. Ensuite, ça lui permet à nouveau de rappeler en long et en large qu'il a entretenu une liaison avec Yzzy, donc c'est un séducteur. Il n'en dit que du bien, donc ce n'est pas un salaud. Ils ont rompu parce que son travail, et donc son public, est plus important que sa vie amoureuse, donc il place l'amitié de sa communauté au-delà de sa propre personne. Je sais pas si vous avez entendu parler des relations parasociales, mais de ce point de vue, c'est un cas d'école. Et enfin, vu qu'il raconte tout alors que l'enquêteur chargé de l'affaire lui a expressément demandé de fermer sa grande gueule de con, ça montre qu'il a bien plus confiance en son public qu'en la police, et en ce moment, ce genre de démagogie est parfaitement efficace. Parce qu'il s'agit bien de démagogie, hein, qu'on soit clair ; ce tocard n'a aucune confiance dans son public, hein… eux croient peut-être avoir un lien particulier avec lui, mais faut surtout pas être dupe, il en a rien à foutre, de son public. Ce qui compte, pour lui, c'est l'argent qui rentre, les filles qu'il se tape, et le nombre d'abonnés qui monte. C'est tout. Le reste, c'est secondaire.

★
★ ★

Angela n'avait pas l'habitude de voir Tom s'énerver ainsi ; elle interpréta cette exaspération comme de la jalousie, mais se garda bien de l'exprimer. *Il faudra, cependant*, pensa-t-elle. *Lorsqu'une personne disparaît, la jalousie fait partie des mobiles les plus récurrents.* Mais pas maintenant. Il fallait d'abord revenir sur cette histoire invraisemblable de gens qui oubliaient le nom ou le visage de Tom. Assise, là, face à lui, Angela n'avait aucune difficulté à se rappeler qui il était. Pourquoi raconter ces absurdités ? Y croyait-il lui-même ? Sinon qu'espérait-il en prétendant de telles choses ?

— Tom, je voudrais revenir sur ce que vous m'avez confié hier… sur le fait que les gens… vous oublient, je ne sais pas comment le dire autrement…

— M'oublient, c'est parfaitement ça.

— De vous à moi, on est entre nous, rien ne sort de cette pièce et je ne prends pas de notes… pourquoi cette histoire ?

— Je comprends votre réticence ; j'ai moi-même mis des mois à l'accepter. Je vais tout de suite être clair avec vous, je ne sais pas l'expliquer. Je n'ai rien sur quoi m'appuyer pour justifier ce phénomène. Je le constate, c'est tout. Il n'y a aucune raison neurologique ou psychologique puisque, comme vous l'avez prouvé vous-même encore ce matin, ce n'est pas dans ma tête, aucun phénomène sociologique connu ne ressemble à ce que je vis. La seule chose que je peux affirmer, parce que je l'ai constatée, c'est que depuis que je travaille avec Yzzy, plus sa notoriété augmente, plus je suis reconnu dans le métier comme son agent, et moins je suis visible en tant qu'individu. La corrélation est nette.

— Elle est peut-être nette pour vous, mais je ne suis pas sûre que…

— Peu importe que vous me croyiez ou non sur les détails, il est essentiel que vous me croyiez sur le fond. Comment puis-je vous prouver ce que je dis ?

— Qu'est-ce que ça change, que je vous croie ou non ?

— Pour que je redevienne visible, pour que je puisse de nouveau exister, il était absolument indispensable qu'Yzzy disparaisse. Et ça fait de moi le suspect numéro un, vous comprenez ?

7.

Peut-être l'inspecteur O'Maley aurait-il dû se sentir soulagé par la situation ; ce n'était pas le cas. Selon ses propres termes, lorsqu'il en avait parlé à son capitaine, il s'était « fait baiser sans même baisser son froc ». Toute son enquête tombait quasiment à l'eau. Steve avait rejoint les forces de l'ordre après le lycée parce qu'il avait une grande estime pour l'institution, comme son père avant lui. Chez les O'Maley, on était flic de père en fils. Et fier de porter l'uniforme bleu au sigle BPD. En bon idéaliste, il était persuadé qu'il pourrait faire des choses utiles pour sa ville, l'améliorer, juste un peu, mais l'améliorer tout de même. Il vivait avec la conviction que les petits ruisseaux faisaient les grandes rivières et que, petit à petit, il était possible de rendre le monde meilleur ; à condition bien sûr de mettre la main à la pâte, et il ne renâclait pas. Jamais. Il ne comptait pas ses heures même si, comme tous ses collègues, il attendait la retraite avec impatience. C'était peut-être un cliché, et il s'en moquait, mais il rêvait de diriger un bar qui accueillerait les policiers de Boston. Il tirerait lui-même les Guinness, et marquerait sur la mousse non le trèfle traditionnel, mais la forme de leur badge. Oui, Steve O'Maley considérait être ce qu'on appelle raisonnablement un bon flic. Et comme tout bon flic, il détestait plus que tout au monde, plus que les dealers de drogue, plus que les voleurs de voitures, peut-être même plus que les assassins, même s'il n'oserait jamais l'avouer, il détestait plus que tout au monde les magouilles politiciennes. Un meurtrier, c'était un criminel qui commettait l'irréparable en tuant une personne. Peut-être deux, ou même cinq. Mais les magouilles politiciennes causaient du tort et parfois coûtaient la vie à des dizaines, des centaines ou des milliers de citoyens qui, évidemment, faisaient toujours partie de la population la plus pauvre de la ville. Alexander Harris lui avait coupé l'herbe sous le pied, la veille. Steve n'aimait pas l'enquête qu'il menait, il n'aimait pas ce dossier, savait que l'impatience médiatique biaisait tout ce qu'il faisait, il n'aimait pas ces témoins qui s'empressaient de raconter tout ce qu'ils savaient sur Internet dès leur sortie du poste, n'aimait pas cet agent dont l'avocate surveillait chaque parole, n'aimait pas les stars. Elles étaient comme les politiciens. Sous prétexte qu'on les reconnaissait dans les rues, elles se croyaient tout permis.

Steve n'avait pas changé d'avis. Il restait persuadé que cette Yzzy était en vacances au Mexique, à s'enchaîner des margaritas et pourquoi pas des rails de coke, que dans le meilleur cas son agent n'en savait pas grand-chose et, dans le pire, qu'il avait tout organisé. On parlait de ses problèmes de drogue, une sextape avait circulé, il fallait se rendre à l'évidence : la réputation de la « jeune femme idéale » avait du plomb dans l'aile. Et rien de tel qu'une petite frayeur pour la faire remonter en flèche. C'était même assez malin, O'Maley le reconnaissait lui-même. Mais la ville de Boston méritait bien plus d'attention que cette histoire. Depuis plus d'un mois que l'enquête durait, près de quarante mille personnes avaient été portées disparues dans tout le pays. Aucune d'entre elles n'avait bénéficié d'un tel engouement. Combien de familles brisées, combien de questions qui resteraient éternellement sans réponse ? Statistiquement, cela voulait dire que des centaines avaient disparu dans le Massachusetts. Des dizaines à Boston. Et lui devait se consacrer à une seule simplement parce qu'elle était célèbre ? Décidément, O'Maley détestait la politique. Le procureur général de l'État qui intervenait dans l'enquête, ça faisait partie de ses prérogatives, bien sûr ; mais Steve aurait préféré le voir s'intéresser à d'autres affaires. Lorsqu'il avait dû relâcher un père de famille dont il était convaincu qu'il abusait sexuellement de son fils de quatre ans, Harris était resté aux abonnés absents. Bien sûr. Pas question de s'afficher devant un tel échec. Et où était Alexander Harris, alors simple procureur, lors du scandale de l'Église qui couvrait ses prêtres pédophiles ? Nulle part. Ça, après les attentats du marathon, il en avait fait, des plateaux télé, pour parler du courage de la population, pour parler des libertés et de la Constitution à qui voulait bien l'entendre. Peut-être qu'il avait été piégé par la presse et aurait sans doute préféré garder le silence sur cette affaire, ne pas s'en mêler, et cela aurait été tout à fait satisfaisant pour O'Maley. Mais on était dans une année électorale, Harris devait se montrer et ne pas éluder les questions. Il fallait prouver que le Massachusetts en général et Boston en particulier étaient sûrs pour tous les citoyens, des plus anonymes aux plus célèbres, des résidents aux touristes. Et dès que le procureur avait pris publiquement la parole sur la disparition de l'influenceuse, O'Maley avait compris que c'était plié. Même s'il n'avait pas anticipé à quel point.

Son intervention durant l'interrogatoire de l'agent d'Yzzy, Tom Goldberg, était une grave erreur stratégique, ne serait-ce que parce que l'inspecteur n'en était pas informé. Harris était entré, avait fait signe de couper la caméra, puis avait formulé son offre. Ou, plus justement, avait délivré son ultimatum. Parce que c'était de ça qu'il s'agissait. Il avait parlé au nom des services de police qui s'occupaient de l'enquête, c'est-à-dire de l'inspecteur lui-même, et lui avait attribué des propos et des convictions qui n'étaient pas les siens. « Nous savons que vous êtes responsable de la disparition d'Yzzy ou, a minima, que vous en êtes un complice. » Il avait dit ça à Tom Goldberg, devant son avocate, sans même l'ombre d'un début de preuve de l'existence d'un crime ou d'un délit. Et sans ciller. O'Maley devait respecter la hiérarchie, se rappeler que Harris et lui étaient dans le même camp. Alors il avait fermé sa gueule. La seule pensée qui l'avait traversé en dehors d'un monceau d'insultes destinées au procureur, c'était : *Les interrogatoires sont terminés, il ne nous dira plus un seul mot.* Quand cet escroc de Harris avait fait son offre ridicule, O'Maley s'était surpris à partager les mêmes expressions que maître Sciavone, tant cette proposition ne voulait rien dire. Cela s'apparentait à interpeller un automobiliste lambda et lui dire : « Nous savons qu'il vous est déjà arrivé de faire un excès de vitesse une fois dans votre vie, alors acceptez une contravention, sinon nous allons vous arrêter. » *L'arrêter pour quoi, exactement ? Il n'y a pas de corps, pas de trace de lutte, pas de quoi montrer le moindre dossier... De quoi parle-t-on, là ?*

D'un revers maladroit de la main, O'Maley fit tomber son mug « Meilleur papa » encore plein de café, qui se brisa contre le carrelage de la cuisine. Il pestait à ramasser les plus petits morceaux, manquant de se couper à plusieurs occasions, quand une pensée traversa son esprit. Il se figea. Il posa les restes de la tasse sur la table et se rassit sur sa chaise pour réfléchir. Et s'il venait de comprendre quelque chose… L'idée avait été fugace, partie aussi vite qu'elle avait surgi. Il ne devait rien brusquer pour la faire revenir. Il devait retrouver l'endroit exact de son esprit où elle était passée. Ainsi seulement pourrait-il se donner toutes les chances de la revoir. Il s'était énervé contre cet imbécile de proc et avait fait tomber sa tasse. Il avait imaginé cet automobiliste qu'on arrêterait pour rien. *On l'arrêterait bien pour rien, puisqu'il n'y avait rien, aucune preuve.* Oui, il était sur la bonne voie. C'était comme cette affaire. *Aucun corps, aucune trace de lutte, il n'y a même pas une fibre ou une empreinte... en réalité, il n'y a même aucune...*

Il se leva si brusquement qu'il en eût brisé sa tasse au sol si ce n'était pas déjà fait. L'idée faisait son chemin. Il n'avait que quelques heures pour la suivre avant le terme de l'ultimatum ridicule du procureur. O'Maley n'avait donc pas de temps à perdre, et il se précipita vers sa voiture, laissant refroidir son café qui encerclait un archipel d'éclats de tasse sur le sol de sa cuisine. Une seule pensée en tête, l'inspecteur se rendait au commissariat pour tout reprendre. *Et si...*

★
★ ★

Arrivé au poste, il traversa le hall principal sans un regard pour qui que ce soit et se rua à son bureau au premier étage. Quelque chose le gênait depuis un moment, et il lui semblait enfin avancer dans la bonne direction.

Il s'était tellement laissé écraser sous la pression médiatique et par sa hiérarchie qu'il n'avait pas pris le temps de se poser la première des questions qui se posent au sujet de n'importe quelle enquête : « Qu'est-ce que je sais de façon certaine ? »

O'Maley attrapa son carnet jaune, dont la moitié était couverte de notes prises pendant les différents interrogatoires. Il avait bien sûr accès aux enregistrements mais, tradition oblige, faisait plus confiance à son instinct et à ses notes. Il parcourut les pages pour y trouver la confirmation de son intuition : Yzzy était arrivée dans un jet privé avec Goldberg. Le jet avait effectivement atterri à l'heure dite par l'agent, mais personne n'avait vu l'influenceuse en descendre. D'après Goldberg, aucune caméra de surveillance ne montrerait Yzzy monter avant le décollage. O'Maley le croyait. Ses tripes lui disaient que c'était exact, elle n'apparaîtrait sur aucune des images de sécurité. Pour autant, elles lui disaient également que Tom mentait. Certes, aucune image d'Yzzy en train de monter dans l'avion, mais pour la simple raison qu'elle n'avait jamais pris cet avion.

Ils étaient censés avoir pris un véhicule de location, loué par Goldberg, pour faire le trajet jusqu'à l'hôtel. Ils étaient arrivés directement dans le parking. Les images montraient la voiture, mais ne permettaient pas de déterminer si Tom était seul à l'intérieur. Les caméras de surveillance avaient alors été coupées le temps qu'Yzzy rejoigne sa suite, dont elle n'était plus sortie jusqu'à sa disparition. À l'exception d'un réceptionniste et d'une femme de chambre, aucun membre du personnel n'avait vu Yzzy. Selon Goldberg, c'était justement le but recherché. *Mais si je mets de côté deux minutes les deux témoins, si, comme ce petit con de mentaliste, je me dis qu'ils mentent, si j'oublie tout le bla-bla des journalistes sur l'heure présumée de sa disparition et sur comment elle a pu échapper aux caméras, si j'oublie deux minutes que tout le monde est convaincu qu'elle a effectivement disparu de sa chambre sans y laisser ne serait-ce qu'un poil de cul, l'hypothèse évidente est qu'Yzzy n'est pas venue à Boston.*

★

★ ★

O'Maley n'était pas un scientifique ; c'était un catholique qui considérait que l'univers avait été créé par une entité selon un plan précis. *Intelligent design*, voilà comment ça s'appelait. Mais il n'était pas fermé pour autant et comprenait bien que la science était utile. Souvent, dans ses enquêtes, il s'appuyait sur des données scientifiques pour résoudre des crimes. Mais il n'avait pas reçu de formation dans ce domaine. Ou alors, très peu... Et de ce peu de formation, il avait retenu une chose essentielle, admirable, qu'on désignait souvent sous le nom de rasoir d'Ockham. Il aurait été bien incapable de donner sa formulation précise, que ce soit sous sa forme latine de *lex parsimoniae*, principe de parcimonie, à savoir : *Pluralitas non est ponenda sine necessitate*, littéralement « les multiples ne doivent pas être utilisés sans nécessité », mais il savait le résumer de façon simple et claire : lorsque plusieurs hypothèses sont possibles, il faut privilégier celle qui soulève le moins de nouvelles questions. Et O'Maley n'aurait pas été surpris d'apprendre que ce raisonnement était l'œuvre d'un moine franciscain, Guillaume d'Ockham.

Dans un cas, une personne physique que n'importe qui est susceptible de reconnaître arrive à monter dans un avion, en descendre, se rendre en voiture à un hôtel, puis dans une chambre, le tout sans que quiconque croise son chemin, pour enfin s'en évaporer en ne laissant derrière elle pas même un brin d'ADN ; dans l'autre cas, la personne en question n'est jamais venue. *C'est évident*, pensa-t-il, désormais soulagé d'un immense poids. *Elle n'est pas venue à Boston. Point.* On allait lui rétorquer qu'elle avait publié des stories de son arrivée, sur le tarmac, dans la voiture avec en arrière-plan le parc Boston Common. Mais rien ne disait quand ces stories avaient été enregistrées, et sans le téléphone d'Yzzy, impossible de le savoir. Elle avait pu prendre ces photos une semaine, un mois ou un an plus tôt, pour ne les poster que maintenant. Et si tel était le cas, elle avait participé à sa propre disparition. Il suffisait de peu pour que cette théorie soit la réalité. Il suffisait de pouvoir démontrer qu'on lui avait menti. Très peu de personnes auraient eu à le faire. Seules quatre prétendaient avoir vu Yzzy durant ce « séjour » : le réceptionniste, qui mentait sûrement ; la femme de chambre, qu'il avait fallu quasiment forcer à reconnaître qu'elle l'avait entraperçue, devant son boss qui plus est ; son agent ; et cette fan, Kovalski.

Goldmachin, l'agent… euh, Goldberg pouvait tout à fait mentir pour sa cliente, y compris à la police, O'Maley en était convaincu. Même chose pour la groupie : si son idole, ou même Tom, lui avait demandé de mentir, elle aurait menti. Après tout, elle ne disait rien de très compromettant, alors pourquoi pas ? *Ou alors, peut-être même que…*

O'Maley se refusa à trop imaginer, car il était facile, il le savait, de se persuader lorsque tout devenait clair.

C'était un écueil classique de jeune recrue : l'affaire paraît simple, évidente, alors on fait entrer absolument tous les éléments dans la même case, et on se dit qu'on peut clore le dossier. Mais la plupart du temps, certains éléments ne font pas partie du dossier : oui, le type a braqué l'épicerie et s'est ensuite réfugié chez son pote, mais ça ne signifie pas nécessairement que le pote en question est dans le coup, ni qu'il sait qu'il héberge un criminel en fuite. Alors peut-être, avait pensé O'Maley, que la fan était complice. *Oui, peut-être. Mais peut-être pas.* Il n'était pas nécessaire qu'elle fût de l'organisation du truc pour que sa réalisation soit un succès, alors *peut-être pas. Et si Yzzy n'est pas venue à Boston, soit elle se terre quelque part, soit elle est prisonnière quelque part. Et dans ces deux cas, Goldberg est dans le coup. Je peux le faire tomber. J'espère qu'il va refuser l'offre de Harris parce que s'il accepte, il s'en tirera vraiment à bon compte.*

8.

— Je sais que c'est difficile à croire, ou même à entendre. Je le vois dans vos yeux : vous savez bien que je ne suis pas cinglé, alors vous vous demandez pourquoi j'ai inventé un tel truc. Vous l'avez éprouvé vous-même, mais c'est trop dingue, alors votre cerveau refuse tout simplement de l'entendre.

Tom Goldberg parlait lentement, posément, bien plus qu'à son habitude ; Angela Sciavone écoutait quant à elle comme toujours avec l'attention qui faisait sa profession. Il était en train d'insister sur son histoire de… d'effacement… ou de transparence, ce n'était pas clair, et l'avocate se jouait mentalement tous les scénarios qui pouvaient justifier une telle explication. Elle commençait à se dire qu'il avait dû, en effet, faire quelque chose à Yzzy. Ce jeune homme était coupable de sa disparition, il sentait l'étau se resserrer autour de lui et tentait n'importe quoi pour s'en sortir, quitte à imaginer une histoire aussi abracadabrante que celle-là.

— Il y a quelques semaines, peut-être quatre ou cinq jours avant de venir à Boston, je me suis fait une frayeur, sans doute la plus grande de ma vie. J'étais dans mon appartement, à New York ; à mes côtés dormait, totalement nue, une Éthiopienne, un superbe mannequin, que j'avais rencontrée la veille à une soirée et... Enfin bref, quand elle s'est réveillée, elle m'a regardé avec ses yeux en amande d'un noir profond, j'ai vu sur son visage cette expression que je connais désormais si bien et qui semble dire : *Je ne me souviens pas de qui tu es, et je ne sais pas si j'ai bien fait de passer la nuit ici...* Et au moment de lui rappeler qui j'étais, pendant un instant... très court, mais un vrai instant tout de même... j'ai oublié mon prénom. Il m'a fallu visualiser Yzzy pour me le remémorer. Je pense qu'elle n'a pas remarqué mon hésitation, mais un sentiment de panique m'a envahi, comme jamais. Du genre qu'on doit éprouver juste avant de mourir, au moment où l'on sait que c'est inévitable. Et... je ne peux pas en être certain, hein, c'est peut-être mon cerveau qui me joue des tours a posteriori, mais j'aurais pu jurer alors que je voyais un peu à travers mon corps... J'étais en appui sur mon bras, à côté d'elle, et je pourrais jurer avoir vu le drap par transparence pendant un instant.

Le regard d'Angela Sciavone avait changé ; un changement certes subtil mais pas au point que Tom ne s'en rende pas compte. Comme il l'avait bien identifié, elle se demandait jusque-là pourquoi il inventait tout ça. Mais depuis sa dernière phrase, un verrou avait sauté : et si, au fond, il n'était pas tout simplement cinglé ?

*

* *

— On est bien d'accord, je peux vous raconter n'importe quoi, vous devrez le garder pour vous, pas vrai ?

— C'est le privilège client-avocat, je serais radiée si je trahissais le secret professionnel.

— Et pour les crimes ?

— Quoi, pour les crimes ?

— Si je vous avouais un crime, là, vous n'auriez pas l'obligation de me signaler ?

— Absolument pas. Là où ça pourrait être plus subtil, c'est si vous aviez l'intention de commettre un crime, ou bien si vous me demandiez conseil pour couvrir un crime. Dans ces deux cas, notre relation perd tout privilège. Et notez bien que la confidentialité de nos échanges n'existe que pour vous protéger vous, pas moi. Je n'ai pas le droit d'informer qui que ce soit de ce dont on discute sans votre accord, mais vous pouvez le faire sans problème. Si vous parlez à tort et à travers, vous ne pouvez pas ensuite prétendre à une violation de la confidentialité.

— Mais donc, pour un crime passé, je…

— Je vous arrête tout de suite, Tom. Vous avez vu ? Je me rappelle votre nom, Tom. Si vous avez l'intention de m'avouer un crime que vous auriez commis, quel qu'il soit, je n'ai pas le droit de mentir ensuite à ce sujet. Je peux garder le silence, mais pas prétendre que vous ne m'avez rien dit.

— Oui, je comprends et…

— Et encore une fois, s'il s'agit de la disparition d'Yzzy, faites bien attention à ce que vous allez me dire.

— Il ne s'agit pas de ça. Il s'agit d'un… d'une expérience que j'ai réalisée il y a six mois… à Los Angeles, je crois bien… Beverly Hills. J'étais dans une boutique pour acheter un téléphone portable, parce que l'un des miens avait rendu l'âme. Et lorsque le vendeur m'a tendu un appareil, j'ai voulu essayer quelque chose. J'ai… j'ai braqué le magasin.

— Quoi ?

— Oui, j'ai sorti une arme de ma veste, un jouet, j'ai demandé au vendeur de verrouiller la porte d'entrée, il devait y avoir cinq ou six personnes dans la boutique, je lui ai fait vider sa caisse… C'était juste pour le test, hein, y avait à peine six cents dollars, les gens paient par carte, maintenant… Je lui ai fait me remettre le disque sur lequel il enregistrait les images de surveillance, puis il a ouvert la porte et je me suis enfui.

— Pourquoi vous avez fait un truc pareil, Tom ? Et pourquoi vous me racontez ça maintenant ? Vous comprenez que je suis sans doute le seul soutien que vous ayez aujourd'hui et…

— Attendez, je n'ai pas fini. Je me suis donc enfui, j'ai fait le tour du pâté de maisons, et je suis revenu dans la boutique. J'y suis resté jusqu'à ce que la police arrive. Je voulais savoir, je voulais savoir si quelqu'un se souviendrait… de quoi que ce soit.

— Vous êtes sérieux ?

— Lorsque la police est arrivée, ni le vendeur ni aucun des clients témoins de la scène n'était simplement capable de dire si le voleur était blanc, noir, si c'était un homme ou une femme, comment il, ou elle, était habillé… rien. J'étais là, dans la même pièce, le disque dur de la caméra de surveillance en poche. Lorsque les policiers m'ont questionné, je leur ai répondu que j'étais arrivé après l'incident, personne ne se rappelait ma présence pendant le braquage. Je suis reparti tranquillement. Comme si de rien n'était.

Tom avait sorti de sa poche son smartphone qu'il manipulait tout en terminant son histoire. Si bien qu'à peine les derniers mots prononcés, il put en présenter l'écran à Angela qui mit quelques instants à comprendre ce qu'elle voyait. Les images provenaient d'une caméra de sécurité dans le magasin que Tom était en train de braquer.

— Et vous voulez que je fasse quoi de cette histoire exactement ?

— Rien. Vraiment, rien. Dans quelques minutes, vous oublierez cette vidéo. Inutile de protester, je sais de quoi je parle. Vous vous rappellerez que je vous ai montré les images d'un braquage, mais vous aurez oublié qu'il s'agit de moi. Parce que ça ne concerne pas Yzzy. Non, vraiment, je me suis joué tous les scénarios et c'est la seule issue possible. Il faut qu'Yzzy disparaisse. Définitivement. C'est le seul moyen pour moi d'avoir une existence réelle dans le monde, d'échapper à cette… agonie permanente.

Angela avait peur de ce que Tom tentait de lui dire. Elle devait revoir toute sa stratégie. D'un côté, l'offre du procureur n'avait aucun sens, ils n'avaient rien, c'était évident. Mais si, comme il semblait lui-même être sur le point de l'admettre, Tom avait fait disparaître Yzzy, elle devait évaluer bien plus précisément les risques avant de rejeter une telle proposition. Cette affaire était importante pour sa carrière, elle le savait ; sa médiatisation était planétaire. S'il y avait un procès, le monde entier connaîtrait son nom. En cas de victoire, elle irait rejoindre dans la conscience collective les Alan Dershowitz et Johnnie Cochran[1]. Mais son éventuel échec serait également planétaire. L'offre du procureur faisait sens, si ce dernier avait quelque argument que ce soit dans son dossier ; dossier auquel elle n'aurait pas accès tant que Tom ne

1. Alan Dershowitz est connu pour avoir fait acquitter Claus von Bülow en 1985, et Johnnie Cochran, O.J. Simpson en 1995.

serait pas arrêté et, si Tom était arrêté, l'offre ne tiendrait plus. Elle était coincée, et devait trouver un angle.

— Tom… Essayez-vous de me dire que vous avez fait disparaître Yzzy ?

— Pourquoi, j'ai pas été assez clair ?

9.

Chaque fois que Tom rentrait chez lui, à New York, il se faisait la même réflexion. Depuis qu'il vivait dans les beaux quartiers de Manhattan, le constat ne variait pas. Bien sûr, Brooklyn ne lui manquait pas. Les touristes adorent Brooklyn, mais il y avait suffisamment vécu pour une vie entière ; il n'en supportait plus les sons, les saveurs, les odeurs. L'humidité y était plus ou moins la même que sur la grande île, mais rien à faire, Tom adorait Manhattan autant qu'il détestait Brooklyn. Cependant, il était bien forcé de lui reconnaître honnêtement une qualité. Brooklyn respirait. Fort. Et là, entrant dans son appartement qu'il avait quitté il y a, quoi, dix jours ? Quinze ? Il avait perdu le fil ; c'était ça aussi, être l'agent d'Yzzy. Et donc Tom, retrouvant le somptueux appartement payé grâce à ses commissions, se dit que ce lieu vivait en apnée. Il semblait retenir son souffle chaque fois que le jeune homme le quittait. Rien ne bougeait. Tout persistait à rester désespérément tel qu'il le laissait, c'était décourageant. Malgré l'argent, malgré le succès, c'était une piqûre de rappel : Tom ne devait pas oublier qu'au bout du compte il n'avait rien ni personne. Et il se faisait déjà cette réflexion avant que le concierge de l'immeuble cesse de le reconnaître, avant que chaque fille qui s'offrait à lui le soir ne l'observe, le regard plein d'interrogation, le lendemain matin, semblant se demander si elle avait été droguée pour ne pas savoir ainsi avec qui elle avait passé la nuit. Tom avait obtenu tout ce qu'il pouvait souhaiter dans la vie, et c'était aussi ce qui faisait son enfer personnel. Il avait vaguement en mémoire une courte nouvelle qu'il avait lue, pour l'école, lorsqu'il devait avoir quatorze ou quinze ans, dans laquelle le protagoniste pactisait avec le diable. Tom ne se rappelait plus ce qu'avait demandé ce personnage, la célébrité, l'argent, le pouvoir ou l'amour, peu importe, mais il se rappelait bien, en revanche, que le diable avait joué sur les mots. Comme si le gars avait souhaité être immortel et avait été figé dans le temps, le diable ricanant en partant : « Tu vois ? Tu es immortel, maintenant. » Tom avait le nom de l'auteur sur le bout de la langue. *Un auteur français... Le Clézio ? Peut-être... Non, pas Le Clézio... Gougaud ! Henri Gougaud !* Toujours est-il que Tom se sentait comme ce personnage qui avait demandé quelque chose au Malin et obtenu exactement ce qu'il avait demandé, mais aurait tout de même été piégé. *Riche et célèbre, voilà ce que j'aurais pu demander, et je le suis. Mais les gens m'oublient immédiatement après m'avoir vu. Ils se souviennent de la célébrité, c'est moi qu'ils oublient.* Tom était devenu l'homme invisible. Il en avait profité et en profiterait encore un peu, mais plus que tout au monde, il souhaitait qu'on se souvienne de lui. *Je ne suis pas l'homme invisible*, pensa-t-il. *Je suis l'esprit damné du père de Hamlet. « Adieu, adieu, remember me*[1]. »

1. « Adieu, adieu, souviens-toi de moi », *Hamlet*, I, 5, William Shakespeare.

*
* *

Pendant un temps, il trouvait chaque jour le courage, ou la lâcheté, de distraire son attention de sa malédiction. Il en jouait autant qu'il le pouvait, faisait tourner des employés de boutique ou des serveurs de restaurant en bourrique ; il visitait des banques et, alors qu'il n'en avait financièrement pas besoin, se faisait servir des liasses entières de billets que les banquiers s'empressaient d'oublier avoir données. Il lui est même arrivé d'aller harceler deux filles dans une boîte, volontairement, grossièrement, pour ensuite apparaître à nouveau devant elles, prétendant avoir viré le rustre qui les emmerdait. Il avait fini par les baiser toutes les deux le soir même, sur le tapis épais de son living, face au mur entièrement vitré qui donnait sur Central Park. Les filles avaient été séduites par sa chevalerie, lui avait été séduit par leur cul. Il devenait quelque chose qu'il n'aimait pas, mais n'en ressentait pas de culpabilité. Il n'avait pas demandé à devenir invisible, mais il n'allait certes pas se priver des avantages que cette situation lui offrait. Pour lui, c'était comme être handicapé et refuser de se garer sur une grande place de parking, pile devant l'entrée, chaque fois qu'il irait faire des courses. Ce n'était pas sa faute, il n'avait rien souhaité de tout cela. Il n'avait pas à s'en vouloir, et personne n'avait le droit de lui en vouloir. De toute façon, personne ne se souvenait de lui suffisamment longtemps pour lui reprocher quoi que ce soit. On pourrait croire que baiser dans ces circonstances était facile, mais ce n'était pas le cas. Lorsqu'il avait jeté son dévolu sur une fille, Tom ne devait pas sortir de son champ de vision plus de quelques secondes. Chaque fille qui finissait dans son appartement voulait se rendre dans la salle de bains pour se « rafraîchir », quoi que cela pût signifier : se recoiffer, se poudrer le nez, vérifier qu'il n'y avait rien de coincé entre les dents, prendre un rail de coke ou simplement aller chier. Tom devait garder un contact constant. Il devait l'accompagner ou, a minima, continuer à parler sans s'interrompre. Un silence de quelques dizaines de secondes pouvait suffire pour que la fille ne reconnaisse plus son compagnon de l'heure et se barre en hurlant.

Tom essuyait également des refus. Y compris lorsqu'il expliquait sa relation avec Yzzy. Il y avait des femmes parmi celles qu'il rencontrait qui ne s'impressionnaient pas aussi facilement. Ni la notoriété, ni l'argent, les voitures, les accès VIP en boîte, rien ne semblait fonctionner. Tom songeait alors à les violer. Que pourrait-il se passer ? Il ne lui arriverait rien, la fille ne se rappellerait rien à son sujet. *Mais elle vivra avec le traumatisme d'avoir été violée, ça elle ne l'oubliera pas.* C'était tout ce qui le bloquait. S'il pensait que la fille oublierait également le viol, il violerait à tour de bras. Et non seulement n'en ressentirait aucune culpabilité, mais serait même capable d'expliquer que *c'est moi, la victime... c'est à moi que ces choses arrivent... c'est moi que tout le monde oublie...* C'était tout ce qui le bloquait.

Tom devenait un être abject.

Le vrai coup dur, contre toute attente, ce fut lorsque ses parents eurent besoin d'un instant pour le reconnaître. Il avait tenté de se convaincre que c'était sa nouvelle coupe de cheveux, son costume, ses lunettes vintage absolument pas nécessaires mais qui lui donnaient un air smart ; mais il savait, au fond. Il savait que sa mère, celle qui l'étouffait de son amour de cliché de mère juive depuis sa naissance, sa mère avait eu besoin d'un instant pour le reconnaître. La réalité l'avait alors frappé de plein fouet ; lui qui imaginait vouloir oublier ses parents, les laisser loin de sa vie de succès, voilà à quoi ce succès l'avait mené. L'étape suivante, il s'en doutait, ce serait le moment où il passerait devant un miroir et, pour la première fois de son existence, se demanderait qui il voyait dans le reflet. Cela ne devait pas arriver. Il pensait que le pire était de tout perdre, alors que le pire serait de tout garder mais de tout oublier. Il avait fini par prendre une décision. *Tout est arrivé avec Yzzy, donc tout est arrivé à cause d'Yzzy. Sans cause, plus d'effet. Yzzy doit disparaître.* Cela avait été aussi simple et limpide que cela. Comme si Yzzy et Tom occupaient le même espace dans l'univers, et que l'un doive nécessairement absorber l'autre pour des raisons de conservation. *Yzzy fera ce que je veux, et je veux qu'elle disparaisse.*

10.

Il y avait une question, pourtant essentielle dans ce genre d'enquête, à laquelle O'Maley était incapable de répondre. Il avait beau chercher dans ses notes, il ne trouvait pas. *Rien que ça,* pensait-il, *ça pue. J'en ai vu des vertes et des pas mûres, mais je n'ai jamais vu d'enquête qui démarre autant sur... rien.* Dès qu'on avait annoncé la disparition d'Yzzy, Internet s'était enflammé comme seul Internet sait le faire. O'Maley ne connaissait pas tout le vernaculaire nécessaire pour comprendre la différence entre des hashtags, des mèmes et tout ce qui constituait, de près ou de loin, du buzz, mais il savait dire que tout s'était emballé. Des cars entiers de jeunes qui avaient traversé la moitié du pays pour venir se recueillir devant l'hôtel où, supposément, Yzzy avait séjourné, certaines de ces jeunes habillées, maquillées et perruquées pour ressembler à l'influenceuse, des gens qui avaient manifestement suffisamment de temps libre pour créer des fausses apparitions d'Yzzy à divers endroits du monde, tout ça pour être likés et partagés. *Ça manque sérieusement de « recadrages » dans certaines éducations*, se disait-il, tiraillé entre sa conviction et le fait qu'il se reprochait de juger des parents qu'il ne connaissait pas.

Oui, une fois la disparition annoncée, tout était parti dans tous les sens, et il avait fait au mieux pour comprendre, pour poser les bonnes questions et obtenir des réponses. C'était son métier. Courir les indices, interroger, et constituer une théorie, une histoire capable de raconter les faits en prenant tous les éléments en compte. Mais il était passé à côté d'un point essentiel. Tout le monde, en réalité, était passé à côté. Il avait fallu des semaines à l'inspecteur pour comprendre ce qu'il cherchait, ce qui le démangeait dans ses viscères. Avec les années, comme de nombreux collègues avant lui, il avait développé un instinct, le fameux « instinct de flic ». Cela n'aidait généralement pas à résoudre des enquêtes à proprement parler, mais cela permettait souvent de sentir quand on lui mentait, ou quand on lui cachait quelque chose. Souvent, mais pas tout le temps. C'est pour cela qu'il fallait savoir se méfier de son instinct. *On a vite fait de condamner un gus qui était là par hasard, simplement parce qu'on n'aime pas sa gueule.* Il fallait tenir son instinct en laisse. Lui laisser un peu de marge pour arpenter le chemin, mais sans jamais en perdre le contrôle. Et l'instinct d'O'Maley tirait comme un dément sur sa bride. L'inspecteur sentait qu'il passait à côté de quelque chose, quelque chose qu'ils avaient tous manqué depuis le début. C'est toujours difficile de reprendre une affaire de zéro, la tâche semble longue, bien trop longue au regard de ce qu'il reste à lui consacrer. Mais O'Maley était expérimenté et avait appris que ce n'était pas toujours le cas. *Reprenons depuis le début.*

Yzzy est censée être dans sa chambre d'hôtel, on annonce sa disparition. Soudain, l'inspecteur aurait pu jurer que son cœur avait sauté un battement. La question était là, évidente, sous ses yeux. Si évidente qu'il était inconcevable que tout le département de police soit passé à côté. Il vérifia. Puis revérifia. Puis une troisième fois. Il voyait enfin où le tirait son instinct et décida de lui donner du mou. Parmi toutes les notes et tous les documents du dossier, aucune information ne permettait de dire qui avait constaté la disparition d'Yzzy. *Ce n'est ni Goldberg, ni cette Kovalski, ni même ces employés de l'hôtel qui pourtant sont les seuls à prétendre l'avoir vue avant les faits.* Personne d'autre ne disait l'avoir vue et pourtant, à un moment, tout le monde la déclarait évaporée de la surface de la Terre. *Seigneur, mais qui donc a lancé ce machin ?*

★

★ ★

Emily Kovalski avait-elle compris le jeu auquel Tom avait joué ? Du moins avant qu'il ne le lui explique ? C'était difficile à dire. Mais elle avait été très compréhensive. Tom avait même été surpris de la sentir soulagée, comme si retirer le poids de ses propres épaules en lui confessant son histoire avait également allégé la jeune femme. Emily, du haut de ses vingt-deux ans, s'était montrée aussi rationnelle que surprenante, en réalité. Elle avait beau être une fan d'Yzzy de la première heure, elle comprenait que Tom n'avait pas eu d'autre choix, et avait fait rapidement le deuil de sa peine initiale. *Il ne pouvait pas faire autrement. Il aurait dû, sans doute, mais il ne pouvait pas. Ce serait comme admettre avoir vécu dans le mensonge toute sa vie ; passé un certain temps, ce n'est plus une option, trop de choses à remettre en cause, ce n'est tout simplement plus possible. Et s'il me l'avait demandé, je l'aurais aidé. Ou j'aurais tenté de l'aider.* Surprenante et rationnelle. Peut-être même amoureuse.

Elle aurait été bien incapable d'expliquer pour quelles raisons elle semblait être la seule à se souvenir de Tom, mais cette situation insolite lui plaisait, qu'elle l'admette ou non. Elle était privilégiée. Personne au monde, pas même les parents de Tom, ne partageait cette caractéristique. Partout, des millions de gens cherchent celui ou celle qu'ils appellent « l'âme sœur » sans même savoir s'il ou elle existe. Emily ne se considérait pas l'âme sœur de Tom, mais elle pressentait qu'elle était la seule personne dans toute l'humanité à avoir ce lien avec lui, littéralement la seule au monde à pouvoir l'affecter. Tom la faisait se sentir importante, sans pour autant rien lui en dire. C'était tacite. Il existait quelque chose entre eux d'unique. *Littéralement. Unique au monde.* Cela lui procurait un sentiment de fierté mêlé d'un soupçon de vanité. *Combien de personnes peuvent prétendre avoir un tel rapport avec qui que ce soit ? Combien de couples sont persuadés de « s'être trouvés » alors que la réalité, c'est qu'ils se sont simplement rencontrés et, depuis, se contentent de se supporter ? Tom et moi ne sommes pas un couple. Pas vraiment. Pas encore. Mais personne ne peut prétendre me concurrencer. Personne. Pas même Yzzy, MDR.*

Un temps, elle avait eu peur de l'avocate, Sciavone. Il allait finir par tout lui raconter et, alors, peut-être qu'elle partagerait également avec lui ce lien fort, intime. *Bien plus intime qu'avoir baisé ensemble.* Et puis, Sciavone était tout ce qu'Emily n'était pas. Elle était plus mûre, avait, avec ses hauts talons et ses tailleurs moulants, un côté porno chic qui plaisait à Tom, elle était indépendante et transpirait cette indépendance. Elle savait précisément ce qu'elle faisait et où elle allait, c'était du moins l'impression qu'en avait Emily. Mais Tom avait su la rassurer. « T'inquiète, lui avait-il dit, elle m'oublie comme les autres. C'est fugace, mais je le vois dans ses yeux chaque fois qu'on se rencontre. Il lui faut un instant pour se rappeler que je suis la personne avec qui elle a rendez-vous. »

Un temps, Emily avait même craint de se tromper totalement sur sa relation avec Tom. Ce ne serait pas la première fois qu'une fan s'invente des histoires. Sans pour autant se considérer érotomane, Emily comprenait, raisonnablement, qu'elle donnait peut-être plus d'importance à Tom que l'inverse. Il n'en était pourtant rien. Tom avait été très clair à ce sujet, avant même qu'Emily n'ose lui poser la moindre question. « Tu es la personne la plus importante de ma vie », avait-il déclaré sans aucune gêne, la fixant si fermement qu'elle s'en était sentie complètement nue. « Personne d'autre ne me comprend comme tu me comprends. Et personne d'autre que toi ne comprendra réellement ce que j'ai dû faire pour réussir. Et pour survivre. » Cette nuit-là, c'est à lui qu'elle avait pensé en se caressant le corps, rêvant du jour où ses mains à lui l'exploreraient. Elle l'attendrait. Désespérément. Comme dans le poème de Boris Vian : « Je voudrais pas crever avant d'avoir usé sa bouche avec ma bouche, son corps avec mes mains, le reste avec mes yeux[1]. » *Tellement romantique.*

---

1. *Je voudrais pas crever*, Boris Vian (1952).

11.

Angela Sciavone était muette, ce n'était pas dans ses habitudes. Des messages électriques traversaient son cerveau à vive allure et en tous sens. Elle avait gardé le silence pendant les explications de Tom. *Ne pas appeler ça des aveux*, s'était-elle répété. À mesure qu'elle comprenait les implications de ce qu'il racontait, elle avait parcouru mentalement sa grande bibliothèque de livres de droit, de jurisprudence. Elle avait tenu bon. Un temps. Puis les révélations de son client l'avaient sonnée ; elle ne cherchait plus les références dans les couloirs de son cerveau, n'en était tout simplement plus capable. Elle y errait, comme ivre ; comme si le lieu prenait l'eau et qu'elle commençait à perdre pied. Elle se raccrochait à ce qu'elle pouvait et tentait, coûte que coûte, de se rappeler les principes fondamentaux de son métier. *C'est pour cette raison qu'on prend le temps de préparer ses dossiers. Quand on doit recevoir un coup sur la tête, autant que ce ne soit pas au tribunal devant les jurés. Ensuite, cela ne change rien à l'affaire. Qu'est-ce que le procureur peut montrer ?* Angela avait suffisamment d'expérience pour savoir que ce qu'elle pensait de l'affaire était hors sujet. La justice du pays reposait sur le fait qu'on ne condamne personne sans preuve quasi irréfutable, théoriquement, et qu'il est préférable de relâcher un criminel que d'enfermer un innocent. Théoriquement. *Ils n'ont rien. Pas de preuve. Pas d'indice. Pas de piste. Ils n'ont même pas de corps. Ils n'ont rien.* L'offre du procureur était un immense coup de bluff ; Angela n'avait pas attendu les aveux – *non... les explications* – de Tom pour s'en convaincre. *Harris est en campagne pour sa réélection, il fera tout ce qu'il peut pour boucler cette affaire avant le scrutin, mais n'y arrivera pas.* Théoriquement.

Tom était parti sans qu'Angela pût lui tenir un discours cohérent sur ce qui allait suivre. Elle avait besoin de faire le point. Elle aurait aimé en parler aux partenaires du cabinet, mais c'était impossible. Elle devait démontrer sa capacité à tenir seule, de bout en bout, une affaire de cette importance médiatique. Si elle faisait entrer un associé dans la boucle maintenant que toute la presse avait montré sa détermination à ne pas lâcher le sujet, celui-ci se jetterait sur l'occasion et elle deviendrait immédiatement la « collaboratrice », la « seconde » ou l'assistante sur le dossier. Il n'en était pas question.

De retour à son bureau, Angela avait fermé la porte derrière elle ; ce n'était pas dans ses habitudes lorsqu'elle n'était pas avec un client. Garder la porte ouverte était une attitude de senior, d'associé, un « ma porte est toujours ouverte » adressé aux collaborateurs. On lui avait appris à « ne pas s'habiller pour le poste que tu as mais pour le poste que tu souhaites avoir », elle avait étendu le concept à « comporte-toi comme si le cabinet était le tien ». Là, elle avait besoin d'être seule. Pour rationaliser. Reprendre un à un les événements récents et les mettre à bonne distance de son affect. À commencer par l'offre du procureur.

« *Manslaughter.* Homicide involontaire. » Voilà ce qu'avait prononcé le procureur. Puis il avait attendu une réaction. De Tom. Ou d'Angela. Cette dernière aurait dû s'étrangler devant une telle audace, mais elle n'avait pas bronché. C'est O'Maley qui avait tressailli. Il s'était immédiatement repris, mais le choc avait été visible. *Homicide involontaire.* Voilà ce que proposait le procureur Harris. Si Tom signait des aveux et plaidait coupable, il ne retiendrait contre lui que des charges d'homicide involontaire. La peine serait à négocier. Cinq ans, peut-être quatre ; sans doute moins en cas de bonne conduite. Cela n'avait aucun sens. Bien sûr, comme dans toutes les affaires de disparition, il était possible qu'Yzzy soit morte, mais personne ne l'avait jusqu'à présent formellement envisagé. Ni la police, ni la presse. Le consensus semblait balancer entre une Yzzy qui se terrait en rase campagne pour être à l'abri des médias et une Yzzy séquestrée par un psychopathe. Personne n'avait eu l'audace d'affirmer « elle est morte, et maintenant nous allons vous incarcérer pour sa mort ». Et il y avait une raison à cela. *Il n'y a pas de corps. Il n'y a aucune trace de lutte, rien qui puisse, sinon prouver, ne serait-ce que laisser imaginer qu'il s'est passé quoi que ce soit dans cette chambre d'hôtel.* Non, Angela n'aurait pas dû s'étrangler en entendant la proposition du procureur. Elle aurait dû éclater de rire. *Monsieur le procureur, vous êtes bien gentil, mais mon client ne va pas accepter de passer les prochaines années de sa vie en prison simplement pour vous aider à vous faire réélire. Parce que, bien sûr, c'est de ça qu'il s'agit, pas vrai ? Les médias expliquent en boucle que vos services sont au mieux incapables, au pire incompétents. Je comprends que ce doit être frustrant pour vous, qui plus est alors que l'enquête est encore en cours et que le bureau du procureur n'est pas encore à l'œuvre. Mais pour l'électeur moyen, si la police n'avance pas, c'est également votre faute. Toujours est-il que mon client n'acceptera jamais un tel sacrifice... au nom de quoi l'accepterait-il ? En plus, de vous à moi, quitte à se dire les choses dans un fantasme, je vote républicains... Donc je n'ai même pas un soupçon de remords à l'idée de gripper votre campagne, ce n'est tout simplement pas un sujet.*

Et puis il y a eu les aveux de Tom. *Ne pas appeler ça des aveux, putain !* Et Angela s'est mise à douter. Attention, ce n'est pas parce que son client avouait qu'il devait aller en prison. *Bien sûr que non.* Le travail d'Angela consistait à garantir que son client éviterait la prison s'il n'était pas prouvé *au-delà de tout doute raisonnable* qu'il était coupable.

« J'ai pas été assez clair ? » Le ton avait été étonnamment glaçant. C'était le ton de quelqu'un qui, après des heures, des semaines ou des mois, retirait son masque et soupirait de soulagement, enfin à l'air libre. Et il avait besoin de soulagement. Une fois lancé, il ne s'était pas arrêté, avait tout raconté. Comment il était devenu évident que la notoriété d'Yzzy l'effaçait progressivement, sinon de la réalité, au moins de la mémoire du monde. Comment il n'existait plus que dans son ombre à elle. Comment il fallait qu'elle disparaisse.

« Vous avez peut-être besoin de prendre des notes, pour ça », lui avait-il fait remarquer. Elle avait fait signe que non, et ne le regrettait pas.

⋆

⋆ ⋆

— Une fois que la solution s'est immiscée dans mon cerveau, elle ne l'a plus quitté et, rapidement, a semblé y avoir toujours eu sa place. Le shooting photo à Boston serait idéal, je m'étais dit. On était déjà venus ici, je connais le lieu, je connais l'aéroport, l'hôtel, le trajet... bref, je savais que ça ne poserait pas de problème. Yzzy n'a pas mis les pieds à Boston. Elle n'était pas dans mon avion, n'était pas dans la voiture, n'a pas séjourné dans sa chambre. Je répète, c'était l'avantage de Boston. Je savais déjà qui contacter pour couper les caméras, je savais que personne n'allait tenter un truc pour tout de même filmer son arrivée, on pouvait entrer par le parking et elle pouvait aller directement de la voiture à sa suite sans croiser qui que ce soit. Enfin... elle aurait pu, si elle avait été là. Mais personne ne l'a vue et personne ne s'en est offusqué. C'est pour ça qu'il n'y a pas de fibre, pas d'empreinte ni rien. La dernière fois qu'elle avait effectivement été présente dans cette chambre, c'était il y a bien plus longtemps.

Angela voulut intervenir mais, d'un simple geste de la main, Tom lui indiqua que ce n'était pas le moment.

— En réalité, poursuivit-il, tout a été réglé avant de venir. On a fait une story d'Yzzy montant dans l'avion une semaine avant son voyage. C'est moi qui ai filmé la story, comme souvent, et je ne l'ai postée qu'une semaine plus tard, lorsque j'ai pris l'avion pour Boston. L'équipage est resté dans le cockpit, pas de steward, ni d'hôtesse, j'aurais pu être seul avec elle, en réalité j'étais seul. Une voiture attendait à côté du hangar, j'aurais pu tout aussi bien conduire Yzzy à l'hôtel, mais pareil, j'étais seul.

Tom marqua une pause, tentait de déchiffrer quelque chose dans le regard de son avocate, une réflexion, un sentiment, peut-être même un jugement. Il ne décela qu'une légère expression de surprise. *Très bien*, pensa-t-il. *Elle écoute.*

— Je suppose que ce qui vous intéresse, c'est précisément ce qui s'est passé durant cette semaine ? Je vous préviens, rien de franchement romanesque. Une semaine avant le départ, on a donc fait cette story, puis je l'ai conduite hors de la ville. Je lui ai dit qu'il y avait un coin sympa pour une prise de vue et, franchement, elle avait aucune raison de se méfier. J'ai fait des trucs comme ça peut-être un millier de fois depuis qu'on bosse ensemble. Je l'ai menée jusqu'à un trou paumé dans le nord de l'État de New York, on a fait quelques photos. Elle voulait rentrer, me disait qu'elle était crevée, ce qu'intérieurement je trouvais assez amusant vu ce qui allait venir, mais je lui ai dit que la lumière allait bientôt être top. Ça suffisait pour la faire patienter, vous comprenez ? C'est une professionnelle, et elle sait que, parfois, il faut tenir. Que ça vaut le coup. Je l'ai dit, elle n'avait aucune raison de se méfier.

Tom resta pensif après cela, le regard vague, perdu en direction de rien. Presque une minute entière. Si bien qu'Angela faillit prendre la parole. Mais sans quitter le point imaginaire qu'il fixait, le jeune homme reprit :

— Tuer une personne, ce n'est pas du tout ce qu'on imagine, vous savez ? Du moins, c'est loin de ce que, moi, j'imaginais. Je pensais qu'il était difficile de presser la détente, qu'on hésitait, qu'on voyait sa vie entière défiler devant ses yeux, qu'il fallait, en quelque sorte, réunir tout son courage pour un court instant, le temps que tout bascule. Je pensais que le coup partirait, presque en me surprenant, et que ce serait fini, là. En réalité, ce n'est pas du tout comme ça que ça se passe. Presser la détente est facile, très facile. Trop facile, en vérité. Je comprends à présent comment ont lieu toutes ces fusillades, dans les écoles, dans les rues, dans les églises. Il n'y a pas besoin de réfléchir. Quand vous tenez une arme chargée et que vous visez quelqu'un, le coup ne demande qu'à partir. Il est bien plus difficile de ne pas tirer, si vous voulez mon avis. Un gamin qui a la haine et qui se retrouve dans sa salle de classe avec un fusil automatique... pas étonnant qu'il y ait tant de morts. Le problème, ce n'est pas qu'il tire. Le problème, c'est qu'il a cette arme dans les mains. Une fois qu'elle y est, il n'est presque plus responsable de ce qui va se passer. Vous savez... un jour, je dînais avec... je sais plus avec qui... un couple de gens célèbres, je ne me souviens plus de qui il s'agissait, et en vrai on s'en fout... Ils voulaient absolument me parler de la sextape d'Yzzy, comme si je devais en avoir quelque chose à battre de ce qu'ils en pensaient... Toujours est-il que la conversation a bifurqué pour partir sur des histoires de fidélité. Et la femme a demandé à son mari s'il la tromperait, et il a répondu un truc que je considère comme foncièrement honnête : « Si un jour je me retrouve avec une super nana à poil dans un lit et qu'elle me dit "prends-moi", je pense que oui, je te tromperai ; ma partie du boulot consiste à ce qu'une telle nana n'atterrisse pas dans mon lit. » Eh bien, je suis d'accord avec lui. Je pense qu'on n'est pas responsable de nos actes, enfin pas complètement. On est responsable de ce qu'on a fait pour nous y conduire, ça oui... Enfin, bref... Yzzy était au bord de l'eau, elle me tournait le dos, j'ai sorti un calibre .22 que, je vous préviens tout de suite, non seulement je n'ai plus, mais personne ne trouvera jamais... J'ai sorti un calibre .22, parce que c'est une des armes les moins bruyantes et qu'elle est parfaitement efficace à bout portant… Enfin, ça c'est ce que j'avais lu sur Internet, parce que ça fait quand même du bruit… J'ai sorti ce calibre, donc, j'ai visé sa tête, et j'ai tiré sans réfléchir. Le bruit m'a fait fermer les yeux et, quand je les ai rouverts, Yzzy n'était déjà plus là. Enfin, ça c'est ce que je me suis imaginé… En réalité, elle s'est instantanément effondrée au sol en se tournant face à moi. Mais ce n'était pas fini. Elle… comment je pourrais dire ça… elle… gargouillait, en somme. Je ne sais pas dire exactement où je l'ai touchée, mais bon, c'était à la tête ou à la gorge, hein… en tout cas, ça n'avait pas suffi. Pas de « ça y est, c'est terminé », non. Il a fallu que je lui tire à nouveau dessus. Elle me regardait… Je sentais bien qu'elle était confuse, qu'elle essayait de comprendre la situation… J'ai vu dans ses yeux qu'elle n'avait même pas compris que je lui avais tiré dessus. Lorsque j'ai de nouveau dressé mon flingue, pour viser sa poitrine, cette fois-ci, elle a tenté de lever une main pour me dire d'arrêter. Mais pareil, je n'ai pas réfléchi, et j'ai tiré. Et encore. Et encore. Je ne savais pas combien de fois, mais après coup j'ai récupéré six douilles, et je pense que je les ai toutes ramassées. Ah, et bien sûr, personne ne les retrouvera jamais non plus. Pourtant, même après cette dernière balle, je vous assure… je suis certain qu'elle n'était pas encore morte. Je suis resté là, à la regarder agoniser. Si ça se trouve, tout ça n'a pris que quelques secondes, mais j'ai l'impression que ça a duré des heures. Des heures durant lesquelles, rétrospectivement, je n'ai pas eu la moindre once de regret. J'ai bien senti, alors que sa vie quittait son corps, que je reprenais de la matière, de la réalité… c'est difficile à décrire, d'autant que nous étions absolument seuls, mais j'ai véritablement senti que j'étais enfin *là*. C'est d'ailleurs comme ça que j'ai su qu'elle était morte. Parce que je me sentais enfin vivant. Pour la première fois depuis longtemps.

Intérieurement, Angela paniquait. Elle était incapable de réagir. *Heureusement pour moi*, penserait-elle plus tard. *Qui sait ce qui me serait arrivé sinon.*

— J'imagine bien ce que vous vous dites... Mon client est un psychopathe... Tout ça est tellement froid, tellement clinique, ça manque totalement d'empathie, comme si j'étais incapable de comprendre ce que j'ai fait ou pire, comme si je m'en foutais. Et vous savez quoi ? Vous avez raison. Plutôt, vous aviez raison. J'étais comme ça. Tout ce temps où je n'étais plus moi-même, je n'étais presque plus humain. Mais c'est fini, tout ça. Du moins... c'est ce que j'ai cru.

Tom resta perdu dans ses pensées pendant plus d'une minute cette fois, un temps qui parut bien plus long à Angela. Puis quelque chose sembla s'allumer dans son regard et il reprit la parole.

— Vous devez vous demander pourquoi j'ai envie d'accepter l'offre du procureur... Après tout, ils n'ont rien, pas de corps, pas d'indice. Je suis même persuadé que le procureur n'a rien de spécial contre moi, je suis simplement le suspect facile, vers qui pointer un doigt accusateur le temps de se faire réélire. Ce serait sans doute un jeu d'enfant pour quelqu'un comme vous de faire retirer toutes les charges contre moi si je me retrouvais devant un juge. Vous savez quoi ? Là, tout de suite, ça me fait penser à l'affaire Landru. Je ne sais pas si vous le connaissez, c'était un tueur en série français, qui a assassiné je ne sais plus combien de femmes dont on n'a jamais retrouvé les corps, il me semble. Bref, on s'en fout. Ce que je veux dire, c'est qu'à son procès, son avocat a fait un truc marrant. Un peu con, mais marrant. Il a dit pendant sa plaidoirie que lui avait retrouvé bien vivantes certaines de ses prétendues victimes et qu'elles allaient maintenant entrer dans le tribunal pour témoigner. À ce moment-là, gros tumulte dans la salle, toutes les têtes se tournent vers la porte d'entrée, et rien. Et l'avocat de conclure : vous voyez bien que personne ici ne peut penser Landru coupable alors que tout le monde s'est retourné, prêt à admettre instinctivement que les femmes disparues ne sont en fait pas mortes. Le procureur[1] s'était retourné vers la porte, le juge, les jurés. Bref, tout le monde. Et lorsque ce fut au tour du procureur de faire son speech, il a simplement dit : Landru, lui, ne s'est pas retourné. Pas mal, hein ? Bref. Vous pensez sans doute qu'il serait super facile de dire qu'Yzzy n'est peut-être pas morte et qu'à ce compte-là faire condamner qui que ce soit pour sa mort serait une aberration. Vous avez raison. Sauf que vous avez oublié mon prénom. Les gens ont continué de m'oublier. La disparition d'Yzzy n'a rien changé. Si je ne suis pas identifié, marqué sur le front par la mort d'Yzzy, alors je disparaîtrai à mon tour. Et de vous à moi, je suis terrifié à l'idée de ce que ça peut bien signifier. Est-ce que je vais disparaître physiquement ? Voire oublier qui je suis ?

— Et en quoi aller en prison changerait quoi que ce soit ?

Angela se surprit elle-même à interpeller ainsi son client.

— Vous connaissez Mark David Chapman ? l'interrogea-t-il.

— Oui, bien sûr.

1. En réalité, en France, il s'agit de l'avocat général.

— Qui est-ce ?

— L'assassin de John Lennon.

— Et quoi d'autre ?

— Comment, quoi d'autre ?

— Qu'est-ce que vous savez d'autre à son sujet ?

Rien. La réponse était : rien. Chapman, en tuant John Lennon, était entré dans la légende. Son nom était inséparable de celui du chanteur.

— Ce qu'on sait à son sujet, je veux dire ce que tout un chacun sait à son sujet, c'est qu'il lisait *L'Attrape-cœurs* de Salinger et qu'il en voulait à Lennon de s'être prétendu plus célèbre que le Christ. Pourtant, le gars avait certainement une vie, peut-être un job, des amis, j'en sais rien. Ce dont je suis persuadé en revanche, c'est que lorsque je suis associé à Yzzy, les gens se souviennent de moi. Tant que son nom sera lié au mien, mon existence persistera. Et je m'en tape que vous me preniez pour un dingue ou non, ce n'est pas le sujet. Je dois être le Chapman d'Yzzy pour pouvoir exister, vous comprenez ? Là, maintenant, Harris parle d'un homicide involontaire, parce que c'est le seul truc à peu près acceptable qu'il puisse proposer. Il se dit que si je suis coupable, je vais me jeter sur l'occasion. Et vous savez quoi ? Il a raison. En revanche, je compte sur vous pour négocier au mieux ma peine. Je veux que ce soit aménagé au maximum, le moins de temps possible en prison, rien à foutre si ça veut dire rester chez moi avec un bracelet électronique.

Il a perdu la raison. Il croit vraiment qu'il peut être condamné pour homicide et rentrer chez lui ?

— À partir de maintenant, vous n'êtes plus mon avocate chargée de me conseiller pendant les interrogatoires, vous n'êtes même plus mon avocate chargée de défendre mes droits, vous êtes mon avocate chargée de négocier ma condamnation dans les meilleurs termes. Harris ne vise que son élection, il est contraint par le calendrier, alors n'hésitez pas à lui mettre la pression.

— Je ne peux pas décemment vous laisser vous faire condamner alors qu'ils n'ont pas de dossier…

— Je suis coupable. Point. Ce n'est plus le sujet. Le sujet, maintenant, c'est : est-ce que je vais prendre cher ? Si vous n'êtes pas la personne qualifiée pour s'occuper de moi, je peux le comprendre et je ne vous en voudrai pas, mais je veux le savoir maintenant !

Avant même de répondre, les réflexes professionnels d'Angela s'étaient animés, les uns après les autres. Elle n'avait pas encore pris consciemment sa décision qu'elle connaissait déjà la réponse. *Quatre ans de prison. Peut-être même trois. Deux en cas de bonne conduite. Sécurité minimale. Avec ses moyens, Tom pourra quasiment se payer une prison quatre étoiles.*

12.

Steve O'Maley avait le respect de la hiérarchie quasiment dans le sang. Cependant, la petite surprise qu'avait concoctée le procureur Harris n'était pas à son goût et, se disait-il comme pour s'en convaincre, ce dernier n'était pas à proprement parler son supérieur hiérarchique. La police avait beau être aux ordres du bureau du procureur, il s'agissait tout de même de deux organes distincts et indépendants l'un de l'autre. *Presque. En théorie.* Steve était allé voir son chef pour se plaindre de la façon dont un bureaucrate politicien venait de foutre en l'air son enquête, oubliant au passage que ce chef était également un bureaucrate politicien. « C'est lui qui mène la danse », avait-il simplement répondu, se pensant sans doute un excellent diplomate. Alors O'Maley avait fini par se rendre lui-même au bureau du procureur qui, évidemment, n'était pas disponible. « Avec la campagne, vous savez, lui avait expliqué sa secrétaire, on a déjà de la chance s'il vient ici une fois par jour. Ce matin, il est en duplex de son domicile avec plusieurs chaînes de télévision. Cela devrait l'occuper jusqu'à l'heure du déjeuner, qu'il passera avec ses soutiens pour une conférence de campagne… » O'Maley traduisit mentalement ce qu'on lui disait – *Il va mendier de l'argent aux notables de la ville qui pensent pouvoir obtenir quelque chose à l'avenir...* – si bien qu'il n'écoutait plus ce que lui racontait l'assistante, dont le regard à présent interrogatif laissait suggérer qu'elle avait posé une question.

— Comment ? demanda-t-il.

— Je disais que le plus simple était que je lui laisse un message.

— Je… Je ne peux pas, il s'agit d'une affaire en cours et je dois impérativement lui…

— La disparition d'Yzzy ? Votre suspect a accepté l'offre ?

Que la secrétaire de Harris soit au courant est une chose déjà discutable, mais bon... passons... En revanche, qu'elle en parle au premier venu comme si de rien n'était, c'est juste inacceptable...

— Je vous remercie, esquiva-t-il ; je vais faire autrement, bonne journée.

Et il sortit du bureau sans attendre la moindre réponse. *S'il est chez lui, alors allons chez lui.*

★

★ ★

Lorsque le nom de Tom s'était affiché sur le téléphone d'Emily Kovalski, sa première réaction avait été l'excitation. Il devait certainement l'appeler parce qu'il voulait la voir, passer du temps avec elle. *Il a besoin de moi.* Mais après quelques secondes de conversation à peine, elle comprit qu'il y avait autre chose. « Il faut que je t'explique la situation », avait-il dit. *Je la connais, la situation*, avait-elle eu envie de répondre, comme pour nier le fait que celle-ci était inévitablement vouée à évoluer. « Le procureur m'a fait une offre. Il me propose de plaider coupable d'homicide involontaire – elle commença à rire – et j'ai décidé d'accepter » – elle s'arrêta net. Pas par tristesse, ni même sous le choc. Par incompréhension. Comme si les derniers mots avaient été prononcés dans une langue étrange aux sonorités certes familières, mais dont le sens lui échappait complètement.

— Attends deux secondes, soupira-t-elle.

Il attendait. Elle avait besoin de mettre de l'ordre dans ses pensées pour exprimer ce qu'elle avait à dire. Trop de sujets se présentaient, il fallait les trier. Comment pouvait-il prendre une décision si importante sans en avoir d'abord parlé avec elle ?... Elle aussi subirait les conséquences d'une telle condamnation, elle le savait. Ensuite, pourquoi, putain de pourquoi voudrait-il être qualifié de meurtrier ? Ce n'était pas ce qui était prévu, pourquoi changer à ce point la donne ? Comme ça, sans prévenir ? Mais Emily savait par quelle question commencer :

— Pourquoi le procureur te propose ça ? Je croyais qu'ils avaient rien...

— Ah, mais ils n'ont rien, je confirme...

— Alors pourquoi ? Ils doivent se douter qu'il te suffit de dire non et ils sont comme des cons et... et du coup, pourquoi tu veux accepter un truc pareil ?

— Écoute, il faut que...

— Je veux dire... ça n'a aucun sens ! Ça fait quoi, si tu acceptes ? Tu vas devoir aller en prison ?

— Sans doute, oui, un peu...

— Un peu ? Mais ça veut dire quoi, un peu ? Ce n'est pas ce qui était prévu, tu n'as aucune raison d'aller en prison... Il faut que tu dises ce qui s'est passé... Ils vont sans doute rien capter, mais au moins ils verront bien qu'ils peuvent pas t'envoyer en prison... ils n'ont rien...

— Tu dois comprendre que c'est une chance, pour moi. Je te demande de me faire confiance.

— Mais… ils vont tout te prendre !

Emily s'en voulut aussitôt pour cette dernière remarque, elle ne voulait pas passer pour celle qui s'intéressait à Tom uniquement pour sa fortune, mais elle savait à quel point cette fortune était tout ce qu'il avait bâti et qui était à lui.

— Ils ne courent pas après mon argent. Même s'ils me prennent un peu de ce qu'ils trouveront, il me restera beaucoup. Tout ce que j'ai gagné comme agent d'Yzzy, ils pourront se servir s'ils le veulent… et surtout s'ils le peuvent… mais l'argent d'Yzzy, cet argent-là, ils ne le trouveront jamais. Et quand bien même, ils ne pourraient pas y accéder… Je n'ai aucune inquiétude à ce sujet.

Emily tenait son téléphone à l'oreille, cherchait un argument, n'en trouvait pas. Elle resta silencieuse un temps. Comment pouvait-il à ce point se planter et accepter une telle chose ? *Il en parle presque comme d'un sacrifice nécessaire, mais ce n'est pas un sacrifice, c'est totalement absurde !* Ça semblait si clair dans son esprit à elle, pourquoi n'arrivait-elle pas à trouver les justes mots, ceux qui le feraient renoncer ?

— Je comprendrai si tu n'arrives pas à m'attendre, tu sais ? Je n'exige rien de toi…

— Comment peux-tu croire que je te laisserai faire ? J'en ai rien à foutre, je te laisserai pas balancer ta vie par la fenêtre sur un coup de tête, je…

— Tu ne feras rien du tout. Si tu as les mêmes sentiments pour moi que les miens pour toi, tu respecteras ma décision et…

— Rien du tout ! C'est justement parce que j'ai des sentiments pour toi que je ne te laisserai pas prendre la responsabilité de la disparition d'Yzzy…

— Mais je SUIS responsable ! C'est moi qui l'ai fait disparaître, et je n'ai pas de problème à l'assumer...

— C'est plus compliqué que ça, tu le sais très bien...

Oui, c'était plus compliqué que ça. Mais ça n'avait pas besoin de l'être. Emily allait devoir encaisser. Accepter et endurer. *Bien étrange façon de s'avouer nos sentiments*, s'en voulut-elle immédiatement d'avoir pensé égoïstement.

— Promets-moi que tu respecteras ma décision...

— Écoute, je...

— Promets-le-moi...

La gorge nouée, Emily promit avant de raccrocher. Sa gorge ne se nouait pas en raison du renoncement que représentait cette promesse, mais parce qu'elle n'avait aucunement l'intention de la tenir et que mentir à Tom sur un sujet si important était dur à avaler.

★

★ ★

Emily avait pris sa décision. C'était parfaitement limpide. Tom n'allait pas moisir en prison. Elle irait parler à cette avocate, peut-être même directement à l'inspecteur O'Maley, elle prendrait la parole publiquement, elle irait même raconter l'histoire à Travis Midsummer s'il le fallait, mais Tom n'irait pas en prison. *Ce n'est pas sa place, il n'a rien fait de mal.*

De son côté, Tom rejouait dans sa tête les dernières secondes de leur conversation. *Promets-le-moi, promets-le-moi... Il faut que je sois condamné, qu'on se souvienne de moi, sinon je reste comme le père de Hamlet. Damné.*

13.

Entre les militants, les journalistes, les panneaux et posters électoraux et, d'une manière générale, l'agitation qui occupait la demeure du procureur Harris, l'inspecteur O'Maley put entrer et se promener à sa guise sans que personne semble même prendre acte de sa présence. *Niveau sécurité, on est au ras des pâquerettes, ici, on sent bien que c'est pas une élection présidentielle.* Le policier finit par accéder à une pièce, un genre de living-room dans lequel Harris, écrasé de lumière artificielle, parlait à une caméra. Un assistant fit signe machinalement à O'Maley de ne pas faire de bruit, encore une fois sans s'offusquer de la présence d'un inconnu dans la pièce. Du coin de l'œil, Alexander Harris l'aperçut et son visage s'éclaira subtilement.

— Je vois justement l'inspecteur chargé de l'affaire qui vient d'arriver. Je vous confirme que l'enquête avance, je comprends votre frustration face au manque d'informations, croyez bien que je la partage, mais je pense être en mesure de vous dire que nous pourrons très bientôt vous en apporter de nouvelles. Je n'en dis pas plus… Non, n'insistez pas… Dès que je le saurai, vous le saurez, la transparence de la justice a toujours fait partie de mes engagements pour un État plus sûr... Merci à vous...

Le procureur Harris se figea, sourire aux lèvres. Il posait. Il posait en attendant que quelqu'un, quel qu'il fût, lui indiquât que la liaison était coupée et qu'il pouvait reprendre sa respiration. La lumière rouge en haut de la caméra s'éteignit et son opérateur signala qu'il n'était plus à l'antenne. Immédiatement, l'expression du visage du procureur devint plus grave.

— Combien de temps avant la prochaine ?

— WCVB[1] dans onze minutes.

Il bondit de son fauteuil et décrocha son micro en se dirigeant vers O'Maley. L'inspecteur discerna parfaitement la question qui allait lui être posée. *Qu'est-ce que vous foutez là ?*

— Suivez-moi, lui souffla Harris sans même ralentir à son niveau.

Arrivé dans la cuisine et son îlot central envahi de gens affairés, le procureur dit simplement « j'ai besoin de la pièce » et tout le monde partit, chacun semblait-il par l'issue la plus proche, dans un ballet improvisé mais contre toute attente efficace. Toujours sans ralentir, il alla se prendre une bière dans le réfrigérateur, dont il dévissa la capsule, et, enfin, s'installa sur une chaise haute. Il laissa échapper un soupir.

— Si vous croyez savoir ce qu'est le stress, mon ami, je vous invite à vous présenter à une élection, ça vous fera relativiser beaucoup de choses...

— Monsieur le procureur, je...

— Vous êtes allé à mon bureau, sans rendez-vous. Puis vous êtes venu chez moi, sans invitation. Ce que

1. Chaîne de télévision locale à Boston.

vous avez à dire doit être bigrement important. Vous avez trois minutes.

— Monsieur le procureur, comme vous le savez, l'enquête concernant Yzzy avance lentement, mais nous sommes sur une piste. Je suis à deux doigts de pouvoir prouver que son agent *[il regarda ses notes]*, Tom Goldberg, nous a menti à plusieurs reprises.

— Eh bien, c'est formidable ! C'est pour me dire ça que vous êtes venu ?

— J'ai besoin de temps pour prouver qu'il ment ; à partir de là, l'enquête avancera bien plus vite et nous aurons, j'en suis convaincu, de quoi procéder à son arrestation.

— Et vous pouvez faire ça aujourd'hui ?

— Comment ? Aujourd'hui ? Sincèrement, monsieur le procureur, avec tout le respect que je vous dois, vous comprenez bien que…

— Je comprends bien, oui. Je comprends même très bien. Si je vous dis ça, c'est parce que j'ai rendez-vous cet après-midi avec l'avocate de ce Goldmachin, justement pour discuter les termes du marché que j'ai proposé.

— Au sujet de ce marché, je pense qu'il ne va pas être nécessaire ; si nous parvenons à démontrer qu'Yzzy n'a pas mis les pieds à Boston, non seulement tout le témoignage de Tom Goldberg s'effondre, mais cela prouve aussi qu'il sait ce qu'il est advenu d'Yzzy.

— Qui ?

— La jeune femme qui a disparu. Elle s'appelle Yzzy.

— Ah ! oui, oui… je le savais… j'avais mal entendu… Écoutez… je ne vais pas y aller par quatre chemins. Vous avez eu des semaines pour mener votre enquête. Mon bureau vous a foutu la paix pendant ce temps-là. Mais ce temps est écoulé. Vous savez combien de fois j'ai dû vous défendre devant les médias ? Comment se fait-il qu'une telle célébrité puisse disparaître sans laisser de traces ? La police est-elle si peu compétente qu'elle n'arrive pas à retrouver le moindre cheveu de cette gamine ? J'ajoute, même si j'imagine bien qu'il ne s'agit pas de vous, qu'il n'est pas très malin de communiquer des informations aux médias quand on en a si peu.

Je pourrais te retourner le compliment, Harris, pensa l'inspecteur.

— Donc, voilà ce qu'on va faire : JE vais obtenir les résultats que VOUS n'avez pas réussi à m'obtenir, et quand tout sera terminé, JE ferai une belle conférence de presse dans laquelle je ne manquerai pas de féliciter votre équipe. Parce que le bureau du procureur et le département de police doivent travailler ensemble et toujours présenter un front commun. *[il se leva]* Et nos trois minutes sont terminées.

L'inspecteur quitta les lieux sans trop savoir s'il devait s'attendre à être suspendu ou promu dans les prochaines semaines. *Putain de politiciens...*

14.

— Tom ? Tom Ruben Goldberg ?

Tom fut surpris d'entendre ainsi son nom appelé dans la rue ; il avait pour ainsi dire perdu l'habitude d'entendre qui que ce fût prononcer son nom en premier. Lorsqu'il tourna la tête, il ne lui fallut qu'un court instant pour comprendre ce qui se passait. Il aperçut d'abord le caméraman, il était de loin le plus visible ; puis le preneur de son avec sa perche d'une longueur presque comique. *Du matériel de pro dans les mains d'un amateur.* Enfin, il vit celui qui l'avait hélé, et n'eut aucune difficulté à reconnaître celui dont il semblait avoir vu le visage absolument partout ces dernières semaines.

— Travis ! Travis Benedict Midsummer. Désolé, je connais pas ton second prénom alors j'improvise, hein… d'autant que ce n'est de toute façon sans doute pas ton vrai nom…

— Tom, ça fait maintenant des semaines que j'essaie de prendre contact avec toi et…

— Non ! Ça fait des semaines que tu dis essayer de prendre contact avec moi, mais j'ai eu beau chercher dans mes mails ou sur mon téléphone, je n'ai rien vu passer…

— L'essentiel, c'est qu'on puisse enfin se parler, rétorqua Travis sans ciller.

— Si tu le dis…

— J'aurais voulu évoquer avec toi les jours qui ont précédé la…

— Commence par couper la caméra. Si tu veux qu'on cause, on peut causer, mais ne crois pas un seul instant que je vais me décomposer à la vue d'un objectif, que je vais pas savoir comment te dire que je n'ai pas envie d'être filmé. Tu coupes la caméra.

Travis fit signe au cadreur et ce dernier baissa les bras, l'objectif toujours dirigé vers Tom. L'agent attendit un instant en regardant Travis… puis la caméra… puis de nouveau Travis… *Je peux faire ça longtemps, tu sais…* Travis, l'air dépité, fit alors un autre signe à son équipe, et cette fois-ci le caméraman éteignit son appareil et le preneur de son coupa à son tour l'enregistrement avant de replier sa perche.

— Donc, comme je le disais, j'aimerais qu'on parle des jours qui ont précédé la disparition de…

— Écoute, j'ai quelques minutes à t'accorder, donc si t'as des questions précises à me poser, pose-les ! En revanche, je te préviens, il y a une enquête en cours et sans doute un paquet de trucs que je ne pourrai tout simplement pas te dire, mais si tu le permets, j'aurai moi aussi deux ou trois questions pour toi.

— Et je serai ravi d'y répondre, pas de problème, donnant donnant.

— Très bien, dans ce cas, je commence : la vidéo de la plage, c'est toi qui l'as fabriquée ? Je veux dire… t'as bien conscience que c'est pas elle, sur la vidéo, non ?

— Je ne suis pas d'accord, j'ai démontré dans ma vidéo qu'il s'agissait bien d'elle et…

— Ok… Donc la vidéo est authentique, ce n'est pas toi qui l'as créée, et tu y vois réellement Yzzy dix jours après sa disparition, c'est bien ça ?

— Exactement, et je ne sais pas si tu as vu les preuves que j'apporte, mais…

— Si, si… j'ai vu. Mais qu'est-ce que tu attends de moi, exactement ?

— Il y a deux personnes au Fairmont Plaza qui prétendent avoir vu Yzzy avant sa disparition…

Travis observait attentivement le visage de Tom alors qu'il parlait et il y déchiffra ce qu'il interpréta comme de la surprise. Quelque chose de fugace. Le mentaliste donnait des noms à ses lectures de micro-expressions du visage. La nomenclature n'était certes pas académique, mais elle avait le mérite de véhiculer instantanément une idée ; et l'expression que Travis venait de lire sur celui de Tom, il l'appelait « alors ça, ça m'étonnerait ! » et, sans aucune interruption le mentaliste poursuivit sa phrase :

— … et je suis d'accord avec toi, je pense qu'elles mentent. Pour se faire mousser, pour avoir une anecdote à raconter à leurs amis, j'en sais rien. Mais je suis comme toi, je pense qu'elles mentent.

Tom ne répondit pas. La formulation de Travis était fine, elle ne comportait pas de question et l'affirmation qu'il avait énoncée l'obligeait à prendre position : « oui, en effet, ils mentent » ou « non, pas du tout, ils ne mentent pas ». Le problème de Travis, c'est que sans caméra, Tom n'avait rien à faire qu'attendre une question. Il n'était pas un spectateur lambda impressionné devant une petite vedette et il ne ferait pas son possible pour abonder dans le sens du mentaliste, ne chercherait pas à l'aider ou à le mettre en valeur juste pour se mettre en valeur.

— Qu'est-ce que tu en penses ? finit par demander Travis.

— Rien. J'en pense rien. Et toi ?

— Je pense qu'Yzzy n'a pas séjourné à l'hôtel.

— Et tu t'appuies sur ça pour...

— Si elle n'a pas séjourné à l'hôtel, alors il y a une raison pour laquelle tu as prétendu le contraire à l'inspecteur O'Maley.

— Ah, parce que tu connais l'inspecteur ?

— Oui, bien sûr, nous avons eu de longs échanges au sujet de cette affaire.

— D'accord, d'accord... Et qu'est-ce que tu veux que ça me foute ?

— Si Yzzy n'est pas descendue au Fairmont mais que tu as prétendu le contraire, cela signifie que tu sais où elle était, et donc tu en sais plus que la police sur les événements qui se sont déroulés...

— J'en sais plus, j'en sais plus... disons que ce que je sais n'est qu'à destination des enquêteurs, pas de ta chaîne YouTube.

Tom se remit en route et commença à s'éloigner. D'un signe de la main, l'équipe de Travis se remit en place.

— Et si je dis que tu en sais plus que tu ne le dis dans ma prochaine vidéo, ça te va ?

Tom s'arrêta, se retourna, puis s'approcha de nouveau du mentaliste pour répondre.

— Ça me va, si tu reconnais que tu en sais également plus que tu ne le dis... je ne sais pas de quelle manière tu es mouillé dans sa disparition... mais je trouverai. D'ici là : salut.

Il repartit.

Travis n'était pas aussi ravi qu'il l'aurait été s'il avait filmé tout l'entretien, mais il avait de quoi boucler sa vidéo, il pouvait promettre qu'on y entendrait l'agent d'Yzzy, sans mentir à son public. Bref, il allait meubler un peu, mais il tenait son épisode.

La disparition d'Yzzy

Extrait d'une série de conférences présentées par le Dr Ronald Worthon, sociologue

« Si vous devez quitter cette conférence avec une seule idée en tête, je souhaiterais que ce soit celle-ci : votre avatar numérique, la personne que vous êtes sur les réseaux sociaux, cette personne est une fiction. Et comme tous les personnages de fiction, il est tentant de lui faire vivre des aventures, des péripéties, des quêtes. Comme dans un film ou un roman, vous pouvez prendre du plaisir à suivre ces aventures, ces péripéties et ces quêtes. Vous pouvez vous inquiéter pour ce que devient ce personnage, vous émouvoir de ses rencontres, de ses interactions avec les autres personnages fictifs qui peuplent la toile… ça se dit encore, ça, "la toile" ? *[rires]* Vous pouvez apprécier ou non ce personnage, vous pouvez le contrôler ou, au contraire, le laisser un peu "vivre sa vie". Ce qui importe, c'est que jamais vous ne perdiez de vue qu'il s'agit d'un personnage de fiction. Il ou elle n'est pas VOUS. Et vous n'êtes pas lui… ou elle. *[rires]* Alors, je sais… vous vous dites sûrement, pour encore nombre d'entre vous, que je donne beaucoup trop d'importance à ces quelques publications Facebook ou Instagram. Peut-être que vous-même n'êtes pas si attentif, si accro aux réseaux sociaux que cela. Peut-être, oui. Et à choisir, tant mieux !

Mais si ce n'est pas votre cas, c'est peut-être celui de votre conjoint, de vos enfants, d'un proche, d'un ami. Le contact réel est sans commune mesure avec le contact virtuel. Oui, Internet a aboli les frontières, et c'est merveilleux. Mais vous n'êtes pas la somme de couchers de soleil, de tables bien dressées, de séries de tractions ou de fesses bronzées au bord de la piscine… *[rires]* Ce que vous êtes n'attend pas ce que vous montrez, et ce que vous montrez ne fait que pervertir ce que vous êtes. Bon, ok… pervertir est un bien grand mot. Disons-le plutôt ainsi. Vous n'avez qu'une vie. La portion de cette vie que vous vivez virtuellement est une portion de la vie réelle manquée et que rien ne vous rendra. Et ce n'est pas à une communauté d'anonymes de lui donner du sens. Je vous remercie. *[applaudissements nourris]* »

1.

Angela Sciavone avait communiqué au bureau du procureur l'intention de son client d'en savoir plus sur l'offre qui lui avait été faite. Il n'était pas encore question d'accepter ; il était question d'en négocier les termes. Elle avait été très claire sur ce sujet. Tout comme elle avait été très claire sur le fait qu'elle n'était pas pressée par le temps. Le procureur Harris vivait désormais avec un compte à rebours, c'était son problème, elle ne se priverait pas d'en jouer. Si son client souhaitait plaider coupable, elle allait devoir faire avec cette nouvelle donne. C'en était fini d'être la nouvelle Johnnie Cochran. Cependant, si elle négociait un accord exceptionnel, du genre de ceux qui n'existent pas, sa place de partenaire au sein de son cabinet lui serait assurée. Il fallait frapper fort. Vite et fort. Elle demanda le placement sous surveillance électronique – Tom serait astreint à rester chez lui, un bracelet électronique à la cheville – et une peine de deux ans. *Sans aucun doute, Harris va être secoué par ma contre-proposition.* Vite et fort. L'après-midi même, le procureur réussit à perturber son planning de façon à pouvoir rendre visite à maître Sciavone dans son cabinet. C'était totalement impromptu, presque inapproprié, mais cela avait le mérite d'être clair quant à l'urgence de cette négociation.

Angela eut énormément de mal, en raison de son respect pour les institutions, à faire patienter un procureur de l'État en salle de réunion pendant près de quinze minutes. Elle fut ensuite désagréablement surprise, en entrant dans ladite salle, d'y voir Harris en grande discussion avec Robert Callaghan Sr., son patron, celui dont le nom était le premier gravé sur les plaques à l'entrée du cabinet. *Bien sûr que Callaghan déroule le tapis rouge à Harris. Quelle surprise !*

— Procureur Harris, je craignais de vous avoir fait trop attendre, il a fallu que je réorganise mon emploi du temps pour vous recevoir, mais je constate que Robert vous a accueilli comme il se doit.

— Ne vous inquiétez pas, Angela…, répondit son patron, moi qui n'ai jamais le temps de discuter librement avec mes vieux amis de fac, cette attente aura été une bonne occasion, presque une aubaine… Sur ce, reprit Robert Callaghan Sr., je vais vous laisser à votre rendez-vous, j'ai moi-même une motion à rédiger… enfin… *[il se tourna vers le procureur]* à faire rédiger.

Tous deux éclatèrent de rire. *Des véritables rires de politiciens. Le phénomène est fréquent, mais j'en vois rarement d'aussi près*, pensa Sciavone.

— Pouvez-vous venir un instant ? demanda Robert à Angela.

Une fois hors de la pièce, le sourire d'un des plus grands ténors du barreau du Massachusetts se transforma en un air grave.

— Angela, ce dossier est votre dossier. Vous avez toute ma confiance, vous le savez. Mais je vous interdis de perdre, vous m'entendez ? Il n'est pas question que ce… guignol obtienne satisfaction, encore moins dans ma salle de réunion. Où en êtes-vous ?

— Le client veut plaider coupable et m'a demandé de négocier l'offre du procureur.

— Vous n'êtes pas sérieuse, j'espère ?

— Il a menacé de changer de cabinet, si on refusait de s'exécuter…

— On parle bien de la disparition de cette jeune femme, hein…

— Oui, Tom Goldberg, c'est bien ce dossier. Et je sais ce que vous allez dire : ils n'ont rien, le dossier est vide. Je sais, tout ça. Et je n'ai pas l'intention de laisser mon client aller en prison avec un dossier parfaitement vide.

— Alors pourquoi est-il là, lui ?

— Parce que je respecte la volonté de mon client, et que je vais négocier une offre aux petits oignons. Une offre que le procureur n'acceptera pas, ou que mon client n'acceptera pas. Il n'est pas question de quelque aveu de culpabilité pour l'instant.

— Je vous fais confiance ?

Il avait pointé son index menaçant vers le visage d'Angela en un geste parfaitement clair : « Je te laisse faire, mon petit, mais tu n'as pas intérêt à tout foirer si tu comptes avoir un avenir parmi nous. » Il repartit vers son bureau sans même attendre de réponse d'Angela.

*

* *

— Bon, c'est entre vous et moi, débuta-t-elle. Comme vous le constatez, ni mon client ni l'inspecteur O'Maley ne sont présents. On peut donc parler franchement. Alexander, qu'est-ce que c'est que cette offre ? Vous n'avez rien ! Aucune preuve. Vous n'avez tellement rien que personne n'est même seulement capable de dire s'il s'est produit quelque chose !

— Attendez, Angela… je croyais qu'on était là pour négocier les termes de l'offre. Si j'ai mal compris, je vous assure que j'ai d'autres chats à fouetter, en ce moment…

— On va les négocier, ces termes. Mais j'ai besoin de comprendre ce que vous avez derrière la tête…

— Que voulez-vous que je vous dise ?… Que je suis pressé par le temps à cause des élections ? Oui, c'est vrai. Je ne le nie pas, et sachez que je n'en ressens aucune honte. Il est évident pour moi, comme ça l'est pour la police, j'imagine que vous le savez, que votre client est d'une manière ou d'une autre responsable de la disparition de cette fille. Est-ce qu'il l'a tuée ? Est-ce qu'il l'a enfermée quelque part ? Est-ce qu'il l'a aidée à partir aux Bahamas ? Je n'en sais rien, seul votre client le sait… enfin… lui, et peut-être vous, bien sûr. Toujours est-il que votre client ne nous dit rien.

— Mais ça ne suffit pas pour le faire emprisonner. Il a parfaitement le droit de ne rien vous dire…

— Au tribunal, oui ! Sans aucun doute. Mais nous ne l'arrêtons pas, que je sache. Il reste libre. En tout cas, pour l'instant. Nous lui offrons simplement une opportunité : celle de nous faire économiser beaucoup de temps, d'argent et, oui, de problèmes d'ordre électoral, encore une fois, je ne me cache pas. Nous sommes convaincus que cette fille n'a pas mis les pieds à Boston. Puisqu'il prétend le contraire, cela signifie qu'il a menti à la police dans le cadre d'une enquête criminelle.

— Alors arrêtez-le pour obstruction à la justice, et allez défendre devant un juge votre conviction qu'Yzzy – oui, elle a un nom – n'était pas à Boston.

— Calmez-vous, bon Dieu, calmez-vous ! J'ai bien entendu votre message, soyez sereine, je ne suis pas né hier matin, on va mettre les choses au clair : je comprends qu'en l'état vous ne souhaitez pas accepter l'offre qu'a faite mon bureau. Cela étant dit, vous n'avez pas d'objection à en négocier les termes, ne serait-ce que par… plaisir intellectuel, dirons-nous. Et en aucun cas, je ne prendrai cela pour une quelconque forme de reconnaissance de la culpabilité de votre client. Est-ce qu'on peut s'y mettre ?

— On peut, finit par lâcher Angela, après quelques secondes à soutenir le regard de son interlocuteur.

— Bon, alors allons-y… J'ai bien reçu vos demandes, Angela, et vous devez déjà le savoir, elles sont franchement inacceptables. On ne condamne pas un individu reconnu coupable d'homicide involontaire à se faire livrer des sushis chez lui en regardant une série Netflix dans son appartement luxueux ; c'est… tout bonnement insensé. Je suis prêt à discuter la durée et les conditions de détention, mais EN PRISON. Je n'irai pas vendre à un juge un accord aussi ridicule.

— Et moi, j'affirme que vous pouvez le faire. Il suffit d'expliquer au juge que vous n'avez rien dans votre dossier et que vous êtes contraint par le bon vouloir de mon client, bon vouloir de se comporter en citoyen modèle et de bafouer son propre droit à bénéficier d'un procès équitable ; moi, il me semble que dans ces conditions, c'est un résultat que vous pouvez défendre bien mieux qu'une affaire classée sans suite.

La négociation était engagée. *On va jouer un quart d'heure les marchands de tapis, puis il va devoir partir, frustré. Je jouerai la montre autant qu'il le faudra.* Les mains du procureur reposaient sur le dossier d'une chaise. *Il va rester debout*, pensa Angela. *Il veut vraiment que ça aille vite.* Elle s'assit.

— Voilà ce que je vous propose, reprit-il après avoir fait mine de réfléchir intensément. Votre client plaide coupable d'homicide involontaire, il est condamné à quatre ans dans une prison de sécurité minimale, et s'il se comporte bien, bracelet électronique dans un an. J'ai presque honte en m'entendant vous offrir un tel cadeau…

— Deux ans, et il est dans trois mois sous surveillance électronique. Comme ça, il sort après les élections. Vous voyez ? Moi aussi, je peux vous faire des cadeaux.

— Trois mois, c'est trop peu, soyez raisonnable. Vous savez comme moi qu'il n'y aura aucun moyen de justifier une sortie si rapide, même pour bonne conduite. Putain, mais même pour conduite héroïque, ça n'aurait aucun sens.

Je note qu'il n'a pas bronché pour les deux ans, pensa Angela, sans que son visage laisse transparaître la moindre émotion. À la fin de ses études, elle avait enchaîné une série de stages auprès de juges et de procureurs. Elle savait parfaitement comment fonctionnaient ces négociations et toute la latitude dont Harris pouvait disposer. *La balle est dans ton camp, Alexander.* Il pesait manifestement le pour et le contre de sa contre-proposition. *C'est ça, de vouloir régler ce genre de problèmes dans l'urgence.*

— Ok… voilà ce qu'on fait… Votre client plaide coupable. Il accepte cinq ans de prison, que je puisse montrer publiquement que je ne rigole pas. Et dans six mois, quand on sera tous passés à autre chose, il repart chez lui à New York avec un bracelet électronique pendant deux ans et je ne veux plus jamais entendre parler de lui. À prendre ou à laisser.

Angela Sciavone fit de son mieux pour ne pas réagir ; la victoire était brutale, même si elle était encore convaincue qu'elle réussirait à dissuader Tim Goldstein d'accepter ce marché.

— Bien, si c’est à prendre ou à laisser, je vais faire parvenir votre proposition à mon client... dès que vous me l’aurez transmise par écrit.

— Appelez-le maintenant, je peux attendre.

— Vous allez de toute façon attendre, Alexander, parce que je ne vais pas presser mon client. Vous allez m’envoyer cette proposition par écrit, et si tout est conforme à l’offre que vous venez de me faire oralement, mon client y réfléchira. Vous n’aurez pas de réponse avant demain.

— Cette offre est valable jusqu’à ce soir.

— Dans ce cas, nous refusons.

— Vous devez d’abord informer votre client...

— Mon client m’a donné mandat de négocier l’offre au meilleur de ses intérêts. Son mandat est parfaitement clair : j’ai le droit de refuser une offre que je jugerais inacceptable, et je n’ai pas le droit d’accepter en son nom quelque offre que ce soit. Si la réponse peut attendre demain, et sous réserve que je reçoive votre proposition écrite aujourd’hui, vous aurez une réponse demain. Si la réponse ne peut attendre demain, alors la réponse est non.

Le procureur Harris toisait Angela Sciavone. Son regard était un mélange subtil : un peu d’admiration, aucun doute, un peu de méfiance également, ainsi qu’un questionnement. Est-ce qu’elle bluffe ? Si le procureur avait conscience à quel point maître Sciavone ne voulait pas entendre parler de ce marché, il aurait compris qu’elle ne bluffait pas.

— Vous aurez une proposition écrite dans l’heure, dit-il en lui tendant la main.

Puis, tout en la serrant, il ajouta :

— Une dernière chose, et ce n’est pas négociable. JE parlerai à la presse. Vous ne parlez pas publiquement avant que j’aie donné ma conférence. On se comprend ?

— On se comprend. Pas un mot à la presse. Je vous invite également à rester silencieux tant que l'offre n'est pas effectivement approuvée par mon client ET par un juge. Faute de quoi, je me verrai dans l'obligation de rejeter votre marché.

Harris lâcha la main de Sciavone et quitta les locaux.

*

* *

Robert Callaghan Sr. relisait en détail le courrier envoyé par le bureau du procureur. C'était une œuvre d'art. Il aurait aimé pouvoir l'encadrer et la placer dans le hall d'accueil. Bien sûr, il aurait préféré que… « le défendant Tom Goldberg », client du cabinet, ne soit pas condamné. Et peut-être ne le serait-il pas. Mais il dut bien reconnaître, la lettre à la main, que s'il plaidait coupable, la victoire était tout de même flamboyante. Certes, le contexte électoral avait joué mais, en l'occurrence, le procureur général du Massachusetts proposait quasiment des vacances pour un homicide involontaire. *Si cela venait à se savoir avant les élections, cet escroc de Harris les perdrait sur-le-champ*, se dit-il. Quant à Sciavone… *Ah, Angela*, pensa-t-il en se remémorant son arrivée au sein du cabinet. Il l'avait pour ainsi dire prise sous son aile et avait été un mentor pour elle. En réalité, il n'en était rien, mais Robert avait cette capacité qu'ont les dirigeants de trouver un moyen de se connecter aux succès de leurs employés. *Si Angela réussit à boucler ainsi un dossier de cette magnitude, elle aura dépassé de loin les attentes des associés – ce dont je n'ai jamais douté – et aura bien mérité de les rejoindre.*

2.

Tom était resté immobile pendant plusieurs minutes. Il encaissait. Sa conversation téléphonique avec maître Sciavone avait été surréaliste. Ce qu'il en retenait avant tout, c'est qu'il allait passer quelque temps derrière les barreaux. Il avait encore du mal à se le figurer ; c'était comme une information qu'on lui aurait donnée au sujet de quelqu'un d'autre. Il avait pris acte, il avait dit « oui, je comprends », mais n'avait rien compris. L'effet doit être le même lorsqu'un médecin annonce à l'un de ses patients que c'est malheureusement bien un cancer. Comment peut-on digérer une telle nouvelle ? On passe l'essentiel de sa vie avec la certitude qu'on ne va pas mourir, qu'on ne va jamais mourir, pour la simple et bonne raison que sa propre mort est un événement continuellement reporté. Comment peut-on accepter de recevoir un *save the date*[1] de sa propre mort ? D'autant que, malgré tous les progrès de la médecine, malgré toutes les avancées scientifiques, techniques et technologiques, on est toujours incapable de donner véritablement une date. Aucun docteur n'a jamais annoncé à son patient : « Bon, vous

1. « Réservez la date ».

avez tant de métastases, vous allez décéder le 15 avril à 16 heures. » Comment le cerveau arrive-t-il à ménager ces informations ?

*
* *

Les *cinq phases du deuil* constituent un modèle scientifique bien connu du grand public, parfois sous l'acronyme DABDA[1]. Mais lorsque la psychiatre helvético-américaine Elisabeth Kübler-Ross mit au point ce modèle, il ne concernait pas à l'origine les patients endeuillés mais ceux à qui on annonçait une maladie terminale, puis plus largement ceux confrontés à toute forme de perte catastrophique : perte d'emploi, perte de revenu, perte de liberté, annonce d'infertilité, etc. Ces cinq phases, quelles sont-elles ?

Dans la description donnée par le docteur Kübler-Ross, on trouve en premier lieu *Denial*, le déni : vous avez dû faire une erreur et votre diagnostic est incorrect, mon mari n'est pas vraiment mort, l'assurance ne peut pas refuser de nous rembourser…

Ensuite vient *Anger*, la colère : je connais quelqu'un qui fume beaucoup plus que moi et lui n'est pas malade, c'est injuste, je vais poursuivre l'hôpital en justice parce que vous n'avez pas réussi à me sauver, il n'est pas normal que cela m'arrive à moi, je n'ai rien fait de mal…

Puis *Bargaining*, le marchandage : si j'arrête de boire maintenant et que je ne prends plus une goutte d'alcool, je pourrai être éligible à une transplantation, ma fille finit ses études l'année prochaine, je ne peux pas rater

1. *Denial-Anger-Bargaining-Depression-Acceptance.*

sa remise de diplôme, je ferai ce que vous voudrez et je paierai ce qu'il faudra pour que vous me sauviez...

Suit *Depression*, la dépression : rien n'a de sens. Rien. Un jour, vous êtes là ; le lendemain, vous ne l'êtes plus... à quoi bon ?

Enfin, *Acceptance*, l'acceptation : je suis prêt à mourir, je m'en vais serein.

D'après l'autrice de ce modèle, ces cinq phases ne s'enchaînent pas toujours dans le même ordre, et ses recherches ont montré que tout le monde ne traverse pas nécessairement l'intégralité des étapes, mais au moins deux. Il est depuis entré dans la culture populaire l'idée que ces cinq phases sont celles du deuil, ce qui est une mauvaise traduction du nom originel du modèle : *five stages of grief*[1], qu'on peut aussi bien traduire par « cinq étapes du deuil » que par « cinq étapes de peine ».

★

★ ★

Ainsi, Tom avait beau s'être rationnellement préparé à ce qui allait suivre, il n'était pas préparé au fait qu'il allait devoir le vivre, et sans doute plus tôt qu'il ne le pensait. À mesure qu'il commençait à prendre conscience qu'accepter la proposition du procureur aurait un effet immédiat sur sa liberté, son esprit cherchait une autre option. Il en avait en réalité plusieurs. Tom Goldberg était plein de ressources, il était riche, et disposait du super-pouvoir d'être instantanément oubliable et oublié, il n'aurait sans doute aucune difficulté à quitter les États-Unis et vivre le reste de son existence librement, sans

1. In *Les Derniers Instants de la vie*, Elisabeth Kübler-Ross, 1969.

même avoir à travailler un jour de plus, dans quelque pays chaud que ce fût. Ou froid, s'il le souhaitait. Certes, il devenait invisible et risquait un jour de ne plus se reconnaître dans un miroir… *Mais ce n'est pas une certitude… Peut-être que la disparition d'Yzzy va finir par faire effet ; si ce n'est pas déjà le cas, c'est uniquement parce qu'il est encore trop tôt et que les gens parlent encore trop d'elle… Si ça se trouve, dans six mois, tout sera réglé, j'aurai repris toute ma matière sans rien avoir eu besoin de faire d'autre qu'attendre, alors pourquoi j'irais en prison ?… Et puis il y a Emily, elle se souvient de moi, Emily, elle me reconnaît. Pourquoi ça ne me suffirait pas, le temps que les choses redeviennent normales ?* Et s'il faisait une énorme connerie ? S'il en venait à gâcher sa vie ? Et si cela ne changeait rien ? *Après tout, je pensais qu'une fois Yzzy disparue, je redeviendrais visible, j'aurais de nouveau un impact sur le monde. Et je me suis planté… Qui me dit que ma condamnation, ce ne sera pas la même chose ?… Sauf qu'une fois que je me serai rendu compte que ça ne fonctionne pas, bah je serai en prison… Bon, après, en vrai, si jamais ça marche toujours en prison, je pourrai sortir par la grande porte sans que personne s'en émeuve… quoique… non, peut-être pas, en fait. Le principe même de la prison, c'est de déshumaniser… une fois que j'aurai un uniforme orange, ou gris, ou que sais-je, que j'aurai un numéro, de toute façon, je ne serai plus un homme à leurs yeux… Mais du coup, j'ai rien à gagner à aller moisir en taule… à moins que… peut-être que c'est justement en prison qu'on me traitera enfin comme un humain qu'on peut voir… Nan, je dis de la merde, là…*
Tom était resté immobile pendant plusieurs minutes. Il lui faudrait plus de temps pour accepter le déroulement des

événements à venir. *Des baby-steps*, pensa-t-il. *Un pas après l'autre. Lorsqu'il faudra signer ce foutu papier, je ne réfléchirai pas trop.*

Étape 1, je demanderai à mon avocate : est-ce que c'est prêt à être signé ? Elle me dira oui.

Étape 2, j'attraperai un stylo et...

Étape 3, je signerai.

C'est tout. Une fois que ce sera fait, j'aurai juste à me laisser porter. Ça va être dur un temps, mais ensuite tout ira bien, je retrouverai enfin ma vie, et ce sera enfin la vie dont j'ai toujours rêvé. Déni, marchandage et acceptation.

3.

— J'ai bien compris que vous ne pouvez rien me dire, mais est-ce qu'on peut au moins parler hypothétiquement ?

La question sembla résonner comme dans une nef d'église ; Emily aurait pu jurer entendre le son de ses mots rebondir sur les murs d'une grande pièce à l'autre bout du fil. Elle avait trouvé le numéro d'Angela Sciavone en cherchant dans le répertoire du portable de Tom, quelques jours plus tôt. Le jeune agent n'utilisait pas la reconnaissance faciale pour débloquer son appareil parce qu'il craignait, à juste titre pensait-elle, que son téléphone lui-même finisse par ne plus le reconnaître. Elle l'avait vu taper son code pour le déverrouiller, et l'avait composé à son tour pendant qu'il était parti pisser. Quand Tom, au cours d'une conversation, avait envisagé de plaider coupable, elle avait pris les devants. Et elle avait bien fait. Il n'était pas question que Tom passe un jour en prison. C'était inacceptable. Il n'allait pas endosser la disparition d'Yzzy et se proclamer assassin, c'était injuste. Lorsque l'avocate de son ami avait décroché, Emily avait failli raccrocher. Ce n'était pas ce qu'il souhaitait, c'était une trahison. Et s'il ne lui pardonnait jamais ? Leur relation était tellement unique, comment allait-il réagir en découvrant qu'elle avait bafoué cette intimité ? Qui plus est avec son avocate ?

« Allô ? » Elle n'aurait rien à faire. Elle n'avait pas besoin de raccrocher... Il suffisait d'attendre quelques secondes, sans rien faire. C'était la chose la plus simple au monde, ne rien faire. Sciavone allait raccrocher d'elle-même, penserait à un faux numéro, à une arnaque téléphonique, à un problème technique... Elle pourrait bien imaginer ce qu'elle voulait, elle raccrocherait très vite, son temps était précieux. Il suffisait de ne rien faire, et il n'y aurait plus de problème. Et c'était presque en simple spectatrice du monde qu'Emily s'était entendue prononcer ces mots, hésitante : « Maître Sciavone, je suis Emily Kovalski, j'ai trouvé votre numéro dans le téléphone de Tom Goldberg, l'agent d'Yzzy. » Elle avait même pensé à situer Tom. Son pilote automatique était très efficace.

« Oui ? » C'était trop tard pour reculer, Emily n'avait plus qu'à avancer, ce n'était presque plus sa responsabilité à ce stade.

« Il faut que je vous parle de Tom...

— Mademoiselle Kovalski, je suis prête à vous écouter, mais sachez qu'il n'est pas question que je vous donne des informations sur ce dossier, et je pense que, de votre côté, vous ne devriez...

— Il ne faut pas qu'il accepte l'offre du procureur ! »

Déjà ses mots avaient résonné, ils semblaient n'avoir pas trouvé leur destinataire, errant dans un cabinet d'avocats qu'Emily imaginait luxueux, comme dans les séries télé. Après quelques secondes, toutefois, Sciavone avait répondu :

« Je vous le répète, je ne suis pas en mesure de discuter avec vous de la situation de mon client...

— S'il n'a pas encore signé ce marché, il ne faut surtout pas qu'il le fasse…

— Mademoiselle Kovalski, écoutez-moi bien. Je suis tout à fait prête à entendre ce que vous avez à me dire… *[elle marqua une pause]* mais je ne peux absolument pas parler avec vous de M. Goldberg. J'insiste, mais en théorie, à ce stade, je ne peux même pas vous confirmer si je le représente effectivement ou non, vous comprenez ?

— Il ne…

— Est-ce que vous comprenez ? Prenez votre temps… »

Emily avait eu envie de hurler contre cette avocate qui ne saisissait pas l'importance de cet appel et se contentait de ressortir machinalement son histoire de secret professionnel. Toutefois, elle fit ce que Sciavone lui demandait et prit le temps d'y penser, parce qu'une réflexion venait de germer dans un recoin de son cerveau. *Angela Sciavone tente de me faire passer un message. C'était même pas subtil, putain… « Moi, je ne vous dirai rien, mais je suis preneuse de tout ce que vous pouvez m'apporter de nouveau, si vous acceptez le fait que je serai comme un mur, je ne pourrai rien répondre, mais j'entendrai tout ce que vous aurez à raconter. »*

Emily avait réfléchi un temps à sa réponse, et l'avait proposée ainsi : « J'ai bien compris que vous ne pouvez rien me dire, mais est-ce qu'on peut au moins parler hypothétiquement ? »

Et après quelques secondes, la voix au téléphone demanda simplement :

— Pouvez-vous venir à mon bureau ?

*

* *

Dans le bureau de son capitaine, O'Maley fulminait. Il tenait enfin son enquête par… trois fois rien, un bout de ficelle… il savait qu'au bout de cette ficelle se trouvait une pelote qui, lorsqu'elle serait démêlée, broderait toute l'histoire de la disparition d'Yzzy. Mais il était pieds et poings liés par cette affaire qui n'en finissait pas de le frustrer. Ses enfants étaient harcelés à l'école et, il le supposait, en ligne. Lui qui possédait encore un téléphone fixe chez lui avait dû se résoudre à le débrancher, tant il n'arrêtait pas de sonner. Des injures, des insultes, des intimidations, des blagues en tout genre. Il trouvait même des lettres de menace non cachetées déposées dans sa boîte aux lettres. Il avait demandé qu'une patrouille se poste près de chez lui, mais : « Non, voyons, on n'a pas les ressources nécessaires pour ce genre de choses… ça fait partie du métier… », « T'as qu'à ne pas y faire attention… », « Ce sont juste des canulars… » Il avait souhaité plus que tout au monde mettre cette enquête derrière lui. Du moins, jusqu'à ce que son instinct lui suggère qu'Yzzy n'avait pas disparu à Boston. Partant de là, il avait enfin une piste, il savait que l'agent savait, et qu'il avait menti. Il le tenait. Il allait le faire parler, ce n'était pas cette avocate qui allait l'empêcher d'avancer. Mais le procureur lui avait coupé l'herbe sous le pied, même si O'Maley ne voyait pas la situation aussi sobrement. *Il m'a fait un croche-pied pour que je perde mon équilibre, m'a poussé dans les escaliers, puis, une fois que j'étais à terre, m'a frappé les côtes, puis les couilles, m'a craché au visage et a ensuite susurré à cette avocate : « Vous voyez avec quoi je suis forcé de travailler ? Il n'arrive à rien, du coup je suis obligé de vous faire un cadeau pour avancer. »*

Oui, il aurait aimé être démis de cette affaire… un mois plus tôt. Mais plus maintenant. Plus maintenant que son capitaine lui apprenait que ce n'était plus qu'une question d'heures, que Goldstein allait accepter l'offre du procureur et que le dossier allait enfin pouvoir être clos. Pour le département de police, c'était une victoire. Une grosse affaire qui se conclut par une condamnation, peu importe la sentence, ce n'est pas de son ressort. Pour le procureur, c'était davantage une victoire électorale qu'une victoire de la justice, mais c'était précisément ce qu'il souhaitait. Pour Goldberg, c'était une victoire de s'en tirer avec l'équivalent d'un PV pour excès de vitesse alors qu'il était responsable de la mort d'une célébrité de cette envergure. Pour son avocate, c'était également une victoire. Ses tarifs allaient très vite monter, désormais. Il n'y avait guère que pour lui que c'était une claque, une humiliation. Tout ce qui suivrait découlerait de ce même point introductif : les enquêteurs chargés de l'affaire ont été incapables de trouver les preuves suffisantes pour accabler le coupable. Et comme toujours dans ce genre de dossier foireux, « les enquêteurs » deviendrait « l'enquêteur responsable ». C'était O'Maley qui allait, seul, encaisser le monumental échec, afin que tous les autres puissent en extraire leur petite victoire. Même ses gosses – *putain, mes gosses…* – ne le lui pardonneraient pas, grandiraient en se disant que, en effet, leur père doit vraiment être un loser, que les autres avaient raison depuis le début. Sa fille, lorsque cette affaire avait commencé, était fière de savoir que son père recherchait Yzzy, et espérait qu'il la retrouverait, puis la lui présenterait. Elle accepterait, c'est évident. Son fils était quant à lui trop jeune pour comprendre la nature exacte de ce qui se produisait, mais il admirait l'uniforme, voyait son père comme un super-héros. C'en était fini d'être flics de père en fils. Symboliquement, en échouant dans cette enquête, O'Maley venait de solder l'héritage familial. Des générations d'Irlandais se retournaient dans leur tombe. Déni, et colère. Il chercha dans ses notes les coordonnées de Travis Midsummer, hésita un long moment, puis composa son numéro de téléphone.

*

* *

Emily n'était déjà pas bien grande, et pour une jeune femme de son âge passait souvent pour une adolescente, mais elle se sentait particulièrement petite, écrasée même, dans cette immense salle de réunion. Face à elle, maître Sciavone s'était installée sans dire un mot, sans lui proposer un café ou un verre d'eau, sans même lui faire signe de s'asseoir. L'avocate n'avait ni carnet ni stylo, rien qui lui permît de prendre des notes. Emily se dit qu'en termes de communication non verbale Angela Sciavone montrait son hostilité avant même de commencer. La jeune femme tira une chaise et s'assit. Attendit. *Il faut qu'elle fasse un pas dans ma direction, quand même, que j'arrête de penser que je la fais chier.* L'avocate finit par hausser les sourcils et tendit les mains vers Emily, en un geste parfaitement reconnaissable pouvant signifier aussi bien « je vous écoute » que « bon, t'accouches ? ». *Si elle veut que j'accouche, je vais accoucher.*

— Tom ne doit pas aller en prison !

— Je ne peux pas parler de la situation de…

— Je sais ce qu'il vous a dit, mais il ne doit pas aller en prison. Il vous a menti. Il n'a pas tué Yzzy !

Angela Sciavone fit de son mieux pour ne laisser aucune émotion traverser son visage neutre, et attendit.

— Il…, commença Emily avant de se raviser. Si quelqu'un… hypothétiquement… s'accusait d'un crime, et voulait plaider coupable… mais que vous appreniez que cette personne est innocente… vous ne devriez pas l'empêcher d'aller en prison ?

Emily pensait avoir mis les formes pour permettre à son interlocutrice de répondre, alors elle se tut. Après quelques secondes, Sciavone s'appuya contre le dossier de son siège et soupira, le regard perdu au loin. Puis, dans un mouvement inverse, s'approcha d'Emily et lui dit :

— Ça dépend. Dans l'hypothèse où quelqu'un qui serait mon client souhaiterait être reconnu coupable de la mort d'un tiers, mon travail consisterait à obtenir les meilleures conditions possible de condamnation au regard de la loi. Si, maintenant, on me fournissait la preuve – et notez que je parle bien de preuve, pas d'un ou d'une proche qui me dirait tout le bien qu'il ou elle pense de mon client –, la preuve, donc, de l'innocence de mon client, soit je serais en mesure de l'utiliser pour démontrer son innocence devant un juge, soit je n'en ferais rien, par exemple si la preuve n'était pas recevable. Mais dans tous les cas – j'insiste, dans tous les cas –, c'est mon client qui aurait le dernier mot. S'il souhaite accepter un marché en échange d'un aveu de culpabilité, peut-être pense-t-il qu'en cas de condamnation par un jury il aurait beaucoup plus à perdre. Est-ce que ça répond à votre question ?

— Mais Tom n'a pas tué Yzzy…

— Je ne peux pas discuter avec vous de ce que ce jeune homme pourrait, peut ou a pu admettre en ma présence. En revanche, si vous disposez d'une preuve formelle qu'il ne peut être en aucun cas responsable de la disparition d'Yzzy, c'est évidemment une information que je serais ravie de recueillir ; mais plus qu'à moi, c'est à la police qu'il faudrait en parler.

— Je ne peux pas… Je lui ai promis…

— Mademoiselle Kovalski…

— Emily…

— Emily… laissez-moi être votre avocate pendant un court instant. La seule preuve dont vous pourriez disposer permettant de l'innocenter de façon certaine, étant entendu qu'on ne parle pas ici d'alibi, dans la mesure où personne n'a été capable d'établir avec précision le moment de la disparition d'Yzzy, la seule preuve dont vous pourriez disposer serait, il me semble, une preuve de nature à vous incriminer. Si vous avez des éléments susceptibles de faire avancer l'enquête de police, je vous invite à vous rapprocher de l'inspecteur O'Maley. Sachez toutefois que, s'il s'agit d'informations au sujet desquelles vous lui avez menti précédemment, il pourra procéder à votre arrestation. Et je ne pourrai pas vous protéger, je ne suis pas votre avocate.

Marchandage, dépression.

★

★ ★

Emily Kovalski était stressée, Angela s'en rendait bien compte. Certes, il y avait le lieu avec son décorum où tout était fait pour impressionner, renvoyer un sentiment de puissance aux clients qui payaient cher le fait d'être défendus, ainsi qu'un sentiment d'écrasement aux parties adverses lorsqu'elles venaient négocier. Pour une jeune étudiante qui ne connaissait rien du monde professionnel ou des requins du droit, la sensation devait être terrible. La jeune Kovalski finit par se lever, bredouillant qu'elle comprenait tout en laissant, sans doute malgré elle, apparaître son agacement, sa frustration.

— Vous ne direz pas à Tom que je suis venue vous voir, si ?

— Je ne peux pas vous parler de ce que j'ai dit, ce que je dis ou ce que je dirai à mon client.

Tu m'étonnes que je vais lui dire que tu es venue, miss. Parce que si le fond de l'histoire, c'est qu'il essaie de protéger ton petit derrière, lui et moi, on va avoir une gentille conversation pas piquée des hannetons !

Emily marmonna un « bonne journée » mélangé d'un « pardon » – *sans doute un pardon de m'avoir dérangée* – puis s'en alla vivement sans se retourner.

Angela s'autorisa à perdre sa posture ouvertement guindée pour reprendre sa respiration. *Il faut que j'appelle Tim immédiatement.*

4.

— Tim ?

— Tom !

— Oui, Tom !

— Bonjour, maître. Qu'est-ce qui me vaut l'honneur ? Les papiers sont prêts ?

— Encore des petits détails à régler, on est en train de finaliser ; on demandera quelques corrections au bureau du procureur, ne serait-ce que par principe, mais s'ils sont aussi pressés que je le pense, ce sera prêt avant la fin de la journée. Ce n'est pas pour ça que j'appelle...

— Ah ?

— Emily Kovalski est passée me voir...

— ...

— Tim ?

— Tom !

— Ah, putain ! Tom ! Savez-vous pourquoi elle est passée me voir ?

— Pour vous convaincre de m'innocenter plutôt que me laisser avouer publiquement ma culpabilité ?

— Plus précisément, pour me convaincre que vous n'êtes tout simplement pas coupable...

— Elle ne sait pas de quoi elle parle...

— Tom ?

— Oui ?

— Je suis votre avocate, pas la sienne. Si, dans un quelconque élan de chevalerie, vous avez décidé de couvrir Mlle Kovalski en prenant sa place…

— Elle vous a dit qu'elle avait tué Yzzy ?

— …

— …

— Non… Elle ne m'a pas dit qu'elle avait tué Yzzy. En tout cas, pas explicitement et…

— Et elle ne le fera pas. Parce qu'elle n'a pas tué Yzzy. Je le sais, et vous savez comment je le sais.

— Alors pourquoi s'est-elle montrée si insistante ?

— Elle est jeune, et sans doute amoureuse, qu'est-ce que vous voulez que je vous dise ?

— …

— Quoi ? Vous allez chercher à me convaincre de ne pas signer ?

— Ça, de toute façon, je vais chercher à vous convaincre de ne pas signer.

— Prévenez-moi quand les papiers seront prêts. Si je sens que vous refusez d'en finir la rédaction ou que vous cherchez à m'empêcher de signer, je descends dans la rue, j'attrape le premier journaliste avec une caméra et j'avoue tout. Est-ce que c'est plus simple pour vous ainsi ?

— …

— Maître ?

— Ce sera prêt dans la journée.

Tom raccrocha alors qu'un bruit se faisait entendre à l'entrée de l'appartement qu'il occupait à Boston. Emily venait d'arriver. *On va avoir une petite conversation, tous les deux.*

*
* *

Les yeux rouges, le visage bouffi, et pourtant Tom la trouvait belle. Il était presque ému de voir ainsi quelqu'un se battre pour lui, mais il fallait qu'elle comprenne : elle devait être forte, parce qu'il devait être fort. Par le passé, déjà, ils s'étaient juré, sur la tête de chacun des membres de leur arbre généalogique et au nom de tous les dieux possibles, ils s'étaient juré que le secret qu'ils partageaient resterait leur secret. Le simple fait pour Emily d'être avec Tom la seule au monde à savoir avait suffi jusqu'alors à la convaincre de conserver ce trésor précieux. Mais il n'avait jamais été question d'aller en prison en s'accusant d'un meurtre.

— Ok, pas meurtre. Mais bon, homicide involontaire et meurtre, ça fait sans doute une différence pour un juge, mais pas pour moi. Ni pour le public. Si tu dis « je l'ai tuée », tu fous ta vie en l'air, tu ne t'en remettras jamais. Sans compter que tu sais qu'il y a des fans cinglés d'Yzzy qui vont vouloir te supprimer pour la venger… Tu en es conscient, n'est-ce pas ?

— Ne t'inquiète pas de ça, les menaces de mort, ça fait partie du métier…

La frustration d'Emily était énorme. Cela lui semblait tellement évident qu'elle ne savait pas par où commencer pour le convaincre.

Tom n'avait tout simplement rien à faire en prison. Ce n'était pas sa place. Il devait dire la vérité. Les gens comprendraient. Le monde comprendrait. *Bon, le monde gueulera un peu, le monde gueulera un temps, mais le monde finira par comprendre, ou oublier et passer à autre chose.* Tom lui avait déjà expliqué pourquoi ce n'était pas possible. Les enjeux étaient trop grands. S'il révélait l'entière vérité, non seulement, il fallait qu'Emily l'entende, il irait de toute façon faire un tour en prison – certes pas pour meurtre, mais peut-être pour une durée plus longue que celle prévue par l'accord avec le bureau du procureur –, mais il serait en plus ruiné. Pas seulement économiquement. Sa vie entière s'effondrerait. Tout ce qu'il avait bâti. Il se révélerait être le bon à rien que ses connards de professeurs d'un autre siècle voyaient en lui. Non. La vérité mourrait avec lui. Idéalement dans très longtemps…

Alors, il devait au moins se battre, pensait Emily, défendre son innocence.

— Qui sait ? Peut-être que tu finiras par devenir visible s'il y a un procès et que tu es acquitté ?

— Ne te fais aucune illusion. Si je ne plaide pas coupable, il n'y aura pas suffisamment d'éléments matériels pour aller jusqu'au procès. Crois-moi, Em', je retourne le truc dans ma tête depuis des semaines. C'est la seule solution possible. Ne vois pas ça comme un sacrifice, s'il te plaît. Vois ça… comme un traitement super chiant, genre une chimiothérapie. Personne n'a envie d'y aller. Personne au monde ne s'est réveillé un jour en se disant « super, ma chimiothérapie commence aujourd'hui » ; mais quand on a un cancer et que c'est le seul traitement susceptible de nous sauver la vie, on y va. Parce qu'on n'a pas le choix. Et j'ai envie de dire : on y va quand bien même on n'a pas le soutien de ses proches. Même si c'est bien plus facile quand on est soutenu. Em'… J'ai besoin que tu me soutiennes… que tu me comprennes… mais s'il le faut, je ferai sans.

Ces derniers mots firent mal. Bien plus qu'ils n'auraient dû. Bien plus que Tom l'aurait souhaité.

— Et si ça suffisait, que je sois la seule à te reconnaître ? Si jamais les choses ne rentrent pas dans l'ordre, je te reconnaîtrai toujours, moi… pourquoi est-ce que ça ne peut pas suffire ?

— Ça pourrait suffire, Em', ça pourrait… si je ne pensais pas que, moi-même, j'allais finir par oublier qui je suis… Je suis terrifié à cette idée, tu ne te rends pas compte. Essaie d'imaginer aller te coucher en te disant, pas comme un vieux fantasme lointain pour se faire peur, en te disant que le lendemain au réveil tu auras peut-être tout oublié. Essaie réellement de te figurer ça, même un instant. Je sais que tu ne me crois pas, Em', mais je te le répète : j'ai déjà vu, c'était fugace, ok, mais j'ai déjà vu à travers mon bras. Il faut que ça cesse. Et tant pis si ça fait mal un temps.

Emily allait répondre. Quoi que ce soit. Il fallait qu'elle réponde, que la conversation ne s'arrête pas sur ce point-là. Mais alors qu'elle cherchait ses mots, on frappa à la porte. Trois coups secs. Fermes.

— Police !

Emily se dit que ça y était, qu'ils ne pourraient pas se dire au revoir comme elle le souhaitait. Elle regretta d'avoir perdu ces minutes précieuses à se disputer et se tourna vers Tom. Elle vit alors de la surprise sur son visage. *Ce n'est pas prévu. Ils ne sont pas censés venir le chercher.* Elle n'eut pas la possibilité de le lui demander, Tom s'était déjà levé pour aller ouvrir la porte. O'Maley se tenait sur le seuil, presque au garde-à-vous. Une lueur attira le regard de Tom à mi-hauteur. L'inspecteur tenait des menottes à la main.

— Inspecteur O'Maley ? Qu'est-ce qui me vaut le plaisir ? Vous savez que je suis représenté…

— Tom Goldberg, je vous arrête pour le meurtre de l'influenceuse dite « Yzzy ». Vous avez le droit de garder le silence…

— Emily, appelle Angela, elle saura quoi faire…

— … tout ce que vous direz pourra être retenu contre vous…

— Vous n'avez pas le droit de faire ça, s'insurgea Emily.

— … vous avez droit à un avocat…

— Emily, s'il te plaît, ne t'occupe pas de l'inspecteur et appelle Angela. Quelque chose ne va pas…

— … vous sera commis d'office…

— Je l'appelle, je l'appelle…

— Ça va bien se passer, je te le promets…

— Avez-vous compris vos droits ?

Emily se jeta contre Tom pour l'embrasser. Elle en avait besoin. Et lui aussi. Un baiser aussi fougueux que bref, à peine le temps pour la jeune femme de se dire que c'était romantique, tandis que l'inspecteur O'Maley tirait Tom par les poignets pour le faire reculer.

— Avez-vous compris vos droits ?

Tom tourna le visage vers O'Maley et lui répondit simplement :

— Mon avocate !

O'Maley, sourire en coin, fit pivoter Tom vers la sortie ; il se permit même un « passez une bonne journée » avant de quitter les lieux. Emily ne l'entendit pas. Elle était déjà au téléphone. Et lorsque Angela Sciavone décrocha, la jeune femme prononça uniquement ces mots :

— Tom vient d'être arrêté !

5.

L'inspecteur Steve O'Maley avait franchi la ligne rouge et perdu le droit à l'erreur. Les choses s'étaient rapidement mises en place. Tout aurait pu aller de travers, tout ! Mais tout s'était finalement déroulé tel qu'il l'avait espéré. Il n'avait pas de mandat, aussi il aurait suffi que Goldberg refuse d'ouvrir la porte pour que rien ne se passe. Steve serait sûrement mis à pied pour avoir ainsi procédé à une arrestation de sa propre initiative et sans aucun motif valable, mais son retour au poste de police avait été diffusé à la télé. L'inspecteur n'avait pas fait les choses discrètement. Il avait pris soin de se garer bien devant la façade, toutes sirènes allumées, avait lentement fait sortir son prisonnier pour le faire marcher devant les caméras postées devant l'entrée, en le tenant par les menottes. *Le monde entier m'a vu l'arrêter, c'est comme ça que je change l'histoire.* Son coup de téléphone à Travis Midsummer avait été bref.

« Travis ? Vous avez toujours dans l'idée de coopérer avec la police ? J'ai acquis la conviction qu'Yzzy n'est jamais venue à Boston, que son agent, Tom Goldberg, a déclaré sa disparition pour camoufler le fait qu'elle a disparu plus tôt, ailleurs, et qu'on perde notre temps à chercher partout quelqu'un qui n'a de toute façon jamais été là. Je vais arrêter Goldberg. La presse va s'exciter. Vous avez l'air de savoir un paquet de choses que les gens ignorent, alors vous allez avoir l'occasion de montrer au monde que vous êtes aussi talentueux que vous le prétendez. Prouvez qu'Yzzy n'était pas à Boston et… je ne vais pas y aller par quatre chemins… vous n'avez pas beaucoup de temps… sans doute moins de vingt-quatre heures… alors épatez-moi ! »

*
* *

— Redites-moi ça ?

— Tom vient d'être arrêté, à l'instant ! Le flic qui s'occupe de l'enquête, O'Maley, il s'est pointé chez lui et l'a arrêté, il lui a mis les menottes. Ils viennent juste de partir…

— Mais ils ont craqué, c'est pas possible… Combien ils étaient ?

— J'ai pas regardé dehors, mais je crois bien qu'il était tout seul.

— Bon… très bien… je vais au poste de police, je m'en occupe, merci de m'avoir prévenue.

— Qu'est-ce que je fais, moi ?

— Comment ça ?

— Qu'est-ce que je peux faire pour l'aider ?

— Absolument rien ! Vous ne parlez à personne !

Angela Sciavone sentit qu'il fallait lui offrir un os à ronger, alors elle ajouta :

— Restez près de votre téléphone au cas où j'aurais besoin de vous, d'accord ?

Puis elle raccrocha sans attendre de réponse. Son esprit fusa. *De deux choses l'une : soit ils ont découvert une preuve indéniable de la culpabilité de Tom, soit il y a un problème entre la police et le bureau du procureur, auquel cas il n'est pas question que mon client devienne l'instrument d'une guéguerre politique interne.*

★

★ ★

— Redis-moi ça ? Regarde-moi droit dans les yeux et répète ce que tu viens de dire ?

Le capitaine était furieux. Une veine saillante scindait son front dégarni et rougi par la colère. Face à lui, Steve O'Maley se maîtrisait parfaitement, malgré l'agacement qui s'était accumulé en lui au cours des derniers jours.

— Le procureur, je l'emmerde ! Voilà, je l'ai redit !

— Tu es conscient qu'il va me demander ta tête ? Tu le sais, j'espère ? Et tu comprends que je ne vais pas hésiter un seul instant à la lui donner ?

— On n'aura pas besoin d'en arriver là…

— Il voulait signer un marché avec ton gars, Goldfarb. Ils ont les papiers, tout était prêt ! Pourquoi veux-tu qu'il signe quoi que ce soit maintenant ? Tu es sur toutes les télés, tu es partout sur Internet en train de flamber avec ton prisonnier… Tu comprends que si ce type va jusqu'au procès, il va s'en sortir ? Le procureur sera humilié, et nous avec…

— Au risque de me répéter, le procureur, je l'emmerde ! Ensuite, il n'y a rien qui change. Absolument rien ! Goldblum va signer le marché comme prévu parce qu'il a de toute façon prévu de le signer ! Sors-toi la tête de la poubelle où elle traîne et réfléchis, bon sang !

Pourquoi voulait-il signer l'accord ? Tu crois qu'ils le savent pas, avec son avocate, qu'on n'a rien ? Tu crois qu'elle ne le lui a pas dit ? Il veut signer, parce qu'il est coupable et qu'il est conscient que, si on arrive à le choper, il risque vraiment gros. Là, on a un procureur aux fraises qui lui offre des vacances… bien sûr qu'il va toujours signer !

— Alors pourquoi t'as fait ça ?

— Parce que j'avais besoin de montrer que le département de police de Boston fait son travail, bordel ! Tu me dis que je suis partout sur Internet, mais c'est pas ça qu'on voit partout sur Internet ! Ce qu'on voit, c'est un policier du BPD, avec son badge bien apparent, qui procède à une arrestation. Et que vont montrer les médias ensuite ? Que le prévenu a passé un accord avec le bureau du procureur pour plaider coupable. Tout le monde est gagnant. La police ET le bureau du procureur. Toute cette histoire pue la merde, mais chacun y trouve son compte ; alors dis-moi pourquoi je devrais être le seul à me faire baiser ?

Le capitaine fit le tour de son bureau pour retourner s'asseoir. O'Maley venait de marquer un point. L'arrestation de Goldman, là, si elle aboutissait à une condamnation, c'était de la très bonne presse. Et si elle n'aboutissait pas, ce serait de toute façon la faute du procureur. Auquel cas O'Maley sauterait. *Harris va sans doute vouloir sa tête quoi qu'il arrive, mais s'il obtient une condamnation, ce sera très compliqué pour lui de justifier le renvoi du responsable de l'enquête.*

— Admettons, dit-il plus calmement. Et on peut savoir pourquoi tu ne m'as pas prévenu ? Pourquoi tu y es allé seul ?

— Déjà, jamais tu ne m'aurais laissé faire. Ensuite, tant que tu n'es pas au courant, tu n'es pas responsable. Mais surtout... en vérité... j'y suis allé sur un coup de tête... Jusqu'au moment de frapper à la porte, j'étais sûr de rien, j'ai failli me débiner au moins dix fois.

— Tu sais qu'on n'est pas encore sortis du bois, hein ?

— Je sais...

— Et si ça tourne mal, le fusible qui saute, c'est toi, hein ?

— Je sais aussi, oui... Mais comprends-moi, cap'. Si le gars avait avoué sa culpabilité directement au procureur, sans passer par une arrestation organisée par nos soins, alors que l'enquête dure depuis six semaines... quelle image pour notre département ? Mes gamins se font traiter de sous-merdes à leur école à cause de cette affaire, alors j'en ai eu marre de m'écraser.

— Son avocate va arriver... elle va savoir que t'as rien...

— Ils vont signer l'accord, j'ai absolument aucun doute. Et si elle a besoin d'une raison pour justifier l'arrestation, c'est très facile : nous avons acquis la conviction qu'Yzzy n'est tout simplement pas venue à Boston. La preuve ? Aucune trace, aucune empreinte, aucune fibre, pas une peau morte, rien. C'est impossible de prouver que quelqu'un n'était pas là ou n'a pas commis tel ou tel acte, alors en effet, je pense que ça ne tiendra pas devant un tribunal. Mais quand bien même... Le prévenu est riche, a les moyens de fuir le pays et de l'argent à l'étranger, donc il peut dire adieu à une libération sous caution. D'une manière ou d'une autre, là, lui, maintenant, il va en prison au moins dans l'attente de son procès ! C'est comme ça, c'est tout ! Qu'il signe le papier ou non. Mais moi, je te le dis, il signera.

*
* *

Comme l'inspecteur O'Maley et son capitaine l'avaient prévu, Alexander Harris était fou de rage. Quand il avait appris par la télé l'arrestation de Tom Goldberg – *par la télé, putain !* –, il avait aussitôt appelé le poste de police. Il était au téléphone depuis plusieurs minutes avec le capitaine et avait passé les premières à incendier tous ses services. Son équipe de campagne lui faisait signe de parler plus bas, il ne fallait pas que des journalistes puissent l'entendre hurler ainsi l'incompétence des forces de l'ordre. Il avait effectivement fini par baisser d'un ton, et le capitaine parvenait désormais à placer quelques mots d'affilée sans être interrompu. D'après lui, cela ne changeait rien. Oui, l'inspecteur O'Maley avait mal agi, bien sûr que c'était de son propre chef, mais s'il était de toute façon prévu de passer un accord avec le prévenu, il était tout naturel de commencer par l'arrêter. Certes, il y avait le risque qu'il refuse de signer, désormais, mais sa situation n'avait pas tant changé que ça. Pour ce qui concernait la police et les retombées de l'affaire sur la campagne du procureur, l'image était bien meilleure. Cette arrestation apparaissait comme le dénouement logique d'une longue enquête dont le manque de transparence auprès des médias avait suscité énormément de frustration. Il y a bien un suspect qui a été appréhendé et qui, lorsqu'il a été présenté devant le bureau du procureur, a reconnu les faits et passé un accord pour obtenir la clémence du tribunal. Un scénario efficace, éprouvé par des milliers d'affaires sur des décennies. La police évitait l'humiliation, et Harris apparaissait comme celui qui avait bouclé l'affaire. Tout le monde y gagnait. Le capitaine se permit même de défendre son inspecteur en ajoutant que la proposition du procureur avait *sans doute* été prématurée, qu'il aurait fallu *sans doute* prévenir l'enquêteur chargé du dossier avant de négocier avec ce jeune type.

Harris fulminait encore, mais retrouvait peu à peu son calme. *Cela fait partie du quotidien des politiciens. Ne pas rester ancré dans le passé, ne pas garder de rancœur. Lorsque les cartes son rebattues, il faut l'accepter aussi vite que possible, et aussi vite que possible en sortir la meilleure main.*

— L'avocate est arrivée ? s'enquit-il finalement, presque sereinement.

— Il y a quelques minutes. Elle est avec son client.

— Elle a dit quelque chose en arrivant ?

— Elle a demandé si on avait tous pris de la drogue.

— Rien qui remette en cause l'accord ?

— Pas que je sache, non.

— Il va se passer quoi, maintenant ?

— S'ils veulent toujours accepter votre marché, ils ne feront rien. Ça n'aurait aucun sens de faire annuler cette arrestation pour, dans la foulée, se rendre à l'hôtel de police en plaidant coupable. Peut-être demanderont-ils quand même une liberté sous caution, histoire que le gars puisse mettre de l'ordre dans ses affaires, mais même ça, ce n'est pas sûr.

— Et s'ils décident de ne plus signer ?

— Dans ce cas, ils vont tenter de faire tomber les charges, en affirmant que le dossier est vide. On montrera de notre côté que le prévenu a menti à de multiples reprises au sujet des faits et gestes de la victime, qu'il y a un véritable risque qu'il quitte le pays, et que votre bureau est prêt à prendre la suite. Les juges devraient nous suivre, je pense ; lorsque la pression médiatique à laquelle ils ont échappé jusqu'à maintenant leur tombera dessus, ils réfléchiront à deux fois avant de le laisser partir. Pour les mêmes raisons, je ne pense pas qu'un juge prendra le risque de le libérer contre l'avis de votre bureau… les juges doivent également gagner des élections, hein… Je me répète, mais c'est une victoire pour tout le monde, y compris pour Sciavone, l'avocate du gars. Il va être beaucoup plus simple pour elle de vendre publiquement un accord avec le procureur une fois son client arrêté.

— On dirait bien que vous avez pensé à tout…

— Ça nous arrive, monsieur le procureur, ça nous arrive…

— Très bien. On fait comme ça. Et si tout se passe bien, vous pourrez compter sur moi pour féliciter personnellement vos hommes…

— C'est noté, monsieur le…

— Et si tout ne se passe pas bien, vous pourrez également compter sur moi, soyez-en sûr…

— C'est noté aussi.

Le procureur avait raccroché.

6.

Dans la salle d'interrogatoire, Angela faisait les cent pas devant Tom qui était assis, serein. Elle avait demandé qu'on lui retire ses menottes. Elle n'y comprenait rien. Comment le procureur avait-il pu autoriser l'arrestation de son client alors même qu'ils étaient sur le point de s'entendre ? Avaient-ils découvert un élément qui permette de l'appréhender ?

— Qu'est-ce que vous leur avez dit ?

— Lorsque O'Maley est venu chez moi – seul, je précise – pour m'arrêter, il a récité mes droits en me passant les menottes, puis m'a demandé si j'avais compris, j'ai simplement répondu « mon avocate ». C'est tout. Personne à part vous n'a entendu le son de ma voix depuis. Je suis même resté silencieux lorsqu'ils m'ont proposé un café… pourtant, j'aimerais bien un café, en vrai…

— Vous ne devriez pas plaisanter, ce qui vient de se passer ne présage rien de bon…

— Ce qui vient de se passer ne change absolument rien, voyons. C'est évident que ce n'était pas prévu… L'Irlandais est soûlé que Harris lui soit passé au travers, alors il a eu envie de montrer que c'était lui le patron.

Sauf que c'est pas lui, le patron… et que, donc, ça ne change rien.

— Tom, dites-moi franchement, et je veux que vous réfléchissiez avant de répondre… Est-il possible qu'ils aient découvert quelque chose ?

— Comme quoi ?

— Je ne sais pas, moi… le corps ? L'arme du crime ? Une paire de gants… j'en sais rien… n'importe quoi !

— Rien du tout !

— Vous n'avez pas réfléchi… Sérieusement, concentrez-vous un peu…

Tom posa ses index contre ses tempes et fit mine de se concentrer comme un médium de téléfilm, il prononça même un « om » guttural pour parfaire la caricature.

— Tom, arrêtez de vous foutre de moi, je vous…

— Je vous dis qu'il n'y a rien. Ils n'ont rien. Ils sont convaincus qu'Yzzy n'était pas à Boston, c'est absolument tout ce qu'ils ont ! Voilà. Y a un flic qui se dit que cette affaire serait drôlement plus simple si Yzzy avait disparu à Miami. Des preuves ? Aucune. Des indices ? Je vois pas bien comment on pourrait prouver l'absence de quelqu'un.

— J'espère pour vous que vous avez raison.

— Regardez-moi, maître. Est-ce que j'ai l'air inquiet ?

— Parce que vous croyez être le premier prévenu de l'histoire à avoir trop confiance en lui ?

— Ils n'ont rien.

— Et s'ils ont quelque chose ?

— Ils n'ont rien. Et même s'ils avaient quelque chose, je pourrais sortir d'ici, là, maintenant, par la grande porte, sans que personne réalise ce qui se passe. Pas un seul policier dans l'immeuble ne saurait me reconnaître, même vaguement.

— Arrêtez avec ça, Tom, pour l'amour de Dieu. Au tribunal, il va nous falloir plus qu'une théorie absurde qui vous rend invisible…

— Comment ça, au tribunal ?

— Ça me semble clair qu'on va aller au tribunal. Vous ne croyez quand même pas que le marché reste d'actualité, si ? Même si le procureur persistait avec son offre, il n'est plus question de signer, là. Pas après vous avoir baladé devant des caméras les menottes aux poignets…

— Attendez, qu'est-ce que ça change ?

— Passer un deal avec le bureau du procureur nécessite un minimum de confiance et…

— Pas du tout !

— Bien sûr que si !

— Bien sûr que non ! Et c'est bien pour ça qu'on met tout par écrit ! Ce qui importe, c'est que personne, pendant la rédaction de l'accord, n'aille balancer à la presse que l'on s'apprête à plaider coupable. Une fois que c'est écrit, si le deal est toujours valable de leur côté, qu'est-ce que ça change pour nous ?

— Vous n'allez tout de même pas persister, si ?

— Évidemment que si !

Angela Sciavone finit par s'asseoir, le regard perdu dans ses pensées. Au fond d'elle-même, plus qu'obtenir la liberté pour son client, elle souhaitait un procès. Un long procès, des conférences de presse, des interviews. Elle rêvait de se lasser de lâcher sans cesse des « pas de commentaire » en traversant les couloirs du tribunal.

— Il va falloir que je prépare une motion pour faire abandonner les charges contre vous. Il faut que vous compreniez que si elles sont abandonnées… c'est terminé, vous êtes libre. Dans ce pays, on ne juge pas deux fois une personne pour le même crime.

— Sauf en cas de nouvelles preuves matérielles…

— Sauf… en cas de nouvelles preuves matérielles, oui, mais vous avez l'air convaincu qu'il n'y en a pas et qu'il n'y en aura jamais, alors… *[elle s'approcha doucement de lui]* laissez-moi faire ce pour quoi vous me payez. Laissez-moi faire de vous un homme libre, Tim.

Tom ne la corrigea pas. Il avait eu envie d'y croire, l'espace d'un instant. Comme un médecin qui lui dirait : « Attendez, ce ne sont pas vos radios qu'on a étudiées, les vôtres sont bonnes, finalement. » Mais non. La situation était la même. Les raisons qui le poussaient à accepter son sort étaient toujours là, devant lui, aussi fantomatiques qu'il était destiné à devenir. Il fallait qu'il soit reconnu coupable. Qu'il soit publiquement reconnu comme le responsable de la mort d'Yzzy. Que son image et son nom soient attachés à Yzzy pour toujours. Il devrait aller en prison. *Si seulement elle m'avait appelé Tom, j'aurais pu y croire.*

7.

De retour dans son bureau, Angela avait claqué la porte et baissé les stores. Elle ferma les yeux un instant, un mal de crâne commençait à lui vriller les tempes, elle voulait desserrer cet étau avant de devoir déclarer forfait pour ce qui restait de la journée. Son client n'avait rien voulu savoir, et le procureur avait fini par arriver. Il avait présenté les excuses de son bureau pour l'arrestation, et cela l'avait surprise. Reconnaître ainsi une erreur n'était pas franchement le genre de la maison, s'était-elle dit. *En général, les flics couvrent les flics, la police couvre ses flics, le procureur couvre la police, et il en faut beaucoup pour que les juges condamnent des procureurs.* C'était ainsi que le système restait bien huilé. *Enfin... bien huilé... suffisamment huilé, on va dire, parce que la notion de « bien » dans tout ça, elle est très évasive.*

Le procureur avait confirmé que l'inspecteur O'Maley avait agi de son propre chef. Angela refusait toujours de croire à cette version, mais elle avait dû admettre que, dès lors que son client avait été arrêté, il était devenu impossible de le relâcher immédiatement ; surtout si ce dernier avait encore l'intention de plaider coupable, avait précisé Harris. Angela avait voulu rétorquer qu'il n'avait jamais prétendu cela, mais elle avait été interrompue par… *mais merde, comment il fait ça… l'agent d'Yzzy… Tom ! Tom Goldberg !* Tom Goldberg avait, au mépris des recommandations de son avocate, pris lui-même la parole pour dire qu'il était prêt à signer, si tout était en ordre. Par conséquent, le sort en était jeté. Tom resterait au poste, dans la mesure du possible dans la salle d'interrogatoire plutôt qu'en cellule, jusqu'à la signature des papiers, après quoi il deviendrait officiellement pensionnaire de l'État. Tom ne s'en défendit pas. Pour la forme, Angela exigea qu'il ne soit pas traité comme un criminel tant qu'il n'aurait pas signé. Elle fut donc contrainte de travailler sur l'accord avec le procureur : les droits de sortie pendant la période de surveillance électronique, les droits de visite, un tas de détails qui ne changeraient finalement pas grand-chose à la vie de Tom. Ils étaient convenus de se retrouver au poste en fin de journée pour signer les documents, une fois ceux-ci formalisés définitivement. Angela n'avait plus qu'à attendre de recevoir le mail avec l'ultime version corrigée par l'équipe du procureur. Elle vérifierait le document une dernière fois, et cette affaire serait close avant la nuit. Après cela, elle prendrait certainement le reste de la semaine pour s'occuper un peu d'elle. *Massage, sauna, pédicure, peu importe tant que je suis à moitié à poil et qu'on me détend le corps avec des huiles et de la musique douce.* Alors qu'elle se sentait dériver, le téléphone de son bureau se mit à sonner. Sans ouvrir les yeux et en pestant contre la Terre entière, elle chercha le combiné de la main, puis finit par le saisir.

— Angela ? Une certaine Emily Kovalski vient d'arriver. Elle n'a pas rendez-vous mais souhaite te voir.

Putain… mais foutez-moi la paix cinq minutes, merde ! J'y peux rien, moi, si ton crush veut absolument aller en prison, bordel…

— Donne-moi une minute, je viens la chercher.

★

★ ★

Arrivée devant le large comptoir de la réception, Angela n'y alla pas par quatre chemins.

— Mademoiselle Kovalski, qu'est-ce que je peux faire pour vous ?

— Pas ici ! répondit sèchement Emily, d'un ton que ne lui avait pas encore connu Sciavone.

Le ton n'était pas agressif, mais il était évident. Aussi maître Sciavone conduisit Emily à son bureau. Celle qu'Angela avait considérée comme une groupie un peu fragile ferma la porte derrière elle sans la moindre hésitation. Emily dégagea d'un signe de main l'idée de se faire apporter un café, un verre d'eau ou quoi que ce soit, l'heure n'était pas aux sociabilités. Elle s'assit et attendit patiemment que l'avocate de Tom fasse de même puis, après avoir cherché ses mots un temps – en réalité, après avoir une énième fois répété dans sa tête pour être efficace –, elle rompit le silence.

— Nous ne sommes que deux personnes au monde à savoir ce que je vais vous dire. En vous racontant cela, je trahis Tom alors que je suis le seul être humain en qui il a réellement confiance. Mais je le fais pour lui éviter la prison.

— Je vous écoute, répondit simplement Angela en pressant ses yeux pour tenter de faire fuir son mal de crâne, alors qu'Emily cherchait quelque chose dans son sac à main en agitant sa tête pour lui signifier que ça n'allait pas.

Elle extirpa un billet de vingt dollars qu'elle tendit à maître Sciavone, et déclara, comme elle l'avait déjà vu dans des films :

— Maintenant, vous êtes mon avocate, et tout ce que nous allons nous dire est confidentiel, oui ? Ça signifie que si vous répétez ce que je vous dis sans mon autorisation, votre carrière est terminée, c'est bien ça ?

— C'est bien ça, MAIS – elle insista sur ce dernier mot afin de s'assurer d'être bien comprise – vous devez également être avertie du fait que j'ai une responsabilité vis-à-vis de Tom Goldblum *[Emily ne corrigea pas]*, qui est déjà mon client. Je vais vous écouter et, ne vous inquiétez pas, notre conversation sera confidentielle, mais soyez consciente du fait qu'un conflit d'intérêts existe et qu'il ne saurait vous être favorable…

— Mais du coup, c'est bon ?

— Oui, allez-y.

— Tom ne peut pas aller en prison, il ne doit pas y aller. C'est allé trop loin, maintenant, cette histoire. Je le vois s'empêtrer là-dedans comme un gamin qui refuserait d'admettre sa connerie et qui bâtirait mensonge sur mensonge pour tenter de s'en sortir, et qui en arriverait à un point où il devient impossible de faire machine arrière…

Angela soupira intérieurement. *Putain, mais on en est encore là ?* Elle chercha en elle un ton rassurant, calme, gentil, qu'elle eut beaucoup de mal à invoquer.

— Nous en avons déjà parlé, mademoiselle Kovalski…

— Emily !

— Oui, Emily… on en a déjà parlé… Croyez-moi – et je ne devrais même pas vous le dire –, j'ai essayé de convaincre Tom de refuser le marché avec le bureau du procureur, mais ça reste sa décision et, désormais, mon rôle consiste uniquement à veiller à ce que les choses se passent au mieux pour lui…

— Oui, je sais, le bracelet électronique, l'assignation à domicile, mais ça reste déjà une forme d'emprisonnement, non ? Sans compter qu'il y aura de toute façon une peine de prison ferme au début, non ?

— Je ne vais pas entrer dans les détails ; je ne sais pas ce que Tom vous a déjà expliqué ou non, et c'est lui seul qui peut décider de vous en parler…

— Qu'est-ce qu'il faudrait faire pour s'assurer qu'il soit relâché ?

— Que voulez-vous que je vous dise, je ne sais sincèrement pas ce que vous attendez de moi…

En réalité, t'en as déjà eu plus qu'assez pour vingt dollars, et j'ai mal à la tête, pensa-t-elle.

— Hypothétiquement… pourrait-on faire quelque chose pour qu'il soit relâché ?

Angela vit une ouverture.

— Si, comme vous l'affirmez, Tom est innocent du meurtre d'Yzzy, les aveux du véritable meurtrier pourraient l'innocenter. Mais attention… il ne s'agit pas de se rendre simplement au commissariat et de dire « en fait c'était moi ! ». Ce ne sera pas assez convaincant pour douter raisonnablement de la culpabilité de Tom, ce qui garantirait quasiment l'acquittement de n'importe quel autre suspect. Non, il faudrait des preuves matérielles… être en mesure d'indiquer où se trouvent le corps, l'arme du crime… et encore, cela ne dédouanerait pas mon client d'un potentiel lien de complicité avec le coupable, vous comprenez ?

Angela tentait de déchiffrer l'expression d'Emily. Elle était généralement douée pour cet exercice. Là, elle y lisait de la déception, mais, cette fois-ci, elle se trompait. Ce que révélait le visage d'Emily était ce qu'elle pressentait avec cet entretien, ce qu'elle avait essayé de retarder au maximum, ce dont elle se pensait incapable quelques minutes plus tôt ; c'était le simple fait, l'évidence du simple fait qu'il n'y avait plus d'autre choix. Pour sauver Tom, elle devait le trahir. Et dire enfin la vérité.

Acceptation.

8.

O'Maley sirotait son café, les pieds posés sur la table de métal qui le séparait de Tom. Il avait repris le dessus, le dossier était, pour ce qui le concernait, clos, ou presque. Il restait de la paperasse, et il n'avait pas hâte de s'y coller. Si, sait-on jamais, l'affaire aboutissait à un procès, il devrait témoigner. D'ici là, beaucoup d'événements pouvaient se produire, peut-être qu'on retrouverait le corps d'Yzzy, peut-être que le mentaliste découvrirait quelque preuve, et peut-être que la conscience populaire condamnerait alors l'agent. Il allait enfin pouvoir reprendre normalement son travail quotidien et, plus important encore, on allait enfin leur foutre la paix, à lui et à ses proches. Tout le monde s'était ému de voir Tom menotté sur toutes les chaînes de télé et, il s'en doutait, sur tous les réseaux sociaux, mais ce que l'inspecteur retenait surtout, c'était qu'on le voyait, lui, menant Tom au poste. C'en était fini des « la police de Boston est nulle » ou « ton père est un incapable » balancés dans les couloirs du lycée de sa fille. Il y aurait une période d'ajustement, O'Maley l'espérait courte, mais les choses rentreraient dans l'ordre.

Il restait là, à fixer Tom. Il avait bien entendu l'interdiction absolue d'évoquer l'affaire avec lui en l'absence de son avocate, ce serait un vice de procédure. En théorie, il n'avait même pas le droit de lui adresser la parole pour quelque raison que ce soit, y compris pour lui proposer un verre d'eau ou d'aller pisser. En revanche, si Tom décidait de lui-même de s'exprimer, il avait parfaitement le droit de l'écouter et, même si c'était un terrain miné, il avait le droit de parler tout simplement. C'est-à-dire non pas de poser des questions, ni de s'adresser au prévenu, mais de parler tout seul, de penser à voix haute.

— Je vous sens songeur, inspecteur, dit Tom.

O'Maley resta silencieux.

— Vous ne m'avez jamais vraiment répondu au sujet des batteries de votre caméra, insista-t-il. Qu'est-ce qui se passerait si jamais un gars que vous avez arrêté avouait un crime pile au moment où elles lâcheraient ?

O'Maley pesa le pour et le contre avant de se décider à répondre.

— On serait dans la même situation que lorsqu'on n'avait pas encore de caméra… ce serait la parole de l'accusé contre celle des policiers. Mais je vous l'ai dit, à ma connaissance, c'est jamais arrivé. Après, je sais qu'il y a des postes où les caméras sont fixées directement au mur, comme les caméras de sécurité, donc branchées en permanence.

— Je trouve ça super bizarre, quand même… Le prenez pas mal, hein, je suis sûr que vous êtes tous très compétents, mais je vous vois galérer avec un caméscope du même genre que mon père aurait pu utiliser quand il avait vingt ans… Je m'attendais à… je sais pas, à ce que vous soyez au top de la technologie ? Comme dans les films… des logiciels de reconnaissance faciale, des caméras thermiques à infrarouge… des gadgets high-tech, quoi…

— Ah, mais on en a, des gadgets high-tech, hein. Mais y a pas besoin d'avoir des machines du futur pour mener un interrogatoire ou prendre une déposition, vous savez ?

— Et vous suivez des formations pour être à jour sur les technologies ?

— Quand on doit bosser avec un nouvel appareil, oui, on est formé pour s'en servir…

— J'entends bien, mais je veux dire… pareil, hein, c'est une question candide, le prenez pas mal… vous êtes formé à comprendre le fonctionnement d'Instagram, de TikTok, ou d'Internet en général ?

— Je sais ce que c'est qu'Instagram, je vous remercie…

— Nan, mais… Vous l'avez pris de travers… je me doute qu'en tant qu'être humain qui a un téléphone portable et Internet chez lui, vous savez globalement ce que c'est et comment ça fonctionne. Ce que je me demande, c'est si, en tant que policier, vous recevez une formation spécifique pour aller… disons… plus en profondeur sur les aspects techniques de ces plateformes…

— J'imagine qu'ils se tiennent au courant à la cyber[1], sans doute aussi à la scientifique. Vous savez *[il se replaça sur son siège pour s'approcher de la table]*, l'essentiel de mon travail consiste à faire face à des vrais humains dans le monde réel. Je comprends qu'il se passe des tas de trucs dans… le « métavers » ou que sais-je… mais à la fin de la journée, ça se termine toujours de la même manière : un homme – ou une femme, hein… mais souvent un homme – face à moi dans cette pièce.

— Et vous avez reçu une formation pour interroger les gens ?

1. Le département de police qui lutte contre la criminalité liée aux technologies de l'information et de la communication.

— Bien sûr… ça fait partie de la formation.

— En psychologie ?

— En psychologie, ou en criminologie, oui, on est formé à ces situations. Mais de vous à moi, dans ce métier, y a rien qui vaut l'expérience. On se forme beaucoup sur le tas.

— Je peux avoir un café ?

— Oui, je vais vous chercher ça… sucre ? lait ? crème ?

— Sucre et lait, merci.

*

* *

O'Maley revint dans la pièce une minute plus tard et se rassit en tendant un mug au prisonnier.

— Tenez !

— Tom.

— Comment ?

— Non, je disais simplement, vous pouvez m'appeler Tom.

— Très bien… tenez, Tom.

— Merci. Comment vont vos enfants ?

— Pardon ?

— Cette affaire va se tasser, rassurez-vous. En plus, on vous a vu m'embarquer, donc ils vont arrêter de se faire emmerder…

— Comment savez-vous que… ?

— Je sais qu'on a balancé votre nom, votre adresse et l'école de vos enfants sur Internet, et je sais comment fonctionne Internet… C'est pour ça que je me permets de vous dire que ça va aller maintenant. Les gens vont tous passer à autre chose. Dans un mois, ils vous auront tous oublié et dans un an, ils auront tous oublié Yzzy, vous savez ?

— Je ne peux pas parler de cette affaire avec vous sans votre avocate dans la pièce, Tom.

— Qu'est-ce que ça change, à présent ?

— Je ne peux pas parler de cette affaire avec vous en l'absence de maître Sciavone…

— J'ai compris. En général. Pas dans cette affaire. Qu'est-ce que ça change si vous parlez avec un suspect de l'affaire pour laquelle il a été arrêté sans son avocat ?

Steve O'Maley réfléchit un instant, se demandant s'il avait la latitude pour répondre ou si, même présenté ainsi, cela pouvait se retourner contre lui. Tom s'en rendit compte.

— Elle tourne encore, la caméra ?

— Non, elle est éteinte, là.

— Vous pouvez l'allumer ?

Steve s'exécuta.

— C'est bon, ça tourne.

— C'est horodaté ?

— Oui.

Tom fixa l'objectif.

— Je m'appelle Tom Goldberg et je suis disposé à discuter avec l'inspecteur O'Maley de l'affaire qui a conduit à mon arrestation, la disparition d'Yzzy, en l'absence de mon avocate ou de toute représentation juridique. Je le fais de mon propre chef sans y avoir été invité, personne ne me force à rien, comme vous le voyez, je suis en train de boire tranquillement un café et, ok le café n'est pas bon, mais je ne considère pas qu'il s'agisse pour autant d'une violence policière, juste de l'incapacité qu'on a aux États-Unis à se procurer du bon café. *[il tourna son regard vers O'Maley]* C'est bon ? On peut parler maintenant ?

O'Maley coupa la caméra. Avec cet enregistrement, il serait sans doute couvert, mais il préférait encore avoir la possibilité de nier. Il y avait déjà eu des jurisprudences qui interdisaient à la police d'interroger un suspect représenté par un avocat en l'absence de ce dernier, même avec son autorisation. L'inspecteur pensa que, s'il n'interrogeait pas à proprement parler Tom, alors tout se passerait bien.

— Pourquoi vous avez coupé la caméra ?

— Parce que ce n'est ni un interrogatoire ni une déposition. On prend juste un café dans la même pièce, c'est tout.

— On vous a demandé de me surveiller ?

— C'est... ma punition, on va dire... pour avoir décidé... un peu tout seul, il est vrai... qu'il était temps de vous arrêter.

— Je comprends. Donc, je disais, dans un an, tout le monde aura oublié cette affaire. Sur Internet, les gens ont une capacité d'attention très limitée. C'est déjà un miracle que l'affaire soit restée dans les médias si longtemps.

— C'est ce que vous cherchiez ? L'attention des médias ?

— Ouh là, absolument pas... L'attention des médias, on l'avait. Depuis longtemps, vous savez ?

— Je peux vous poser une question ? Mais bien sûr vous n'êtes pas du tout obligé de répondre...

— Je vous écoute...

— Une fois que ce sera terminé, quand vous aurez signé l'offre du procureur et que vous irez en prison... est-ce qu'on aura le fin mot de l'histoire ?

— Je ne pense pas, non. Il faudra se contenter des quelques informations que je donnerai.

— Et certaines seront fausses ?

— C'est un interrogatoire, inspecteur ?

— Ok, pardon.

— Vous connaissez le concept de masque social ?

— De masque social ? Ça a à voir avec le Covid ?

— Non, pas du tout… Le masque social, c'est un masque que chacun porte en société, constamment. C'est l'image que vous donnez de vous au monde. Je crois qu'à la base c'est un truc formalisé par Jung, mais j'y connais rien, alors je vais simplement vous répéter ce qu'on m'en a dit un jour… On porte tous trois masques : celui qu'on montre au monde, celui qu'on croit montrer au monde, et celui qu'on pense être réellement. C'est peut-être un truc de consultants, à la base, pour former des gens au management ou je ne sais quoi, mais depuis quelques années, je reviens souvent à ce concept parce qu'il me fait penser à quelque chose de particulièrement présent dans nos vies aujourd'hui : le masque qu'on porte sur Internet. Vous pouvez appeler ça un avatar, on emploie ce mot quand il s'agit clairement d'un personnage de fiction… par exemple celui que vous interprétez dans un jeu vidéo en ligne… Mais beaucoup de gens ont l'impression que la personne qu'ils sont sur les réseaux sociaux, c'est bien eux. Or, ce n'est jamais le cas. On porte tous un masque sur Internet. Souvent, on va jusqu'à réellement masquer son visage et son nom, et c'est là qu'on peut se rendre compte à quel point les gens peuvent être tordus… Mais même quand on affiche son identité, l'image qu'on donne de soi est toujours celle qu'on souhaite donner. Et on le fait rarement pour de bonnes raisons. Alors, c'est pas grave en général, hein… mais l'idée maîtresse des gens consiste tout de même à osciller entre « regardez comme ma vie est meilleure que la vôtre » et « plaignez-moi, j'ai vraiment une vie de merde et je n'ai rien fait pour mériter ce qui m'arrive »...

— C'est le cas pour Yzzy également ?

— Bien sûr ! Pourquoi ce serait différent pour elle ? Vous avez dû le constater. Belle en toutes circonstances, et malgré tous ses problèmes de drogue, d'alcool ou de ce que vous voulez, et malgré le fait que ces problèmes sont aujourd'hui connus de ses fans, la plupart d'entre eux considèrent encore qu'Yzzy a une vie fabuleuse ou qu'il est acceptable de la plaindre, qu'elle ne mérite pas ces complications qu'elle s'est pourtant causées elle-même.

— Et vous, vous lui en voulez ?

— Attention, inspecteur... ligne rouge, là... Mais vous savez quoi ? Je vais vous répondre. Non, je ne lui en veux pas. Parce que rien de ceci n'est dû au hasard. Une bonne instagrameuse saura quand prendre la photo pour avoir la meilleure lumière. Une très bonne instagrameuse saura comprendre pourquoi telle photo est meilleure que telle autre sur une série de deux cents clichés qui nous sembleront à vous et moi identiques. Mais une instagrameuse exceptionnelle saura à quel moment et comment faire fuiter des informations négatives et confidentielles à son sujet pour osciller entre l'admiration et l'empathie...

— Vous voulez dire que c'est elle qui a fait savoir qu'elle avait des problèmes de drogue ?

— Je veux dire... Qu'est-ce qui vous permet d'affirmer qu'elle avait des problèmes de drogue ? Qu'est-ce que vous en savez réellement ?

— Maintenant vous allez me dire qu'elle n'en avait pas ?

— J'ai dit ça ? Je dis simplement que vous ne savez pas plus que ce que vous croyez savoir. Personne ne sait. Peut-être qu'elle prenait un rail de coke au réveil, ou peut-être qu'elle n'a jamais approché une cigarette, qui peut le dire ?

— On a plusieurs témoignages de gens qui…

— Qui quoi ? Qui l'ont vue ? Qui prétendent l'avoir vue ?

— Ce que vous décrivez là ressemble furieusement à une conspiration, tout de même, non ?

— Regardez, vous allez voir, c'est simple. Vous êtes policier, enfin… inspecteur de police… les enquêtes, c'est votre métier, et je suis sûr que vous savez ce que vous faites. Dites-moi, inspecteur. De vous à moi. Je suis certain que vous vous êtes formé une conviction. Selon vous… Yzzy… est-ce qu'elle est morte ?

— Je ne sais pas, dites-moi…

— Non, voyons, c'est pas ça que je vous demande. Je vous demande votre opinion, votre opinion éclairée d'enquêteur de police aguerri, qui a été confronté à des dizaines ou des centaines de criminels, peut-être autant d'affaires… Que vous disent vos tripes ?

Ce que disent mes tripes, c'est qu'il n'est pas invraisemblable d'imaginer qu'Yzzy a organisé une évasion fiscale et que tu acceptes de prendre à sa place pour qu'elle soit déclarée morte.

— Je ne peux pas répondre à ça, Tom.

— Oui, je sais, vous avez raison, désolé.

— Vous trouvez vraiment qu'il n'est pas bon, ce café ?

— Le seul bon café que j'ai bu dans ce pays, c'était à Seattle. Notez qu'il y a certainement plein d'autres endroits où le café est bon, hein… mais mon expérience, c'est qu'on ne fait pas de vrai bon café en Amérique.

— Je l'ai toujours trouvé plutôt bon, celui qu'on fait ici…

— Ce n'est pas le café que vous trouvez bon, inspecteur. C'est la sensation d'être un inspecteur de police qui boit son café à son bureau que vous appréciez. Et vous vous y êtes attaché… Si demain on faisait venir le meilleur barista du pays pour vous préparer un espresso fabuleux, vous le trouveriez bon, j'ai pas de doute… mais ce ne serait pas pareil. Ce ne serait plus LE café qui participe à vous faire sentir l'inspecteur que vous êtes. Il fait partie de votre masque social.

— Non, moi je crois juste que je le trouve bon, c'est tout.

— Oui, après, vous avez le droit d'avoir mauvais goût en matière de café, c'est pas interdit.

9.

La somme de travail que Travis avait accomplie en quelques heures à peine aurait certainement suscité l'admiration de l'inspecteur O'Maley, si ce dernier en avait eu conscience. Le mentaliste avait trouvé la femme de chambre en se rendant dans les espaces réservés aux employés du Fairmont Plaza. Il avait pour cela simplement enfilé un gilet de sécurité orange réfléchissant et traversé le lobby de l'hôtel sans aucune hésitation – *personne ne s'interroge lorsqu'on porte un uniforme de travail, ou lorsqu'on marche avec une échelle.* Il avait fait reconnaître à Lucia Santos qu'elle n'avait jamais vu Yzzy, et avait filmé ses aveux à l'aide de son téléphone. C'était net à l'image. Cela avait été si facile qu'il s'était même permis quelques prédictions au sujet de la femme de chambre, qui passa la séquence à se signer à chaque révélation, révélation dénichée sur Facebook, sur le propre mur de Lucia.

Puis il s'était rendu à l'aérodrome privé où Yzzy était censée avoir atterri il y avait, semblait-il, une éternité. Travis savait qu'il ne trouverait pas grand-chose de concluant, mais il avait pu filmer les lieux et des employés sur place qui confirmaient ne pas avoir vu

Yzzy ce jour-là, et qu'aucune caméra de sécurité n'avait d'images de son avion. Son prochain épisode, « Yzzy n'était pas à Boston, les preuves », serait incroyable. Bien sûr, on lui reprocherait d'avoir authentifié la vidéo de la plage, mais il biaiserait ; c'était désormais du passé, et plus personne ne pensait à ce film, dont lui-même ne parlerait pas tant qu'il n'y serait pas forcé. Ou tant qu'il n'aurait pas une bonne explication. Mais l'épisode serait extraordinaire de toute manière parce que, si Yzzy n'était jamais venue à Boston, cela signifiait que des gens avaient menti à ce sujet ; et si ces gens mentaient, c'est qu'ils avaient une raison de le faire. Le narratif ouvrait désormais de nombreuses possibilités, et Internet adorait les hypothèses, les théories et les rebondissements. Il avait dû y avoir conspiration. Pourquoi ? Pour de l'argent ? Une affaire de drogue ? Quelque chose de plus grave ? Et si Yzzy avait commis quelque crime… et si elle était toujours vivante et cherchait à disparaître… et si elle était morte avant même qu'on annonce sa disparition… et si, et si… ? Travis n'aurait que l'embarras du choix quant à l'histoire, *non ! quant AUX histoires*, qu'il voudrait raconter à son public. Et il avait déjà son « premier client », O'Maley l'avait lui-même livré aux médias quelques heures plus tôt.

Travis Midsummer se rendit au cabinet de maître Angela Sciavone, l'avocate de Tom, l'agent d'Yzzy. Alors qu'il attendait l'ascenseur, de celui-ci surgit une jeune femme en sanglots. Sans réfléchir, Travis lui demanda si tout allait bien, conscient que sa question était stupide. Elle allait répondre lorsqu'elle s'interrompit en observant le mentaliste, qui identifia immédiatement l'expression du regard qu'elle lui lançait. *Elle m'a reconnu. Oui, je suis… Travis Midsummer.*

— Vous avez discuté avec Tom..., le surprit-elle.

Il était rare que Travis soit décontenancé par une situation, cela faisait partie de son métier de toujours « avoir l'air de ».

— Est-ce qu'on se connaît ? questionna-t-il, hésitant.

— Je suis une amie de Tom, Tom Goldberg... Vous êtes le magicien, c'est ça ? Sur YouTube ?

— Mentaliste, en réalité, mais... oui, c'est bien moi, Travis Midsummer... Vous dites que vous êtes une amie de Tom ? *Vite, trouve quelque chose, Travis, il y a certainement un coup à jouer...* J'ai vu sur Twitter qu'il avait été arrêté, je suis venu dès que j'ai pu pour discuter avec son avocate, il faut qu'elle fasse quelque chose et...

— Vous êtes venu discuter avec maître Sciavone-la-connasse ? Ça ne sert à rien, elle en a rien à foutre, de Tom.

Travis se maudit de n'avoir pas fait venir son équipe. Il ne pouvait décemment pas sortir son téléphone de sa poche et se mettre à la filmer ; pour autant, c'était un ruban d'or qui se déroulait sous ses yeux.

— Excusez-moi... mademoiselle... ?

— Emily... vous pouvez m'appeler Emily...

— Vous avez l'air d'avoir besoin de parler, et il y a un Starbucks à deux pas d'ici. Seriez-vous d'accord pour qu'on se pose cinq minutes et qu'on discute ?

— Vous n'allez pas voir Sciavone ?

— J'irai la voir... quand je me serai assuré que vous allez bien...

Il avait le ton calme qu'il savait prendre lorsque, pendant un tour, il prétendait lire le passé des gens ; un ton rassurant, qu'il appelait lui-même le « ton maternel ». Emily semblait hésiter, alors Travis lui offrit une fausse porte de sortie :

— Si vous me dites que vous allez bien et que je voie que vous allez bien, ce n'est pas non plus nécessaire… Je n'ai pas besoin de boire un café, Emily, je pense juste que cette avocate peut bien m'attendre un peu.

Je ne la coince pas, mais je lui donne la satisfaction de croire que maître Sciavone va m'attendre bêtement si je prends ce café avec elle.

Emily accepta. Elle le regretterait.

★
★ ★

Installés à une table, Travis étudiait le visage, les expressions et l'attitude générale d'Emily, comme il savait le faire. Discrètement. Elle se détendait. *Il ne faut pas qu'elle se détende trop,* pensa-t-il, *faute de quoi elle se fermera et refusera de me parler. Elle veut manifestement raconter quelque chose.*

— Vous êtes allée voir son avocate, dit-il, mais ça ne s'est pas bien passé ; vous n'êtes pas seulement triste pour Tom, je vous sens aussi en colère après elle, pourtant je suis sûr qu'elle fait ce qu'elle peut pour aider votre ami, c'est quand même son client…

— Elle n'a pas voulu m'écouter. Tom est sur le point de faire une énorme connerie, je peux lui éviter ça, et elle n'a pas voulu m'écouter.

— Vous pensez que Tom n'aurait pas dû être arrêté, n'est-ce pas ?

Il la scrutait, désormais. Sans plus aucune discrétion. Il la dévisageait. Emily se sentit presque violée dans son intimité, d'être ainsi disséquée. Mais elle l'avait reconnu. Et la célébrité de Travis permettait un peu de… un peu de latitude, aurait-on dit.

— Vous ne pensez pas simplement que Tom est innocent. Vous savez qu'il l'est.

Il discerna parfaitement le frémissement du visage d'Emily en entendant ces mots. Une expression qu'il avait l'habitude de voir chez ses « clients », presque la plus courante, et qu'il avait nommée le « oui, mais comment le savez-vous ? ». Il posa doucement sa main sur l'avant-bras d'Emily et s'approcha d'elle pour lui parler en confidence. Toute cette mise en scène était chez lui une seconde nature. Il chuchota presque :

— Si vous savez qu'il est innocent, alors il est primordial qu'il soit libéré au plus vite, vous ne croyez pas ? Vous savez… je ne cherche absolument pas à me vanter ni rien, mais j'ai des contacts à la police que je peux joindre et…

Il se ravisa. *Parler de la police l'a agacée. Autre chose, vite.*

— Je peux également faire beaucoup de bruit sur Internet et auprès des médias. Si je venais à clamer l'innocence de Tom, la police serait obligée, au minimum, d'entendre ce que nous avons à dire.

Pendant un bref instant, ses muscles corrugateurs ainsi que son procérus, qui permettent de froncer les sourcils, se sont relâchés. Un court et bref instant, mais un instant qui n'échappa pas au mentaliste. *C'est la mention de « nous ». Elle a besoin de sentir qu'elle n'est pas seule.*

— Vous pensez vraiment pouvoir faire quelque chose ?

— Emily… je ne sais pas de quelles informations vous disposez qui permettent d'innocenter Tom. En revanche, je peux vous dire que si vous avez du solide mais que son avocate ne veut pas l'entendre, je peux m'assurer que tout le monde le sache.

— Je ne sais pas, répondit-elle, l'air exténué. J'ai l'impression de sombrer, à vrai dire. Tom ne veut pas que je l'aide, son avocate non plus…

Tom ne veut pas qu'elle l'aide ? Mais de quoi elle parle ?!

— Emily… je ne peux pas parler à votre place, et je ne sais pour ainsi dire rien de cette affaire. Je m'en remets à vous. La seule chose que je vous dis, c'est que je peux vous aider. Mais j'avance en terrain inconnu et, tant que vous ne m'en direz pas plus, je n'aurai aucune idée de comment faire…

Elle est au pied du mur. Elle meurt d'envie de me raconter. Travis retira sa main, et attendit.

— C'est vous qui voyez, conclut-il.

Alors Emily raconta ce qu'elle avait révélé lors de son entrevue avec Angela Sciavone, à peine quelques minutes plus tôt.

10.

— Bon, déjà, je suis désolée, mais je vais avoir beaucoup de mal à vous expliquer tout l'aspect technique de la chose, faudra pas m'en vouloir.

Emily était si agitée qu'Angela était désormais parfaitement alerte et concentrée.

— Savez-vous ce que sont les GANs ?

— Les GANs ? Non, aucune idée.

— C'est un acronyme… pour… *[elle chercha sur son téléphone]* voilà ! Generative Adversarial Networks[1]. C'est une méthode pour faire du *deep learning*, vous savez, l'intelligence artificielle qui peut apprendre… Non, attendez… comment je peux décrire ça… vous voyez ChatGPT ?

— L'IA conversationnelle ? Oui, on l'utilise au cabinet pour rédiger des motions, parce que c'est assez automatique dans la forme et…

— Voilà. ChatGPT, c'est une intelligence artificielle qui peut générer des phrases, des textes complets, mais en plus qui ont du sens, tout ça…

— Oui, je vois bien.

1. « Réseaux antagonistes génératifs ».

— Bien, les GANs, ça marche un peu sur le même principe… enfin, je crois… ça peut générer des choses qui ont du sens. C'est capable d'apprendre à éviter les erreurs…

Plus fébrile encore, Emily semblait au bord de la crise de nerfs. Angela croyait déceler une larme au coin d'un de ses yeux. Elle demanda :

— Est-ce que ça va ? Emily, est-ce que tout va bien ?

— NON, ÇA VA PAS ! hurla-t-elle. Comment voulez-vous que ça aille ? J'y arrive pas… je ne sais plus quoi faire… et vous allez me prendre pour une folle, en plus…

— Emily, écoutez-moi. Reprenons calmement, d'accord ? Vous êtes ici pour m'expliquer pourquoi Tim ne devrait pas aller en prison et…

— Il s'appelle Tom ! Tom, putain ! C'est l'agent d'Yzzy ! C'est pour cette raison que vous le représentez ! Il. S'appelle. Tom !

— Oui, Tom, Tom Goldberg, je sais, excusez-moi… Qu'est-ce que vous vouliez me dire ? C'est à propos d'Yzzy ?

— Mais y a PAS d'Yzzy, vous comprenez ? Yzzy n'existe pas, elle n'a jamais existé !

Angela avait fait de la boxe pendant ses études. Elle aurait juré s'être pris un direct en plein visage. Emily, quant à elle, fondit enfin en larmes. La boîte de Pandore était ouverte, il ne restait plus rien d'autre à faire que laisser son contenu se déverser.

★

★ ★

— Ça a commencé comme un genre de défi, Tom voulait prouver qu'il était plus facile pour une femme de réussir sur Instagram que pour un homme. Bien plus facile. Il suffisait d'être belle. Comme si c'était pas les hommes qui étaient responsables de ça. Alors, il a créé de toutes pièces une jeune femme. Il m'a expliqué, un jour, les détails de cette création, mais je m'en souviens plus. Des trucs presque pathétiques, en vrai : les yeux de Miranda Kerr, la bouche de Claudia Schiffer, les seins de Cintia Dicker, les fesses de Cara Delevingne, les jambes de je sais plus qui… ce genre de conneries… Sauf que la machine a rapidement sorti des portraits parfaitement plausibles. Une femme qui n'existe pas, mais magnifique. Vous comprenez, aujourd'hui, il est possible de la faire poser sur une plage, dans une voiture, vous pouvez faire ce que vous voulez… Alors, il a créé Yzzy, il était super fier de son jeu de mots, « 2 Ys », c'était un doigt d'honneur balancé à l'avance à tous ceux qui se feraient avoir. C'est pour ça qu'on ne trouve aucun selfie d'elle avec des fans. Et chaque fois que quelqu'un dit « oui, Yzzy, je la connais », c'est un mensonge. En vrai, ce qu'il a fait, c'est juste une forme très élaborée de *catfishing*[1], sauf que le succès a été trop fulgurant. Il s'est retrouvé piégé dans une spirale dont il devenait de plus en plus difficile de sortir.

— Les pilules, la drogue ?

— Mensonges.

— Mais pour quoi faire ?

— Vous vous rappelez, la sextape ?… Ok, alors faut que je vous raconte le truc dans l'ordre. Vous n'allez peut-être pas me croire, mais Tom a commencé à remarquer qu'il… disparaissait… depuis quelques mois. Il a mis du temps à comprendre à quoi c'était lié…

1. Le fait de se faire passer pour quelqu'un d'autre en ligne.

— Attendez, vous allez pas me parler aussi de ces… hallucinations !

— Mais c'est vrai ! C'est à cause de ça que tout a changé… Donc, il y a une sextape d'Yzzy qui sort sur le Net, d'abord juste quelques images, et c'est turbo bien fait. Et au même moment, Tom se dit que ce serait pas mal d'écorner un peu l'image d'Yzzy… Il pensait sincèrement que ce serait inversement proportionnel… que, si Yzzy descendait de quelques marches, il en monterait autant. Alors il a décidé d'authentifier la vidéo.

— Mais l'auteur du film, pourquoi il aurait marché ?

— Parce que Tom l'a retrouvé et lui a proposé un deal : « Écoute, soit on est d'accord pour affirmer que la vidéo est vraie, et je te paie tant, soit tu dis qu'elle est fausse, Yzzy t'attaque en justice, et on s'arrêtera seulement quand tes parents et tes futurs enfants eux-mêmes n'auront plus un sou. » Le gars a dit « Ok ». Bien sûr qu'il était d'accord.

— Mais il sait pour Yzzy ?

— Il sait juste que sa sextape est fake. C'est tout. Il reste persuadé qu'Yzzy existe et, pour avoir fait une telle vidéo, je serais pas surprise d'apprendre qu'il se paluche souvent en pensant à elle.

— Ok, donc il authentifie la vidéo…

Angela ne croyait pour l'instant pas un mot de cette histoire, mais elle voulait comprendre où tout cela menait… et laissait Emily terminer de la raconter.

— Tom authentifie la vidéo et constate que… bah non, en fait, Yzzy est toujours au top. Oui, y a des gens déçus, mais aussi beaucoup d'excités qui fantasment encore plus à son sujet qu'avant… D'où les rumeurs autour des pilules et des drogues. Là, ça devenait compliqué de continuer à la défendre. Mais c'est pourtant bien ce qui s'est produit. Y a plein d'instagrameurs à la con qui s'en sont mêlés pour jouer les héros essayant d'aider leur amie, tous plus faux culs les uns que les autres, bien sûr, et le public a considéré que cela révélait surtout une fragilité liée au fait qu'elle travaillait trop, que les marques, les sponsors et même son agent l'exploitaient… ce genre de délires. Pendant ce temps-là, Tom, de son côté, commençait vraiment à flipper à l'idée de se réveiller un jour et d'être devenu invisible, genre réellement, alors il a décidé qu'il fallait que tout s'arrête.

— Et il a organisé la disparition d'Yzzy…

— Et il a organisé la disparition d'Yzzy, oui. Même si, en réalité, y a pas eu grand-chose à organiser. Il a fait le voyage pour Boston comme il l'aurait fait de toute façon, et à un moment, il a décidé d'arrêter. Plus de posts, plus de caméras de sécurité à couper. Fini. Comme si quelqu'un avait rallumé la lumière pour constater qu'elle n'était plus là. Et c'est tout, fin de l'histoire. Enfin… non, pas exactement… c'était censé être la fin, mais les gens ont continué à ne pas le reconnaître. Parce que, encore une fois, Yzzy restait dans la lumière. Encore plus qu'avant. C'est pour ça qu'il veut plaider coupable, maintenant. Il veut que les gens sachent qu'Yzzy ne reviendra plus, et il veut être célèbre pour cette raison, pour ramener la lumière vers lui. Sauf qu'il ne doit pas faire ça… Il n'a rien à faire en prison, il n'a tué ni enlevé personne, et quand il va en sortir, c'est sûr que des cinglés, ultra-fans d'Yzzy, vont essayer de le tuer…

Angela était perplexe. L'histoire était alléchante, mais un peu trop cousue de fil blanc.

— Emily, est-ce que vous avez la moindre preuve de tout ça ?

— Une preuve ? Comment vous voulez prouver qu'une personne n'existe pas, qui plus est une personne que tout le monde connaît ? Vous comprenez pourquoi c'est la merde ? Des preuves, il n'y en a pas. Tom en possède sans doute… Il doit avoir sur son ordinateur des logiciels qui tournent et qui génèrent les photos, les stories, tout ça, mais… Mais réfléchissez un instant… C'est quoi, le vrai nom d'Yzzy ? Son vrai prénom, au moins ? Sa date de naissance ? Sa ville d'origine ? Personne n'a rien. Vous trouvez ça normal de rien avoir à ce point ? Pourquoi vous croyez que l'argent transite par Tom ? Parce qu'Yzzy ne peut pas ouvrir de compte en banque, elle n'existe pas. C'est pour ça qu'il y a pas d'ADN ou quoi que ce soit…

— Et les marques ?

— Quoi, les marques ?

— Les marques, les sponsors, ils sont au courant ?

— D'après Tom, il y a peut-être un gars d'une marque qui se doute, mais qui s'en fout, ça lui rapporte trop d'argent. C'est pour ça que personne ne pouvait la rencontrer pour un partenariat, voilà encore une preuve.

— Techniquement, ce ne sont pas des preuves…

— Ok, alors… « techniquement » *[elle marqua les guillemets de ses deux mains]*, je suis pas avocate, j'en sais rien… je vous répète ce que je sais pour essayer de sauver les miches de Tom. Donc… dites-moi sincèrement… est-ce qu'on peut encore les sauver ?

★

★ ★

Travis s'était effacé du mieux qu'il le pouvait tandis qu'Emily déversait sur lui son récit. Il avait énormément de questions mais ne pouvait se permettre de la couper. *Je risque de rompre le charme, elle prendra alors conscience qu'elle n'a aucune raison de me faire confiance et se refermera comme une huître.* La fin de la discussion avec l'avocate avait été technique, Emily avait compris que Sciavone ne l'aiderait pas. L'avocate avait parlé de preuves indirectes, du fait qu'on penserait qu'Emily raconterait n'importe quoi pour sortir son petit ami de prison – peu importait qu'il soit ou non son petit ami –, que, de toute façon, Tom était prêt à signer et ne voulait rien entendre…

Lorsqu'Emily avait senti qu'il n'y avait plus aucune chance, elle avait fondu en larmes et, devant l'espèce de fausse empathie dont Sciavone avait tenté de faire preuve, elle était partie en claquant la porte. C'est alors qu'elle était tombée sur Travis.

Celui-ci se pencha légèrement vers l'arrière en levant la tête. Il avait besoin de reprendre son souffle, tant l'histoire était folle. Il fallait qu'il y aille doucement s'il souhaitait une chance d'obtenir des réponses. *Yzzy n'existe pas ? Putain, Yzzy n'existe pas !* S'il n'était pas surpris par la technologie et savait qu'on pouvait créer une personne aussi vraie que nature, il ne pouvait pas croire que quelqu'un avait réussi à ce point à tromper le monde pendant des années. Et tandis qu'il cherchait, sans le montrer, à peser toutes les convictions qu'il avait fondées ces dernières semaines – Yzzy a été tuée, Yzzy a organisé son évasion fiscale, Yzzy n'est jamais passée par Boston… –, une idée faisait son chemin dans les replis de son cerveau. *Et si c'est vrai, alors…*

Une nouvelle interrogation, cependant, bouscula toutes les autres.

— Que voulez-vous dire exactement par : il avait peur de disparaître et de devenir invisible ?

Sitôt qu'il la prononça, il la regretta. Le visage d'Emily évoquait une seule et unique chose : la panique. La panique d'un enfant qui a fait une énorme connerie, persuadé qu'il vient de se faire prendre ou, pire, que les conséquences vont être dramatiques. Il n'avait jamais pris la peine de baptiser cette expression, parce que tout le monde était capable de la déchiffrer.

— C'est…, balbutia-t-elle. C'est symbolique, vous comprenez ? Elle devenait tellement importante qu'il avait l'impression de ne plus exister…

Elle n'était clairement pas convaincue par son explication, alors lui non plus. Et tout en regrettant d'avancer dans cette voie, il s'entendit insister :

— Ce n'est pas ce que vous avez dit, Emily, vous avez l'air d'insinuer que…

— Écoutez… j'aurais pas dû vous parler de tout ça… Je sais pas si vous pouvez aider Tom, ni même seulement si vous le voulez, mais… oubliez tout ça, vous voulez bien ?

Elle se leva et partit précipitamment. Travis resta seul, assis, sans dire un mot, le regard perdu mais fixé sur le nom « Davis » inscrit au marqueur sur son gobelet en papier. Pendant près de vingt minutes. Vingt minutes à regarder son café sans rien dire, sans lever les yeux, sans consulter son téléphone. Vingt minutes à prendre une décision qui, après coup, semblait si évidente. Il sortit, appela son équipe, et lui donna rendez-vous non loin de là.

11.

Il était 18 h 15. Le procureur Harris s'impatientait au poste de police. Angela Sciavone était en retard. Les papiers étaient prêts et validés, le prévenu disposé à les signer, mais cela ne pouvait se faire sans son avocate. Alors ils attendaient. Steve O'Maley s'était absenté à la seconde où le procureur était arrivé, et observait la salle d'interrogatoire de l'autre côté du miroir sans tain. L'inspecteur avait finalement une conviction. *Yzzy est vivante. À l'étranger. En train de prendre du bon temps. À se dire que son crétin d'agent va prendre une peine de prison qui restera collée à sa peau jusqu'à la mort pour lui faire plaisir. Ou peut-être pour de l'argent.* Il n'aimait pas ce dénouement. Ce n'était pas pour ça qu'il faisait ce métier. Il avait entendu parler, quelques années plus tôt, d'un *hit'n run*, un délit de fuite en voiture qui avait causé la mort d'un adolescent. Le coupable était un homme d'affaires bourré de fric qui avait payé un de ses employés pour être condamné à sa place. Cette histoire, pour autant qu'il s'en souvienne, avait, elle, eu une issue heureuse, et le véritable coupable avait finalement été puni. *C'est nécessairement comme ça que ça s'est passé, sinon comment saurait-on que ça s'est passé ainsi ? Ou peut-être qu'il s'agit d'une légende urbaine. Qui peut le dire ?* Cette dernière question le glaça sans qu'il sache trop pourquoi. Il fut tiré de ses pensées, quelqu'un ouvrait la porte de la salle d'interrogatoire. Angela Sciavone entra, sa sacoche à la main. Elle demanda qu'on la laisse seule un instant avec son client, sans même prendre le temps de présenter des excuses pour son retard. Harris sortit.

— Tom, j'ai eu une longue discussion avec Emily au sujet d'Yzzy. J'ignore si elle essaie de vous couvrir, si vous lui avez menti ou si, effectivement, vous êtes sur le point de faire une énorme connerie, mais il faut que je sache…

O'Maley, derrière la vitre, était en apnée.

— Maître… la vérité n'a pas d'importance. Les fans d'Yzzy ont une relation particulière avec elle, et rien de ce que vous pourrez dire ou faire ne changera cet état de fait. Mon erreur aura sans doute été de croire que je contrôlais la vie d'Yzzy. La réalité, c'est qu'elle contrôlait bien plus la mienne. Et je ne vois pas d'autre moyen que cela cesse.

— Pourquoi ne pas dire la vérité ?

— Admettons. Admettons que j'avoue ce qu'Emily vous a raconté, que je le dise publiquement. Passons sur toutes les questions que cela soulèvera en termes, par exemple, de contrats, de faux documents, de fraudes, ne serait-ce que du point de vue des partenariats commerciaux… Mettons tout ça de côté un instant, vous voulez bien ? Qui… regardez-moi bien… qui pourra le croire ? Qui sera prêt à le croire ? Imaginez avoir été prise en otage pendant des années, avec un geôlier qui pouvait vous laisser plusieurs jours sans boire ni manger… Et imaginez maintenant qu'une fois libérée on vous annonce que la porte de votre cellule n'était jamais ni verrouillée ni même surveillée… Accepteriez-vous de le croire ?

— Tom, vous devez…

— Est-ce que les papiers sont en règle ?

— Écoutez-moi !

— Est-ce que. Les papiers. Sont en règle ?

Lasse, Angela Sciavone hocha la tête. Tom attrapa les documents, un stylo, et apposa sa signature à l'endroit indiqué. *C'est terminé*, pensa O'Maley.

*
* *

Après la disparition d'Yzzy, Tom Goldberg avait changé d'hôtel ; il n'avait rien à reprocher au staff du Fairmont Copley Plaza et aurait sans doute apprécié de pouvoir rester sur place le temps de l'enquête, mais la presse, ainsi que des centaines de fans, avait assiégé le lieu. Alors il s'était installé ailleurs, dans un de ces hôtels constitués de petits appartements. Dans un de ces appartements. Un appartement dans lequel, au moment où il apposait sa signature, pénétraient Travis Midsummer et son équipe. Ils s'étaient donné comme consigne de ne toucher à rien, de ne rien déplacer, de laisser le moins de traces possible de leur passage. Ils devaient trouver l'ordinateur de Tom Goldberg, le cloner, et partir. C'était tout. Trente-quatre minutes plus tard, ils quittaient les lieux avec un ordinateur portable, vierge à leur arrivée, qui était désormais une réplique de celui de l'agent. Ils prendraient le temps nécessaire pour en craquer le mot de passe et, cette fois, Travis en aurait le cœur net. Il saurait.

Trois mois plus tard

« What dreams may come... »

Au parloir du centre correctionnel de Pondville, à Norfolk, Massachusetts, Tom était installé sur une assise métallique reliée par un bras métallique à une table métallique. Autour de lui, d'autres prisonniers étaient assis, qui avec leur femme, qui avec leur frère ou leur sœur, un ami, un avocat... Lorsqu'Emily entra, il se leva, mais, comme on le lui rappelait avant chaque visite, n'alla pas à sa rencontre. Se lever était toléré, même si c'était à strictement parler interdit. Elle le prit dans ses bras, quelques secondes, le temps qu'un gardien leur fasse signe que cela suffisait, puis ils s'assirent. « Comment vas-tu ? Est-ce que tu es bien traité ? » Toujours les mêmes questions en préambule. « Oui, je vais bien ; oui, je suis bien traité ; oui, la bouffe est parfaitement dégueulasse. » Quelles étaient les nouvelles de l'extérieur ? Voilà ce que voulait savoir Tom. Lui qui ne s'intéressait pas le moins du monde aux banalités du quotidien, il avait besoin de savoir. Il avait été surpris de se rendre compte à quel point il n'était pas fait pour vivre en cage. Il pensait que ce serait ennuyeux, tout au plus, mais la vie carcérale était pire que l'ennui. C'était un ennui organisé, programmé ; il y avait l'heure du réveil, l'heure du petit déjeuner, puis le temps réglementaire d'ennui avant le déjeuner que suivait une nouvelle tranche d'ennui... Toutes les activités quotidiennes étaient parfaitement planifiées et, à force de les répéter jour après jour, elles devenaient presque rituelles pour lui, à son grand désespoir. Et alors qu'il n'attendait d'Emily qu'elle ne lui parle que de banalités, qu'elle lui parle de chaussures, de bus en retard, de n'importe quoi qui n'avait pas d'importance, chaque fois, elle ne parlait que de l'affaire.

La presse s'était calmée, mais pas Internet. Internet cherchait toujours. Tous les influenceurs en quête d'un peu de lumière y étaient allés de leur vidéo à la mémoire d'Yzzy, de stories Instagram dont le message était « tu nous manques », « merci d'avoir existé », « le monde ne te méritait pas » et autres publications commémoratives. Une tendance avait même organiquement surgi durant les premières semaines de son incarcération : des instagrameuses repostaient sur leur propre compte d'anciennes publications d'Yzzy. Elles pillaient le souvenir et l'héritage de la reine des influenceuses, voilà ce qu'en avait pensé Tom lorsqu'Emily le lui avait raconté. Tom devenait dépressif. Parce que rien ne changeait. Les gardiens oubliaient son nom, les autres prisonniers également. Le bon côté était que personne ne le violentait ; personne ne semblait s'intéresser à lui. Mais chaque jour qui passait, Tom devait trouver une nouvelle raison de ne pas tout simplement quitter la prison. Il pouvait le faire, il le savait, et personne ne s'en offusquerait. Mais il préférait faire table rase du passé et sortir par la grande porte lorsqu'il serait invité à le faire, pas avant.

— Travis a publié un teaser.

Perdu dans ses pensées, Tom n'avait pas entendu ce qu'Emily venait de lui dire. Il la fit répéter.

— Travis Midsummer, le mentaliste, il a publié un teaser. Il promet que sa prochaine vidéo fera la lumière sur la disparition d'Yzzy et que toutes les questions trouveront une réponse. Qu'est-ce que t'en penses ?

— J'en pense qu'on aurait dû coucher ensemble le jour de mon arrestation, qu'on aurait dû passer la journée au lit à se regarder l'un l'autre et…

— Tu entends ce que je dis ? Peut-être qu'il va…

— Il ne va rien du tout ! Je me moque de Travis Midsummer… Tu ne comprends pas ce qui se passe ? Il va simplement remettre une pièce dans la machine, comme tous les autres… et ça ne changera rien…

— Tom, s'il te plaît, tu n'as plus longtemps à rester ici, je t'en prie…

— Tu sais qu'il est venu me voir ?

— Quoi, Travis ?

— Oui, il est venu me voir, il y a quelques semaines. Je pensais qu'il serait à la pêche aux informations, qu'il tenterait de m'enregistrer en train de raconter quelque chose, mais non. Il n'a fait aucune demande de tournage, il ne m'a même pas vraiment posé de question. Il est venu pour me faire part… de son admiration, figure-toi.

— Je suis tellement désolée, Tom, je…

— Angela est venue la semaine dernière, l'interrompit-il. Je me tenais exactement là où je me tiens maintenant devant toi. Lorsqu'elle est arrivée, elle a balayé la pièce de son regard avant de s'asseoir à une table vide. Il a fallu que je lui fasse signe pour qu'elle vienne me voir… J'ai vraiment peur qu'elle oublie de me faire sortir.

— Moi, je n'oublierai pas, Tom.

Ils se prirent les mains et s'embrassèrent, aussi longtemps qu'ils le pouvaient, c'est-à-dire à peine moins que furtivement. Et enfin, ils échangèrent des banalités. Lorsque le temps de visite fut écoulé, Tom prévint Emily qu'il avait pris pour elle des dispositions, au cas où sa situation ne s'arrangerait pas. Elle ne voulut rien entendre. Il devait garder l'espoir, reprendre confiance ; d'une manière générale, elle semblait attendre de lui qu'il respecte tous les préceptes de tous les posters motivationnels du marché. Avant de partir, ils se levèrent tous deux, se prirent de nouveau dans les bras, s'embrassèrent, puis elle lui susurra un mot à l'oreille, les yeux humides.

— Je t'aime, Tim.

Elle lui brisa le cœur.

⋆

⋆ ⋆

La vidéo de Travis était longue et, comme dans toutes les vidéos prétendant résoudre un grand mystère, les révélations se faisaient attendre. L'épisode commençait comme un documentaire sur la vie d'Yzzy ; pour la première fois, le monde découvrait des photos d'elle enfant. Tout fut raconté. Comment ses parents étaient décédés dans un accident de voiture alors qu'elle était âgée de dix-sept ans et finissait le lycée, comment elle avait rencontré Tom Goldberg, celui dont on expliquerait plus tard qu'il l'avait tuée et qui purgeait une peine de prison, comment il l'avait aidée avec son compte Instagram, comment elle avait rapidement bâti une communauté autour d'elle.

Puis, après ce qui semblait avoir été des heures de bla-bla et de musique d'attente, le moment était venu, celui de la révélation. Travis Midsummer était alors dans un autre environnement. Derrière lui, on distinguait des palmiers, le bruit des vagues. Autour, des gens marchaient le long d'une promenade. La caméra était portée à l'épaule, derrière son dos. Il tentait de se dissimuler derrière une cabine de bois manifestement prévue pour les baigneurs. Il pointa du doigt dans une direction, au loin, au bord de l'eau, vers une série de parasols. La caméra zooma, lentement, la mise au point était hésitante à cette distance et l'image tremblait, mais il n'y avait aucun doute : allongée sur un transat, en train de lire un livre, un cocktail aux couleurs exotiques posé sur une table basse adjacente, Yzzy se prélassait. « Elle va bien, dit Travis hors champ ; j'ai pu m'entretenir un peu avec elle, mais sans caméra. Elle souhaite prendre ses distances avec les réseaux sociaux le temps de se reconstruire, parce que, oui, elle a besoin de se reconstruire. Je vous promets de vous en parler quand elle sera prête à le faire. En attendant *[dézoom de la caméra puis remise au point sur Travis]*, soyez rassurés, elle va bien. Je suis… Travis Midsummer. »

★

★ ★

Emily reçut une lettre ; une série d'instructions à suivre, des URL, des identifiants et mots de passe. Elle hésita longuement avant de se rendre sur les adresses Internet indiquées, mais elle savait au fond d'elle qu'elle avait connu l'homme qui la lui avait adressée. Lorsqu'elle se connecta enfin, elle constata qu'il s'agissait de comptes en banque à son nom, cumulant plusieurs millions de dollars répartis dans divers pays du monde. Plusieurs titres de propriété étaient inclus, notamment un penthouse à Manhattan qui devait être fabuleux, à en croire la description. La lettre mentionnait également un avocat, dont le nom figurait sur l'en-tête de plusieurs documents dans l'enveloppe. Il pourrait l'aider à régulariser tout cet apport d'argent. Elle devrait payer une portion considérable de ces sommes aux impôts, une part également en honoraires, mais serait tranquille par la suite et ne vivrait plus un seul jour à se demander comment elle bouclerait le mois.

Elle passa près d'une semaine à penser qu'il s'agissait d'une arnaque, mais ne pouvait se résoudre à tout jeter. Elle avait vérifié et le cabinet d'avocats existait bel et bien. Les noms des banques aussi. *Et si c'était vrai*, pensait-elle sans trop savoir ce qu'elle avait bien pu faire pour mériter un tel cadeau. Elle s'était finalement résolue à contacter cet avocat, qui attendait son appel depuis plusieurs jours. Il allait tout lui expliquer, tout était parfaitement légal et, si elle le souhaitait, elle pouvait demander conseil auprès d'un confrère. L'homme avec qui elle parlait au téléphone avait déjà été payé, qu'il la représente ou non. « Par qui ? » avait-elle fini par demander, espérant ainsi y voir un peu plus clair. *Jim Goldman. Jamais entendu parler. C'est dommage, parce que je dois être sacrément importante pour lui...*

★
★ ★

Au centre correctionnel de Pondville, à Norfolk, Massachusetts, une cellule finit par attirer l'attention des gardiens. La cellule était fermée, mais vide. Pas totalement vide, on y trouvait des livres, quelques photos sur les murs, le lit était fait, mais personne à l'intérieur. Plusieurs choses surprirent les gardiens. Toutes les prisons du pays étaient surpeuplées. Une cellule vide n'avait aucun sens. Lorsqu'une cellule le devenait, c'est-à-dire pour quelques heures ou peut-être un jour au maximum, lorsqu'un prisonnier était libéré, aucune de ses affaires personnelles ne restait accrochée au mur, ou dans la pièce, draps et couvertures étaient envoyés à la blanchisserie pour ne plus laisser que le cadre métallique qui soutient le fin matelas dont dispose chaque prisonnier. Cela faisait plusieurs jours que la cellule restait vide, sans aucune raison. Le registre indiquait pourtant qu'il devait y avoir un prisonnier – « Tom Goldberg », lut un des gardiens – et que la procédure de liberté sur parole n'aurait pas lieu avant dix jours. Aucun des gardiens ne se souvenait de lui, si bien qu'ils finirent par penser à une erreur informatique. Même les photos sur le mur de la cellule ne montraient personne. Il y avait là une photo d'un coucher de soleil, une autre d'une table vide dans un bar… Seule une représentait quelqu'un, les gardiens savaient très bien de qui il s'agissait. La jeune femme sur la photo était l'objet de fantasmes de nombre de prisonniers du lieu. Il s'agissait de cette jeune femme très célèbre qui avait disparu à Boston. Lizzy quelque chose…

★

★ ★

Travis terminait le montage de sa prochaine vidéo, qui lui avait demandé de nombreux efforts techniques. Il avait dû se réenregistrer plusieurs fois pour synchroniser parfaitement ses répliques avec celles qu'il avait écrites pour Yzzy. La vidéo avait près d'un mois de retard sur le planning des sorties prévues, une éternité pour Internet, mais le jeu en valait la chandelle. Le résultat était impeccable. Lorsqu'il montra son œuvre à son jeune frère, ce dernier ne put cacher son enthousiasme à l'idée du buzz certainement planétaire que cela allait causer. Il ne manqua pas de superlatifs pour qualifier ce travail, et conclut d'un :

— C'est sans doute la meilleure vidéo que t'as jamais faite, Trevor.

Travis tiqua, mais ne releva pas. *Une simple erreur de prénom, c'est juste un lapsus... l'excitation... c'est sans importance. La lumière, voilà ce qui compte...*

Publication Instagram d'Yzzy

Un visage solaire, un sourire qui traverse la largeur de la photo, des yeux qui étincellent. Le visage d'Yzzy en gros plan est à tomber de beauté.

Sous la photo, une simple légende : *Je suis de retour. Vous m'avez manqué.*

47 millions de likes

REMERCIEMENTS

Si vous lisez cette page de remerciements avant de lire le roman, pas d'inquiétude, je ne spoile rien ici.

Si ce roman a pu finir dans vos mains, c'est avant tout grâce à la patience et aux conseils avisés de Camille. S'il a pu arriver jusqu'à son bureau, c'est grâce au soutien incompressible (ça ne veut rien dire mais vous avez compris) de Benjamin. On oublie souvent qu'un livre qui atterrit dans une librairie, c'est un travail d'équipe ; et celui que vous tenez dans les mains n'y serait pas sans Séverine et René, et encore moins sans les équipes de XO Éditions qui m'ont accueilli chez eux, notamment Marine, Stéphanie, Bruno, Édith, Catherine et Renaud (pas le chanteur… un autre Renaud). Enfin (parce que si je l'oublie, je vais prendre une chasse), il va de soi que sans mon épouse Gaëlle, je serais sans doute prostré dans le coin d'une pièce vide quelque part à ne même pas savoir comment enfiler une paire de chaussettes.

Et si vous lisez cette page de remerciements après avoir lu le roman, merci à vous pour le temps que vous avez accordé à mon histoire.

Composition et mise en pages
Nord Compo à Villeneuve-d'Ascq

N° d'édition : 5116/01 - N° d'impression : 3056098
Dépôt légal : février 2024

Imprimé en France

Impression réalisée par CPI BRODARD & TAUPIN
La Flèche (Sarthe), en février 2024